zé do rock

fom winde ferfeelt

SERIE PIPER

Zu diesem Buch

ein brasilianer trämpt um di welt und hat dauernd probleme mit roiban, polizai und fraun. als er maint, er hette das gröbste hinta sic, begegnet er der doitshen sprace. nac ainem wilden gefect staigt ultradoitsh aus der ashe: de bewais, das es au andas get … mit oder one rectshraibreform, dieses buc legt shon mal los. one komplizirte ferainfacungen.

Zé do Rock is 1956 in porto alegre, brasilien geboren. hat 14630 tage gelebt, 1357 liter alkohol gesoffen, 940 stunden flöte und 648 stunden fussball gespilt, 200000 km in 1457 autos, flugzeugen, schiffen, zügen, oxenkarren und traktoren geträmpt, 104 lender und 16 gefängnisse besucht, sich 8 mal verlibt, ein film gedreet, eine kunstsprache erfunden, ein ferainfactes doitsh kreirt, hat nix studirt und lebt noc hoite, maistens in münchen. Zuletzt ershin fon im »deutsch gutt sonst geld zurück«.
Weiteres zum Autor: www.zedorock.net

zé do rock

fom winde ferfeelt

welt-strolch macht links-shreibreform

neuausgabe light

Piper München Zürich

Die Erstausgabe erschien 1995 in der Edition diá, Berlin.

Von zé do rock liegen in der Serie Piper vor:
fom winde ferfeelt (2455)
ufo in der küche (2998)

Überarbeitete Taschenbuchausgabe
Piper Verlag GmbH, München
1. Auflage August 1997
6. Auflage Januar 2004

Umschlag: Büro Hamburg
Stefanie Oberbeck, Isabel Bünermann
Umschlagabbildung: Rainer Zenz, Berlin
Satz: Rainer Zenz, Berlin
Druck und Bindung: Clausen & Bosse, Leck
Printed in Germany ISBN 3-492-22455-5

www.piper.de

inhalt

the omas & the opas

Er kam, kam und ging. Lange Zeit blieb sie an der Türschwelle stehen, die Augen dorthin gerichtet, wo die Straße eine Kurve macht und ins litauische Hinterland verschwindet. 9 Monate später erkannte sie, daß er etwas bei ihr gelassen hatte. Das kleine Wesen wurde eines Tages ein großer Mann, der heiratete und viele kleine Wesen zeugte, darunter meinen Urgroßvater. Auch dieser zeugte ein paar Kinder und wurde dann bekehrt. Vorher war er Katholik, danach gläubiger Baptist. Ohne auf Vorteile und moralische Vorzüge dieser Entscheidung einzugehen, muß gesagt werden, daß dies mein Leben ziemlich verändert hat. Mein Urgroßvater wäre sonst nie auf den Gedanken gekommen, in einem winzigen Nest im Süden Brasiliens eine Stelle als Pastor anzunehmen, sich in einem kleinen Städtchen mit quadratischen Gärten und neogotischer Kirche niederzulassen und das Evangelium zu predigen. Wenn er in Litauen geblieben wäre, wäre ich nicht geboren worden. Aber *wenn* ich dort geboren worden wäre, würde ich jetzt in der Schlange vor dem Brotladen auf die Russen schimpfen. In Brasilien kann man das auch tun, aber es nützt nicht viel. Die Russen können sehr wenig dafür, daß es den Brasilianern schlecht geht.

In Brasilien zeugte er weiter viele Kinder, eines davon war mein Großvater. Auch der wurde groß und heiratete. Meine Großmutter war wie mein Großvater ein bißchen langsam, was vielleicht daran lag, daß ich die beiden erst kennenlernte, als sie schon 80 waren. Die Oma war zwar Brasilianerin, konnte aber bestenfalls *danke schön* auf brasilianisch sagen. Ihr Mädchenname war Schmidtke, ein sehr beliebter Indianername. Da meine Großeltern streng religiös waren, wurde auf dem Bauernhof weder gesoffen noch geraucht. Angebaut wurde hauptsächlich Tabak.

In diesem Milieu wuchs mein Vater auf. Von der Familie meiner Mutter weiß ich wenig: Ihre Vorfahren kamen aus Rußland, der Urgroßvater wurde erstochen, der Vater meiner Mutter starb eines natürlichen alkoholischen Todes, ein Onkel erschoß sich als 6jähriger beim Spielen mit einer Pistole, und einen anderen erwischte es auf der Jagd (angeblich hat sein Freund ihn mit einem Hirsch verwechselt).

Am Anfang der Menschheit gab es eine sehr einfache Sprache: *iiiii!* bedeutete Gefahr, *ooooo!* Bewunderung, *bäää-bäää!* »das Lamm schmeckt scheußlich«, *aaaaa?* »wie wär's mit uns beiden?« und *a-a!* »nein«. Die Sprecher mehrten sich und mit ihnen die Sprachen. Sie wuchsen zu sehr komplexen Gebilden mit vielen tausend Wörtern, abstrakten Begriffen und Regeln. Seit einigen Jahrhunderten aber zeigen die Sprachen wieder eine Neigung zur Vereinfachung – zumindest grammatisch und phonetisch. Beugungen fallen und Wörter schrumpfen. Soll das bedeuten, daß die Menschen dümmer werden und bald wieder auf die Bäume klettern? Eher unwahrscheinlich, da es sowieso nicht mehr lange dauert, bis es keine Bäume mehr gibt.

Nur bei der deutschen Sprache bin ich mir über die Tendenz zur Vereinfachung nicht sicher. In alten Texten bin ich vielfach auf Formen gestoßen, die schlichter waren. Nicht nur, daß im Neuhochdeutschen öfter aus einem Laut 2 und den Wörtern Konsonanten hinzugefügt wurden, vor allem Rechtschreibung und Zeichensetzung sind komplizierter geworden. Das mag daran liegen, daß dabei vor allem Schreiber und Setzer das Sagen hatten. Vielleicht war deren Logik: je mehr zu schreiben, desto mehr zu verdienen. Also haben sie die Wörter so lang wie möglich geschrieben. Und ich könnte mir vorstellen, daß sie die vielen Schikanen erfunden haben, um sicher zu sein, daß sie, die Schreiber, unentbehrlich bleiben.

Daß die deutsche Sprache schwierig ist, weiß man sowohl in Deutschland wie im Ausland. Wenn ich mich aber bei meinen deutschen Freunden beschwere, ist deren Antwort meist, daß andere Sprachen wie Französisch oder Italienisch auch nicht einfach seien. Das stimmt. Jede Sprache hat ihre eigenen Tücken. Die eine hat eine unverständliche Rechtschreibung, die andere eine umfangreiche Grammatik, die nächste eine eigenartige Schrift oder eine zungenbrecherische Aussprache. Manche bereiten in mehreren Richtungen Probleme.

Was Deutsch von diesen Sprachen unterscheidet, ist, daß es alle Probleme aufweist: einen absurden Satzbau, eine uneinheitliche Rechtschreibung *(Zuk-ker* statt *Zuc-ker* oder *Zucker, Pappolizist* statt *Papppolizist,* Großschreibung für die Hauptwörter und *sparen* aber *fahren, los* aber *Moos, Form* aber *vorn),* eine ausufernde Grammatik (Konjugationen, Deklinationen, über 10 Mehrzahlendungen) und eine unnachahmliche Aussprache (Silben mit 10 Buchstaben wie du *schleichst,* du *schluchzst,* Konsonantenanhäufungen wie La*chsschl*emmer).

Die Standardantwort auf meine Klagen lautet, daß Deutsch dafür präzise sei. Das kann ich leider nicht bestätigen. Die Sprache ist sehr ausdrucksreich, was sie aber nicht ihrer geballten Menge Komplikationen, sondern ihrem Wortschatz und der Freiheit, Wörter zu kombinieren, verdankt. Eigentlich ist sie die chaotischste Sprache, die ich kenne. Den alltäglichen Satz »die Frau, die das Mädchen sah, war blond« versteht man nur, weil solche Sätze selten allein stehen. Die falsche Interpretation (»die Frau sah das Mädchen« oder »das Mädchen sah die Frau«) erreicht nicht das Bewußtsein. Wenn es keinen Kontext gibt, wie auf dem Plakat *Frauen Zeichnen,* wird es restlos uneindeutig. Zeichnen jetzt die Frauen, oder werden sie gezeichnet? Ganz egal, ob diese Bezugsfehler systemimmanent oder Fehler der Schreiber sind: eine Sprache, bei der man jeden Satz 3 mal nachprüfen muß, ob er nicht zweideutig ist, kann nicht als präzise gelten.

Aber ich beschäftige mich hier nicht mit der Sprache, die man benutzen sollte, sondern mit der Sprache, die man benutzt.

Genesis

Meine Mutter und mein Vater trafen sich, als sie 20 Jahre alt waren. Um auf Nummer Sicher zu gehen, schrieben sie sich in den folgenden 10 Jahren Briefe. Dann gab es eine Hochzeit. Bald kam der erste Sohn, der sehr lebhaft war. Im Gegensatz zu ihm war der zweite leblos. Er hat schon bei der Geburt schlappgemacht. Und dann, in einer kalten Vollmondwinternacht im Jahr 1956, erblickte ich das Licht des Krankenhauszimmers. Und mein Vater sah, daß es gut war. Er ruhte aus und schuf dabei mit meiner

Mutter noch ein Weib, damit ich nicht alleine blieb, denn mein Bruder spielte immer auswärts.

Es gibt einen Aspekt der deutschen Sprache, der sicher reformiert werden könnte: die Rechtschreibung. Eine internationale Expertenkommission hat in den 80er Jahren Vorschläge für eine solche Reform veröffentlicht. Dagegen erhob sich ein solcher Entrüstungssturm, daß jetzt nur eine sehr gemilderte Version vorliegt.

Warum ist bisher so wenig daraus geworden? Erstens gibt es die Sprachkonservativen, die gegen jede Änderung sind. Zweitens ist der Anteil der Reformgegner in einer Expertenrunde größer als in der Bevölkerung im allgemeinen, weil Experten selten Schwierigkeiten mit der Orthographie haben. Drittens spielt der Egoismus eine Rolle, nach dem Motto: Ich habe mich damit abgeplagt, und nun soll dieses Wissen null und nichtig sein? Viertens liegt es an den Reformen: Wenn man 4 Seiten braucht, um die Kommaregeln zu erklären, und sie dann so reduziert, daß man nur noch 3 Seiten braucht, ist das zuallererst eine sehr komplizierte Vereinfachung. Die meisten Menschen kennen diese 4 Seiten Regeln nicht (in der Regel keine einzige), aber sie haben gelernt, mit ihnen instinktiv umzugehen.

Für das erste und zweite Problem heißt die Lösung Volksabstimmung oder Umfrage. Das vierte Problem kann gelöst werden, indem man die 4 Seiten Regeln auf null oder ein lernbares Minimum reduziert. So kann jeder weiter schreiben wie bisher, aber er macht keine Fehler. Nur das dritte Problem, den Egoismus der Menschen, kann man nicht abschaffen.

So will auch ich meinen Senf dazu geben. Meine Version ist radikaler, und ich nenne sie »Ultradeutsch«. Da ein komplettes »Änderungspaket« große Anstrengung erfordert, werde ich 2 Änderungen pro Jahr durchführen. Das ist für jedermann leicht zu verdauen, und am Jahresende ist man an die neue Regelung so gewöhnt, daß die alte schon vergessen ist. Nur im letzten Kapitel wird alles nach dem vorgeschlagenen 95er Stand geschrieben, damit man sieht, wie wenig sich in einem Jahr ändert.

Da ich mir aber nicht vorstellen kann, daß von offizieller Seite vernünftige Reformen durchgeführt werden, kann ich nur zum zivilen Ungehorsam aufrufen: Diejenigen, die Ultradeutsch sinnvoll finden, sollen es schreiben – anfänglich keine große Veränderung: freie Groß-/kleinschreibung, umgangssprachliche Formen (es is nix mehr da). Um nicht als Legastheniker zu gelten, kann man es auch ankündigen: ACHTUNG: ULTRADEUTSCH!

Ich kann nichts dagegen machen, wenn jemand gegen jedwede Rechtschreibreform ist oder manche meiner Vorschläge einfach nicht mag. Ich höre aber oft Gegenargumente, auf die ich im Kapitel »an germanisten und empörte« auf Seite 213 gerne eingehen möchte.

Die deutsche Schriftsprache ist schön, ich benutze sie aber nicht. Erstens weil ich gar nicht anders kann, zweitens weil ich mich mit der Sprechsprache besser fühle, und drittens bin ich einer der wenigen Menschen auf dieser Welt, die beim Schreiben Geld verdienen: Ich schreibe dieses Buch beim Taxifahren. Das hat Vorteile (Geld von den Fahrgästen), aber auch Nachteile, vor allem in bezug auf die Konzentration: Der grausame Straßen-, der nervende Funkverkehr und besoffene Fahrgäste, die auf einen Streit scharf sind, nicht wissen, wo sie wohnen, oder in meinem Taxi ins Koma fallen, können mich nicht inspirieren.

Am Anfang werden die Rundherum-Schikanen wie Zeichensetzung und Silbentrennung behandelt, danach die Buchstaben selbst – zuerst die dringenden, dann die weniger dringenden Fälle. Wie auch immer: Da es sehr langweilig ist, ein Buch nur über Sprache zu schreiben und erst recht zu lesen, kriegst du meine Autobiographie im Doppelpack. Please fasten your seat belt and have a good trip.

Pink Floyd

Die erste Änderung für das Jahr 1995 ist die Abschaffung des Großschreibzwangs. es bleibt jedem überlassen, ob und wann er großschreibt. normalerweise schreibe ich alles klein mit einer ausnahme: personen- und ortsnamen schreibe ich groß, damit man sieht, daß es sich um eigennamen und nicht um ultradeutsch-»verzerrte« wörter handelt.

wer will, kann auch zwischen *sie* und *Sie,* ein *paar* und ein *Paar* differenzieren. er kann so weiter schreiben wie bisher, alles oder nur die letzten buchstaben (herberT waR aM endE) großschreiben. ein religiöser mensch kann *Gott* schreiben, ein anderer *Gottschalk*. vielleicht will er *Geld* schreiben, weil es für ihn so wichtig ist, oder *Walpurga,* weil seine frau so heißt. meinetwegen.

ich bin in Porto Alegre, hauptstadt des bundesstaates Rio Grande do Sul *(hiugrantzuu* ausgesprochen), in der südlichsten ecke von Brasilien geboren. wie die 3 anderen südlichen staaten ist er sehr europäisch. dort wohnen nicht mehr schwarze als in England oder Frankreich, manche leute im norden Brasiliens glauben, es sei ein teil Deutschlands. dem ist nicht so, wie du bestimmt weißt. aber wenn die wenigen schwarzen, die es dort gibt, sich streiten, sagen sie zur verbrüderung: wir deutsche müssen doch zusammenhalten! viele menschen auf der welt meinen, daß die deutschen dort geflohene nazis seien. die gibt es tatsächlich, aber die einwanderung begann schon letztes jahrhundert, als der brasilianische kaiser sie importierte, um die unbewohnten grenzen zu Argentinien zu schützen: ein deutscher bauer läßt sich nicht von seiner scholle vertreiben. manchmal fragt man mich, warum sie ausgerechnet nach Brasilien gegangen sind, in ein so armes land. ich kann nur antworten: damals hatte es keinen schlechten ruf. es war das land der zukunft, wie die USA. später stellte man fest, daß die USA tatsächlich das land der zukunft waren, während Brasilien das land der zukunft war, ist und immer sein wird.

meine ersten jahre lebe ich in einem haus in einem großen garten mit vielen apfel-, birn- und pflaumenbäumen. ich klettere immer sehr hoch und falle sehr tief, der geborene abenteurer. und ich drehe mir zigaretten aus eukalyptus-blättern, der geborene junkie. wir haben 2 hasen. eines tages tun mein bruder und ich etwas, was wir nicht tun sollen. um der strafe zu entgehen, beschließen wir, zu fliehen und woanders ein neues leben anzufangen. wir haben umgerechnet 1 mark als startkapital. 2 häuserblocks weiter steht eine eisdiele. wir kaufen eis und erkennen sehr schnell, daß wir zurückkehren müssen. unsere eltern haben weder von der untat noch von der flucht etwas gemerkt. aber dafür brutzeln die hasen im kochtopf. ich weine viel und esse nichts, wie das oft bei kindern der fall ist, die ihr maskottchen mit spinat und kartoffeln auf den tisch bekommen.

über taxifunk meldet sich ein fahrer. er ist gerade überfallen worden. mir könnte das nicht passieren. ich habe ein schild im taxi: RAUCHEN UND SINGEN ERLAUBT – KOTZEN UND ÜBERFALLEN VERBOTEN. wer einen überfall versucht, der wird von mir zuerst auf das schild und dann aus dem taxi verwiesen. vorausgesetzt, ich lebe noch.

loser

die nächste änderung für 1995: einige formen der umgangssprache werden amtssprache. *ist, nicht, nichts* werden *is, nich, nix.* nun kann man beim sprechen auch unterscheiden: der mensch is, was er ißt. *nun/jetzt* werden zu *nu/jetz. man* wird nu zu *ma. bißchen* kann weiterhin *bißchen,* aber auch *bisken, bissal* und *bissi* geschrieben werden. ich verwende nur *bissi. gerade* wird *grad*.

die akkusativendung nach artikeln und pronomen, die mit *n* enden, wird weggelassen: ich hab dein hund gesehn. *einen* wird zu *ein, keinen* zu *kein*. bei der dativendung *em* verschwindet das *ne:* ich bin in eim alten zug gefahren.

e's, die nich der dehnung dienen (dienst, liebe) und nich ausgesprochen werden, verschwinden: sehn, fraun. nur zwischen 2 konsonanten bleiben sie drin: sagen, fahren. das unausgesprochene *h* gilt nich als konsonant: ausleihn, ziehn.

beim verb *haben* oder *ham* gibt es mehrere änderungen: ich hab, du hast, er hat, wir ham, ihr habt, sie ham.

wenn ma das *he* von *herauf, herunter* nich ausspricht, muß ma's auch nich schreiben: rauf, runter.

auch die grammatik verändert sich: ich kann nich wegen dem lärm schlafen. oder: das auto vom Peter is kaputt. diese regel is keine muß-, sondern eine kann-regel.

als der held 5 jahre alt is, schickt die firma sein vater nach São Paulo. dort geh ich zum ersten mal in die schule. in dem stadtteil, in dem wir wohnen, leben menschen unterschiedlicher abstammung, die meisten aber ham ein italienischen namen. die mittelschicht is ehr niedrig als hoch und das soziale leben intensiv. wir vertreiben uns die zeit mit fußball, straßenfesten und spielen. in eim dieser spiele muß ma sagen, wen ma heiraten will, wenn ma groß is. ein schönes mädchen namens Teresa meint, sie will mich heiraten. weil ich so schöne grüne augen hab. zu dieser zeit sind meine augen noch grün, nich rot wie später. es is um mich geschehn. es wird eine schmerzliche leidenschaft, da ich sie nich verheimlichen kann, so daß sie ihr interesse verliert. ich schenk ihr ständig etwas, tu alles für sie, bring sogar botschaften zu ihren neuen ›affären‹. nach 4 jahren erzähl ich meim bruder von meim leid. er erklärt: so sind die fraun, sie wollen nur schwierige fälle, du darfst dein interesse nie zeigen. du mußt so tun, als wolltest du nix von ihnen. du wirst sehn, sie werden nur noch augen für dich ham. ich such kein kontakt mehr zu ihr, und sie fängt tatsächlich an, sich für mich zu interessieren. dann ziehn wir um, und ich seh sie nie wieder.

das neue viertel is ruhiger, hier wohnen nur japanische und deutsche brasilianer. mittel-mittelschicht und ein paar fälle von hoher mittelschicht. wir ham wenig kontakt zu den nachbarn, nur in der schule verlieb ich mich mehrmals. es sind immer kurze leidenschaften. Selma, eine dünne, sehr charmante blondine mit pferdeschwanz, die so aussieht, als würde sie klavier spielen. dann Telma, eine charmante blondine mit pferdeschwanz, die nich so aussieht, als würde sie klavier spielen. ja ja, schon zu dieser zeit bin ich mantafahrer in spe. hauptsache blond. obwohl ich mir im klaren bin, daß blondinen auch schön häßlich sein können und die nächste gar nich blond is. Amabile hat ganz schwarze haare, ganz schwarze augen, ganz weiße haut und sieht so aus, als würde sie klavier spielen.

diese liebschaften verlaufen ohne konsequenz. ich bin zu schüchtern, und die mädels wissen vermutlich gar nich, daß ich in sie verknallt bin. manchmal wissen sie nich einmal, wie ich heiß.

rowdy

die erste änderung für 1996: deregularisierung des kommas. es gibt keine kommaregel mehr. sie werden gesetzt, wo man eine pause für nötig hält.

der gebrauch von apostrophen is nich mehr zwingend: *ich hab s* oder *ich hab's*. ich schreib immer oben ohne.

mit mein freunden gibt s viel zu tun: guaven und pflaumen aus fremden gärten oder schokolade im supermarkt klaun. dafür ham wir doppelschichtige jacken. wir machen löcher in das futter und die ganze jacke wird zur tasche – so verstaun wir unser diebesgut. wir kommen an die kasse und zahlen eine cola. gleich dahinter warten 2 männer und fordern uns auf, die jacken zu leeren. der entstehnde haufen is fast so groß wie wir selber. der filialleiter droht uns die ärsche bunt zu malen wie bei den pavianen. ich hab eine heidenangst. und den ersten kontakt mit bezahlter arbeit. mein vater, weder großgrundbesitzer noch arbeitslos sondern buchhalter, kann uns problemlos ernähren. aber mein taschengeld is nich besonders unterhaltsam und ich möcht unabhängig sein. ich beliefer kunden einer wäscherei und verteil prospekte. manchmal ordentlich, manchmal nich. dann fahr ich in den obersten stock eines hochhauses und entlass 2000 blätter in die freiheit. es is herrlich.

nich alles is arbeit. mit eim schulfreund beschieß ich passanten und busfahrer mit papiergeschossen. einmal treffen wir ein fahrer ins ohr und verursachen fast ein unfall. wir gehn essen und trinken, aber verlassen die lokale ohne zu zahlen. und fahren schwarz, was nich so leicht is wie in Deutschland. am ende können wir kaum noch herumlaufen, überall könnte ma uns erkennen und jagen.

in der schule klaun wir ein großen stoß formulare für eine behindertensammlung und machen uns auf den weg. wir sammeln für ein guten zweck. danach feiern wir ein gelage mit viel essen und trinken. jetz sind wir ehrlich und zahlen die zeche.

meine eltern sind baptisten, jeden sonntag geht s in die kirche. in 14 jahren war ich vielleicht 2 oder 3 sonntage nich dort. mit den weniger braven freunden aus der kirche lass ich knaller fallen – am liebsten in vollen bussen. oder wir warten, bis die tür eines aufzugs fast zu is und schmeißen dann sehr laute knaller rein. das klingt, als würde das haus in die luft fliegen. von überführungen bewerfen wir autos, die auf der stadtautobahn fahren, mit kies, größeren betonblöcken oder müll. wir werden erwischt und kommen über nacht in den knast. ich bin 15, mein freund aber ist 18 und muß für den schaden aufkommen. danach tun wir das nich mehr.

in der schule bin ich oft in schlägereien verwickelt, zuhause werd ich von meim vater verprügelt. unsere eltern ham uns geliebt, aber nich ohne einfluß preußischer kultur.

da ich in der nähe des flughafens wohn, schleich ich mich mit freunden in abgestellte flugzeuge. bis zum 13. lebensjahr weiß ich genau was ich werden will: pilot. ich werd taxifahrer, was in die gleiche richtung geht, mit dem unterschied, daß ma niedriger fliegt.

philosoph

und die zweite änderung für 1996: der flotte dreier is im schwerdeutschen nich erlaubt. *der papppolizist, das betttuch, das ballleder* sind verbotene formen. im ultradeutsch is der flotte dreier pflicht. eine sache der *bettag*, eine andre der *betttag*. das is keine regel, sondern nur eine regelabschaffung.

bei den baptisten wird ma nich bei der geburt getauft, sondern wenn ma sich dafür entscheidet – üblicherweise im alter zwischen 12 und 14. mein großer bruder is 13 jahre alt und will sich grad taufen lassen, als ihn zweifel überkommen, die manchen aspekt des christentums in frage stellen. ich versuch ihm zu erklären, daß das alles richtig is, bis wir auf den gedanken kommen, daß der mensch unschuldig is. er is nur produkt seiner gene und seiner umwelt. wenn er entscheidungen trifft, sind auch diese nur resultat eines produkts. wenn s keine menschliche schuld gibt, warum dann ein strafenden gott? bald kommen wir auf die geschichte von Adam und Eva. ma stell sich vor, daß ein vater sein kind in ein garten läßt und ihm sagt, daß es alle früchte essen darf, außer denen von eim bestimmten baum. der vater geht einkaufen, kommt zurück und bemerkt, daß das neugierige kind doch vom verbotenen baum gegessen hat. der vater schickt das kind in die wüste. so ein vater würde von jedem gericht lebenslänglich bekommen. grad das aber macht gott. und er mag seine kinder nur, wenn sie ihm schmeicheln. ein solchen menschen müßt ma als obsessiv eitel bezeichnen und sonst nix.

den armen Adam trifft keine schuld. er hat seiner frau geglaubt – noch ein zeichen seiner naivität. erst später ham die männer entdeckt, das ma so was nich macht. gott hat s ihnen nich gesagt. Eva wiederum konnte von nix wissen. als gott die früchte des baums verboten hat, hat s die Eva noch gar nich gegeben. gott hat Adam von dem baum im 1. buch mose kapitel 2 vers 17 erzählt, während Eva erst im kapitel 2 vers 22 geschaffen wurde. aus den spare ribs vom Adam. die geschichte von Adam und Eva taugt nich sinnbildlich, und wörtlich schon gar nich, wir alle wissen es. Darwin hat uns aufgeklärt: zuerst kamen die amöben, dann die fische, die reptilien, die säugetiere, die ersten primaten, die menschenaffen, die affenmenschen (wir) und schließlich die japaner.

ich diskutier nächtelang mit meim vater und den kirchenleuten und werd immer verbissener, bis niemand mehr mit mir reden will und alle mich, genau wie mein bruder, für die inkarnation des teufels halten. in dieser zeit geht s mir speiübel und ich fang an zu saufen und denk sehr intensiv nach. ich les bücher von Kant, Leibniz, Voltaire, Sartre und Roald Dahl, möglichst im original. aus der zeit is in meim hirn nich viel geblieben. Hegel hat sich selbst nich richtig verstanden. da ham andre deutsche kaum noch eine chance, geschweige denn ein brasilianer, der seine bücher auf deutsch liest.

nur bei Descartes find ich ein ansatz, den ich behalt: alle voraussetzungen zu ignorieren und ganz von vorn anzufangen. nur mit hilfe der logik die welt wieder aufbaun. aber wieso gleich ›ich denk, also bin ich?‹. is doch auch eine voraussetzung. eigentlich is der einzig sichre schluß: ›ich denk, also gibt s diesen gedanken »ich denk«.‹ die logik, ohne voraussetzungen, führt in eine sackgasse. ich stoß auf Sokrates und entdeck ›je mehr ich weiß, desto eher weiß ich, daß ich nix weiß‹. da bin ich einverstanden. nur daß wir beide andre schlüsse draus ziehn: Sokrates hat weitergedacht und den Schirlingsbecher genommen. ich hör auf zu denken und trink erst mal ein bier.

kleine fluchten

erste änderung 1997: keine silbentrennungsregeln mehr. ma trennt dort, wo s nich mehr weitergeht. *arbeit* kann ma *a-rbeit, ar-beit, arb-eit, arbe-it* oder *arbei-t* trennen. *zucker* kann ma *z-ucker, zu-cker, zuc-ker, zuck-er, zucke-r* trennen. computer mit eingebautem silbentrennprogramm kann ma so lassen, bei den neuen muß ma s nich mehr einbaun.

mit meim cousin Magnus fahr ich nach Rio. wir kommen nachts an und schlafen am strand. in der früh steh ich auf und geh spazieren. wir ham nur eine tasche, die Magnus als kissen benutzt. als ich zurückschau, seh ich, wie ein typ sein kopf aufhebt, die tasche wegnimmt, den kopf in den sand legt und sie durchsucht. ich schrei los, aber es is verdammt weit weg und der weg is sandig. es is genau so weit, daß Magnus mich nich hört, aber der dieb. also beeilt er sich, nimmt die kohle und weg is er. verzweifelt renn ich hinterher, was nix mehr nützt. ohne kohle entscheiden wir uns zurückzukehren und stellen uns an den rand der autobahn. in Brasilien darf ma das. aber es geht nix und wieder nix. wir sind in den berüchtigten Baixada Fluminense, den nördlichen vororten von Rio. nach einer weltweiten studie der UNO is es die gefährlichste gegend der welt. hier tobt ein krieg zwischen polizei und dealern, und ma knallt sich ohne viel zu fragen einfach ab. unter diesen umständen hat niemand zeit für 2 tramper.

so geben wir auf und gehn in die stadt zurück, zum bahnhof. dort steht ein zug nach São Paulo. vor dem bahnsteig aber is die fahrkartenkontrolle, so müssen wir erst unter 2 zügen durchkriechen. mit dem geld für eine cola, vorausgesetzt sie is im zug nich teurer als in einer normalen kneipe, gehn wir ins restaurant, da wir nirgendwo sonst bleiben können. der zug rollt an und der schaffner kommt. bald wird er bei uns sein. wir zahlen schnell und gehn weiter nach hinten, aber er rückt langsam hinterher. alle toiletten sind geschlossen. am ende is der zug aus, wir stellen uns und erzählen vom raub und wie arm wir dran sind. er glaubt uns kein wort und sagt, er muß uns am nächsten bahnhof der polizei übergeben. wir jammern was das zeug hält, sein herz wird weich und er läßt uns im postwagen schlafen. der postwagen is offen und die nacht kalt.

das, find ich, is ein richtiges abenteuer und entscheid mich, abitur zu machen, um die welt zu trampen und gute filme zu drehn, die nix mit reisen zu tun ham.

mein vater is inzwischen trauriger und religiöser geworden, um die schande zu verarbeiten, die wir ihm machen. ihm is es egal, ob ich irgendwo hingeh oder nich, hauptsache, ich besuch die kirche auf dem weg, wenn sonntag is.

einmal tour ich durch Rio Grande do Sul und besuch ein cousin. zum abschied begleitet er mich bis zur raststätte am anfang der landstraße. wir trinken noch ein schnaps. ich bestell ein doppelten und trink ihn wie wasser. das beeindruckt mein cousin sehr. also bestell ich noch ein doppelten und bevor der kellner geht den dritten und vierten. dann hat der von dem hin und her die nase voll und bringt ein bis zum rand mit schnaps gefüllten krug und bleibt stehn. ich kann kein rückzieher mehr machen. später geh ich auf dem bürgersteig und frag mich, wo ich bin. das is nich Erexim, die stadt in der ich grad den schnaps getrunken hab, das is Passo Fundo, 100 kilometer entfernt. wie bin ich hierher gekommen? so oder so: ich muß nach haus, weitere 1000 kilometer. es is finster und ich frag ein passanten nach einer tankstelle zum trampen, versteh die auskunft falsch und geh 15 kilometer in die falsche richtung. dann wieder zurück und 10 in die andre. so geh ich 40 kilometer und wach nur auf wenn ein auto vorbei fährt oder ich auf die parkspur tret. alles in mir hat geschlafen, nur die beine ham überstunden gemacht.

häufig bin ich 2 oder 3 nächte ohne schlaf. nich ganz ohne, weil ich im gehn schlaf. wenn ich dann eine straße überquer und es kommt ein auto und hupt, wach ich auf, lächel verlegen und geh ein bissi schneller. bevor ich den andren bürgersteig erreicht hab, bin ich schon wieder eingepennt.

auf mein reisen durch Brasilien leid ich unter chronischem geldmangel, schlaf normalerweise auf parkbänken und in feldern. oft gar nich. die nächte sind ziemlich kalt. die hähne, die mit krähn beginnen und mir hoffnung machen, daß es bald tag wird, helfen mir auch nich. sie fangen verdammt früh an. und dann dauert s sehr lang, bis die ersten sonnenstrahlen meine wärmedurstigen knochen wieder auf trab bringen. in der zeit mach ich auch meine ersten sexuellen erfahrungen. manchmal mit nutten, manchmal mit männern. ma braucht freunde wenn ma blank is, vor allem wenn ma geld für nutten ausgibt. die erfahrungen mit männern gefallen mir nich. männer sind so eine haarige angelegenheit.

oft schlaf ich im knast. ich geh zur polizei und bitt um eine übernachtung. manchmal hau ich den bürgermeister an. ich erzähl, daß ich überfallen worden bin und ob er mir geld für den bus ›leihn‹ könnt. natürlich nehm ich kein bus sondern ess und sauf mal wieder gescheit. das kann ma nur in kleinen städten machen, in denen der bürgermeister mit sich reden läßt.

in São Paulo spiel ich in einer bossa-nova-gruppe. querflöte. auf eim festival ham wir alle runden bis zum finale überstanden. am nächsten tag wird gefeiert. ich komm mit meiner flöte zur stammkneipe, es is noch keiner da, außer eim mädchen, das dafür bekannt is, daß sie mit jedem vögelt. ich frag sie ob sie nich mit mir spazierengehn will. sie will und wir gehn. ich will mit ihr vögeln, nur, wie macht ma das? ich mein, vögeln is leicht, das hab ich schon bei den nutten gelernt. aber wie sag ich ihr das? wir reden ein bissi über das wetter und kommen in ein gewerbegebiet. eine wiese mit hohem gras. naja, nu oder nie. ich schieb sie auf den boden und zieh sie aus. es kommt zum geschlechtsverkehr. und wir probieren alle stellungen. liegend von vorn, liegend von hinten, knieend von vorn, knieend von hinten, auf alle vieren von hinten. auf allen vieren von vorn geht nich, das können nur die leute vom chinesischen nationalzirkus. stehnd geht s auch nich, wir sind direkt an der straße. dauernd kommen autos vorbei. teilweise liegen unsre beine auf dem asphalt, gott sei dank fährt kein auto so weit rechts. zurück zur kneipe. der abend is ziemlich heiß und ich schwitz eimerweise, die freunde lachen mich aus. mir is das ganze doch ein bissi peinlich. peinlicher wird s, als ich merk, daß ich die flöte unter der theke vergessen hab und sie weg is. 2000 mark. ohne meine flöte hat die gruppe das finale nich mehr geschafft.

übrigens, ich weiß nich ob das wort ge*schlechts*verkehr was mit der einstellung der deutschen zu tun hat, aber mit so eim wort kann s wirklich nix werden.

München. 4 uhr morgens. es is schon ziemlich hell. wolken hängen am horizont. der himmel mittelhellblau, die verirrten wolken dunkelblau. alles blau. die Hasenbergler Wiese sieht aus wie die brasilianische prärie. es könnte aber auch Zaire oder Oklahoma sein. vorher, vorm Holiday Inn, sind 3 japaner in mein taxi gestiegen, einer kann ein bissi englisch. ›we want autobahn.‹ ›which autobahn?‹ ›autobahn. right.‹ ›there are many autobahns. where do you want to go?‹ ›sight-seeing.‹ ›sight-seeing? it is dark. you can't see anything!‹ ›please, high speed.‹ aaah. alles klar. autobahnrundfahrt, damit sie mal sehn können was tempo is. ich fahr nach norden zum autobahnring und dann nach Rosenheim. sie sind von den 160 sachen fasziniert. schneller geht s nich, es is ein diesel. da wär ein benziner Porsche schon geeigneter. obwohl wir zu viert sind, ein bissi viel für ein Porsche. andrerseits... es sind japaner. ›german autobahn, very good autobahn?‹ ›german car, very good car?‹ ›you think german car better, japanese car better?‹ natürlich sind die japanischen autos besser. ›we are big group. our friends like girls and go to club. we like cars and go to autobahn.‹ na gut, wenn sie meinen. 300 mark in 1 stunde. sie sind zufrieden, ich bin zufrieden. zufriedener als sie. obwohl für sie die taxifahrt bestimmt billiger war als für die andren der puff.

heute sollt ich statt taxi fahren als zivilpolizist in ›Derrick‹ mitspielen. kurz natürlich. ich sollt mit trenchcoat hingehn, aber ich hab kein und bin mit einer langen jacke hin. der regisseur war stinksauer und hat mich weggeschickt. zivilpolizisten müssen ein trenchcoat anham, damit ma sie nich erkennt. bei fernsehregisseuren kommt die logik nich mehr zur geltung als bei philosophen.

sprachfreak

zweite änderung 1997: die regeln zum getrennt- oder zusammenschreiben werden abgeschafft. ma schreibt wie ma will. wenneinerwillkanneralleszusammenschreibenaberniemandwirdihnverstehnodersichkaumdiemühegeben. ma könn t die wort e nach ihr en be stand teil en zer leg en, nur: viel bring en tu t s auch nich. warum nich ganz normal weiter schreiben, aber ohne angst, fehler zu machen? klare und schlüssige regeln gibt es sowieso nich. strittig sind meist die verben, die ich persönlich getrennt schreib. zu fuß gehn, rad fahren, auto fahren, ski fahren, kaputt machen, rot färben, weiter machen.

in Curitiba, einer stadt 400 kilometer südlich von São Paulo, lern ich Rou kennen, ein äußerst intelligentdurchblickenden menschen. er zahlt dafür den preis, daß er aussieht als wär sein körper nur da, sein kopf in einer vernünftigen höhe zu halten, damit er mit andren reden kann. er will den exklusivsten club der welt gründen, den club der marxistischchristlichbisexuellen pilzesser. natürlich hat sein marxismus mehr mit der reinen idee zu tun als mit der verstaatlichung der betriebe und gedanken. natürlich is seine christlichkeit mehr eine metaphysische als eine wortgetreue. kein strafender gott, sondern ein gott der in jedem atom vom universum is, ein gott der jedes atom vom universum is. gott is das all und das all is gott. aber wie Fernando Pessoa, der große portugiesische poet, schon sagte, bevor ich s gesagt hab: wenn die blume gott is und der berg auch, warum kann ma denn die blume nich blume nennen und den berg berg?

wir schreiben uns briefe, erst über metaphysisches und später über sprachliches, und so komm ich auf den geschmack der sprache. Rou is bi. auf brasilianisch *gilete,* weil rasierklingen von beiden seiten zu gebrauchen sind, was bei ihm dann doch nich stimmt, weil er nur von einer seite zu gebrauchen is. wie auch immer, er mag männer. mit fraun kommt er schon zurecht, aber sie sind für ihn nur vorspeise. als hauptspeise muß ein richtiger kerl her. ja ja, so ergeht s vielen brasilianern. aber ich hatt nie was mit ihm.

auch mit Ski nich, den ich später kennenlern. der name Ski steht für *esquisito,* für *fremdartig, komisch.* der name is schon richtig bei ihm. er is in der technischen schule, interessiert sich aber hauptsächlich fürs okkulte und musik. schwarze und weisse magie, astrologie, kabbala, germanische mythologie, Wagner und Schönberg. dabei hat er mit Deutschland nix zu tun. wenn er Wagner hört, dann so laut daß ma im zimmer nix mehr sehn kann. der nachbar im untren stock is immer entsetzt, und ich kann ihn gut verstehn. er is jude.

Ski befaßt sich auch mit sprachen und kann gut japanisch, obwohl soviel japanisches blut in ihm fließt wie in mir polynesisches. durch diese 2 freunde fang ich richtig an, mich für sprachen zu interessieren. wir gehn in musikbibliotheken und holen uns bücher über sprachen wie tibetanisch oder tschechisch, setzen uns in die kabine und hören Bach oder Hindemith dazu. wir lesen auch über künstliche sprachen und beginnen an ihnen zu basteln. zuerst gemeinsam, dann er an seiner und ich an meiner. seine is schrecklich kompliziert und dient nur dem spaß, wörter zu erfinden, die er schön findet. ich bin da eher praktisch und will eine sprache kreieren, die wirklich jeder sprechen kann. sie sollte so leicht wie möglich sein. eine künstliche sprache würde das problem lösen.

1 million leute sprechen angeblich esperanto. is natürlich nich viel, und die chance, daß ma am münchner hauptbahnhof eim menschen eine frage auf esperanto stellt und eine antwort auf esperanto kriegt, is wahrscheinlich kleiner als eine auf persisch zu bekommen. die zahl der anhänger stagniert schon seit mehreren jahrzehnten. am anfang des jahrhunderts hat sie ein großen boom erlebt, vielleicht weil es eine übergangszeit war. das französische kam allmählich runter, das englische war noch nich richtig oben. heutzutage sagen sich die leute: warum soll ich eine sprache lernen, die kaum einer spricht? und viel internationaler als esperanto is doch englisch, also lern ich englisch. andre lernen französisch oder spanisch oder was auch immer, weil sie die sprache in mehreren ländern gebrauchen können. was auch nich falsch is. um esperanto zu lernen muß ma ein idealist sein. ma muß denken, daß ma selber ein weltbürger is. viele denken so, und trotzdem wollen sie kein esperanto lernen.

ich nehm s ihnen nich übel. nur wenn du sprachlich was tun willst, kannst du esperanto lernen. geht ganz schnell und ma lernt viele wörter, die ma beim erlernen einer andren romanischen sprache gut gebrauchen kann.

sie is leichter als jede europäische sprache und als die meisten sprachen der welt. viele wörter sind leicht zu erkennen: tablo, skribmaŝino, papero, kafo, cigareto, lando. auf *la papero* kann ma *skribi, la kafo* kann ma *trinki, la cigareto* kann ma *fumi*. oder dagegen *protesti,* daß si *fumanta* wird. in manchen *landoj* mehr als in andren. französisch und lateinisch sind am meisten vertreten, dann englisch, deutsch und ein paar wörter polnisch, spanisch, griechisch.

ein grund, warum esperanto nich so richtig greift, liegt in der schreibweise und in der grammatik. obwohl die schreibweise 100 prozent regelmäßig is, hat sie zeichen, die jeden lernenden gleich am anfang abschrecken, wie zum beispiel *ĉ* für *tsch*. und wenn im esperanto das substantiv im plural is, muß das adjektiv auch im plural sein. es gibt ein akkusativ mit *n* und der plural is mit *j:* la ruĝaj katoj manĝis la grandan hundon kaj la blankajn ĉevalojn. die roten katzen aßen den großen hund und die weißen pferde. für die deutschen kein problem, aber die engländer sagen nich: the reds cats ate the bigs dogs and the whites horses. dabei könnte s wie im ido, eim verbesserten esperanto, heißen: la ruja kati manjis la granda hundo e la blanka kavali.

ein andres problem, das sehr viel kritik auf sich gezogen hat, is die starke logik im wortaufbau, wodurch die natürlichkeit verlorengeht. *malgranda* heißt *klein, malvarma kalt.* die vorsilbe *mal* steht für das gegensätzliche. *sana* heißt *gesund, malsana krank, ul ein mensch,* also *malsanulo* is ein *kranker mensch, ej* steht für *platz, stelle.* so kommt s zum wort *malsanulejo, platz für ungesunde leute, krankenhaus.* im ido, dem verbesserten esperanto, heißt s *hospitalo*. kritik wird s immer geben, ich selbst find sie phonetisch nich schön, aber es is eine sehr ausdrucksreiche sprache, vielleicht ausdrucksreicher als jede andre sprache. ich will mein honig zu diesem hilfssprachenbrei geben und erfind dau. es is moderner, einfacher und lautmalerischer: mi go siti – ich geh in die stadt / mi doitx (ausgesprochen *deutsch)* – ich bin deutsche(r) / tu ha tiktak? – hast du/ham sie eine uhr?

die 2 letzten jahre vor dem abitur verbring ich in der zweitschlechtesten schule von São Paulo. ma kann dort sehr wenig lernen, dafür is es ziemlich unmöglich durchzufallen. am besten is, ma kommt nich zur prüfung. dann denkt der lehrer, daß eim was schlimmes passiert sein muß und gibt eim eine note, mit der ma leben kann. uns fragt eine lehrerin: ›leute, jedesmal wenn wir die anwesenheitsliste durchgehn, verschwenden wir 10 minuten des unterrichts. ich schlag vor, daß wir sie weglassen und ich meld euch alle als anwesend.‹ wir überlegen uns die sache gut und stimmen dann zu. danach lernen wir 15 prozent mehr, aber wieviel is 15 prozent von null? die türen sind immer offen, ma kann raus- und reingehn. ich komm 2 mal zum sportunterricht, bin besoffen und mach so ein wirbel, daß die andren schüler nur lachen und sich nich konzentrieren können. der lehrer schlägt mir vor, dem unterricht für immer fernzubleiben, natürlich führt er mich als anwesend und die note wird schon stimmen. wenn das das beste für die schule is, werd ich mich opfern. die frage des jahres kommt in der geografieprüfung. es is grad fußballweltmeisterschaft, Brasilien gegen Holland. die frage lautet: heute abend wollen wir, daß… gewinnt.

in mein taxi steigen 2 brasilianerinnen ein. sie reden von männern, die sie schon vernascht ham und von männern, die sie noch vernaschen wollen. das niveau is nich sehr hoch, der ein oder andre typ sollte manche teile besser waschen, um ihre nasen nich in mitleidenschaft zu ziehn. das was ich hier sag is natürlich eine gemilderte version. am ende der fahrt frag ich, ob ich rechts oder links fahren soll – auf brasilianisch. sie wollen ihre gesichter in der tasche verstecken, aber die taschen sind zu klein.

kleines wörterbuch um die langeweile aus diesem buch zu vertreiben

achterbahn	zug für 8 personen
album	explosion des ganzen
argwohn	asylantenunterkunft
auspuff	bordell geschlossen
dilemma	andre schreibweise für *kleine schafe*
einwandfrei	haus mit nur 3 wänden
erdkunde	landkäufer
fassade	nie wieder saufen
feldherr	mann auf der wiese
fiskus	bösartiges knutschen
geistesabwesenheit	gespenstermangel
golfstrom	deutsche autobahn
insekt	modischer schaumwein
katastrophe	gedichtet am tag nach dem rausch
mißverständnis	die schönste psychologin
minimum	kleiner mut
nähmaschine	gerät das die arbeit verweigert
ohrfeige	mensch der sich vor leuten mit großen ohren fürchtet
pomade	arschwurm
saxophon	fernsprechgerät in Sachsen; im übertragenen sinne: gerät von schlechter qualität
schlafrock	sehr langweilige musik
grüner star	Joschka Fischer
stereotyp	kerl der auf beiden seiten hört
steuerknüppel	waffe zur zwangseintreibung von abgaben
stuhlgang	bande die auf den raub von sitzmöbeln spezialisiert is
taifun	spaß in Bangkok
ungar	roh
willkommen	kommt aber nich
zufall	wenn der fallschirm nich aufgeht

fehlstart

1998: das *ß* wird durch *ss* oder *sz* ersetzt. meist durch *ss:* bass, fass, heiss. nur wenn der vokal davor lang is, wird *s* durch *sz* ersetzt: grosz, masz, schosz. er schoss auf den schosz. busse sind kein guter ort, um busze zu tun. *das* und *daß* werden *das*.

mit 15 tramp ich nach Argentinien, Chile und Uruguay.

Argentinien, der süden Brasiliens, Uruguay und Chile bilden das europäische Südamerika. Argentinien war eines der reichsten länder der welt, die oper in Buenos Aires war bereits zu beginn des jahrhunderts weltbekannt, schon damals hatten sie eine u-bahn. heute noch hat Argentinien mehr ärzte pro einwohner als fast jedes land der welt. in Süd-Südamerika wohnen fast nur weisse, kaum analphabeten, und der fleischkonsum is sehr hoch. in Buenos Aires sind um 2 uhr morgens mehr leute auf der strasze als in München um 5 uhr abends. Argentinien und Chile können heiss wie die Sahara und kalt wie Skandinavien sein.

um meine reisen zu finanzieren, muss ich zwischendurch arbeiten. mit 15 in eim reisebüro, mit 16 in einer baufirma. eines tages kommen 3 typen reingerannt, die ham kleine pistolen und grosze augen. sie wollen unser geld, ob das ein scherz is? naja, lieber gehorchen. ich hab 100 mark in der hosen- und 10 mark in der jackentasche. ich geb ihnen 10 mark, vielleicht sind sie so zufrieden. jeder legt sein geld auf die theke und ich hoff, das sie mich nich durchsuchen, sonst könnten sie böse werden. sie wühlen die schubladen durch, nur eine nich. es is zahltag und grad in dieser liegen die gehälter von 200 arbeitern. sie gehn mit dem boss zum safe, da is auch nich viel zu holen. wir werden alle in die rumpelkammer gepresst und es wird eng, weil grad so viele besucher da sind. die räuber haun ab, fahren zu schnell, fallen einer streife auf und werden verfolgt. bei der schieszerei wird einer abgeknallt und 2 verhaftet.

danach arbeit ich als einkäufer, als interviewer für ein umfrageinstitut, als enzyklopädienverkäufer und geb mehr geld aus als ich verdien. trotzdem: ich will von Brasilien nach Brasilien, über die andre seite. mal sehn, ob die erde wirklich rund is.

von São Paulo bis Campo Grande, circa 1000 kilometer, sind die straszen gut, von Campo Grande bis zur grenze nach Bolivien verkommen sie zu trampelpfaden. von der grenze bis nach Santa Cruz de la Sierra gibt s keine strasze, es bleibt eim nix andres übrig als mit dem zug zu fahren. kein groszer luxus. eine unmenge koffer, kisten, säcke, hühner und leute. da muss ma schon die augen offen halten, das eim kein kind oder schwein auf den nacken pieselt. die geruchslandschaft is überwältigend. am besten ma reist auf dem dach. da is zwar auch fast alles besetzt, aber ma atmet frische luft.

ab Santa Cruz geht s mit trampen weiter. ich schlaf einmal pro woche in eim hotel, um mich zu waschen. sonst bleib ich auf der strasze. Bolivien is wie eine treppe, je weiter westlich desto höher. Santa Cruz liegt ganz unten im sumpf, Cochabamba in der mittelstufe und La Paz ganz oben, höher als die Zugspitze. trampen is hier etwas kompliziert. die wenigen pkws halten nich an. die lkws halten an, wollen aber kohle fürs mitnehmen. ja und was soll ich nu machen? wenn ich zahl, auch wenn s nich viel is, is das kein trampen mehr. also halt ich die laster an, frag die fahrer ob sie mich umsonst mitnehmen. manche sagen ja, manche sagen nein. ich reg mich nich auf wenn sie nein sagen. sie runden so ihren verdienst auf. und wenn sie mich bevorzugen, könnten die andren fahrgäste motzen. manchmal lässt ma mich im cockpit fahren, manchmal auf der ladefläche. mir is hinten viel lieber, weil ich meist müde bin. oft bin ich kurz vorm einschlafen und muss den fahrer unterhalten, wenn ich vorn sitz. in Bolivien glauben viele brummifahrer, das müdigkeit übertragbar is. wenn der beifahrer einschläft, schläft der fahrer auch gleich ein. es hat eine gewisse logik, der fahrer hat niemand mehr, mit dem er reden kann. aber diese fahrer glauben, das schlaf so ansteckend is wie grippe.

die dörfer hier sind ziemlich arm. manchmal trifft ma touristen, die sprechen von diesen dörfern als wär s Südamerika. ja ja, Südamerika is sehr primitiv. sie könnten nach Buenos Aires oder nach São Paulo gehn, das interessiert sie aber nich. ich könnt auch sagen, in Europa gibt s nix als not. die armut, die da herrscht, is bedrückend. im winter wird s saukalt und die heizung geht nie. es gibt überhaupt nix. kein brot, kein fleisch, kein bier, und wenn dir die streichhölzer ausgehn, musst du eine halbe stunde anstehn. auch ausgebildete leute verdienen ein hungerlohn, aber das is nich so schlimm, weil Europa billig is und es sowieso nix zu kaufen gibt. die tatsache, das ma nach Europa kommt, heisst noch lange nich, das ma in Paris oder Berlin landet. ma kann auch im osten oder im süden landen. ma kann dann über Europa reden wie die europäer über Südamerika, wenn sie in ein Andenland fliegen und daheim erzählen, wie s in Südamerika is. dabei is der unterschied zwischen Argentinien und manchen Andenländern gröszer als zwischen der Schweiz und Albanien.

die landschaft wird immer schöner, und ich bin immer weniger begeistert, hinten zu reisen. es geht bergauf, bergauf und bergauf und es wird fürchterlich kalt. für die nase is es auch kein genuss, oft sind die brummis mit fisch beladen. ich komm so weit hoch, das hunde und kühe pelze ham, wie sehr wollige schafe. dann fährt ma stundenlang auf einer nieendenwollenden hochebene, mit schneebedeckten gipfeln am horizont, und plötzlich kommt ma an ein riesenkrater, der aussieht, als wär ein meteorit eingeschlagen. unten in dem loch liegt La Paz, die höchste hauptstadt der welt.

La Paz bedeutet *frieden,* leider gab s nich sehr viel paz in La Paz. nich, das ma ständig krieg gegen andre länder führen würde. die bolivianer machen das ungern, sie ham an Paraguay ein gutes stück land verloren und an Chile den zugang zum meer. wie so oft in Lateinamerika werden die kriege nich zwischen den ländern geführt sondern intern. die mächtigen gegen die bevölkerung oder ein paar mächtige gegen andre mächtige. meistens gewinnen die, die die CIA auf ihrer seite ham. so hat Bolivien seit der unabhängigkeit 1825 im schnitt mehr als ein präsidenten pro jahr, obwohl jeder 4 jahre bleiben sollte. wahrscheinlich hat kein andres land so viele präsidenten gehabt. gute republik. viele präsidenten.

Peru. ich besuch Cuzco und Machu Picchu. Machu Picchu is die groszartigste inkaruine die ma kennt. sie liegt auf eim spitzen berg und is ein guter platz um selbstmord zu verüben. die klippen sind steil, der tod garantiert und die landschaft is groszartig. ganz im gegensatz zum trampen. einmal muss ich 3 tage hinten auf eim lkw reisen, ma fühlt sich wie in einer tiefkühltruhe mit mehreren ventilatoren. der lkw is mit kakao beladen, also ess ich 3 tage lang kakaonüsse. die schmecken wie schokolade ohne zucker. nix halbbitter, sondern ganz ohne zucker. auf dem lkw kann ma sich nich gegen den wind schützen. gott sei dank fährt er selten schnell, weil die strasze so schlecht is.

auf dieser reise merk ich bald, das leute enttäuscht sind, wenn ich sag das ich brasilianer bin. is ja langweilig, der is vom nachbarland und wird nich einmal reich sein wie die richtigen gringos. sie wollen leute von weit her, aus den USA, aus Europa oder so. also sag ich, das ich deutscher bin. mir fällt sonst nix ein. ich könnt sagen das ich russe bin, aber dann denken sie noch ich wär ein spion. oder amerikaner. eine menge leute könnten allerdings feststellen, das mein englisch nich original is. das es mit meim deutsch nich stimmt, können nur die deutschen feststellen. es dauert nich lange und schon fragt mich ein peruaner, ob ich im krieg war. ›in was für eim krieg‹, frag ich. ›im zweiten weltkrieg, natürlich.‹ ich bin 17 jahre alt, mit dem gesicht eines 14jährigen. wie kann ich im zweiten weltkrieg mitgemacht ham? ›tja, du bist deutscher...‹ das kommt oft vor und irgendwann lass ich mir eine antwort einfallen, die dem niveau der frage entspricht. ›hast du im krieg mitgemacht?‹ ›in welchem krieg?‹ ›im zweiten weltkrieg.‹ ›nein, nein. nur im ersten. im zweiten war ich zu alt.‹

überall auf dem Altiplano wird koka verkauft. das erste mal, als ich auf dem markt den schrei ›koka, koka!‹ hör, bin ich schon ein bissi schockiert. die kokablätter werden in groszen säcken angeboten, kiloweise. ich muss es ausprobieren und geh zu eim verkäufer. ich hoff das mich nich grad die geheimpolizei überwacht. ich kauf 1 kilo kokablätter und fang mit der kauerei an. eine ziemlich mühsame sache. ich kau, kau und kau und es tut sich nix. es soll wach halten, aber müde wie ich bin, hab ich keine chance, die wirkung festzustellen.

an der küste im norden bestehn die städtchen nur aus villen. irgendwo müsste es auch normale häuser oder hütten geben, ich seh sie aber nich. ich erreich Quito und fahr gleich weiter nach Guayaquil. während der reise ess ich zuviel krimskrams: warme milch direkt von einer kuh, avocados, karotten, die ich auf den feldern klau, krabbenkroketten, kartoffelkroketten, fleischtaschen, melonen, chicha (ein undefinierbarer rosa trunk), kaffee, bier, reis mit gulasch. am abend im Guayaquil geht s mir schlecht. verdammt schlecht. ich such ein klo, das gibt s in Guayaquil nich. die bars und restaurants ham angeblich keine, öffentliche kann ich beim besten willen nich finden. in hotels lässt ma mich nich rein, ausser ich nehm ein zimmer. absolute verzweiflung. am schluss steh ich vor der alternative: scheissen oder sterben. auf einer groszen breiten strasze is eine verkehrsinsel mit einer hecke, die 30 oder 40 zentimeter hoch is. da kann ich nix verstecken, aber meine lage is nich mehr tragbar. ich spiel vabanque und erleichter mich um ein paar kilo. leute bleiben stehn und schaun zu mir her, darunter 2 polizisten. die kommen rüber und fragen was ich mach. ›scheissen!‹ selbstverständlich verweisen sie mich darauf, das diese verkehrsinsel kein scheissort is. ›wo bitte, is ein scheissort?‹ das wissen sie so wenig wie ich und lassen mich in ruh. ich find, der ganze ort is ein scheissort.

von Guayaquil fahr ich die küste nach norden, bis ich in eim kaff ankomm, das ma Esmeralda nennt. die grosze mehrheit der bevölkerung is afrikanischer abstammung und das nachtleben hat was zu bieten. ich such ein hotel, aber entweder sind sie zu teuer oder vollbesetzt. es bleibt mir nix andres übrig als am strand zu schlafen. ich frag noch ein passanten, ob s in der nähe ein hotel gibt. er kennt kein hotel, dafür aber das marinegebäude. die leute sind okay und vielleicht lassen sie mich da übernachten. vor dem tor sitzen ein paar marinierte, ich überleg kurz und entscheid mich, nich zu fragen und doch am strand zu schlafen. ich such ein eck und leg mich hin. es promenieren noch immer viele leute, so is es zum schlafen ungünstig. nach einer weile geh ich in ein strandrestaurant, bestell mir ein bier und wart ab bis sich das ganze beruhigt.

im restaurant sind nur 2 personen, der kellner und ich. wir unterhalten uns ein bissi und er bietet mir an, im restaurant zu schlafen. die langen bänke sind nich so weich wie der sand, aber dafür nich so sandig. und das ganze is auf alle fälle sichrer, da er die ganze nacht wach bleiben muss. ich schlaf wie ein müder baum. am nächsten tag wach ich auf und merk bald, das alles was etwas wert is aus meim rucksack verschwunden is. ich will den kellner rufen, der is auch verschwunden. viel zu klaun gab s nich, aber die flöte und der fotoapparat sind weg. die flöte hat mein vater versichern lassen. meine cash-reserve war so gut versteckt, das der dieb sie nich gefunden hat.

also zur polizei, dann zum wirt. der wirt erzählt, das der kellner vor 2 wochen aus dem knast gekommen is. der wirt wollte ihm zu eim ehrlichen leben verhelfen. eigentlich hab ich glück gehabt, das ich nich aufgewacht bin: der kellner hat nich nur mich sondern auch das restaurant um einiges erleichtert, pistole inklusive.

ich schick den wisch von der polizei nach Brasilien und muss in Ecuador warten, bis das geld für eine neue flöte kommt. also fahr ich zurück nach Quito. beim trampen nimmt mich ein amerikanisches ehepaar mit. sie laden mich ein, bei ihnen in ihrer riesenvilla zu bleiben. der garten is fast so grosz wie der Schwarzwald, wenn du mir diese übertreibung erlaubst. ich krieg ein schlafzimmer, das einer halle gleicht. im bett wär noch platz für 10 fraun. eine bar mit allem nur denkbaren gesöff is auch dabei, am vorhang eine glocke mit der ich die putzfrau oder den butler rufen kann. das essen is immer ein bankett. manchmal is es langweilig in meim zimmer, da geh ich runter um mir was zu essen zu holen oder mit den gastgebern zu plaudern. in u-hosen und hausschuhn treff ich ein botschafter oder den direktor von United Fruits. hallo wie geht s? und die geschäfte? das ganze hat nur ein haken: meine gastgeber sind so rechtsradikal, das einer von der CSU sie nich einmal mit dem fernglas sehn könnt, so weit rechts sind die. nich das sie was gegen türken hätten oder dergleichen. die türken lassen sie völlig kalt. nein, sie sind sektiererische kapitalisten. nich nur, das sie gute geschäfte mit holz im ecuadorianischen dschungel machen, sie gehören zu einer atheistischen sekte, die den kapitalismus als moral und letzte instanz ansieht. sie ham broschüren wie die Zeugen Jehovas und sind der meinung, das es überall eine kommunistische infiltration gibt: Kennedy, Johnson, Nixon – alles eingefleischte kommunisten.

naja, das leben is schön in diesem haus, ich geniesz die guten seiten und halt mich zurück mit meiner meinung. aber die streitereien werden häufiger und unangenehmer, also geh ich. vom unglück im reichtum zum unglück in der armut. in der studentenstadt werd ich ein freund von Ramón und zieh in sein zimmer ein. ich schlaf am boden. ma darf bei freunden natürlich nich wohnen, wenn ma nix zahlt, aber was soll s.

essen tu ich in der küche. leider hab ich keine gutscheine. so muss ich mich mit dem personal anfreunden. ich krieg kein normales gericht, sondern das was in den töpfen bleibt. ich ess viel wenn viel da is, wenig wenn wenig übrigbleibt. einmal ess ich 2 kilo fruchtsalat. danach trink ich bei eim bekannten 2 liter starken schwarzen kaffee, um das ganze runterzuspülen. danach geht s mir entsprechend. ich geh nich ins detail, vielleicht bist du grad beim frühstück.

Ramón findet mich lustig, meint aber, ich sollt ab und zu duschen. wenn ich spät heimkomm, merkt er das ich da bin, auch wenn er mich nich sehn oder hören kann. das is problematisch. das studentenhaus hat weder bad noch dusche. ma geht zur öffentlichen dusche um die ecke, und die is saukalt. bei lufttemperaturen, die selten über 10 grad liegen, muss ma halt ein ferkel bleiben. zuweilen aber wird der druck der gemeinschaft zu stark und ich geh hin. ein stockwerk höher wohnt Pablo, ein dunkler kleiner typ, der sehr nasal redet und brillen trägt, die so stark sind, das ma meinen könnt, der mensch is bestenfalls blind. mit ihm und seim freund Joaquín, der aussieht wie ein ausgemagerter wikinger, klettern wir auf den Cotopaxi, 6000 meter hoch. wenigstens ham wir die absicht. am zweiten tag sind wir mitten im schnee in einer wolkenbank und wissen nich mehr, wo vorn und hinten is. wir wissen nich, ob der nächste schritt nich in den abgrund führt und verlieren uns aus den augen, schaffen s trotzdem, runter und nach haus zu kommen. am nächsten tag treff ich sie zufällig, sie tun, als wär nix passiert. richtige chaoten sind das.

dann fahren wir in den norden und geraten auf dem rückweg in eine kontrolle. ich hab mein pass nich mitgenommen und es dauert ziemlich lange, bis ich den bullen klarmachen kann, das ich auch ohne pass ein vorbildlicher bürger bin.

in Quito mach ich ein paar übersetzungsarbeiten und werd ein bissi weniger arm. bald kommt das versicherungsgeld aus Brasilien. ich kauf mir eine gebrauchte flöte, ein gebrauchten fotoapparat und will gleich weiter. aber Ramón will mich nich weglassen. er besteht darauf, das ich noch zum bauernhof von sein eltern komm. ich will nich, ich will nich, ich will nix wie weg, am ende überredet er mich doch. diesmal bin ich nich blöd, ich nehm mein pass mit. wir fahren nach Riobamba, in den süden. in eim bus, in dem der fahrer gleichzeitig unternehmer is, verlier ich mein pass. grosze unternehmer sind leicht zu finden, kleine unternehmer gibt s zu hunderten. mein freund weiss natürlich auch nich, was für ein bus das war, aber das is kein problem, da ma sich in passagierlisten eintragen muss. von der liste gibt s eine kopie, das original wird am ersten polizeiposten abgegeben, wenn ma Quito verlässt. die kopie wird am letzten polizeiposten abgegeben, das heisst direkt vor Riobamba. also muss ich nur zum ersten polizeiposten gehn, die liste finden, dann hab ich den unternehmer und seine adresse.

die polizei ordnet die listen nach tagen und tageszeiten. wir sind am samstag vormittag gefahren, nu – die listen für freitag abend sind da, auch die für samstag nachmittag, nur für den samstag vormittag gibt s keine. herr polizist, was is hier los? wo is die liste für samstag vormittag? der polizist schaut nach, findet aber keine. das kann nich sein, da sind hunderte von bussen vorbeigefahren. er erklärt mir: sie ham kein toilettenpapier. ich fahr zum andren polizeiposten in Riobamba. da is überhaupt nix organisiert. ich krieg ein groszen sack mit unmengen von listen. die schmeiss ich alle draussen auf den boden, der polizeiposten is zu klein. nach 1 kilo listen fängt s zu regnen an. bis ich alle durch hab, bin ich so nass, das ich in mir selber schwimmen könnt. meine liste find ich nich.

ich ruf die brasilianische botschaft an und sag, das ich mein pass verloren hab. was soll ich nu machen? der mann in der botschaft sagt mir, ich soll ihn wieder finden. und was is, wenn ich ihn nich wieder find? dann muss ich 8 fotokopien vom personalausweis, 8 vom wählerausweis, 8 vom militärausweis, 8 von der lohnsteuerkarte, 8 vom trauschein wenn ich verheiratet bin, 8 vom todesschein wenn ich tot bin, und ein paar hundert mark beibringen und 5 monate abwarten. heutzutage kriegt ma sein pass am gleichen tag oder ein tag später, aber 1975 waren die militärs an der macht und die sind paranoid.

ich tiger durch ganz Ecuador. manchmal glaub ich auf einer heissen spur zu sein, dann stellt sich heraus, das es der falsche bus war. es is schwierig, ein bus in eim land zu finden, das ungefähr so grosz is wie Deutschland. ein bus, von dem ma nur weiss, das er grün mit schwarzen streifen is. nach einer woche ununterbrochener suche, praktisch ohne schlafen, geb ich s auf. dabei sagt mir Ramón, das es völlig idiotisch war, mein pass mitzunehmen. kontrollen gibt s nur im norden, richtung Kolumbien, nie im süden, richtung Riobamba. gut das er mir das nachher sagt. naja, vorher hab ich nich gefragt.

also 4 oder 5 monate ausharren oder zurück nach Brasilien und schnell ein neuen pass machen lassen. ich fäll die entscheidung: zurück nach Brasilien, pass machen lassen, ein bissi jobben und wieder losfahren. das einzige problem is, das Ecuador eines der beiden länder in Südamerika is, das keine gemeinsame grenze mit Brasilien hat. ich muss entweder durch Peru oder durch Kolumbien. ich frag mal die botschaft, ob sie mir kein ersatzpapier geben kann, ein laisser-passer. nix. wir brasilianer sind nett zueinander und helfen uns gegenseitig in jeder notsituation.

hätt ich ein hotel in Esmeralda gefunden, wär ich nich an den strand gegangen. hätt ich mich für die marine entschieden, wär ich auch nich an den strand gegangen. hätt ich mich nich entschieden, im restaurant noch ein bier zu trinken, hätte ma mich nich ausgeraubt. hätte ma mich nich ausgeraubt, wär ich nie so lang in Quito geblieben um auf das geld von der versicherung zu warten. wär ich nich so lang in Quito geblieben, wär ich nich ohne pass in den norden gefahren, sondern allein und mit gepäck, richtung Kolumbien. wär ich nich in den norden gefahren, wär ich nich kontrolliert worden. hätte die polizei nich zufällig eine kontrolle gemacht, hätt ich nich die unangenehme erfahrung gemacht, ohne pass in eine polizeisperre zu geraten. hätt ich Ramón gesagt, ich fahr doch weg, wär ich nich in den süden gefahren. wär ich nich passlos in den norden gefahren und kontrolliert worden, hätt ich mein pass in den süden nich mitgenommen. hätte mir Ramón gesagt, das ma manchmal im norden kontrolliert wird aber nie im süden, hätt ich den pass nich mitgenommen. wären wir im bus von eim groszen unternehmer gefahren, hätt ich ihn gefunden und dann wahrscheinlich auch mein pass. hätte ein polizist nich grad lust zum scheissen gehabt und meine liste als klopapier genommen, hätt ich ihn auch gefunden. so muss ich nach Brasilien, wo mein leben eine scharfe kurve gemacht hat. die chance, das das alles so passierte, war grob gerechnet 1 zu 1 million. immerhin, noch wahrscheinlicher als ein sechser im lotto. und das kommt auch immer wieder vor.

ich muss illegal durch Kolumbien und setz mich in ein sammeltaxi und hoff. in den sammeltaxis sind fast nur leute, die an der grenze wohnen und nich so arg kontrolliert werden. mein gepäck is im kofferraum, ich allein fall nich auf.

peruaner und ecuadorianer ham mich immer gewarnt: in Kolumbien sollte ma arg aufpassen, das ma nich überfallen oder beklaut wird. ich hab grosze paranoia. sogar die hunde schaun mich so komisch an, als würden sie nur abwarten, bis ich an ihnen vorbeigegangen bin, um dann leise mein rucksack anzuknabbern und meine juwelen und kreditkarten mitzunehmen. in Cali will ich auf nummer sicher gehn. bevor ma mein ganzen rucksack mitnimmt, lass ich ihn in der gepäckaufbewahrung am bahnhof. später hol ich ihn ab, fahr weg und stell fest, das mein fotoapparat weg is. die ham ihn in der gepäckaufbewahrung geklaut. es geht auf der strasze abwärts und abwärts bis nach Puerto Asis, am ufer des Putumayo. der Putumayo is einer der groszen quellflüsse vom Amazonas. in Puerto Asis gibt s boote, die runter nach Brasilien fahren. aber es is eine ziemlich trockene zeit, der fluss is nich befahrbar. es gibt nich genügend wasser, also teetrinken und abwarten.

ich lern 2 amis kennen, die auch warten oder einfach da sind. der eine hat ein glasauge und fliegt bald weg. der andre, mit dem ich oft unterwegs bin, heisst Ken. hier lern ich die magic mushrooms kennen. die gegend is ideal dafür: feucht, warm und mit vielen kühn. die pilze wachsen auf der kuhscheisse. ma sagt mir, 3 grosze reichen für eine reise ins schlaraffenland. was ma mir nich sagt, is wie lang es dauert bis eine wirkung zu spüren is. ich ess 3 und spür nix. nach 10 minuten ess ich noch ein paar, und noch ein paar. am ende sind s 12. ich wart immer noch bis ich plötzlich merk, das ich flügel hab. die hatt ich an mir vorher nie bemerkt. naja, wenn ich schon flügel hab, dann flieg ich halt ein bissi. der planet wird zu langweilig und ich flieg weiter weg. ich überhol das licht, das die erde verlässt und verfolg die geschichte der erde rückwärts, bis ich mammuts seh, die friedlich grasen, ein pterodaktylus und steinzeitliche vögel, die hektisch quietschen. später komm ich zurück und treff mich mit Ken auf dem paddelboot. er ging ein bissi in der Andromeda flanieren. im hier-und-jetz is zeit fürs kino. die leinwand hat 360 grad, der sound is nich laut, aber desto beeindruckender. der vorführer is gott, genau wie der film. die welt is klug, die welt is bewusst.

dieses kaff im kolumbianischen urwald is pure science-fiction. es geht uns wunderbar. aber irgendwann am abend will ich schlafen und kann nich. da kommen alle fragen an mich selbst, aber so viele fragen kann ich selbst im zustand eines höhren bewusstseins nich beantworten. in der nacht kommen nur noch die fragen, ich geb mir keine mühe mehr, sie zu beantworten. wieso lieg ich hier überhaupt, mit diesem tonnenschweren körper? am nächsten tag möcht ich endlich einschlafen, but the show must go on. noch ein tag vergeht, die bilder und fragen laufen weiter und weiter. ich möcht mal rüber zu Ken schaun, aber ich kann unmöglich diesen panzer, mein körper, in bewegung setzen. Ken kommt ja auch nich zu mir, ihm geht s wahrscheinlich nich besser. am dritten tag flaut s allmählich ab und ich krieg hunger.

›some food?‹ ›yeah.‹ wir tingeln los zum lokal. ›some smoke?‹ ›yeah.‹ wir tingeln ein paar hundert meter aus dem dorf und drehn uns ein. ›some beer?‹ ›yeah.‹ zurück zum lokal. ›some mushrooms?‹ ›yeah.‹ wir gehn auf die wiese und holen uns welche. aber nich mehr als 3. ›some beer?‹ ›yeah.‹ same procedure. ›some pussy?‹ ›yeah.‹ und wir tingeln zum puff. im puff regt sich bei mir nix, bei der kopfladung. das zimmer, obwohl primitiv, is herrlich. den boden würd ich im normalen zustand als einheitsgrau bezeichnen, nu merk ich, das er bunt is. es is nich so, das ich eine halluzination hab. ich denk nich, das er bunt is, ich merk s. und so viele interessante grauschattierungen gibt s. das mädel liegt da und versteht nich ganz, was mit mir los is. sie is ein wunder der natur, ein doppelwunder sogar. erstens is sie ein irrsinnig komplexes lebewesen, und zweitens is sie eine frau, das heisst noch komplexer. sie blüht auf wie eine pflanze im frühling, die stolz aller welt ihre genitalien zeigt. es kann sein, das männer nich reinkarnieren, aber fraun bestimmt. sie tragen soviel weisheit in sich. die nutte is froh das sie ihr geld ohne arbeit verdient. Ken wartet schon draussen und fragt, warum ich so lang gebraucht hab. ›some food?‹ ›yeah.‹

Kolumbien is wie ein gigantisches Rio de Janeiro. das ganze land is high life. und mit *high life* mein ich wirklich *high*. die familie, die zusammen raucht, bleibt zusammen. ein 14jähriger freundet sich mit mir an. er will mit mir ein joint rauchen. ›okay‹, sag ich, ›wo denn?‹ bei ihm, meint er. da wohnt seine familie und ich glaub, wir werden in sein zimmer verschwinden oder in den keller, aber nein. die ganze familie raucht mit. praktisch jedes geschäft im dorf is ein scheingeschäft. dope is das hauptexportgut vom land. obwohl ich wett, das keine 10 prozent der kolumbianischen bevölkerung etwas mit dope zu tun ham.

Pedro is kolumbianer und öfters mit uns unterwegs. irgend so ein junger typ, der keine arbeit hat und immer auf der lauer nach eim geschäft. er redet und raucht viel. er will mit uns beiden kokain nach Brasilien schmuggeln. Ken soll das kapital liefern, er das know-how, und ich soll übersetzen, da Ken nur englisch und Pedro nur spanisch kann. ein todsichres geschäft, meint er. ma schickt die packung rüber, fährt im schiff mit. die fracht wird an eine person geschickt, die s nich gibt. wenn ma sieht, das alles gut gegangen is, lässt ma sich schnell ein ausweis anfertigen und holt sich das ding ab. aber bei eim todsichren geschäft hör ich immer mehr den tod als das geschäft. ich halt mich da raus, auch wenn s mir 10 000 dollar bringen sollte. ich schätz meine zeit zu sehr. geld kann ich irgendwann so oder so machen, und wenn ich s verlier, kann ich s wieder probieren. geld kann inflationieren, zeit nich. die zeit, die ich zum leben hab, kann ich nich durch geld verlängern, ausser im krankenhaus. lieber 10 000 dollar als 10 jahre zu wenig.

trotzdem übersetz ich. einmal gehn wir auf einer strasze, ich langsamer als die beiden andren. Ken unterhält sich angeregt mit Pedro, manchmal klopfen sie sich auf die schultern, sie verstehn sich prächtig und ich denk mir: warum zum teufel muss ich die ganze zeit übersetzen? die brauchen das gar nich! mit ein bissi gutem willen kann ma sich doch überall auf der welt verständigen. dann komm ich näher: der eine redet über das geschäft in Kolumbien, der andre über die familie in Oregon.

in Puerto Asis will ich meine illegale situation in ordnung bringen. ich geh zum bürgermeister und erzähl das ma mir alle papiere gestohlen hat, ob er mir nich eine diebstahlbestätigung schreiben könnte, damit ich wenigstens zur brasilianischen grenze komm? er weist die sekretärin an, mir eine erlaubnis zu schreiben, damit ich bis São Paulo komm. das is das gleiche, wie wenn der bürgermeister von Petershausen mir eine erlaubnis gibt, ohne pass bis nach Wladiwostok zu fahren.

ich geh täglich zum hafen, um mich zu erkundigen, wann das nächste schiff kommt. nie was. ein paar wochen später spazier ich am ufer und seh plötzlich, wie ein schiff hinter der biegung verschwindet. ich renn zum hotel, nehm meine sachen und renn durch den dschungel dem schiff hinterher. mein glück is das es 1 oder 2 kilometer weiter abwärts anlegt, um ein paar kühe aufzuladen. eigentlich wollt ich schon zahlen, aber niemand verlangt geld von mir. auch der käptn nich, der doch gesehn ham sollte, wie ich zwischen der ein oder andren kuh eingestiegen bin. so so, sie meinen, das ich später eingestiegen bin, um nich zahlen zu müssen. ich zahl natürlich nich, wenn ma von mir das geld nich will. irgendwann sagt er, ich könnt wenigstens ein bissi in der küche mithelfen, wenn ich schon nich zahl. ja gern. no problem.

auf dem schiff wird fleisch entweder gejagt oder gefischt. affen, piranhas, schildkröten, einmal ein krokodil. es gibt ein schwarzen, der das meiste jagt. er hat ein gewehr, das sicher noch von den conquistadores aus dem 16. jahrhundert stammt, schwer wie eine kanone und laut wie ein king-kong-furz. er sichtet ein flamingo, schieszt, der vogel fällt um und ma holt ihn mit dem boot ab. er atmet und hat keine schusswunden. von dem unglaublichen lärm is er so erschrocken, das er ohnmächtig geworden is. der schwarze murkst den flamingo ab, bricht ihm in der beuge das bein ab und zieht dort die sehne immer hin und her. die kralle geht auf und zu und er lacht: ›o-ho! o-ho!‹

das wasser is sehr niedrig und das schiff bleibt oft im sand stecken. wir binden ein seil um den mast und um ein baum am ufer und ziehn. es geht sehr schwer voran, ich komm dazu und bring rhythmus in die sache: ›uno! dos! tres! HAAA! uno! dos! tres! HAAA! uno! dos! tres! HAAA!‹ ab nu werd ich ›el tigre‹ genannt. is auch richtig so. ich mein, ich seh aus wie ein tiger. gelbe haut und überall flecken. nur mit der schnelligkeit hapert s ein bissi. da bin ich mehr eine ente auf dem festland. nu, nach all den jahren, entdeck ich meine berufung: sklaventreiber. obwohl ich mitschieben muss, so is es nich. bis jetz sind wir nie nachts gefahren, der käptn hat sich im seichten wasser nich getraut. nu wird der fluss allmählich breiter und tiefer. wir wollen s mal versuchen. der wunderbare sonnenuntergang is vorbei, uns umhüllt eine friedliche finsternis. ich sitz ganz vorn und die sicht durch die scheinwerfer beträgt 20 meter. plötzlich kommt mir ein riesenbaum entgegen. ich hau nach hinten ab und es kracht. der baum fegt ein paar tonnen waren ins wasser und dann is er weg. oder wir sind weg vom baum. was macht ein riesenbaum mitten im fluss – ein loch ins schiff, es geht alles sehr schnell. nur ein rettungsboot für 100 leute, apocalypse now, die piranhas hängen sich schon die servietten um, manche singen ›halleluja‹ oder ›ein feste burg is unser gott‹, andre ›but it s aaaaalll right…‹ weil s mit ihrem deutsch hapert, vor allem in solch einer situation. nein nein, es is nich die Titanic im Nordatlantik, es is ein anonymes boot im Amazonas. ein bissi panik bricht schon aus, aber die mannschaft is blitzschnell und stopft die löcher mit zement. gut beinand die jungs.

ein paar tage später is es spät: der kapitän dreht noch eine runde und sieht ein morenkopf im wasser vorbeischwimmen. war das ein eindruck oder wirklichkeit? er fragt vorsichtshalber bei der negerfamilie nach. die mutter merkt nu, daß einer fehlt. da fährt die rettungsmannschaft mit dem motorboot in die nacht hinein. ein neger in eim fluß mitten in der nacht zu finden is schon schwierig. hinzu kommt, das der 8jährige nich schwimmen kann und piranhas gibt s auch. eine zeit vergeht, das boot kommt zurück, kein schwarzer im boot, die mutter bricht zusammen. boot dockt an schiff an, da is er, am boden vom boot. nich mehr ganz fit aber atmend.

eine nacht laden mich 2 typen ein, mit ihnen ein bier zu trinken. bar oder kantine gibt s keine, dafür viele kisten bier, von denen ma sich nich bedienen darf aber kann. jeder klaut sich eine flasche und trinkt. ein paar tage später sind alle gegen mich. sie beschuldigen mich, ein paar kisten bier ausgetrunken zu haben und wollen mich an der grenze ausliefern. das is sehr ungünstig, vor allem wenn ma kein pass hat. ich entdeck ein paar ungereimtheiten in der geschichte und geb eine rede, als staranwalt, zu meiner verteidigung. ich beweis, das ich s nich gewesen sein kann, bis der kapitän mich unterbricht. er gibt mir recht und will nich, das ich weiterred. gut. ich red nich weiter. wohl ein komplott von der crew, die mir die schuld in die schuhe schieben wollte. so müssen sie eine andre erklärung für das verschwinden der flaschen finden.

an der grenzstadt soll ma sich abmelden, ich steig schnell in ein kleines boot um und verschwind über die grenze.

fliegen und sitzen

1998: lange *e's* in der letzten silbe bei mehrsilbigen wörtern werden – wenn dem *e* kein *h* folgt – verdoppelt: trotzdeem, phänomeen.

es freut mich sehr, das ich s durch Kolumbien ohne pass geschafft hab, und nu bin ich in dem land, in dem ich kein brauch. wunderbar. aber es kommt anders als erwartet.

ich wollt meine familie überraschen. nu hab ich s etwas eilig, weil ich seit fast 2 monaten nich geschrieben hab. sie werden sich sorgen machen. die brasilianische grenzstadt besteht eigentlich nur aus einer kaserne und ein paar läden, die die kaserne versorgen. angeblich landet manchmal im städtchen ein flugzeug der luftwaffe, das leute umsonst mitnimmt. ich geh zum kommandanten und frag, ob ich mit dem nächsten flugzeug fliegen kann. ›ja‹, sagt er, ›nächsten dienstag.‹ wir plaudern, ich erzähl ein bissi von meiner reise, wir trinken gemütlich kaffee. dann verabschied ich mich. bevor ich draussen bin, kommt ein soldat rein und meint, mein rucksack is ziemlich voll. ›ja‹, sag ich, ›kleidung, bücher und so.‹ der kommandant wird beim wort ›bücher‹ hellhörig und will ein blick in mein rucksack werfen. er findet eine englische edition von ›Das Kapital‹ von Marx. ich hab s in São Paulo gekauft, auf englisch weil ich mein englisch üben wollt. nu zeigt sich, das es kein guter kauf war, vor allem weil ich nich beweisen kann, das ich das buch in São Paulo gekauft hab. ausserdeem mehrere bücher von autoren, die dem kommandanten nich bekannt sind, ausnahmslos in fremdsprachen. dann findet er noch aufzeichnungen meiner sprache. er fragt, was das sein soll. ich kann ihm nur die wahrheit sagen: es is eine von mir erfundene sprache, die eines tages die universelle sprache sein könnt. schlechte papiere. er meint, es is ein code. leute, die sprachen erfinden, sind Amazonas-offizieren nich geheuer. dann hab ich briefe von nich ganz normalen freunden, wie zum beispiel von Ski, der von Kabbala redet oder Wagner rezitiert. auch sind dem kommandanten die sprachen völlig unverständlich. zu allem überfluss kann ich nach fast eim jahr aufenthalt in spanischsprachigen ländern nich mehr richtig brasilianisch. und ich hab kein pass. ich erklär ihm, warum das so is, er glaubt mir nich. wir sind im Amazonasgebiet, wo noch immer die guerilla tätig is. die militärs ham eine besondre angst: das das ausland den dschungel einnimmt. der kommandant beschlieszt: ›ich weiss nich was ich mit dir machen soll, weil ich von hier aus sehr wenige möglichkeiten hab, etwas über dich raus zu finden. am nächsten dienstag fliegst du mit nach Tabatinga. dort is das hauptquartier der region, da werden sie dich überprüfen und freilassen, wenn du sauber bist.‹

ich komm in arrest und flieg am folgenden dienstag mit einer Catalina, eim wasserflugzeug fast so alt wie Abraham. die maschine fliegt sehr niedrig und langsam. einige fenster kann ma aufmachen, so das ich oft den kopf draussen hab. ein mitfliegender militär macht eine bemerkung über das alter vom flugzeug. der pilot ermutigt ihn: ›letzte woche war s knapp. ein propeller wollte nich mehr. wir ham das ganze gepäck rausschmeissen müssen, damit s leichter wird. trotzdeem: der andre propeller hat auch sein geist aufgegeben. wir wollten schon beten, da ham plötzlich beide wieder funktioniert.‹ der militär is entzückt. ich auch.

in Tabatinga werd ich ein paar tage festgehalten und verhört. der militär sieht aus wie ein mongoloider. ›ich seh im bericht, das du ziemlich lang unterweegs warst. wozu?‹ ›na ja, ich will länder und menschen sehn, die eine andre kultur ham.‹ da er nix sagt, red ich weiter. ›dadurch, das ich andre menschen kennenlern, kann ich mich selbst besser verstehn.‹ ›wieso? kennst du dich nich selbst? weisst du nich was du willst?‹ ›ja, das schon. aber: wie Einstein schon gesagt hat, wir nutzen nur 10 prozent unsrer hirnkapazität.‹ ›der Einstein vielleicht. ich nutz 100 prozent.‹ grad in diesem fall is das möglich. ich sag lieber nix mehr. ich bin nich in einer zelle, sondern in eim offenen zimmer mit eim bettgestell ohne matratze untergebracht. 3 tage und 3 nächte lang muss ich sitzen. immer steht ein soldat an der tür. am sonntag is einer da, der ständig mit seim gummiknüppel rumfuchtelt und über mich schimpft, weil ich sein wochenende verdorben hab.

die militärs können mir nix beweisen, aber auch nix finden was für mich spricht. sie schicken mich weiter. diesmal nach Manaus. logis, transport und eskorte bekomm ich, alles vom brasilianischen staat finanziert. in Manaus werd ich in eim knast der militärpolizei untergebracht. ein cool lächelnder typ, der mir gleich essen anbietet, verhört mich. er fragt meist wenn ich ein vollen mund hab und is nur darauf bedacht, mich durcheinander zu bringen. er mischt seine fragen über die reise, über meine freunde, über meine verwandten durcheinander, und meint immer, ich hätt mich in widersprüche verstrickt, und als ich ihm widersprechen will, das ich mir widersprochen hab, is er schon bei meiner spracherfindung. nach 2 stunden entlässt er mich, mit der warnung, das es morgen weiter geht. nur ohne den guten service und etwas weniger sanft. weil er sich nich die ganzen lügen gefallen lässt.

am nächsten tag kommt niemand, am übernächsten tag auch nich. die tage vergehn und der einzige besuch sind typen, die mir das essen bringen. ich frag, was mit dem chef los is. sie sagen, er is schon weg. das nächste mal frag ich, wann er kommt. sie sagen, er is noch nich gekommen. ich will mit dem chef reden, er kann mich nich einfach schmoren lassen. nach 2 wochen bin ich ziemlich fertig. die zeit, in der ich mich bei mein eltern wieder melden sollt, is schon längst vorbei. meine mutter hat probleme mit dem herz, das wird ihr sicher nich gut tun. ich schreib ihnen ein brief, hab aber keine ahnung, ob er auch weiter geleitet wird. ich geh ständig unter die kalte dusche, um kühl und cool zu bleiben.

ich näher mich dem wahnsinn und beginn ein hungerstreik. vielleicht passiert dann was. nix passiert, ausser das ich wirklich am ende bin. das gute essen zu verweigern tut mir in der seele weh. und es war die einzige abwechslung, die s gab. nach 5 tagen geb ich auf. nur aufhören, die essensbringer zu ärgern, tu ich nich. sie ham irgendwann die schnauze voll und bringen mich zur bundespolizei. neues verhör, ich öffne meine seele. ›wissen sie, ich hab nix, aber wirklich nix getan, ich hab zwar ein paar sachen dabei gehabt, die etwas verdächtig erscheinen könnten, aber ich kann alles erklären. ich hab das schon mehrmals getan, aber es is wohl so, das jeder glaubt, er kann ein einlochen, aber keiner hat die befugnis und den mumm, jemanden freizulassen.‹ der typ bei der bundespolizei is väterlich und sagt zu mir: ›du wirst alles noch mal erklären müssen. versuch keine schmutzigen tricks, wir werden alles nachprüfen. ich werd an die zuständigen behörden in ganz Brasilien anfragen schicken, um rauszukriegen, ob was gegen dich vorliegt. wenn nix gegen dich vorliegt, kommst du frei.‹

hier hab ich mitbewohner und bin nich völlig isoliert. dafür is es hygienisch eine katastrophe. es is kein gefängnis, sondern eine zelle für die u-haft im keller der bundespolizei. direkt über uns is die toilette, und das abflussrohr geht durch unser zimmer nach unten. es is nich ganz dicht, und wenn die spülung oben betätigt wird, ham wir unten eine kleine überschwemmung. zwar kommt da keine hardware raus, aber es is trotzdeem ziemlich unangenehm, vor allem weil wir keine betten ham sondern nur kaputte matratzen. es gibt ausserdeem keine putzfrau und kein whisky. das essen is schlecht und der einäugige wärter, der s uns immer bringt, erzählt blöde geschichten und verdirbt uns den appetit.

als trost sind wir zu dritt. ich, ein schwarzer guianese der sich in Brasilien als musiker durchgekämpft hat, und ein peruanischer hippie der in Alaska aufgewachsen is. beide sitzen in abschiebehaft, weil ihr visum abgelaufen is. wir machen musik, ich lern eine ganze menge karibische rhythmen, aber auch die brasilianische nationalhymne bleibt nich verschont. da tönt s von oben, was das für eine nationalismuskrise is.

ich erfind zum zeitvertreib ein superschach. modern und gröszenwahnsinnig. mit 400 häusern, flugzeugen, panzern, bombern, raketen, soldaten, spionen, ministern und präsidenten. eine runde dauert mindestens 2 tage.

eines tages, nach vielen übersetzungen, erklärungen und anfragen an die zuständigen behörden, komm ich frei. als ich rauskomm, darf ich noch vorheer eine richtige dusche nehmen und merk, das meine ganze bräune keine sonnen- sondern staubbräune is. ich bin plötzlich weiss wie ein gorgonzola.

ich geh wieder zur luftwaffe, vielleicht kann ich doch noch schnell umsonst nach São Paulo fliegen. irgendwie hab ich ein recht darauf, nachdeem ma mich so lange festgehalten hat. da treff ich zufällig den typen von der militärpolizei, der mich verhört hat und dann verschwunden is. warum hat er nix mehr unternommen, warum hat er mich schmoren lassen? ich will ihn fragen, aber er sagt nur hallo und verschwindet hinter einer tür.

die luftwaffe kann oder will mich nich mitnehmen. trotzdeem: im endeffekt war s ein luxusaufenthalt. nich einmal 2 monate im knast, wo manche leute in dieser welt ihr ganzes leben für nix und wieder nix in eim knast verbringen. ich hab auch keine schläge bekommen und bin nich gefoltert worden. mein glück war, das 1975 die richtig repressive zeit in Brasilien vorbei war. folter war nich mehr sanktioniert. vereinzelte fälle gibt s auch in der heutigen demokratie, genauso wie todesfälle in gefängnissen, die nie richtig aufgeklärt werden. dabei is es mehr als 100 jahre her, das die todesstrafe abgeschafft worden is. mein vorteil war auch, das meine bräune von der sonne kam und nich von den genen. meistens verbindet ma in diesem land rasse mit klasse, hautfarbe mit gesellschaftlicher stellung. zwar sind manche schwarze reich (1 fuszballspieler, Pelé, und 1 sänger, Milton Nascimento), manche slumbewohner blond (in diesem fall weiss ich die namen nich), in der regel aber is es so, je heller die farbe desto besser die kasse und die klasse. eim mittelschichts- oder oberschichtskind muss ma etwas respekt entgegenbringen.

wer weiss ob es nich gute anwälte kennt, wer weiss wen es überhaupt kennt.

es geht weiter nach São Paulo. ein lkw bringt mich bis Porto Velho im bundesstaat Rondônia. der nächste fahrer is ein neffe vom parlamentspräsidenten in Brasília. der fährt mich bis Brasília, 2000 kilometer richtung südosten. die strecke fängt im dschungel an und endet in der savanne. manchmal sieht ma indianer am straszenrand, die souvenirs verkaufen. der fahrer leidet sehr. seitdeem ich den knast verlassen hab, geht s meim verdauungstrakt schlecht. ich muss ständig rülpsen, die gase sind absolut unmenschlich. jedesmal, wenn ich rülps, will er sterben: ›verdammt noch mal, Zé! du hast schon wieder gefurzt! mach das fenster auf!‹ ›du, ich hab gar nich gefurzt, nur gerülpst. du kannst dir gar nich vorstellen, wie das is wenn ich furz.‹

wir halten an raststätten, der typ bestellt nur vom besten und das in rauhn mengen. endlich könnt ich wieder anständig essen, bring aber kein bissen runter. alles verfault. ich glaub ich hab malaria. er glaubt s auch. in Brasília kauft mir der typ eine busfahrkarte nach São Paulo (1000 kilometer). danke sehr.

in São Paulo angekommen nehm ich die u-bahn. beim aussteigen seh ich meine schwester, die grad einsteigt. ich steig wieder ein, sie setzt sich hin und ich setz mich neben sie. sie hat mich noch nich bemerkt. ich mach sie mit fauler stimme an. ›hey baby, wie schaut s aus mit uns beiden? hast du heute abend schon was vor? hey baby, ich bin nich was du denkst, aber ich hab was du magst...‹ irgendwann muss sie sich zu mir rüber drehn, um mir ein paar wahrheiten ins gesicht zu sagen, sie sieht mich und is nich wenig überrascht. is ja klar. ma vermutet, das ich irgendwo im kolumbianischen dschungel verschollen oder von den indianern zu gulasch gemacht worden bin, und da sitz ich plötzlich neben ihr.

zuhaus fährt mein vater grad mit dem auto aus der garage. ich hab eine eskimojacke an, in der ich mein gesicht verstecken kann, nur die augen schaun raus. die eskimojacke wirkt ein bissi deplaziert bei feuchten 30 grad, ich geh auf das auto zu, und mein vater fragt sich was dieser spinner von ihm will. ich mach langsam den reissverschluss auf und in seim gesicht erscheint ein lächeln, das ich nich vergessen werd. er hat für den nächsten tag ein flugticket gekauft, um mich in Kolumbien aufzuspüren. er hätte ziemlich lang suchen müssen. meine mutter weint viel, aber was gibt s schöneres als glückstränen? nur glückssträhnen.

dort wo der jaguar keine räder hat

1999: *h's,* di nich ausgesprochen werden und kein einfluss auf die aussprache ham, verschwinden: tema, teori, rytmus. das wort *katarrh* verliert genauso das *h,* auch wenn s ganz dick kommt. besser in diesem fall wär ein wort wie *katrschrrmpf.*

die denung eines vokals wird nich mer angezeigt. *fülen* wi *spülen, tir* wi *dir, mos* wi *los*. im se sa si so super aus. *ihm, ihn* bleiben so, du weisst schon warum.

im norden Brasiliens is das Amazonasgebit. eine warme und feuchte gegend, wi ich s mag, mit regen- und trockenzeit. hir is di wige vom lambada, damit du eine anung hast, wo wir sind. voller piranhas, schlangen, risen bäumen, kleinen bäumen, lianen. der Amazonas fliszt 100 kilometer ins mer rein. ich erzäl gern di geschichte von den schiffbrüchigen, di auf eim bot verdursten bis der letzte aus verzweiflung aus dem mer trinkt und feststellt, das es süszwasser is.

der nordosten, das armenhaus von Brasilien, is heiss und kennt nur eine jareszeit: di trockene. hir befindet sich di millionenstadt Recife, di wegen den vilen kanälen das brasilianische Venedig genannt wird. heut nennt ma s den puff des nordens. in Salvador (di deutschen nennen s Bahia, aber Bahia is der bundesstat) sind 90 prozent der bevölkerung schwarze oder mulatten. essen, religion und kleidung is afrikanischer als in Afrika und der karneval uriger als in Rio. in der flowerpowerzeit gab s hir di meisten hippikommunen. auch di verkeersschilder sind nich wi sonst, an eisenbanschranken stet PASS AUF, DER ZUG IS STÄRKER.

im nordosten isst ma scharf. an der küste maniok, eine art tropische kartoffel, fisch und meresfrüchte. im inland nur maniok, vorausgesetzt, der regen kommt wenn er kommen soll.

fleisch hat ma, wenn ma sich in di zunge beisst. und voll is der bauch, wenn ma ertrunken is. den hänchengrillofen nennt ma dort arme-leute-fernseer.

der mittelwesten heisst mittelwesten, is aber genauso weit und wild wi der far west. im mittelwesten wonen indianer, die nur ein einziges kleidungsstück anham, und zwar eine krawatte. hir tobt ein krig zwischen groszgrund-, kleingrund-, nixbesitzern und indianern. di indianer sind wi überall di verlirer.

im südosten lebt beinae di hälfte aller brasilianer, und mer als 80 prozent der industriproduktion kommt aus der gegend. das inland is vil reicher als di groszstädte. in vilen städten gibt s wi in Westeuropa ein auto auf 2 einwoner.

Rio is di gefärlichste und lauteste stadt des planeten. dauernd muss ma sein geld an unbekannte abgeben. trotzdeem is es eine schöne stadt, vor allem von oben, mit klimaanlage. in vilen brasilienreports les ich, das Copacabana das reichste virtel Rios oder sogar Brasiliens is. dabei wont dort stinknormale mittelschicht und di strände sind beschissen. ich mein s wörtlich. auf den bergen kann s ser schön und auch nich so schön sein, je nach berg. auf dem Zuckerhut und dem Corcovado, wo di statue mit dem Christus stet, is es noch gut. di sicht is herrlich. auf den andren bergen is es nich mer schön, wegen den slums. ausser für fotografen di liber armut als reichtum fotografiren. das is sozialkritischer. di armen selbst finden reichtum schöner.

andrerseits stellt ma sich di slums schrecklicher vor als si sind. vile hütten ham farbfernseer und einige sogar ein auto vor der tür, wenn eine tür vorhanden is. wiso wont ein mensch, der sich ein auto leisten kann, in eim slum? er wont da weil er ein gescheites soziales leben hat, das er in den anonymen wonblocks nich finden würde. in den slums gibt s kein hausfridensbruch, di hütten sind offen und in jeder schlafen ein dutzend leute. ma is aufeinander angewisen. das aufeinanderangewisensein zwingt zum sozialen leben. sobald s eim besser get, ma ein haus hat, ein auto in der garage und elektrogeräte, alle doppelt im keller, braucht ma den nachbarn nich mer. wenn ma selbst nix mer braucht, kann ma sich auch nich vorstellen, das andre etwas brauchen. und wozu soll ma mit dem nachbarn reden, wenn ma von ihm nix mer braucht?

das grosze probleem der armen is nich der slum, sondern der hungerlon oder gar kein lon. oder kinder, di keine eltern ham, dafür killer. ein fargast hat mich mal gefragt: ›warum macht ir kinder, wenn ir si danach tötet?‹ ich wollt sagen: es sind nur ein par mörder in einer bevölkerung von 150 millionen. aber dann erinner ich mich, das es in Deutschland mit den neonazis auch nich anders is: solche giftigen gewächse brauchen den geeigneten boden, und der is vorhanden. so is es verständlich, das di tägliche angst vor überfällen hass produzirt. aber di menschen hassen di symptome statt di krankheit.

in São Paulo sten mer hochhäuser als in New York, auch wenn si nich so hoch sind. die stadt is hässlich, aber das essen is das vilfältigste der welt. di stadt hat 18 millionen einwoner, über 4 millionen autos, di gröszte japanische koloni ausserhalb Japans und mer deutsche industri als jede deutsche stadt. ›São Paulo não pode parar‹ heisst auf gut deutsch ›São Paulo is nich aufzuhalten‹. wörtlich ›in São Paulo kann ma nich anhalten‹, weil parken und halten unmöglich is. früer hatte ma vor roten ampeln respekt. nach 12 ur nachts hat ma sich ran getastet und is vorsichtig rüber gefaren. heutzutage, kaum is es finster, is di rote ampel nur noch für di katz. natürlich is ma an groszen kreuzungen vorsichtig, dafür färt ma bei kleinen kreuzungen mit vollgas durch. wenn du abends an einer roten ampel sten bleibst, kann zweierlei passiren: entweder färt das hintre auto auf oder du wirst überfallen. manchmal beides. es gibt farer, di auch tagsüber nix für rote ampeln übrig ham. einmal ham reporter den innenminister gefragt: herr minister, es is soweit gekommen, das ma praktisch nachts nich mer an einer roten ampel sten bleiben kann. was sagen si dazu? ›tja, ich würd auch nich an einer roten ampel sten bleiben.‹ etwas schockirend für ein taxler in Deutschland, eim land wo di rote ampel vereert wird wi ein totem.

der süden is europäisch. Paraná is von slawen, deutschen und japanern kolonialisirt worden und di hauptstadt, Curitiba, is di kälteste und sauberste stadt im land. di stadt is von der UNO als eine der wenigen städte anerkannt worden, di ökologisch gut funktioniren. ma sit den unterschid zwischen Curitiba, São Paulo und Rio in bussen: sitzt du in eim bus in Curitiba und zündest dir eine zigarette an, wird sich der sitznachbar beschweren. in São Paulo sagt der nachbar nix, aber der farer. in Rio is er der erste, der raucht.

in Santa Catarina ligt Joinville, di gröszte urdeutsche stadt Brasiliens. nur für den fall, das du gedacht hast, es wär Blumenau. der süden Brasiliens is klimatisch wi der süden Europas: manchmal heiss, manchmal schneit s.

di medizinische versorgung in Brasilien is gut, vorausgesetzt ma zalt oder is privat versichert. wenn ma von der gesetzlichen krankenversicherung abhängt, muss ma oft stunden warten, bis ma dran is, auch wenn ma 3 kugeln in der kele hat. wir diskriminiren nich zwischen angeballerten und unangeballerten.

ich hab 3 gründe zurückzukeren. einer is das essen, di andren di musik und der humor. di musik di ma kennt is nur samba und bossa nova, di s woanders nich gibt. das is bei weitem nich alles. brasilianische volksmusik kann wi ungarische klingen, di popmusik get von schnulzig bis heavy metal.

was jeden ausländer in Brasilien beschäftigt is di kriminalität. di is wirklich schlimm. obwol si sich auf di groszstädte konzentrirt. ich kenn kaum groszstädter, di noch nich überfallen oder beklaut worden sind. di regel lautet: ni zuvil, ni zuwenig geld bei sich ham. wenn ma vil mitnimmt, wird ma vil los. wenn ma wenig mitnimmt, kann der räuber böse werden. ma muss das als maut sen. ma zalt und get weiter. oder zalt und färt weiter. wenn ma mer geld mitnemen will, dann is es am besten di scheine gut zu verstecken und im geldbeutel vile zlotys, lire und ein bissi brasilianisches geld zu ham. di meisten räuber sind halbe oder ganze analphabeten. wenn si lesen und schreiben können, steigen si in di politik ein und scheun den kontakt zur menge.

di sprache Brasiliens is nich spanisch sondern brasilianisch, offiziell portugisisch. portugisen lassen fast alle vokale weg und sprechen alles ganz anders aus. es klingt wi polnisch oder russisch. brasilianer schlucken zudeem di konsonanten, so das di sprache harmonischer klingt. di grammatik is ser vereinfacht. nur ein tip: *ao* spricht ma wi ein nasales *aung* aus, das *o* am ende is ein kaum hörbares *u*, das *e* am ende ein kaum hörbares *i*. *hiu d janer(u)* is zum beispil wi wir Rio de Janeiro aussprechen. manchmal klingt brasilianisch auch wi tschechisch. deutsch:

ich glaub, du bist verrückt / spanisch: creo que tu estás loco / geschribenes brasilianisch: acho que você está louco / schlampig gesprochenes brasilianisch: sch k s ta lok.

der Jimmy Carter hat eine rede in Brasilien mit spanisch angefangen, bis ma ihm erklärt hat, das es so nich weiter get. ma hat sich gerächt, indeem ma sein schwarzen aussenminister nich in den präsidentenpalast reingelassen hat. ma war der meinung, chauffeure müssen draussen bleiben. als der Reagan in Brasilien war, hat er in einer rede gesagt, das er sich freut, in Bolivien zu sein. was kann er dafür... all dise bananenrepubliken di mit *b* anfangen.

ausserdeem wird in Brasilien catarinisch gesprochen und einige indianische sprachen. catarinisch is eine mischung aus schwäbisch und brasilianisch. satzbau und verbindungswörter sind deutsch und der rest brasilianisch. berümt is der satz ›mach di janel zu, es schuwt auf das sofá‹ (mach das fenster zu, es regnet auf das sofa). es gibt auch deutsche worte di nich passen, wi *schmir* für *marmelade*. di brasilianer ham ein deutsches wort für ein deutsches wort, das dise aus dem italienischen ham. *razzia* übersetzt ma ins brasilianische mit *blitz*. sonst sind nich vile deutsche worte vertreten. *putsch, kitsch, ersatz, selbst, gestalt* und so mancher fachbegriff aus philosophi und psychologi.

eine brasilianische volksmusikplatte aus Santa Catarina mit dem titel ›es is ein ros entsprungen‹ lifert gleich di übersetzung mit: ›um cavalo pulou‹ (ein pferd is gesprungen). dise catariner. übrigens: der berümteste brasilianische fuszballspiler is Pelé, aber der beste torschütze aller zeiten (1300 tore) war der brasilianer Arthur Friedenreich.

di wärung heisst mal *cruzeiro*, mal *cruzado*, mal *cruzeiro real* und bald nur noch *real*. das spilt aber keine rolle, eigentlich is di wärung immer der *pau*. *pau* kann 1, 1000 oder 1 million sein, je nach wert den di wärung grad hat, und je nach dem wovon ma spricht. so kann ein ei und ein fernseer 1 pau kosten. jeder weiss bescheid. das wort bedeutet ursprünglich *holz, latte* und im übertragenen sinn *schwanz*. das wort für *schwanz* im zoologischen sinn, *rabo*, stet im pornographischen sinn nich für *schwanz*, sondern für *arsch*. im übertragenen sinn für *glück*. das eigentliche wort für *arsch* is *cu* oder *bunda*. *cu* is *arschloch* und stet im übertragenen sinn auch für *glück. bunda* is di *pobacke* und stet für ein blöden oder schlappen menschen. so ham di brasilianer bei ausdrücken wi *bundesrepublik* oder *bundespost* immer was zu lachen.

wir ham auch das wort *po,* das aber nix mit *arsch* zu tun hat. *po* is ein ausruf des ärgers oder des irritirtseins. der ausruf *po!* is eigentlich nur abkürzung von *porra. porra* widerum is abkürzung von *esporra. esporra* is di straszenversion des wortes *esperma,* das – genau, du hast s erraten! – *sperma* heisst. es gibt vile unanständige worte, di in den täglichen sprachgebrauch eingedrungen sind, manchmal zimlich tif. *puta* heisst *nutte,* wird aber im übertragenen sinn als *vil* oder *grosz* gebraucht, wi in den slawischen sprachen. *um puta homem* is ein groszer, starker oder schöner mann. *uma puta zona* müsste ma wörtlich mit *nutten zone* übersetzen, heisst aber nur *ein groszes durcheinander.* auf brasilianisch kann ma statt *leck mich am arsch - vai chupar rola* sagen, ge schwänze lecken. manche feine frau sagt liber *vai chupar meia,* ge socken lecken, und du weisst bescheid, was für eine tätigkeit si dir wünscht.

ich erklär ein bissi den slang, damit nich passirt, was ich in einer deutschen fassung von eim brasilianischen film geseen hab. da hat ma ständig von *schinken* geredet ›ich knall dich ab und muss mir keine sorgen mer machen, weil ein schinken nich reden kann.‹ und der deutsche zuschauer schaut zu. *presunto* heisst schon *schinken,* aber im slang stet s für *leiche.* im gleichen film wird ständig von *männern* geredet. ›ich ruf di männer.‹ nur: *homem* heisst schon *mann,* aber im slang stet s für *bulle,* von der bullizei.

vile tire ham eine slang-bedeutung. di *gata,* katze, is ein hase, eine frau. im englischen *chicken.* andre sprachen, andre tire. der *gato* is ein kater, ein schöner mann. onde tá a gata? o gato comeu. also wo is di katze? hat der kater gegessen. dabei is das wort für *essen* auch das wort für *vögeln.* und nu hör ich auf, so vil wolltest du gar nich wissen.

in den 70er jaren hatte Brasilien das schnellste wirtschaftswachstum der welt. ma sprach von 3 wirtschaftswundern: dem japanischen, dem deutschen und dem brasilianischen. di japsen sind fleissig und aggressiv auf dem weltmarkt und kopiren, perfektioniren und vermarkten ausländische erfindungen erfolgreich. di deutschen sind perfektionistisch und ham ein hoes bildungsniveau. und das brasilianische wirtschaftswunder, na ja, das war wirklich ein wunder.

seitdeem ich Brasilien verlassen hab, se ich über das land dokumentationen und zeitungsartikel, di im prinzip 3 temen ham: armut, armut und armut. über das klischee der heissen mulattin am strand will keiner mer reden, also reden alle über das klischee der armut. in den zeitungen erwänt ma den präsidenten und zeigt slumfotos di nix mit der geschichte zu tun ham. di rede is von der fuszballweltmeisterschaft. der reporter konzentrirt sich liber darauf, das nur hotels für 45 dollar di nacht voll besetzt und 300-dollar-hotels eer ler sind. dann sagt er, das das so is weil der unterschid zwischen arm und reich in Brasilien so grosz is. als wären 45 dollar täglich ein monat lang etwas für slumbewoner. ma redet über di heavy-metal-gruppe Sepultura. di mitglider gehören zu den wenigen di in irer kindheit nich hungern mussten. beim titel vergessen si das und schreiben: VON DEN SLUMS IN DI CHARTS. es gibt vile täuschungsmanöver, aber auch glatte lügen: di eine zeitschrift sagt, 6 oder 7 millionen brasilianer gehören zur mittelschicht. eine andre meint, mer als di hälfte der brasilianer hat keine schue. warscheinlich hat der journalist di statistik am strand gemacht.

gut, verglichen mit Deutschland, is Brasilien ein armes land und hat eine schwindende mittelschicht. di mittelschicht is nich di grosze merheit der bevölkerung, aber mer als ein drittel, und wenn ma Brasilien zur dritten welt rechnet, dann hat kein land weit und breit so vile autos. di hälfte lebt eer schlecht als recht, aber is nich kurz vorm verhungern. 32 millionen brasilianer leben unter der armutsgrenze, di nach UNO-maszstäben in Brasilien bei 2 mindestlönen ligt. dise leute gelten als *indigentes,* als bettelarm. das sind vile, wenn ma bedenkt, das das land mer lebensmittel produzirt als es braucht. in einer süddeutschen zeitung stand mal, das der brasilianische präsident über 32 millionen hungernde regirt. das is richtig, di leute sind schokirt und der journalist hat gewonnen. wenn er noch gesagt hätte, das der präsident auch über 120 millionen nich hungernde brasilianer regirt, wär seine ›legale‹ lüge weg, und auch sein gewinn.

in der ganzen welt is Brasilien als das gröszte schuldnerland bekannt. nur: di brasilianer müssten 4 monate umsonst arbeiten, um di schulden zu zalen, di australier 2 jare. das prokopfeinkommen is nidriger als in Westeuropa, aber höer als im fast gesamten rest der welt. der Millor, ein zimlich philosophischer humorist, hat di lösung aber keiner hört zu. ma muss den reichen alles wegnemen was spass macht: jacht, tennis, bankette. das gibt ma alles den armen. dann ham di reichen nix mer zu tun und vermeren sich wi di kaninchen, wärend di armen dafür keine zeit mer ham. nach einer generation gibt s nur noch reiche.

wenn ich auch se, das es bittere armut gibt, muss ich darauf hinweisen, das Brasilien der virtgröszte flugzeugexporteur, der virtgröszte computermarkt, der sechstgröszte waffenexporteur is und den virtgröszten fernseekonzern der welt hat. wir sind unterernärt aber brasilianische schlankheitskurinstitute sind in mereren ländern vertreten, wenig völker rauchen so vil zigaretten wi wir und im schnapskonsum sind wir mit abstand di nummer 1. ausserdeem sind wir nich nur im fuszball weltklasse, sondern auch in der formel 1, volleyball, basketball, judo und karate. und es gibt 2 berümte deutsche mit eim brasilianischen elternteil: Thomas Mann und königin Sylvia von Schweden. so, nu hab ich s euch gegeben.

vile deutsche ham kein verständnis dafür, das ich mein land so verteidig, dabei müssten si s besser wissen. si freun sich auch nich, wenn si im ausland mit eim ›heil Hitler!‹ begrüszt werden. di deutschen gelten als nazis, grob und gewalttätig. vor und nach den neonazi-unruen. di meisten artikel in der ausländischen presse handeln von neo-nazis, di bei walen nich einmal auf 5 prozent kommen. trotzdeem assoziiren sowol ausländische presse wi leser deutsche mit neonazis. wer interessirt sich für prozente? bei der letzten fuszballweltmeisterschaft gewannen di deutschen gegen di argentinier. eine schlagzeile in Australien war: DEUTSCHE KAMPFMASCHINERI ROLLT DI ARGIS NIDER. dabei kann ma nich sagen, das das eine unwarheit is. aber ob s fair is?

ich kann mich nich erinnern, das ich je in eim brasilianischen McDonalds war, nu wird s aber zeit. jemand hat mir gesagt, das es hir besser schmeckt. find ich gar nich. das is genau wi überall, immer exzellent. das personal sit aus wi überall. gleiche uniform, gleiche mine. was 70 jare kommunismus nich geschafft ham, schafft nu sein widersacher, der McDonalds, in weniger als 20. alle werden gleich, alles sit gleich aus. hoch di internationale.

fast soldat

1999: das *ph* wird *f* geschriben. filosof, fase, falanx.

1975: ich bin zurück in Brasilien, will ein bissi jobben, mir ein neuen pass ausstellen lassen und wider gen. das militär hat andre vorstellungen was meine zukunft betrifft. Brasilien hat eine relativ kleine armee, weil di nachbarländer kleiner sind und ma gegen di ganz groszen sowiso nix machen kann. also werden nich alle einberufen, sondern nur di hälfte. wer mitmachen soll und wer nich, entscheidet das los. pechvögel wi ich einer bin werden erwischt. ich will aber nich zum militär sondern in di weite welt. einmal einberufen, wird es hart, der sache zu entkommen. di möglichkeit der werdinstverweigerung gibt s nich, dafür 3 andre: ma is Zeuge Jehovas, ma kennt di richtigen leute oder ma verzögert das ganze mit studium, bis ma zu alt geworden is.

ich bin kein Zeuge Jehovas, auch wenn ich si dafür bewunder, das si als einzige christen nich töten. wären alle christen so, hätten wir ni ein krig gehabt. di richtigen freunde an den richtigen stellen hab ich nich, und 9 jare studiren um 1 jar militärdinst zu entkommen is auch nich das ware. wenn ma lange genug grübelt, findet ma ein ausweg: ma hat eine krankheit. ich hab manchmal rückenschmerzen, villeicht hab ich ein defekten rücken. der ortopäde muss mich leider enttäuschen. gut, wenn ich nich krank bin, kann ich krank werden. es is winter, ich mach vil gymnastik das der schweiss nur so plippt, ge dann raus ins freie und wälz mich in einer eiskalten pfütze. das ganze widerhol ich mermals. am nächsten morgen is musterung und ich bin topfit. ich ›schaff‹ alle examen. 3 tage später krig ich fast eine lungenentzündung.

ma plant mich für di blaskapelle ein, weil ich flöte spilen kann. di ham wirklich keine anung. morgen gibt ma uns eine letzte chance, dem ganzen ärger zu entkommen. übermorgen werden di hare kurz geschoren, dann is es vorbei. ich ge noch schnell zu eim psychoanalytiker und versuch, ein attest zu krigen, das es mit mir nich ganz stimmt. krig ich aber nich. am nächsten tag ge ich zum militär und erzäl dem leutnant von mein kindheitstraumata (in disem fall etwas aufgepeppt), von mein selbstmordversuchen (di ich in einer früen fase meines lebens erwogen hab), von mein sozialisirungsproblemen (das is ganz war, ich komm mit diser menschheit wirklich nich klar). am schluss hat der leutnant mitleid mit mir, womit er recht hat. mir get s ganz übel.

nachdeem ich ausgemustert bin, get s mir besser. wir sind ein dutzend typen, di iren namen auf der befreiungsliste geseen ham und auf ein stempel warten. da kommt ein kleiner bösartiger feldwebel daheer und komandirt uns, in rei und glid zu sten. ›wir ham grad festgestellt, das wir noch 3 männer brauchen. ham wir freiwillige da?‹ ich glaub nich das es bei diser gruppe, di es mit mü und not geschafft hat, nich eingezogen zu werden, ein freiwilligen geben wird. ›keine freiwilligen? dann such ich mir di freiwilligen raus.‹ es macht ihm spass, er dret genüsslich seine runde. jeder von uns möcht den kopf unter dem kragen verschwinden lassen. ›du kommst mit.‹ das war nich ich. aber villeicht der nächste. mein gott. ›und du.‹ ich halt s nich aus. ›und du.‹ ich bin frei. halleluja. für mich wenigstens.

di frau

2000: fremd- und lenwörter werden verdeutscht. wörter aus dem englischen werden erst später behandelt, aus andren sprachen wi französisch, wo di sache klar is, ab sofort: eta, kuveer, nivo (etat, couvert, niveau).

eigennamen lass ich so wi si sind. wenn s eine deutsche bezeichnung für ein geografischen namen gibt, verwend ich si. wenn geografische namen im orginal ein *c* ham, bleibt s. und *Brasilien* heisst *Brasil*, weil ich brasilianer bin.

aber wenn ich jemand in einer fremdsprache zitir, bleibt s orginal: *to be or not to be,* nich *tu bi or nott tu bi.*

bei eim ausflug der baptisten komm ich mit einer frau ins gespräch, di ich schon seit meiner kindheit kenn. wir ham ni mer als 1 minute miteinander geredet. abgeseen von ein par nassen träumen hab ich mir ni über Tamu gedanken gemacht. nu stellt sich heraus, das es ser angeneem is, mit ir zu reden. wir reden über gott und di welt, unsre positionen sind oft ser gegensätzlich, aber di sprache is di gleiche. 2 ser gute ausgangspunkte für eine angeneme konversation. si sit gut aus, das beste an ir aber is di stupsnase, di ma leicht mit einer steckdose verwechseln könnte. si erinnert mich stark an eine maus, di schnell von eim gulli zum andren hetzt. noch studirt si soziologi. der unterricht findet selten statt: mal protestiren di studenten gegen di regirung, mal di professoren gegen di regirung, mal di professoren gegen di lonkürzung, mal di studenten gegen di proteste der professoren.

wir gen miteinander aus. ins teater, zu konzerten und vor allem ins kino. sonst nix. wir sind ja nur gute freunde, weil mir nix andres einfällt (is das nich einfältig?). ich bin ser schnell bis über beide oren verknallt. anders als in mein früren leidenschaften se ich dise frau fast täglich, und si macht munter mit. wir telefoniren stundenlang. dann treffen wir uns und ich lach ununterbrochen vor freude. das is mir ser peinlich, ich kann mein kifer nich zusammenhalten. es is so, als hätt ich lachgas geschnift. si findet das eigenartig und fragt warum ich lach. ich kann nur weiter lachen.

ich bin schüchtern wi ein gorilla, und si is eine kirchenmaus, ob konservativ oder liberal. einmal ruf ich si samstag vormittag an: ›ich hätte ein tolles programm für heute!‹ ›was denn…?‹ ›um 2 ur gibt s ein superfilm im Capri, um 4 ein im Riviera, um 6 ein im Art Palacio, dann könnten wir was essen gen und anschliszend zum filmfestival im Atlantic. wi wär s?‹ ›na ja‹, meint si. es is nich so, das ich di zeit völlig verschwend. si misst akribisch, one es mir zu sagen, wivil näer ich ir jedesmal komm. ich schätz, 1 zentimeter pro treffen.

dann gen wir ins teater Sartre anschaun. hir vergess ich di zentimeterregel. unsre gesichter kommen sich so na, das es keine rolle mer spilt ob ich si küss oder nich. wir küssen uns leidenschaftlich, verlassen küssend das teater und nemen küssend ein taxi. da der farer di strasze nich kennt, färt er immer grad aus. schliszlich muss er zurückfaren. eine mordsrechnung. ab da reden wir immer weniger miteinander, di kommunikation erfolgt auf einer andren ebene. es is das erste mal für mich, das libe und wollust gleichzeitig vorkommen. das heavy petting wird immer heavier und si drot auszusteigen. dabei bin ich nich ir erster freund.

eines tages sitzen wir in der wonung von meim bruder und der is nich da. ich spil klavir, si sitzt auf dem sofa und list eine zeitschrift. der anblick irer kurzen shorts macht mich groggy. ich frag, ob si nich virhändig mit mir spilen will. Tamu meint, si kann nich klavir spilen. macht nix. ich sag, wi si spilen soll. wir lachen über das missglückte virhändige stück. dann schlag ich vor, das ich auf iren beinen spil, wärend si das selbe auf dem klavir macht. das stück is eine bachfuge, es get ständig auf und ab, meine hände kommen näer an den punkt, wo sich ire beine treffen. ich hoff nur, das ein hoer ton kommt. er kommt tatsächlich (ach, is der Bach gut), ich muss mich unter di hose infiltriren. ire reaktionen werden langsamer, di musik schlechter und der rest guter. in der partitur get s wider tifer, ich auch. di expedition wird äusserst interessant, mit dschungeln, sümpfen und hölen, und si findet kein ton mer. nu stell ich fest, das si nich nur vorteile, sondern auch ein hinterteil hat. si murmelt nur noch ›a…‹ dabei war grad ein g angesagt. meine antwort: ›o…‹ ich zi ire shorts und ganz langsam iren slip aus. di sicht is fantastisch. wir spilen all the night long, nach dem 27. mal sagt si: ›play it again, Sam…‹ ›Sam?‹

Tamu will nix mer von mir wissen und wir trennen uns. nach einer woche wird s unerträglich und wir sen uns wider. erst nu verstee ich, warum si sich nich mit mir einlassen will. nich weil si konservativ is, sondern weil ich weggeen und si allein lassen werd. ich sag ir, das si mit mir kommen kann. ›so get das nich. ich war immer zuhaus, meine eltern flippen aus wenn ich einfach durchbrenn. dazu noch one zu heiraten.‹ ›na ja, reisen will und muss ich. aber wenn du mit mir kommen willst, können wir vorheer heiraten. nächste woche zum beispil.‹ ›das get doch nich in einer woche. ma muss doch alles vorbereiten.‹ ›was vorbereiten? wir gen zum standesamt, heiraten und trinken ein bir.‹ nein, das get so nich.

wir heiraten standesamtlich und kirchlich, ein halbes jar danach. nich nur eine kleine party, sondern ein fest mit 300 gästen, di wir alle einzeln einladen. ich bin fertig fürs leben. und heirat sogar mit anzug und krawatte, ich. 2 tage vor der hochzeit rebellir ich und sag Tamu, das wir den ganzen krampf absagen müssen. si krigt ein schock und sagt, das das nich get. da ich als mann immer das letzte wort hab, sag ich ›yes, madam.‹

wir gen beide bei Mercedes Benz do Brasil arbeiten. si als sekretärin, ich als technischer übersetzer. deutsch/englisch. frag mich nich, wi ich den job gekrigt hab. ich war warscheinlich der einzige bewerber.

di funkzentrale meldet: ›3183, Ludl 53 gast.‹ also far ich in di Ludlstrasze 53 zur gaststätte. mitternacht. eine frau um di 50 steigt ein. ›faren s mi zum Schiller Café.‹ ›mach ma.‹ ›wivui werd des kosten?‹ ›mei, i woass ned. i wer s nur wissen, wenn ma okumman.‹ ›mera wia 50 werd s aba ned kosten, oder?‹ ›na logisch ned.‹ ›oiso i geb eana 50 mark, do. is des in ordnung?‹ ›?‹ ich geb kein geld zurück, ich weiss nich, wivil s kosten wird. ›um 3 in da fria muass i nach Soizburg. kannten s mi hifaren?‹ ›ja logisch. ko ma scho macha.‹ ›dann kumman s um 3 im Schiller Café vorbei und mir faren nach Soizburg. wivui dat n des kosten?‹ ›mei, wos woass i. villeicht 300, villeicht 400 mark. i muass a moi nachschaun.‹ si zit 4 nagelneue hunnis raus und gibt si mir. ›i zoi eana glei. und si kumman dann um 3 und hoin mi ab, dann far ma nach Soizburg.‹ das jemand mir so eine fart im voraus zalt, is mir noch ni passirt. vor allem one jede garanti, das ich wider komm. si redet ständig von den leuten in Salzburg, das si sich alle auf si freun. kann ich mir gut vorstellen, wenn si immer mit irem geld so locker umgeet. wir sind schon in der näe vom cafee, da fragt si wider: ›wos bin i eana jetz schuidig?‹ ›wiso schuidig? si ham ja scho ois zoit.‹ ›ja, i woass das i de fart nach Soizburg scho zoit hab, aba i moan de fart bis hirher.‹ ›hob i doch gsogt. si ham scho ois zoit.‹ ›na, i moan für de fart jetz. oiso i geb eana 20 mark. do. und si kumman um 3 vorbei und hoin mi ab.‹ ›okay.‹ um 3 ur komm ich vorbei, si is nich da.

autor auf achse

2000: doppelkonsonanten di nach eim unbetontem vokal sten, werden vereinfacht. alee, alein, milion. aber *kaffee* bleibt *kaffee*.

der autor färt nich mer taxi in München, sondern sitzt in einer dunklen, heissen und stickigen kammer im YMCA von New York und will nach São Paulo. der autor erleebt jetz di abenteuer wärend der held daheim in São Paulo sitzt, an di arbeit get und di freuden der ersten geglückten libe geniszt, sofern das möglich is. es is nich ser abenteuerlich, dafür bin ich der heimat ein ganzes stück näer. ich bin zurück auf dem kontinent, auf dem ich geboren wurd, den ich seit 12 jaren nich mer geseen hab. und ich bin fro, das ich festland unter den füszen hab. der flug war normal, trotzdeem hab ich immer angst. ma hat keine anung, was im cockpit los is, vileicht schläft der pilot (mit dem kopilot?). di sitze sind eng und ma fült sich wi eine sardine in der dose. kann sein, das flugzeuge di sichersten verkeersmittel sind, aber wenn wirklich was is, is ma völlig werlos. ma kann nich kämpfen, nur abwarten. und te trinken, falls sich di stewardess noch di müe macht.

ab nu reisen zwei: autor und held.

autor unterweegs

New York is rassisch ser gemischt. schwarze, puertoricaner, vietnamesen und irre iren. trampen is eine komplizirte angelegenheit. wenn ma groszstädte verlassen will, muss ma rausfinden, wo di landstraszen oder autobanen beginnen und wi ma da hin kommt. wenn ma New York zu fusz verlässt, muss ma 2 stunden marschiren bevor ma trampen kann. früer hab ich das gemacht, heutzutage nem ich ein bus oder ein zug bis zur nächsten kleineren stadt: New Jersey.

ich bin nich der meinung, das autofarer di ein nich mitnemen arschlöcher sind. natürlich sind mir farer di mich mitnemen liber. andrerseits is das eine rein persönliche entscheidung. jeder mensch hat das recht, eim fremden nich zu traun oder ganz einfach alein sein zu wollen. trampen is für mich eine möglichkeit, mit den leuten in kontakt zu kommen. billig is es nur, wenn ma billig lebt, da ma im allgemeinen länger braucht. ma muss im zelt oder schlafsack schlafen und sich sparsam ernären. das is nich mer mein fall, ich schlaf in hotels und ess wi ein normaler mensch. in America hamburger, cheeseburger, doublecheeseburger, wopper und doublewopper. kurz, alles was di vilfältige americanische küche zu biten hat.

früer hab ich leute an tankstellen angemacht. das tu ich schon lang nich mer. abgeseen davon, das manche ein völlig ignoriren, andre ein mit hasserfülltem gesichtsausdruck abweisen und di meisten lügen (›ich halt gleich da vorn an‹ oder ›es is nich mein auto, ich darf nimand mitnemen‹) is es nich sinn der sache. ich will mit leuten faren, di mich mitnemen wollen, nich mit leuten, di mich mitnemen, weil si nich nein sagen können oder inen so schnell keine lüge eingefallen is. heutzutage hab ich eigentlich keine lust mer zu trampen. um di welt zu trampen war aber mein zil. also zi ich das auch durch. ich könnt ein bus nemen oder fligen, das wär aber als wenn ma auf ein berg steigt und nach einer woche anstrengung sich 20 meter unter der spitze von eim hubschrauber raufbringen lässt.

ich far nach Washington. hir gibt s nur schwarze. di statistik besagt, das 10 prozent der americanischen bevölkerung aus schwarzen besteet. wenn ma in einer stadt rumgeet, vor allem abends, wirkt dise information ser falsch. ma sagt von America, das di weissen in den vororten wonen. ich se auch in den vororten fast nur schwarze. Bronx is everywhere.

heute regirungsvirtelbesichtigung. di amis sind gröszenwansinnig. ich such das Weisse Haus und find vile weisse häuser. leider is keins das richtige, dafür is eins gigantischer als das andre. The National Art Gallery is gröszer als Nordrein-Westfalen und Nidersachsen zusammen. The Capitol is ungefär so grosz wi di EG plus Albanien. di einzige ausname is das Weisse Haus, das nich gröszer is als eine bescheidene villa. auch hir werden fürungen angeboten, wi sich das für America gehört. da wundert s mich nich, das di amis schlechte regirungen ham. wi kann ma nur arbeiten, wenn ständig japaner- und schülergruppen in den gängen rumkichern? das Pentagon, di CIA und das FBI, für mich bisheer abstrakte begriffe, werden gebäude, di ma in turistengruppen besuchen kann. di u-banhöfe heissen entsprechend: u-banhof Pentagon.

held rut

di beste freundin vom heldenpar heisst Lai, eine etwas ausgeflippte blondine. si is fast täglich bei uns. irer mutter get s nich gut, si hat krebs. der doktor meint, das nich mer vil zu machen is. si soll das leben geniszen in der kurzen zeit, di ir noch bleibt. andre ärzte sagen ir das gleiche. ir bleibt nix andres übrig als auf ein wunder zu hoffen oder es zu suchen. so get si zu einer von disen kirchen wo ma wunder herbeifabrizirt und alle dauernd halleluja schrein. nach der predigt in der wunderstunde get si nach vorn, ma betet, singt und schreit. danach kann si heimgeen. ma sagt ir, si is geheilt. am nächsten tag findet der arzt kein tumor mer. das war 1978. si lebt noch immer.

der held nimmt seine ee, zumindest teoretisch, nich ernst. er entwickelt di teori, das 2 menschen nur so lang zusammenbleiben sollten, wi ir weg in di gleiche richtung get. wenn si sich trennen, muss di beziung nich gescheitert sein, sondern di wege gen in verschidene richtungen. von treue hält er nix oder er definirt si anders. treue is für ihn zu eim menschen zu sten. aber nich, seine lust und neugir, andre menschen kennen zu lernen, zu kastriren. in der praxis tut der held nix um seine teori zu verwirklichen. er is dackeltreu.

der held und di heldin ham genug gespart und wollen weg. da passirt etwas, was iren aufenthalt verlängert. Corinthians, der fuszballverein der massen, is kurz davor, nach 24 jaren abstinenz di meisterschaft zu gewinnen. wärend dem spil is kein muckser in der stadt zu hören. Corinthians gewinnt.

wir wonen im achten stock in eim 30stöckigen hochhaus. jemand weiter oben will den sig feiern und schmeisst seine katze runter. di katze kolidirt mit dem boden. si jammert ein bissi und get ins jenseits. das get für mich endgültig zu weit, ich muss was dagegen unternemen.

ich schreib ein drebuch. eine dem menschen überlegene rasse landet mit tausenden von UFOS auf der erde. es is keine invasion, genauso wenig wi s eine invasion is, wenn ma ein altes haus bezit und di spinnen vertreibt. für dise rasse sind alle wesen der erde tire, nur di wissenschaftler können diferenziren. si wissen, das der unterschid zwischen eim menschen und eim orang utan kleiner is als zwischen eim orang utan und eim hund. und das eine flige unter aller sau is. di tire, menschen inklusive, werden ge- und verbraucht. si werden auf netten partis verzeert, wi krabben lebendig in heisses öl geschmissen, si werden als versuchskaninchen benutzt und wi schmetterlinge als dekoration an di wand genagelt.

änliche filme hat s schon gegeben, mit dem unterschid, das der mensch sich am ende immer aufrafft und di unterdrücker besigt. in meim film gibt s kein happy-end, wi s auch bei den hünern gegen di menschen kein happy-end geben kann. ich such produzenten auf, es läuft nix. ich hab kein namen, aber ein milchgesicht. meistens wird mein drebuch nich gelesen, und di di es lesen finden das zu wenig sex drin is. was di sache für mich nich leichter macht: vor kurzem is ein brasilianischer science-fiction angelaufen und war ein flop.

autor unterweegs

vorgestern 1500 kilometer getrampt, vom nördlichen schneesturm in den südlichen vollgrünfrüling, der wi ein sommer aussit. gestern 100 kilometer, heute 700 kilometer durch Florida. in disem Florida-abschnitt der I-10, der südlichsten ostwestautoban, wimmelt es nur so von schwulen rentnern, di nix andres mer im leben zu tun ham als den highway rauf und runter zu faren, auf der suche nach willigen trampern. manche sind schüchtern und/oder bevorzugen di indirekte anmache. wenn mir jemand öfter als 2 mal in weniger als 10 minuten schmeichelt, is di sache klar. andre schaun zwischen meine beine, andre sind direkt: ›wi wär s wenn wir mal da vorn bei den büschen anhalten?‹ allen gemeinsam is, das sich keiner klar ausdrückt, wo er hin will. si faren so weit, bis si sen, das si keine chance ham. oder bis di beute präparirt is, falls si präparirt werden kann. der eine hat mich mindestens 200 kilometer gefaren. dann is er zurück nach Jacksonville, wo er wont.

held rut

in São Paulo mach ich schluss bei Mercedes Benz. di leute arbeiten lange in diser firma. nach 5 jaren fängt ma almälich an, kein neuling mer zu sein. ma lebt und stirbt bei Mercedes: ›meine freunde, nu is di stunde gekommen: ich muss euch verlassen!‹ ›was??? und? in welche abteilung wechselst du denn?‹ das ma di alte abteilung verlässt, is schon starker tobak. aber gleich di firma? di stadt? das land? den kontinent?

autor unterweegs

ein schwarzer fragt mich, ob ich nich lust hätt, bei ihm eine erfrischung zu trinken, bevor wir weiter faren? später wird er direkter: ob ich nich ein samenstau hätt, den ich loswerden möcht? noch später entschuldigt er sich für di grobe anmache. er erklärt mir, das seine mutter vor 2 monaten gestorben is, nu fült er sich alein. ach so. alles klar. ich hatt schon böses über ihn gedacht.

seit 2 tagen schifft es ununterbrochen. heute hab ich meine prinzipien aufgegeben und di farer persönlich angemacht. es get nich weiter. opfer wird ein schweizer, seine frau und sein wonwagen. ihm is keine ausweichende antwort eingefallen. zu eim fastlandsmann in not kann ma auch schlecht nein sagen. ich bin zwar kein fastlandsmann, das weiss er aber nich. er denkt, ich bin deutscher. am mittleren ring von Houston lässt er mich raus und ich kämpf mich durch den regen in di stadt. da bremst ein typ an der auffart direkt vor meiner nase. vollbremsung. polizist? straszenräuber? warum starrt der mich so an? er bringt vileicht 200 kilogramm auf di wage und hat ein stirnband mit koreanischer schrift. ein ninja? ein gefärlicher samurai auf der suche nach unschuldigen opfern? mein rücken is kalt, wegen dem regen und seim blick. er schreit: ›d you wan a ride?‹ auf gut bayrisch ›wo mogst n hi?‹ ich sag, is schon gut, ich will nur ums eck zu eim billigen hotel, er soll sich keine sorgen um mich machen. er sagt, er kennt ein billiges hotel, und kann mich hinfaren. tja, wenn das so is... ich steig ein, für ein schnelles ave-maria is keine zeit, er erklärt, wi ich vom hotel wider auf di strasze komm und fragt, ob ich ein christ bin. ›nein, nich so richtig...‹ ›und du?‹ ›ich bin christ, aber di kirchen erzälen nur scheisse. di sagen eim, ma darf nich rauchen. dabei stet nirgendwo in der Bibel, das ma nich rauchen darf. wenn ungesund leben eine sünde wär, kämen wir alle unweigerlich in di hölle.‹ er gibt mir ein heftchen, das von eim minenarbeiter erzält, der nach seim tod eine feuerhölle plus schwarze teufel erleebt, zurück in dises leben kommt und christ wird. dann lässt er mich vorm hotel raus.

held unterweegs

ich und Tamu wollen weg. mein bruder und seine frau sind schon eine zeitlang in Südamerica, Mittelamerica und Mexico unterweegs. von da aus nach Europa. in Lateinamerica sind si ni beklaut worden, erst nach einer woche in Deutschland.

autor unterweegs

für Mexico kann ma sich schon in Texas aklimatisiren. Houston is zweisprachig, nach 1 stunde fart richtung süden wird s wider einsprachig, weil hir englisch fremdsprache is.

ma kann von den amis sagen was ma will, si ham eine unerschöpfliche kreativität bei der namensgebung. ma kann städte besuchen, di Alexander, Alfred, Anton, Carlos, Charlie, Claude, Fred, Helena, Irene, Jean, Joaquin, Katy, Louise, Lucas, Natalia,

Patricia, Ricardo, Sebastian, Vera heissen. nur Zé hab ich nich gefunden. ma kann di ganze welt in eim tag bereisen, vorausgesetzt ma bleibt in Texas: es gibt städte, di Athens, China, Edinburgh, Egypt, Geneva, Holland, Ireland, Italy, Liverpool, London, Malta, Milano, Moscow, Münster, Nederland, New Baden, New Ulm, Oldenburg, Paris (aah, du kennen?), Sebastopol, Sydney, Sudan heissen. Texas hat einfach alles: hast du ein kleinen fusz, färst du nach Bigfoot. bist du im mutterleib und ma will dich nich rauslassen, probir s mit Birthright. bist du rassist, kannst du aussuchen, wohin du willst, ob nach Black oder nach Blanco. bist du müde, versuch s in Blanket oder Goodnight. sind deine reiseschecks ausgegangen, schau mal in Cash oder Dinero nach. hast du durst, nix wi nach Coke. is dir langweilig, far nach Impact oder gleich nach Cut and Shoot. bist du spät dran, schnell nach Early. sprechen di leute nur noch spanisch, sofort nach English. is heute montag, versuch s in Friday. bist du down, auf nach Energy, Joy, Scherz, Smiley oder gleich nach Happy. geschäftlich unterweegs? da kann ich nur Kaufmann anbiten. hungrig? Oatmeal sollte das probleem lösen. nix wi raus aus der stadt? wi wär s mit Pampa oder Paradise? vileicht is Tarzan in der näe. da draussen get das auto schnell kaputt, dafür gibt s Tool, so kommt ma gleich nach Mercedes. wenn der auch sein geist aufgibt, könnte ma in Zorn geraten. wem der Zorn nich genug is, Reagan is gleich um di kurve. aber vileicht bist du nich sicher und willst vorläufig nach Uncertain? oder ganz weg, zur Venus? di Venus aber is heiss und du kommst zurück nach Earth. Earth klingt nich so richtig heimatlich und du willst direkt nach Sweet Home. vorheer nach Telephone und du sagst bescheid, das du kommst. in Telegraph erfärst du, das daheim di Unity gekommen is. dabei hast du gedacht, das Utopia weiter weg is?! bleibt noch zeit für eine schlagzeile in der zeitung: FERTILE WOMAN DIES IN CLIMAX. natürlich 2 städtenamen.

an der grenze eine herbe enttäuschung: di mexicaner lassen mich nich rein. ich muss mir ein visum besorgen, heute is sonntag, di botschaft hat zu. di amis ham halb Mexico geklaut, sind ein par mal in Restmexico einmarschirt, ham visumspflicht für mexicaner und tausende von polizisten für di mexicanerjagd angestellt. di mexicaner sagen, das si ausser hass nix für di gringos übrig ham. aber di dürfen in Mexico einreisen one 1 pfennig zu zalen. di brasilianer ham zwar Mexico nich vil geholfen aber zumindest auch ni besetzt, Brasil würde kein visum von mexicanern verlangen, und zu allem überfluss nennen wir uns brudervolk. was ham wir davon? ich muss 25 dollar hinblättern. di reichen zalen nix, di armen müssen blechen. dritte-welt-länder diskriminiren dritte-welt-länder.

autor unterweegs

endlich in Mexico. grenzbeamten ser unsympatisch. di autos sind gröszer als in America. manchmal auch ein kleines bissi älter. das essen schmeckt in den mexicanischen restorans der USA besser als hir. di hotels sind etwas billiger, aber vil teurer als in eim typischen dritte-welt-land. mexicaner sen aus wi Sancho Panza: klein, dick, dunkelhäutig und mit schnurrbart. es gibt aber auch mexicaner di anders ausseen: one schnurrbart, grosz, dünn und hellhäutig. nur sombreros ham si keine, wenigstens nich im deutschen sinn. im mexicanischen sinn schon, da es auf spanisch einfach *hut* bedeutet. alle mexicaner ham ein, und zwar ein cowboyhut. da läge der schluss nae, das americaner mexicanische sombreros tragen, dem is aber nich so. di amis tragen baseballmützen. manchmal tragen auch mexicaner baseballmützen. es is ser interessant, di kultur andrer länder zu erkunden.

trampen in Mexico is leicht. ich far von Matamoros, auf deutsch Morenmörder, los. wenn si in der Schweiz wär, wo *morenkopf* und *negerkuss* auf namen wi *schokoknödel* oder *sanehäufchen* umbenannt werden mussten, müsste di stadt auch umbenannt werden, um sich nich dem vorwurf des rassismus auszusetzen. si könnte dann El Choco heissen.

weiter unten im süden wird alles normal. di autos normalgrosz, di leute normalfreundlich, sogar das essen wird besser. mit eim farer red ich über familie. ich frag ihn, ob seine eltern religiös sind. ›nein‹, sagt er, ›si sind katolisch.‹

Guanajuato is eine schöne von steilen bergen umgebene stadt. es herrscht ein rauf und runter wi ich s selten erleebt hab und erinnert mich an städte in Italien. überall sind ser sympatische tunnel, wenn ma das sagen kann. manche davon sind eer unterirdische straszen, mit bänken und hauseingängen. di tunnel sind zwar nich alt, sen aber ser alt aus. si passen gut zur umgebung. es gibt merere bergwerke, darunter eins mit eim cafee im 13. stock nach unten.

eine besonderheit sind di mumien. klar, mumien gibt s in vilen ländern, wenigstens in museen. aber nagelneufrische? di stadt hatte keine fridhofsplätze mer. da blib der stadtverwaltung nix andres übrig als di skelette rauszunemen, deren verwandte nich mer zalen konnten. bei den ausgrabungen aber ham si keine skelette sondern mumifizirte leichen gefunden. di waren wegen der gesunden luft gut konservirt. da hat sich di stadtverwaltung was orginelles ausgedacht. was gibt s besseres als leichen, um di rechnung für den fridhof zu zalen? also wurden di mumien ausgestellt. um zu inen zu kommen, steigt ma in den bus der mumienlinie ein. di strasze, di da hin fürt, heisst mumienweg. zu fusz kann ma s auch nich verfelen: rechts is der fridhof, links di Dulceria La Momia, di süszigkeitenfabrik Di Mumie. si verkauft nette süszigkeiten, perfekte kopin der mumien. na dann, guten apetit!

oft hängen neben den mumien fotos von den toten, damit ma sit, wi si sich verändert ham. vorheer – nachheer. oft junge leute, di als mumien nich mer ganz so jung ausseen, auch wenn si noch hare dran ham. einige sind angezogen, bei andren is di kleidung verdampft. bei manchen sind sogar di schamhare noch dran. wider andre sind in eim perfekten zustand. si ligen ruig da, arme auf der brust, schön grad und tun ir bestes. andre ligen in den komischsten stellungen, auf der seite, mit offenen beinen, mit gekreuzten beinen, und schaun zimlich erschrocken aus. da frag ich mich, ob ma di leute in solchen stellungen und mit solch eigentümlichem gesichtsausdruck reingeleegt hat, oder ob si sich post mortem eine bessere position gesucht ham? ham tote alpträume? ein dutzend kindermumien sind auch dabei und – da schau her – di kleinste mumie der welt, nich gröszer als eine offene hand. sit aus wi ein mini-ET. warscheinlich eine embryomumie.

held unterweegs

der held und di heldin faren los, Brasília, Salvador, Recife, Belém und erreichen Cayenne in Französisch-Guyana.

autor unterweegs

Querétaro: in Mexico is es etwas problematischer, eine strasze zu überqueren, als in Brasil oder Deutschland. in Deutschland blinkt ma, wenn ma links oder rechts abbigt. wenn ein fuszgänger di strasze überquert, wird angehalten. in Brasil wird bei fuszgängern nich angehalten, aber immerhin wird geblinkt. in Mexico weder noch. ich hab s für dich gleich statistisch erfasst: von 100 autos di abbigen geben 73 prozent kein, 26 prozent ein blinkzeichen und 1 prozent färt gleich mit warnblinkanlage in di kreuzung.

Ciudad de México, der moloch, hat waschsalons wi jede groszstadt. in eim sitz ich. nich besonders inspirirend, dafür mer action als im deutschen fernseen, genauso vil kultur wi im americanischen und auf alle fälle bunt. ich ge ins Museo Nacional de Antropologia, eins der gröszten und besten seiner art. eigentlich müsste ma eine ganze woche reingeen, sovil kann ma auf einmal gar nich verdaun. wirklich wolklingend sind di aztekischen namen. da können selbst wir brasilianer nich mithalten. Tetlepanquetzal, Tlalnepantla, Ixtlan, Quetzalcoatl. wo findet ma sonst solche namen?

für den bau der metro waren besondere masznamen erforderlich. da der boden nich besonders stabil is, hat ma auf den u-banhöfen gebäude errichten müssen, di mindestens so vil masse hatten wi di masse erde, di für den u-banhof ausgebaggert wurde. sonst würden vile banhöfe eines schönes tages an der oberfläche auftauchen. plopp.

ich won bei Angel, dem vater einer frau, di ich in Frankreich kennengelernt hab. er lädt mich ein, mit ihm seine schwester in Cuernavaca zu besuchen. di stadt ligt 80 kilometer südlich. gut, denk ich, es kann ja nich schaden, di künstliche welt diser groszstadt zeitweise zu verlassen und echte einheimische kennenzulernen. von wegen echte einheimische! Cuernavaca is ein badeort, gerammelt voll mit mexicanischen turisten. di schwester vom Angel is universitätsprofessorin und ir mann kultusminister im bundesstat Morelos.

held unterweegs

der held und di heldin erreichen Surinam. hir sit ma ausser schwarzen vile inder. das land hat nur 400 000 einwoner, weniger als Stuttgart, dafür aber mer sprachen. sogar als menschen, glaub ich. holländisch, englisch, portugisisch, chinesisch, verschidene indische, indonesische und afrikanische sprachen. jeder spricht 2 oder 3, und alle sprechen taki-taki (von *talking-talking),* eine mischung aus holländisch, englisch und ein bissi vom rest: wa bigi frau – eine grosze frau / mi wan bay wa wagi - ich will ein auto kaufen / a wa oso (osso) – das is ein haus / a bong a grini – diser baum is grün.

autor unterweegs

in Cuernavaca hat Maximilian, ein habsburger und mexicanischer kaiser, gewont. er is nich lang gebliben, zumindest nich lebend. offenbar ham di mexicaner was gegen österreicher. auf der strasze ein nettes t-shirt geseen: I DON'T SPEAK ENGLISH, BUT I PROMISE NOT TO LAUGH AT YOUR SPANISH. sonst langweil ich mich am swimming pool.

weiter nach Teotihuacán, dort, wo sich früer götter trafen und heut japaner. Teotihuacán wurde um 300 v. Chr. gebaut, als es noch keine azteken gab. als di azteken es entdeckten, war di stätte schon seit vilen jarhunderten verlassen. so blib s inen überlassen, den pyramiden und gebäuden namen zu geben. di gröszte pyramide heisst pyramide der sonne, di zweitgröszte, di am ende eines risen bulevars stet pyramide des mondes. di ganze stadt is ein Brasília der antike, extreem geometrisch.

der Guide Bleu, ein französischer reisefürer, braucht 30 seiten um den komplex zu beschreiben, bei mir musst du dich mit eim absatz zufriden geben. du kannst vil drüber lesen, an eim werktag in aller frü hingeen, dich irgendwo hinsetzen und dise grösze einatmen. wenn du aber um 11 ur vormittags an eim feiertag hin latschst, brauchst du dich wegen der 1245 suvenirverkäufer und der 1245 suvenirkäufer nich wundern. da kann ma di grösze und groszartigkeit nich mer sen und spüren. es verkommt zum archäologischen disneyland. das nächste mal werd ich meim eigenen rat folgen und gleich an eim werktag in der frü lostigern.

im bus singt wider ein mariachi. mariachis sind straszenmusikanten, di sich nich auf di strasze beschränken, sondern ire kunst auch in kneipen, restorans, bussen und toaletten für ein par pesos vorfüren. kunst is ein relativer begriff. wenn ma davon ausgeet, das Schönberg kunst geschaffen hat, dann is das vileicht auch kunst. ich kann mir sogar vorstellen, das der Schönberg bei disem mariachi vor neid erblassen würde. er spilt zwar keine atonale aber eine paratonale musik. nebentonale. danebentonale. der typ mit seiner gitarre und dem halben ton tiferen gesang is schwerer zu ertragen als eine schlechtgelaunte heavy-metal-band. danach will er noch geld sammeln. di heilsarmee in Brasil macht s mit irem plakat für das blasorchester besser: ENTWEDA IR ZOITS ODA MIA SPUIN.

das mexicanische essen schmeckt weiterhin nich besonders. was nich heisst, das das essen in Mexico schlecht is. ma findet gute, ser gute hamburger und tortas (sandwiches), was im endeffekt heisst, das ma in den USA mexicanisch essen sollte und in Mexico americanisch. kaffee kann ma auch vergessen, dafür kann der kakao ein traum sein.

held unterweegs

das nächste land is Guyana, ex-Britisch-Guyana, *gaiäna* ausgesprochen. von der grenze zur hauptstadt Georgetown durchgeend häuser entlang der 200 kilometer langen strasze. eine 200 kilometer lange und 50 meter breite stadt. in jedem haus eine indische familie. hir kommen wir zum erstenmal in kontakt mit der indischen kultur. das essen is mir fremd, aber es schmeckt ser gut. di arschreinigungsmetoden mit hand und wasser sind mir nur fremd. ob ich mich daran gewönen könnt, weiss ich nich. ich hab s ni versucht. wenn ma s tut, sollt ma s mit der linken machen, damit di rechte sauber bleibt falls ma jemand begrüszen will. wenn du ein inder wirklich beleidigen willst, gibst du ihm di linke hand. di inder sind freundlich, aber es steckt eine gewisse zwanghaftigkeit hinter diser freundlichkeit.

Georgetown und di andren richtigen städte werden von schwarzen bewont, di weder besonders freundlich (auch nich unfreundlich) noch zwanghaft sind. irgendwi einfach cool. Georgetown is di typische kleine coole britische ex-kolonistadt.

autor unterweegs

nobody is perfect. das hotel will mit eim schild an der tür klar machen, das sich der turist hir unter turisten befindet und nix zu fürchten hat: WELCOME / BIENVENUE / BIENVENIDO / HERZLICH. auch in Mexico sind wir brasilianer dafür bekannt, das wir feste feiern. a, brasileño? la fiesta, el carnaval! dabei ham wir überhaupt keine fiestas. normal heisst s bei uns *sururu* (wo nimand mer weiss, was was is, wo was is und was wer is), *suruba* (was ma als *orgie* übersetzen könnt), *oba-oba (oba* heisst *juhuuu, oba-oba* heisst wörtlich *juhuuu-juhuuu),* und da wird schon was geboten: mindestens 2 bir, manchmal bis 11 ur abends, mindestens 2 unanständige witze (plus 2 anständige witze als ausgleich). eine andre form is *desbunde,* das wörtlich *entarschung* heisst und für ausuferung stet.

held unterweegs

di helden müssen wider zurück nach Brasil, um nach Venezuela zu kommen. an der grenze gen si zu eim fluss. den überqueren si, das wasser bis zum hals, und schon sind si in Brasil. da get di strasze nach Boa Vista. jemand nimmt uns mit. wir reden mit dem farer über andre länder und der sagt: ›ich war noch ni in andren ländern, das interessirt mich nich. wozu denn? im ausland sit s zimlich schlecht aus. das einzige land, wo s wirklich gut zu leben is, is Brasil. alles andre is doch pipifax.‹ na gut, wir wollen nich zu vil diskutiren. wir reden liber über städte in Brasil. da meint er kategorisch: ›ich war noch ni in São Paulo oder in Rio. nich einmal in Manaus oder Belém. wozu denn? di sind doch in einer katastrofalen lage. umweltverschmutzung, lärm, kriminalität. ich werd euch was sagen: eine wirklich schöne, gutgeplante stadt is Boa Vista.‹ in Boa Vista wont er. Boa Vista is für Brasil, was Kleintalheim für Deutschland is. kennst du Kleintalheim? na also.

autor unterweegs

Palenque, Mexico, hat eine der 3 imposantesten mayaruinen. nur schade, das si so ler sind, one di gegenstände, di inen leben gaben. wenn was drin is, dann scheisse. di menschen benützen ruinen gern als toaletten.

wenn di mayas schwaben wären, wär ir motto ›schaffe, schaffe, temple baue‹. vile moskitos hir im dschungel. di moskitobanden machen mein paradis zur hölle. dise cosa nostra der tirwelt hat vermutlich mer als 50 prozent meiner gesamtmasse weggesaugt. di ham noch ni was von menschenrechten gehört. bestenfalls von moskitorechten.

held unterweegs

an der venezolanischen grenze werden wir gezwungen, unser gepäck auf der sandstrasze auszubreiten. di ser groben polizisten nemen uns ein küchenmesser und ein spisz ab. alles campingsachen. ›wiso nemt ir uns di weg?‹ ›weil ir damit töten könnt.‹ ›ir set doch, das wir das fürs zelten brauchen. wir ham hir auch gabeln, löffel, töpfe, wi soll ma one messer kochen und essen?‹ ›ir könnt damit töten.‹ ›dann nemt mir auch den kugelschreiber weg, mit dem können wir auch töten!‹ ›das is was andres.‹ ›wir können doch in jedem laden in jedem kaff neue messer kaufen!‹ ›das is nich mein probleem.‹ grenzpolizisten sind di schlimmste rasse der erde. natürlich nich weil si geborene bösewichte sind, sondern wegen irer macht. wenn si dich nich rein lassen wollen, lassen si dich nich rein. du kannst nich in revision gen.

wir wollen den eingangsstempel, den krigen wir aber nich. es kommen noch andre traveller an. der franzose hat ein messer am gürtel, di soldaten wollen es ihm abnemen. ›nein‹, sagt er, ›so get das nich.‹ diskussion hin, diskussion her, der get zum komandanten und vor allen soldaten sagt er, das er sein messer behalten wird, wärend er ihm geld vor di nase reibt. der komandant hätte vileicht nix gegen eine kleine finanzielle unterstützung, aber unter disen umständen kann er den franzosen nur abfüren lassen. er wird zur kaserne in Santa Elena gebracht, wo der grosze komandant mit ihm redet. am ende werden si gut freund, der komandant lädt ihn zum mittagessen ein. nur sein messer krigt er nich zurück.

autor unterweegs

ich hab eine entscheidung treffen müssen. im norden der Yucatán-halbinsel in der näe von Cancún sind di groszen mayaruinen von Chichén-Itzá, ein muss für jeden reisenden. aber das is mir zu weit im norden, wenn ich in den süden will. ich entscheid mich für den mittelweeg nach osten.

das is schon schlimm mit disen senswürdigkeiten. reisen is ein wettbewerb geworden. je mer ma ›geseen‹ hat, desto mer punkte hat ma, desto besser kennt ma ein land. was heisst schon ein land kennen? einheimische kennen meist wenig von irem eigenen land. Tamu und ich ham 22 jare im gleichen land und der gleichen stadt gelebt. nixdestotrotz ligen unsre meinungen meilenweit auseinander, wenn wir über Brasil reden. jemand, der uns zuhört, kann sich nich vorstellen, das wir beide vom gleichen land reden. dabei waren wir so vile jare da. stell dir vor, wir wären nur 1 jar da gewesen, 1 monat, 1 woche.

Mexico verlassen. Belize war früer Britisch-Honduras. di musik is prima und ma freut sich, di mexicanischen rancheras hinter sich zu ham. ich bin sogar versucht, eine ser gewagte tese aufzustellen: di mexicanischen rancheras sind schlimmer als der deutsche schlager. Belize hat ungefär so vile einwoner wi

Augsburg: schwarze, mestizen, mayas, engländer, americaner, chinesen. di grosze merheit spricht englisch und spanisch und wechselt ständig mitten im satz. dabei is das kreolische englisch genauso leicht zu versteen wi chinesisch. in Belize gibt s reiche und arme, wobei di reichen mer kole ham.

in Belize City hat ma kaum eine chance, das hotel zu erreichen one ausgeraubt zu werden. falls ma s fertig bringt, wird ma im hotel ausgeraubt. oder es gibt ärger: ich scheck ein und entdeck, das ich doppelt so vil zal wi ich sollt. ich beschweer mich bei der rezeption und find raus, das ich eins der besseren zimmer gekrigt hab. immer das gleiche. ich zi mit vil streit in ein billigeres um. das billige zimmer is tatsächlich schlecht, ich zi zurück ins gute. di angst, reingeleegt zu werden, gewinnt almälich oberhand.

Guatemala. ich far mit eim taxibus weiter nach Flores. mit mir ein deutscher traveller, ein belizianischer missionar deutscher abstammung, der nur englisch und spanisch kann, seine jünger, di auch nur englisch und spanisch können, und ein haufen guatemalteken. der deutsche und di belizianer zalen 6 dollar, di guatemalteken 1 dollar und ich nix. der deutsche hat praktisch den bus in gang gesetzt. er kann 6 dollar verschmerzen. di belizianer ham bestimmt weniger geld als der deutsche, sind aber solche preise gewönt. di guatemalteken müssen auch irgendwo hin, können aber nich 6 dollar zalen. ich muss nich zalen, ich hab di letzte nacht mit dem farer gesoffen und wir sind kollegen. der deutsche is misstrauisch und versucht bei den zalungen zuzuschaun, er will nich benachteiligt werden. der farer macht gymnastik um das zu vermeiden. der deutsche fragt mich wivil ich zal. ich sag, ich weiss nich, wir ham noch nich drüber geredet. schwirige situation. ich kann den deutschen gut versteen, ich hass es auch, übervorteilt zu werden. ich sollt ihm eigentlich helfen, da wir sozusagen landsleute sind. ich bin hir sein natürlicher aliirter. aber ich kann dem farer, der mich umsonst mitnimmt, doch keine probleme machen. indeem ich mich raus red, helf ich dem farer, aber was soll ich tun? dabei get s um 6 dollar.

Tikal, eine der 3 groszen Maya-zentren. eine engländerin erzält mir von Poptun, was nix mit populärer musik zu tun hat sondern ein farmhotel für gringos is. es ligt direkt auf dem weg, und ein bissi mit gringos zu ratschen kann nich schlecht sein. di farm is von eim americaner gegründet worden, der heute nich mer unter uns weilt, da ihm jemand den kopf abgehackt hat. warscheinlich regirungsleute. es is ein etwas unruiges land. überall is di gerilja. di halten ein auf der landstrasze auf, predigen revolution und sind sonst höflich. in der gringo-koloni wird viund landwirtschaft betriben und eine bäckerei mit ser gutem brot. das brot würde sogar eim deutschen gefallen. ma kann schwimmen, spaziren, fuszball und volleyball spilen, reiten, essen und saufen. manchmal schwimm ich, ansonsten hab ich mich gleich auf di 2 letzten tätigkeiten spezialisirt. di meisten besucher sind schweizer. ich frag mich, wenn si schon so wenige und alle unterweegs sind, wer passt auf di banken auf.

ich far nach Guatemala-Stadt. erst staub und hitze, dann asfalt und hitze, dann asfalt und berge. Guatemala is geografisch und topografisch wi fast jedes andre land hir. eine karibische küste, eine hoe bergkette in der mitte und im westen di pazifische küste. jedes land, das eine englische koloni war, hat eine karibische groszstadt, di ein englischen namen hat und eine schwarze bevölkerung, di ausser spanisch auch englisch spricht und reggae singt. in Guatemala heisst di stadt Livingston.

in El Salvador spilt sich das leben an der küste ab, es herrscht eine ganz andre atmosfäre als in Guatemala. heiss, laut und lebensfro is es, weil di hauptstadt an der küste is, nich in den bergen. di gerilja hat grad friden mit der regirung geschlossen und darf wider zum strand und baden gen.

held unterweegs

im venezolanischen grenzort gen wir zur kaserne und sagen dem komandanten, das wir wegmüssen aber nich können weil di migración-beamten in urlaub gefaren sind. ob er nich eine erlaubnis geben könnt, damit wir zu einer groszstadt kommen, wo wir den eingangsstempel holen können. er gibt uns eine erlaubnis bis Ciudad Bolívar. das probleem is, das wir zusammen nur eine erlaubnis krigen. di amis, denen er di erlaubnis gegeben hat, wollen fligen, wir wollen trampen. zurück zum komandanten, der uns zum teufel schickt. so müssen wir den americanern hinter her hinken, wenn wir nich unsren lebensabend in disem kaff verbringen wollen.

das flugzeug startet am nächsten tag. an der rezeption vom hotel geben di amis ire pässe ab und beschweren sich bei den rezeptionsdamen über di probleme an der grenze. di damen erklären, das alles wegen der brasilianer, di ständig di grenze illegal passiren, um in Venezuela gold zu suchen, so problematisch is. scheissbrasilianer. di franzosen und der australier kommen dran, di damen schimpfen weiter über di brasilianer. dann kommen wir dran und geben inen unsre pässe. nu schaun di damen.

wir fligen von Santa Elena an der grenze bis nach Ciudad Bolívar, der groszstadt im dschungel. einer diser wenigen flüge di iren preis wirklich wert sind. der fliger muss unter den wolken fligen, das heisst zwischen den bergen, und das sind keine normalen berge. wir sind in La Gran Sabana, mit einer der erstaunlichsten landschaften der welt. hir sit s eer aus wi in einer hexenküche als wi in einer berglandschaft. erstaunlich symetrische steine, di aus altarförmigen bergen raus wachsen. von disen steinblockgipfeln stürzen überall wasserfälle in di tife. ich frag mich, wi wasserfälle auf eim gipfel anfangen können, da s dort keine quellen geben kann. di wasserfälle, erfar ich später, nären sich nur vom regen, den s da in hülle und fülle gibt.

das flugzeug is nich grosz, ma kann den piloten und sein komplizen immer beobachten. ser seriös sind si nich. si hören ni auf zu reden, ständig mit dem kaugummi im mund. si reden nich über starten oder landen, sondern über fraun und fuszball. so passirt s, das das flugzeug nach eim zwischenstopp völlig von der startban abkommt und mitten im gebüsch weiter düst. no problem für di piloten, si krigen di kurve und auf get s. wir machen in 5 indianerdörfern zwischenstopps. di landebanen sind meist schlammpisten mit so vil wasser wi im Pazifik. mermals rutschen wir beim landen von der piste und müssen im gebüsch weiterfaren. endstation is Ciudad Bolívar, wo wir endlich den eingangsstempel krigen sollen.

wir faren zur kaserne. der komandant sagt, wir sollen uns zur migración begeben. es is aber freitag abend, da is bestimmt schon geschlossen. macht nix, sagt er, wir können morgen hin. ja, aber wird si morgen geöffnet sein? am samstag? aber logisch, sagt er. am samstag is si zu. wir wollen nich übers wochenende warten. wir finden di telefonnummer vom chef raus und rufen an. wir sagen ihm, das wir ein visum ham aber kein eingangsstempel. er sagt, das wir kein eingangsstempel brauchen, wenn wir schon ein visum ham. nu di frage: hat er das nur gesagt, um uns los zu werden, oder stimmt das wirklich? wir gen noch zur bundespolizei und fragen. di schaun sich den pass an, ja ja, da is das visum. natürlich können wir weiter faren.

wir trampen weiter zusammen mit dem australier. er hat das kleinste gepäck das wir je geseen ham. eine tüte mit einer unterhose, einer zanbürste und eim schirm. seine hose und sein hemd sind so weit, das si nich am körper kleben. wir ham kleidung en gro, zelt, schlafsäcke, kocher, bücher, schreibwaren und alles was so ein haushalt braucht. wir sind ja noch neu im geschäft.

in Caracas gen wir zum flughafen. wir wollen mit eim flugzeug in di USA trampen, da Mittelamerica zu heiss für uns is. krig in Nicaragua, gerilja in El Salvador. der airport in Caracas is ein groszer flughafen für kleine flugzeuge. fast jede minute landet eins. wir sten nich an der startban mit ausgestreckten daumen sondern fragen di piloten. fligst du nach Miami? di antwort is meist nein, manchmal auch ja. aber mitnemen können si uns auch nich. so vergeen di tage. irgendwann interessirt sich di polizei für ein indianerinstrument, das der australier mit sich rumschleppt. es is ein 1 meter langer zylinder mit dem ma rytmus erzeugen kann. si durchsuchen ihn und öffnen das instrument. es is mit weissem sand gefüllt, für di bullen is der fall klar. cocaine around my brain. si schleppen uns als komplizen mit. in der polizeistelle am airport wird alles durchsucht. si finden bei uns vile tesorten, di si auch zimlich skeptisch machen. Tamu muss alles erklären: magentee, nirentee, schnupfentee, gut das kein kopftee dabei war. das ganze wird von experten untersucht und ma findet raus, das alles tatsächlich harmlos is. sand und te. dann müssen wir unsre pässe zeigen. ›ah! ir habt kein eingangsstempel, ir seid illegal im land!‹ ›moment mal. wir ham beim migración-chef gefragt und bei der bundespolizei. di ham uns alle gesagt, wir brauchen das nich. ir könnt da nachfragen!‹ ›solche märchen könnt ir meiner oma erzälen. das is ein klarer fall von illegalem aufenthalt.‹ si wollen uns in den knast schicken und rufen bei den entsprechenden stellen an. nur: da wo wir sind, gibt s kein gefängnis. leider is donnerstag in der osterwoche. vile beamte sind schon im urlaub, manche grad dabei abzuhaun. da is unser untersuchungsofizir gar nich wilkommen. eine festname bedeutet arbeit und nimand will in der urlaubszeit arbeiten. am schluss muss er aufgeben. nich one di warnung, das wir uns am nächsten dinstag den eingangsstempel holen sollen.

wir geben auf, mit dem flugzeug zu trampen, verlassen Caracas und den australier und faren richtung Maracaibo, von wo aus vile schiffe in di USA gen. wir marschiren auf der autoban und möchten bitte irgendwo hin kommen. ein groszes auto mit klimaanlage nimmt uns mit, 2 typen reden vorn und wir sitzen hinten bei musik von Jean Michel Jarre, di das auto so erfüllt, das wir uns in einer weltraum-katedrale wänen. wir erreichen Barquisimeto. der farer is englischlerer der mit uns nur englisch redet, obwol ich gut spanisch kann und Tamu sich inzwischen an dise komische sprache gewönt hat. er lädt uns ein, bei ihm zu bleiben, solange wir wollen. er hat ein groszes haus und is anhänger der sekte von guru Maraj Ji, eim guru, der als 10järiger schon guru war und heute immer noch guru is. nur etwas fetter und reicher. er war angeblich schon Buddha, Jesus, Krishna und is vermutlich bald auch Frank Sinatra. seine fotos hängen überall im haus, auch beim scheissen kannst du dich seim grinsen nich entzin.

am nächsten morgen sen wir den typen nich, dafür ligt ein zettel auf dem tisch. ›i went out, i come back tomorrow. please feed the fish.‹ mein englisch is noch nich 100prozentig, aber ich hab alles verstanden: ›ich bin weg und komm morgen zurück. bitte esst den fisch.‹ das wort *feed* hab ich noch nich gekannt, aber es muss was mit *food* zu tun ham. also muss *feed essen* bedeuten. das is ja ganz nett von ihm, ich hab sowiso lust auf fisch. külschrank auf, na, wo is denn der fisch? da is kein fisch. wir suchen überall, kein fisch weit und breit. der kerl hat den fisch warscheinlich selber gegessen. na gut. essen wir was andres. später im wonzimmer finden wir ihn im aquarium. na so was...? den fisch soll ma essen?

in Maracaibo ham wir schon eine adresse, auch von guru-Maraj-Ji-anhängern. ser nette, coole leute. ein franzose, der in Marokko geboren, in Uruguay aufgewachsen is und nu im Maracaibo-stadtorchester fagott spilt. seine frau, eine winzige uruguayerin, spilt dort kontrafagott, das 2 mal so grosz wi ein fagott und 3 mal so grosz wi si is. si sind vegetarier aber leben gut. ein ser cremiger kaffee in der frü, ratatui zum mittagessen und dutzende von mangos, di si von den straszenbäumen auf dem weg nach hause mitnemen, zum abendessen. nur ir guru gefällt uns nich so besonders.

einmal übernachten wir bei freunden von unsren freunden. di wonung is im zenten stock. wir sten in der küche und unterhalten uns, ich will mich an di tür lenen aber si wackelt. ich len mich an di wand, di is auch nich stabil. was? eine wand di wackelt? ich muss besoffen sein. ich bleib sten one mich anzulenen, der boden will auch nich sten bleiben. ich se meine gesprächspartner an, si schaun mich an, als möchten si meine meinung wissen über das wackeln vom boden. im waschbecken gibt s wellen. das kann nur heissen, das es sich um ein erdbeben handelt. wir hören von unten den lärm von eim gigantischen traktor oder eim risen presslufthammer. ich schlag vor, das wir alle schnell runter rennen, aber da sind kinder. ich verstee nich, wi si so cool sein können. dem ein kind werden noch di schue angezogen, das andre krigt ein pulli. wir gen runter und das erdbeben is vorbei. alles stet noch. wir waren weit weg vom epizentrum.

wir gen täglich zum hafen und reden mit den schiffskapitänen. alle sagen kategorisch: unmöglich. di firma lässt es nich zu. weder als semann noch als passagir. si behandeln uns immer gut, wir sind als abwechslung wilkommen. aber mitnemen tut uns keiner. di zeiten sind vorbei. wenn wir wollen, können wir uns bei der agentur melden. vileicht krigen wir ein job. und werden auf ein schiff gesteckt, das uns nach Australien oder Madagaskar bringt.

wir geben das mit den schiffen auf, wollen zurück nach Caracas und versuchen unser glück noch mal mit den flugzeugen.

vileicht fligt von hir aus eins. wir gen in aller frü zum flughafen. ein typ zit grad sein flugzeug aus dem hangar. ich ge hin und frag: ›entschuldigung, fligst du nach Caracas?‹ ›ja.‹ ›könntest du mich und meine freundin mitnemen?‹ ›ja.‹ ›was?‹ ich renn zurück, wir nemen unser gepäck und fligen weg.

in Caracas können wir nich mer in hotels übernachten, wir ham nur noch 400 dollar. es wird schon schwirig, das di amis uns mit so wenig geld rein lassen, so müssen wir um jeden pfennig kämpfen. wir schlafen auf feuertreppen, in parkhäusern, in alten autos. Tamu beschweert sich nich, solange si schlafen kann. und si kann überall schlafen. si macht s sich überall gemütlich, felt nur noch di schlafmütze. di frau is schon bewundernswert. eigentlich is si vil organisirter, lässt es sich besser gen und kann mit den gleichen mitteln vil besser reisen als ich. das einzige probleem is, das si eigentlich mit reisen nix am hut hat.

Venezuela is relativ reich aber nich perfekt. obwol di regirung schon versuche unternommen hat, das land von der erdölabhängigkeit zu befrein und zu industrialisiren, get s nur schleppend voran. Venezuela is im konsum ein erste-welt-land, aber ein dritte-welt-land in der mentalität. es hat es nich geschafft ein sozial gerechtes land zu werden. obwol di meisten venezolaner gut oder halbweegs gut leben, gibt s auch ser arme leute. merere autofirmen stellen in Venezuela autos her, aber di meisten autos werden aus den USA importirt. das land hat verhältnismäszig mer straszenkreuzer als der grosze bruder im norden. kein wunder, bei den benzinpreisen: keine 10 pfennig pro liter. Caracas is eine moderne stadt und ein paradis für autofarer. für fuszgänger is es ein alptraum.

auch hir gen wir täglich zum flughafen. von 6 in der frü bis um 6 ur abends. uns fällt ein typ auf, der dauernd von einer flughafenabteilung zur andren get. eines tages fragen wir ihn, ob er nich irgendwann beabsichtigt, nach Miami zu fligen. er sagt, er beabsichtigt es demnächst nich, aber er hat freunde di oft hin fligen und kann mal nachfragen. später kommt er und sagt, ein freund von ihm fligt morgen. allerdings kann er uns nich umsonst mitnemen, ein bissi was für den treibstoff müssen wir schon hinblättern. 150 dollar will er. wir überlegen. immerhin wären wir endlich von diser stadt weg und es wär immer noch vil billiger als mit eim linienflug. okay, sagen wir. er sagt, das es noch ein probleem gibt: wir müssen im voraus zalen, sofort. ganz geheuer is uns das nich, aber der typ kann kein betrüger sein, jeder kennt ihn hir. wir geben ihm das geld und sollen morgen um di gleiche urzeit da sein, er kommt mit dem piloten und ab get di post.

am nächsten tag um di urzeit sind wir da, aber er nich. 1 stunde später auch nich. er kommt den ganzen tag nich. wir müssen zugeben, das wir reingeleegt worden sind. das kann aber nich sein, der mann verkeert den ganzen tag am flughafen. wir gen zu den abteilungen, wo er war und fragen nach. ein blonder typ mit fast krausen haren, ir müsst ihn geseen ham. ja, er hat immer nur da gesessen. aber hat ni was gesagt. wir sitzen auf der treppe und wissen nich mer weiter. uns get s nich gut. wir fragen bei den piloten, di piloten regen sich auf und ermitteln selber. am schluss stellt sich raus, das er der son vom flughafendirektor is. es gibt ein hin und her, wir treffen den flughafendirektor und sein son. er bestreitet alles, der vater scheisst ihn zusammen und bedankt sich bei uns, das wir uns diskreet verhalten ham. wir bekommen di kole zurück. dann finden wir ein piloten, der nach Puerto Rico fligt und uns mitnemen würde. wir überlegen schnell: Puerto Rico is di halbe strecke und wir sind dann endlich durch di americanische immigration. okay, nu oder ni. wir nemen uns ein hotel und waschen unsre sachen. in America sollten wir schon sauber ankommen. es get los, nur meine hose is nich trocken und der druckausgleich im fliger is kaputt. es is kalt, vor allem wenn ma eine nasse hose hat. di aussentemperatur entspricht der innentemperatur. gut, das wir nur 3000 meter hoch fligen.

am anfang get s ganz gut, der himmel is klar. nach einer halben stunde ham wir eine wolkenmauer vor uns, di unser ganzes blickfeld einnimmt. wir tauchen ein in dise suppe und sen absolut nix mer. ich sitz neben dem piloten, und Tamu hinten. der pilot sagt, ich soll ihm bescheid geben, wenn ich ein flugzeug von rechts se. da is aber nich vil zu sen, da müsste das andre flugzeug 5 meter vor meiner nase sein. ich weiss auch nich, ob s dann noch was helfen würde, dem pilot bescheid zu sagen. das flugzeug wackelt, zittert und stürzt manchmal eine ewigkeit im freien fall. der funkkontakt bricht ab und der pilot sit gar nich mer cool aus. zu allem überfluss sind wir in der näe vom Bermudadreieck. ich frag den piloten, ob sein gerät auf dem wasser schwimmt, falls wir runter kommen. er meint, im durchschnitt 1 minute, wenn di landung sanft is. und ham wir vileicht auch ein bötchen da? nein, weder bot noch schwimmwesten. gut. ich wollt s nur wissen. di einzig ruige bei der story is Tamu, di sich fragt, ob si beim aufprall di schue anlassen oder auszin soll. mir is übel und ich kann nix machen. nix gegen meine übelkeit, nix, um dem piloten zu helfen. der versucht di rute auszurechnen, kommt aber wegen der instabilen lage kaum dazu. 2 stunden dauert di folter. dann krigt der pilot kontakt mit dem flughafen, wir sen di insel Puerto Rico aus 100 meter höe und können landen. der pilot meint, in 16 jaren fligerkariere is das sein härtester flug gewesen.

autor unterweegs

aus San Salvador weg. durch dises land zu trampen is leicht. vile autofarer nemen ein mit und das land is klein. auf dem weg zur grenze kommt ma an den städtchen Berlin und Frankfurt vorbei. problematisch sind di auskünfte. mittelamericaner ham null anung, was rechts und was links bedeutet, genauso wenig wi si häuserblocks zälen können. zu allem überfluss sind sich auch ire körperteile nich einig. du gest so, dann später so, und da bei der bank so. dabei zeigt der kopf in eine richtung, der arm in eine andre und di hand in eine dritte.

vile salvadorianer bezweifeln meine brasilianität, aber der mechaniker hat s heut übertriben. nachdeem ich ihm gesagt hab, woheer ich komm, hat er mich geduldig aufgeklärt: ›richtig. is schon gut. du bist in Brasil geboren. gut. aber deine eltern waren americaner.‹ ach so.

grad les ich das Popol Vuh, di bibel der mayas. wi di Bibel erzält auch das Popol Vuh von der vergangenheit und von der zukunft, obwol ma schon ein spezialist sein muss, um überhaupt darin profezeiungen zu sen. es gibt heute noch eine beträchtliche menge leute, di di riten der alten mayas praktiziren. das buch erzält di geschichte der götter vor dem ersten sonnenaufgang und di geschichte der ersten menschen danach. di götter beschlossen, menschen nach irem vorbild zu schaffen, di aber nix geworden sind. si konnten weder sprechen, singen noch denken, sondern nur gackern, miaun, blöken. si wurden zu tiren. dann versuchten es di götter nochmal, dismal mit schlamm. aus disen is schon gar nix geworden. si konnten sich nich einmal bewegen. dann probirte ma s mit holz. dismal konnten di menschen sprechen und beherrschten bald alle andren wesen. leider vergaszen si ire schöpfer, bedankten sich nich mer bei inen und brachten keine opfer mer. si verwilderten und fingen an, auf bäumen zu leben. heutzutage nennt ma si affen. da wussten di götter für lange zeit kein rat mer, bis si eines tages ein berg fanden, der mit weissem und mit gelbem mais gefüllt war. si namen eine portion von jeder sorte und schufen di menschen. di ersten 4 menschen konnten wi di götter sen, das heisst überall hin bis in alle ecken der welt. weil si alles sen konnten, wussten si auch alles. das ging den göttern dann doch zu weit. si machten sich sorgen, das di menschen inen probleme machen könnten. ein bissi überlegen wollten si schon sein. so schmirten si ein nebel in di augen der menschen, so das si nur noch sen konnten, was um si rum war. aber si waren gnädig, und ham inen eine möglichkeit gegeben, doch alles zu erfaren, wenn si sich anstrengen. si ham inen das Popol Vuh geschenkt, durch das si dise welt wider versteen können. besonders interessant sind di götter der spirituosen: si werden ›di 400 jungs‹ genannt. 400! di alkoliker sind göttlich versorgt.

Honduras. gleich nach der grenze hält ein costaricaner. er färt nach Costa Rica und kann mich nach Nicaragua mitnemen. wir werden ein par mal von polizisten angehalten und Carlos, der farer, muss blechen. di finden immer ein ›feler‹ oder eine ›ordnungswidrigkeit‹. an der grenze zu Nicaragua müssen wir zalen, um Honduras zu verlassen. di nicaraguanische grenze is geschlossen. es is samstag 13 ur, wir können s am montag wider probiren. Carlos zalt 10 dollar, di grenze is wider offen. dann muss das auto desinfizirt werden. macht 10 dollar. wir kommen zum grenzgebäude, das geschlossen is. aber doch offen, je nach dem. mein visum is abgelaufen, sagt der beamte. wiso kann mein visum abgelaufen sein, wenn ich das land noch gar nich betreten hab? der beamte erklärt mir: ma zält ab ausstellungsdatum, gestern is mein visum abgelaufen. ich schau in den pass: grad da, wo mein beweis sten sollte, is eine lücke im stempel. ich brauch ein neues visum, das ich an der grenze krigen kann. aber nich am samstag nachmittag. di grenze is geschlossen. ich red mit dem chef, zal 14 dollar nixgebür und 4 dollar bearbeitungsgebür. di grenze is wider offen. Carlos darf nich durch. es is samstag nachmittag. er muss 200 dollar zalen und ein grenzbeamten mitnemen, der teoretisch mitfärt weil er das auto kontroliren soll und praktisch weil er nach hause will.

solche probleme gibt s in allen mittelamericanischen ländern. Nicaragua macht sovile probleme, das ich mich entscheid, mit Carlos gleich nach Costa Rica zu faren, das einzige land in der gegend, das keine probleme macht. der versuch, ein gerechtes und freies land zu schaffen, is in Nicaragua gescheitert. ein land, das gute beziungen zu den USA pflegen und gleichzeitig sein leuten was zu essen geben wollte und si zu alfabetisiren versuchte, is zugrunde gegangen weil di regirung den americanern nich erlauben wollte, in irem land frei zu schalten und zu walten. eine todsünde für ein kleines land im hinterhof von America. Nicaragua, ein land, wo ser lange zeit unterm sozialismus di menschenrechte respektirt wurden, bis di amis bezalte killer anheuerten, um das land zu ruiniren. Nicaragua war schlimmer für di USA als di Sowjetunion. ein land, das grad bewis, das sozialismus und menschenrechte hand in hand gen können, war das schlimmste, was si sich vorstellen konnten. di USA sind von Nicaragua am Internationalen Gerichtshof in Den Haag angeklagt worden und ham verloren. si ham weder das urteil anerkannt noch irgendwas gezalt. der weltpolizist will nix von der justiz wissen, wenn si ihn verurteilt.

di nicaraguaner ham nich nur pech mit iren diktatoren und feinden, sondern auch mit der natur, di das land mit erdbeben und orkanen geisselt. das land is nu das ärmste in Mittelamerica, eine einzige ruine. wo ma den wirtschaftlichen ruin findet, is der moralische nich weit. jeder versucht verzweifelt zu überleben, auch polizisten und grenzbeamte. nur, dise rechnung will ich nich zalen.

held rut

der held is nu schon nördlicher als der autor, kann aber den autor nich schrein hören. zwischen Costa Rica und Puerto Rico is trotz namensänlichkeit doch eine gewisse distanz. nach dem flug bleiben wir in eim luxushotel, ich hab fiber wegen der nassen hose und der kalten luft im flugzeug und delirir di ganze nacht. roger? wir stürzen. Bermuda.

autor unterweegs

ich mag San José, di hauptstadt von Costa Rica. in Costa Rica sind di beamten freundlich, das land is schön, grün und sauber. und zivilisirt wi selten ein land: ma hat di armee abgeschafft und investirt das geld in schulen und ins soziale netz. ich lern Julia kennen, eine mittelalterliche ami. si hat iren gutbezalten job in Californien aufgegeben und düst durch di weite welt. später kommen 2 freunde von ir dazu, 2 lustige deutsche, wenn du dir das vorstellen kannst. wir bestellen was zu essen und reden vom essen in andren ländern. ich erzäl das ich seit jaren keine probleme mer mit irgendeim essen hab, mein verdauungssysteem verkraftet alles. das is eigentlich das einzige, was ich von meiner reise mitgebracht hab. wir essen dann ein par scharfe peperoni und keiner hat probleme, ausser mir. ich werd rot, grün, blau, schwarz und am schluss lila. das zeug richtet in meim magen ein schaden an wi di bombardirung von Dresden. nach einer virtelstunde is es immer noch nich besser, wir gen und ich muss mich wi der glöckner von Notre-Dame durch das zentrum von San José schleppen. di blamage schlechthin.

ich bleib ein par tage am strand und tramp wider los, aber es kommen ser wenig autos vorbei und di sind voll. es is ja wochenende. ich krig immer mer durst, almälich kommt di situation wo ma jeden fluss, jeden bach wunderschön findet.

ein weisser nimmt mich mit, der eigentlich eine rothaut is. wi ein schwarzer sagt: ›ich, farbiger? schwarz is nich einmal eine farbe, es is nur di abwesenheit von farbe. dagegen seid ir weiss, di mischung aus allen farben. nich genug: ir werdet gelb wenn ir krank seid, rot wenn ir etwas sonne abkrigt, und blau wenn ir besoffen seid, und ich soll hir der farbige sein?‹ gut. dann nennen wir ihn *neger*. wenn ma das wort *neger* aufgibt, dann überlässt ma s den rassisten und es wird eindeutig ein schimpfwort. wenn ma das wort *ausländer* aufgibt und es durch *ausländische mitbürger* ersetzt, dann verkommt das wort *ausländer* noch schneller zum schimpfwort. wenn ma den ausdruck *ausländische mitbürger* benützt, dann sollte ma auch *deutsche mitbürger* sagen, sonst is wider di trennung da. im rest der welt ham di deutschen kein ser gutes image. wenn ich nach Brasil zurückkeer, werd ich vorschlagen, das ma di brasilianer deutscher abstammung *mitbürger mitteleuropäischer abstammung* nennt.

o wi schön is Panama! schöner noch weil es mein 100. land is. ich möcht feiern, statt dessen muss ich den ganzen tag in der prallen sonne gen. di panamesen sind groszartige telepaten. wohin auch immer der tramper will, si scheinen s zu wissen und zeigen mit der hand, das si woanders hin wollen. ich komm an Santiago vorbei. in Costa Rica gibt s Buenos Aires, hir Santiago. ma kommt schon vil rum. trampen bleibt schwirig. dafür halten alle busse an. ich wink ab, ich will kein bus. nützt nix, si drängen und fragen wiso nich. nu hab ich di lösung gefunden. hält der bus an, sing ich: ›no tengo dinero, o-o-oo, no tengo dinero, o-o-oo.‹ das versteen si sofort und faren weiter. falls du nich so gut spanisch kannst wi der panamesische busfarer: ich hab kein geld. *o-o-oo* heisst auf deutsch *o-o-oo*.

Panama is di mittelamericanische stadt mit den meisten hochhäusern und auch di gefärlichste. komischerweise is hir das land ser zivilisirt und di stadt der reinste dschungel. di hotels gleichen hochsicherheitstrakten. di turis sind verschwunden. keiner kommt nach Panama. di leute, di in Costa Rica sind und nach Südamerica wollen, fligen entweder direkt nach Columbien oder auf di columbianische insel San Andrés. auch in Panama: pazifikküste, berge, karibikküste. erstaunlich is, das jedes mittelamericanische land, mit knapp 1 prozent der brasilianischen fläche, höere berge hat als Brasil. das land lebt vom kanal, sowol von den gebüren wi auch von den amis di da leben. dazu is di panamesische flagge billig, so das das land di zweitgröszte schiffflotte der welt ›besitzt‹. heutzutage wird vil darüber diskutirt, ob ma di amis wegschicken sollte (wenn das überhaupt möglich is), aber angeblich hätten di antiamericaner bei eim plebiszit keine chance. di amis bringen immerhin kole ins land.

das land verdankt seine existenz dem kanal. di amis planten schon lange, hir ein kanal zu baun. als Panama eine provinz von Columbien war, hatten di amis alles mit den columbianern ausgehandelt, nur der columbianische senat musste es noch bestätigen. der hat s aber blockirt, weil er mit den bedingungen nich einverstanden war. so ham di USA, di schon immer eine ser freiheitliche gesinnung hatten, Panama von Columbien befreit und di unabhängigkeit von Panama erklärt. di panamesen ham vil glück gehabt. vile völker müssen hart kämpfen um ire unabhängigkeit zu erlangen, dagegen sind di columbianer der provinz Panama eines tages aufgewacht und waren von Columbien unabhängig, obwol si gar nich danach verlangt hatten.

salsa all around the clock und ein spanisch, das den spaniern ser spanisch vorkommen muss. oder englisch: auf der speisekarte bitet das restoran ein *gordon blue* an. ich frag, was das is. gordon blue is ein schnitzel, das mit schinken und käse gefüllt is. vileicht ham si ein par buchstaben verwechselt? und war das nich französisch?

autor rut

trotz Panama-Stadt bin ich immer noch heil. heute hab ich den kanal besichtigt. nu verstee ich, warum ma so vil über ihn spricht. ich hab immer gedacht, ma hat eine rinne zwischen dem Pazifik und der Karibik gezogen und das war s. nix da. di schiffe werden durch ein schleusensysteem um 26 meter gehoben und wider gesenkt. es regnet täglich. desto besser, bei der hitze. ich entkomm dem regen in eine bar und überleg bei Löwenbräu, wi ich weiter komm. von Mittel- nach Südamerica kann ma nich faren (ausser mit dem rad oder motorrad, aber das is wirklich schwirig). es existirt keine strasze zwischen Panama und Columbien. dafür gibt s unterschidliche erklärungen. manche sagen, das terain is zu sumpfig, di erklärung halt ich aber für nich ser überzeugend. andre meinen, di USA machen druck, das di strasze nich gebaut wird, da si eine noch gröszere drogeninvasion aus dem süden befürchten, oder das alle südamericaner sich auf den weg nach Nordamerica machen. ma hat merere alternativen. erstens: ma fligt nach Columbien. das is di sauberste, sicherste und warscheinlich billigste alternative. nur nich di abenteuerlichste. / zweitens: ma färt nach Colón, an der kanalmündung an der Karibik. da versucht ma, ein frachtschiff zu erwischen. / drittens: ma versucht das gleiche übern Pazifik. / virtens: ma get zu fusz.

das probleem der ersten alternative is, das ich nich fligen mag. das probleem der zweiten, das Colón eine mischung aus Bronx und Rio sein soll, wo ma nich länger als 5 minuten bleiben kann one überfallen zu werden. ausserdeem ham di schiffe schmuggelware und mögen keine passagire. bei der dritten bleibt ma am Pazifik, was nich so gut is wenn ma in di Karibik will. zu fusz is am abenteuerlichsten. ma kämpft sich durch den sumpf und gegen di vicher, lässt sich von den missionaren und indianern ausbeuten weil ma auf si angewisen is, und get nich einmal richtig zu fusz. oft braucht ma ein bot, um di flüsse zu überqueren. der flug kostet 110 dollar, di schiffsvarianten hängen von den kapitänen ab, zu fusz kostet es 300 dollar, was mit sicherheit di teuerste variante is. ich versuch s mit dem schiff.

ich far nach Colón und werd ganz unruig, ich ge hir kein meter zu fusz. immer far ich taxi, in der hoffnung, das der taxler kein räuber is. am hafen frag ich vil rum, kurz bevor ich aufgeben will, find ich doch noch ein bot. das färt nach Puerto Obaldia, an der grenze zu Columbien.

wir wollen um 10 ur losfaren. ich far zurück zum hotel. der taxler is ein columbianer aus Barranquilla. ich frag ihn ob er nich angst hat, hir taxi zu faren. wiso, fragt er. dise stadt is doch eine kirche im vergleich zu Barranquilla. das freut mich, ich muss nach Barranquilla. vileicht treff ich dann ein brasilianer, der mir sagt, das Barranquilla eine kirche im vergleich zu Brasil is. um 10 ur sagt ma uns, das das bot erst um 3 los färt. auf dem bot sind rund 20 indianer als crew, 3 mulatten-passagire und ich. es is donnerstag, einer sagt mir, wir kommen morgen an. später, das wir am montag ankommen. scheisse. wenn ich nich bald in Caracas bin, schickt ma meine post wider zurück. und post is für den traveller, was di luft für den menschen is.

anfangs ham wir normale wellen, in der näe der ersten San-Blás-Inseln wird das mer ser ruig. das wasser is glatt wi gelatine, das bot schwebt nur so dahin. wenn ma sich einer insel näert und di wassertife weniger als 10 meter beträgt, kann ma deutlich den meresgrund sen. bestimmt ser schön zum tauchen. di erste insel is di hauptstadt des San-Blás-Archipels. ein etwas gröszeres, ein halbes dutzend kleinere häuser und jede menge kokospalmen. der mann, der uns empfängt, will mein pass sen, nur weil ich weiss bin. schon wider dise rassendiskriminirung. immerhin das erste mal, das ein guvernör mein pass kontroliren will. ein richtiges karibisches paradis. sonne, sand, kokospalmen, rum bacardi. di inseln sind ausschliszlich von den kuna-indianern bewont. dise ham früer im panamesischen hinterland geleebt, bis di mücken inen gelbfiber und di spanier inen di syfilisation gebracht und si an di küste vertriben ham. an der küste fülten si sich noch nich sicher und sidelten auf di inseln über. si wonen auf den inseln, fischen um di inseln rum, und das festland wird zur landwirtschaft und jagd genutzt. di kuna sind selbstbewusste indianer, di ire autonomi vor ein par jaren erreicht ham. si waren ser aktiv gegen di 500-jar-feier der ›entdeckung‹ Americas und meinen, di ›entdeckung‹ wär schön gesagt ein aufeinandertreffen von 2 kulturen, unschön gesagt ein massaker. an einer mauer am hafen hängt eine zeichnung, in der ma ein par indianer und Columbus sit, der grad vom schiff gestigen is. ein indianer sagt zum andren: ›er sagt, er heisst Columbus und kommt um uns zu »entdecken«. ha ha ha ha ha!‹

di kunas beerdigen ire toten in eim kegelförmigen grab, mit der breiten seite nach unten. oben is eine dünne öffnung, wo ma nur durch kann wenn ma kein Pavarotti is. auf di öffnung wird eine leichte holzplatte geleegt, damit der tote wider raus kann, falls er nich richtig tot is.

Miami. das englisch, das meine lerer gesprochen ham, is entschiden leichter zu versteen als das englisch, das der busfarer spricht. ›is this bus going to town?‹ ›are whrifhwam bluam bluam rr r zschwonveudnmmnn dschd ride! ha ha ha ha ha!‹ ›sorry. i didn't understand. is this bus going to town?‹ ›are whrifhwam bluam bluam rr r zschwonveudnmmnn dschd ride! ha ha ha ha ha!‹ ›sorry. i didn't understand again. is this bus going to town?‹ ›yes.‹

in Zentralflorida besuchen wir 2 onkels. beide reine WASPS. nich ganz anglo-saxon, dafür desto weisser und protestantischer. 2 pastoren. voll für di todesstrafe, di nach langer zeit wider vollstreckt wird. wir besuchen Disneyworld. very american. aber in America is halt alles very american. di können nix dafür. hir find ich eine arbeit als brummifarer und rasenmäeroperator. ich halt das nur ein tag aus, vil stress und staub.

wir faren dann richtung norden nach Chattahoochee, kommen an Tallahassee vorbei und erreichen schliszlich di I-10 all the way to California. es halten nur besoffene, eremiten, schwule und neger. der americaner is im verkeer im normalfall extreem disziplinirt, dafür sind di leute di uns mitnemen das genaue gegenteil. si faren durch wälder, über wisen, auf berge und rückwärts auf der autoban. von den farern, di uns mitnemen, ham ein drittel eine kiste bir neben sich. wir steigen ein und sofort werden 3 dosen geöffnet. one for me, one for you, one for you. ein andres drittel zit sofort den joint raus und es wird geraucht. der rest hat eine kiste bir und ein joint. trampen is leicht. di lifts sind selten lang, dafür wird massenweise angehalten, auch wenn ma s gar nich will. in Mobile, Alabama, erwischen wir ein lift bis nach New Orleans in Louisiana. der typ spricht wi ein echter südstatler, wi ein frosch. ouk ouk ouk. das auto is grosz aber ständig kaputt. erst kaputter reifen, dann will s nich mer anspringen. es fängt an zu regnen und di scheibenwischer fallen aus. eine weile get s noch, bis es zur blindfart wird und der farer anhält. ich schlag aus spass vor, das ma unsre schnürsenkel auszin und an di scheibenwischer festbinden. so zit der eine von der ein und der andre von der andren seite. er als americaner nimmt meine idee sofort auf. bissi anstrengend aber wir faren 100 kilometer auf dise weise. in der näe von New Orleans lässt er uns raus. da sten wir nachts auf der autoban. 2 stockbesoffene typen nemen uns mit. si faren links, rechts, auf der parkspur, auf der wise. si bringen uns direkt zu einer negerkneipe nach New Orleans, di gerammelt voll is und in der wir und di beiden stockbesoffenen di einzigen weissen sind. es herrscht eine fröliche stimmung. alle kennen den farer und sein kumpel. wir werden jedem einzelnen vorgestellt. später nimmt uns eine frau in ir haus mit. es is ein alter schulbus, der ir und irem 6järigen son als wonung dint. sauber und nidlich. si reist seit jaren durch di lande und gibt irem son selber unterricht.

in Texas machen wir s wi di turisten und besuchen di NASA. dann faren wir von Houston nach San Antonio. wir bereiten unsre schlafstätte auf den bänken von eim McDonalds-hinterhof vor, wollen uns aber erst hinlegen, wenn sich das geschäft geleegt hat. irgendwann nach mitternacht is rue, alle fresser sind weg, wir legen uns hin, das personal kommt raus und gibt uns di übriggeblibenen hamburger. 7 big macs und ein par apple-pie.

wir erwischen ein der längsten lifts, den wir je gehabt ham. bis nach Los Angeles. der farer is grad aus dem knast gekommen und will in Californien eine alte rechnung begleichen. wir schaffen fast 2000 kilometer one anzuhalten. wir wechseln uns am steuer ab, zum essen is ni zeit. wofür auch, es gibt ja reichlich bir im auto. in Western Texas muss er blechen weil er zu schnell gefaren is, in Arizona bin ich dran. gut, das in beiden fällen di bullen unsre fane nich gerochen ham.

in Californien wimmelt s nur so von eremiten. si kommen grad vom einkaufen und nemen uns mit. es sind americanische eremiten, di selbstverständlich ein auto ham und ire hamburger einkaufen müssen. das zeug wächst ja nich auf dem feld.

autor unterweegs

heute hat uns ein riff erwischt. di schiffsschraube is kaputt aber si läuft weiter, nur langsamer. di reise dauert länger als mir lib is. das bot is ein supermarkt auf wasser, es versorgt ein dutzend inseln. wenn wir direkt zum zil gefaren wären, wären wir längst da, aber wir bleiben manchmal ein ganzen tag an einer insel hängen. di leute ham s nich sonderlich eilig. wivile kilometer sind wir zurück gefaren, um ein sack zucker zu holen, den wir vergessen hatten?

di inseln sind ser verschiden. einige sind risig mit nur ein par einwonern, andre sind ser klein und ganz zugebaut. allen gemeinsam is das basketballfeld. was is schon ein indianer one basketball? auf allen inseln findet ma blonde indianer. si sind stroblond und ham eine rote haut. das sind di waren rothäute. si sind so zalreich weil alle miteinander verwandt sind. albinos werden hir *sipu* genannt. ich sag, ich bin kein americaner sondern ein sipu. di normalen indianer lachen immer, ob di sipus selber es lustig finden weiss ich nich.

problematisch is für mich, das ich und di andren passagire nu eine unzertrennliche gruppe bilden. wir sind di einzigen, di nich arbeiten. meine neuen freunde sind schon in ordnung aber ham kein geld. das wenige was si ham wollen si nich ausgeben, in der hoffnung, das ich si finanzir. da sing ich liber bei der litanei mit und ess im schiff. das essen is 2 mal am tag ein risen teller reis mit eim löffel dosensardinen. ich kann s bald nich mer sen. ich hab noch geld aber es neigt sich dem ende zu, und auf disen inseln reiseschecks einzulösen is bestimmt nich leicht. am abend wollen wir richtig schlafen. an ein hotel is nich zu denken, es gibt keins. vileicht di schule? wir gen zum häuptling und erklären ihm, das das schiff so voll hängematten is, das kein platz mer für uns bleibt, abgeseen davon, das wir selber keine hängematten ham. der häuptling verspricht, unser anligen in der abendlichen dorfversammlung vorzutragen. wir warten und warten. dann gen wir zur versammlung und schaun zu. meine freunde versteen etwas kuna, jemand hält grad eine rede gegen di invasion von fremdlingen. das sind wir. wir gen zurück zum kai und warten. und warten. dann leg ich mich hin und schlaf ein, di andren schlafen auf dem schiff. am nächsten morgen erzälen si mir, das ein schwuler indianer mich geküsst hat. den schwulen indianer gibt s, ich hab ihn geseen. ob er mich wirklich geküsst hat weiss ich nich. mer hat er auf alle fälle von mir nich gehabt. beim schlafen get bei mir nix. wenigstens aktiv nich. passiv ging auch nix, ich hab auf dem rücken geschlafen. du glaubst mir wider nich.

Fulo hat uns verlassen. er heisst gar nich Fulo, das is nur di bezeichnung für kaffeefarben. oder kakaofarben. er is mormone und beauftragt worden, in eim dorf ein tempel zu baun. das ganze baumaterial muss von insel zu insel befördert werden. er hat nimand, der ihm helfen kann. so sind wir dran. ich frag mich, ob s richtig is, eim freund zu helfen, der was falsches macht. wenigstens für mich is es falsch, ein mormonentempel auf einer indianerinsel zu baun. was es für dich is, weiss ich nich. auch wenn di indianer dann tischtennis spilen können und di mormonen einer religion angehören, di besagt, das in America sich di ganze bibelgeschichte paraleel abgespilt hat. wi auch immer, wir helfen ihm beim auf-, ab- und wider aufladen. schule motorbot kai schiff. beim ausladen kann das bot nich andocken weil keine anlegestelle da is und es im dorf cholerafälle gibt. zuerst kommt nur ein kanu, das is aber eindeutig zu wenig. dann schreit einer der leute am strand und plötzlich kommt eine kanuinvasion herangeeilt. mit vil müe und chaos wird das zeug umgeladen. ge, Fulo. bau dein tempel. in eim andren gröszeren dorf se ich in einer wirtschaft eine schöne weisse frau. si sit aus wi eine engländerin vom anfang des jarhunderts. si sit mich flüchtig an und get. ich frag den wirt, wo si her kommt. si is eine perserin, eine missionarin der bahaisekte. der wirt gehört auch der sekte an und meint, es is keine sekte. das meint jeder. und weiter? di bahais vereren ein guru, der in Persien zuhause is. di religion hat 4 tempel, ein davon in Panama. der bahai sagt, ma sollte in jeder richtung wachsen und besser werden. materiell, sozial, geistig. er sagt, das will gelernt werden und ma sollte nich jedes seiner worte für bare münze nemen, sondern in sich selbst und in di welt gucken. ja, herr wirt, in disem fall bin ich auch ein bahai. zumindest im prinzip. da muss ich disem guru gar nich zuhören. der wirt meint, ich hab recht.

ein alter indianer mit anzug, krawatte und gestock plaudert mit mir auf englisch. er stellt vile fragen, unsre unterhaltung is ser lebhaft. dann muss ich gen und frag nach seim namen. Charles Smith, sagt er.

schöne indianerinnen gibt s hir in hülle und fülle. ma kommt schon auf üble gedanken, vor allem bei den shorts, di ser kurz und eng sind. stay cool, man. this is apache territory.

damit das schiff läuft, sollte ma hin und wider tanken. eine tankstelle für bote auf den San-Blás-Inseln gibt s nich, treibstoff muss von den reservefässern in den tank gepumpt werden. eine pumpe gibt s auch nich, jemand saugt den treibstoff mit dem mund an. heute hat ein semann zu vil von dem zeugs getrunken und muss zur ambulanz. wir warten wider. ich frag den käptn, ob ma den semann nich in der ambulanz lassen und ihn auf der rückfart abholen kann. nein, sagt er. nein. warum, weiss er nich oder will es mir nich erklären. er hat zeit. ich nich. leider bin ich nich der käptn. flotter sind di delfine, di auf uns zukommen. di geben erstmal eine zirkusnummer ab, one das wir dafür bezalt hätten. ein halbes dutzend fligt hoch und wenn si schon fast unten sind kommen di andren, alles in perfekter symetri. zusammen sit das aus wi eine wandernde wassermüle. si kommen, umzingeln uns, schlagen ein par saltos und schwimmen dann wegweisend vor uns her. was soll das? wir wissen selber wo s lang get. meist jedenfalls.

di toaletten auf den inseln sind eine sache für sich. kleine kabinen auf dem wasser. der boden besteet aus ein par bambusstämmen und löchern. da muss ma gut aufpassen, um nich durchzufallen. unten is wasser, erwartungsgemäsz zimlich ungesund und untauglich fürs baden. heute abend hab ich si benutzt. dunkel und aufregend.

an eim kai fischt ein kleiner junge. er wirft di leine weit aus. da schwimmen schöne blau glänzende lange fische. si sind elegant und heissen *tabu*. der tabu schwimmt gemütlich vor sich hin und sit ein wunderbar ausseendes regenwurmsteak. er beisst zu und stellt fest, das di sache ein haken hat. der haken klemmt sich am gaumen fest und lässt ihn nich mer los. es zit ihn in eine richtung und er fült, das di andre richtung besser wär. er zit den haken mit der leine in di andre richtung und der junge lässt ihn etwas toben. der tabu hat keine hände, er macht das einzige, was er machen kann, sein ganzen körper bewegen und versuchen, sich zu befrein. seine freundin beobachtet di tragödie. si kann nich mer tun als verzweifelt um ihn rum schwimmen, in der hoffnung, das er sich dadurch befreit. nach eim ungleichen kampf von hand gegen gaumen wird er aus dem wasser gezogen. der junge zit den haken aus dem fisch und wirft ihn sofort wider ins wasser. di tabuin sit ein, das es mit irem freund aus is, spürt, das di chose auch für si brenzlig wird, weiss, das das steak eine mörderische falle is und sucht das weite. der tabufisch ligt nu in der heissen sonne in diser schrecklichen welt, in der er nich atmen kann und muss sich noch dise lachende menge anschaun, di um ihn rum stet. dann wendet sich das interesse der menge der tabufischin zu und dem tabufisch get s schlecht. er muss sterben aber kann nich. 1 minute, 2 minuten, und er stirbt nich. ich spring vom schiff und geb ihm ein tritt. nu is es vorbei. di menge schaut mich verdutzt an. ach.

obwol di dörfer motorbote ham, jeder bewoner wenigstens ein kanu hat und di inseln nich weit voneinander entfernt ligen, gibt s starke kulturelle unterschide. manche sind weltoffen, ›verwestlicht‹, andre verschlossen und konservativ. der grosze hit bei den kindern von einer der inseln is der handstand. si bewegen sich fast ausschliszlich verkeert rum. das aber gibt s nur auf einer insel, di andren ham das noch ni geseen.

von den passagiren sind nur 2 übriggebliben, ich und Bunga. er heisst nich so, aber irgendwi muss ma di leute nennen. mich nennt ma Brasil. mir erzält er, das er fischer is. dem nächsten erzält er in meiner gegenwart das er in der hauptstadt ein hifiladen hat. dem nächsten, das er militär is. jedesmal wenn er jemand um was bittet, garnirt er das ganze mit einer kilometerlangen geschichte. er is ein überzeugter lügner, mit denen diser kontinent so reich gesegnet is. wir erreichen Tubuala, den heimathafen von unsrem schiff, di letzte insel vor Puerto Obaldia. di inselbewoner sind di aktionäre. nu sagt ma uns, das hir endstation is. di schiffsschraube is halb kaputt und in Puerto Obaldia gibt s cholerafälle. ma kann nur noch mit eim kleinen motorbot weiter. das kostet 40 dollar, 20 pro mann. ich verlang 20 dollar von der schiffsgesellschaft zurück, si will mir nur 8 dollar geben, den preis für di strecke. ich erklär, das ich mit andren schiffen nich weiter kann und si ham mir ein ticket bis Obaldia verkauft, also müssen si dafür sorgen, das ich für den ausgemachten preis auch hinkomm. da get bei inen nix. indianer ham keine anung von service. als brasilianer würde ich einmal protestiren und dann weiterschaun. aber ich bin etwas deutscher geworden, mach ein groszen skandal und streit mich mit crew und aktionärsversammlung. nützen tut s aber auch nich.

der botsmann darf uns nich mer faren, der häuptling lässt es wegen den cholerafällen nich zu. wir erklären dem häuptling, wi ma an cholera erkrankt. das ma keine cholera krigt weil ma 5 minuten am hafen war. er schickt uns eine insel zurück, wo ein arzt lebt. wenn der arzt meint, das das get, soll er eine bestätigung schreiben. wir faren und finden ein andres bot statt ein arzt.

in Obaldia sind keine indianer. es gibt weisse, schwarze, braune. der botsmann verspricht in 5 minuten wegzufaren und färt nach 5 stunden. ich meld mich bei der polizei ab. der ofizir is böse: ›si können das land nich einfach so betreten, si brauchen ein visum für Panama!‹ ›das visum is da, schau. und überhaupt: ich will raus, nich rein.‹ ›ach so.‹

ich erreich Columbien. Brasil is nich mer weit. Columbien ist cool und macht keine visa-probleme. fürs visum braucht Venezuela 4 tage und beansprucht vil nerven. ich hass dises land. Mathilda don’t run Venezuela. nu bin ich mit Peter, eim saloppen österreicher, in der Gran Sabana.

autor rut

ich hab mein hemd gewechselt. hände hoch, ventilator nidrig. meine finger noch dran.

autor unterweegs

ein glorreicher tag, ich bin wider in der heimat, nach 13 jaren. endlich wider ein land wo keiner ein visum von mir verlangt, wo keiner mir fragen stellt, wi lang ich im land bleiben will. so was is schön. unschön is, das da kein empfangskomitee auf mich wartet. jeder findet s normal, das ich da bin. überhaupt is es ser komisch, das jeder meine sprache spricht, als wär s das normalste von der welt. unschön is auch, das der asfalt aufhört und der staub anfängt. ich und Peter sind immer noch zusammen unterweegs, mir is es etwas peinlich, das sit hir alles nich ser modern aus. so hab ich mir Brasil gar nich vorgestellt. dises staubige kaff hat ser wenig mit dem Brasil zu tun an das ich mich erinner. es is ein pionirdorf. vor 13 jaren stand hir kein einziges haus ausser dem grenzgebäude. gott sei dank bleibt s nich lange staubig, weil der regen kommt. der einzige, der sich bequeemt mich zu empfangen. regen und schlamm, o gelibte heimat!

mit Peter und dem japaner Hiroshi überqueren wir den äquator und erreichen Manaus. noch ein stück der heimat näer, nu bin ich auf der südlichen halbkugel, di halbkugel, di mich geboren hat.

immer wider sprüche auf t-shirts: BITTE HEUTE NICH ÜBERFALLEN, HAB KEIN KLEINGELD DABEI.

held rut

Los Angeles hat ein mickriges stadtzentrum, aber es is der mittelpunkt eines gigantischen ballungsgebits, der südcalifornischen küste. onkel und tante sind nett und behilflich. si erklären uns, das ma *excuse me* sagt wenn ma den tisch verlässt. im alltag sprechen si englisch, mit uns sprechen si ami-catarinisch, eine deutsch-brasilianisch-americanische mischung: er is über di fencen gejumpt um rápido in di cidade zu kommen. si stecken uns täglich in turbusse, ständig versuchen di farer lustig zu sein, und wir lernen Hollywood Disneyland Beverly Hills San Diego kennen. si besorgen uns ein job. Tamu verpackt linsen, ich reinig maschinen. eines tages ham wir eine brasilianische parti. was erwartet ma da? samba und tangamädchen? richtig. was kommt da? lauter brasilianische südstatler mit namen wi Schmidt, Hofmeister, Blaskowski.

nich alles in America is hamburger: nu ham wir wider geld und können uns ein meresfrüchterestoran leisten. hir wird alles mögliche angeboten: fish and chips, shrimps and chips, oyster and chips. wär das nich genug, gibt s auch fish and oyster, shrimps and oyster und sogar di dreifache kombination fish, shrimps and oyster. zum trinken is di auswal schwindelerregend: coke, tea and coffee. ma hat mir schon vorgeworfen, ich war am falschen ort. vileicht. aber ich kann nich von eim richtigen ort erzälen, an dem ich nich war. das americanische fernseen is nich vil anders als das brasilianische, vil entertainment und werbung. di nachrichten sind ser auf America konzentrirt und ma bekommt kaum was vom ausland mit. in disem haus müssen wir uns tv-predigten anseen, di ser belibt sind. einmal schimpft der pastor: ›ich hab euch gesagt, wir brauchen 1 milion dollar für den bau der kirche, und was ham wir nu zusammen? mickrige 700 000! is das wirklich alles was ir für euren gott übrig habt? wenn ich gott wär, würd ich euch ein tritt in den hintern geben!‹ di telefonisten hinter dem pastor müssen dann eifrig arbeiten, alle leitungen sind besetzt, und bald is doch noch di milion für heute drin. gott sei dank.

auch protestantische kirchen sind etwas eigenartiges. di andacht beginnt mit der nationalhymne, dann erzält der pastor ein par witze und es kann losgeen. di US-flagge stet neben ihm, religion und nationalismus verschmelzen ineinander. so ganz klar sagen si das nich, aber oft hört ma s raus: früer waren das von gott auserwälte volk di juden, aber di ham immer wider scheisse gebaut, so das gott sich ein neues liblingsvolk ausgesucht hat. di amis halt.

held unterweegs

weiter zu den Grand-Canyon-hölen. da get s mit dem lift 20 stockwerke in di tife. früer gab s nur treppen, irgendwann sind auf den treppen 2 leichen gefunden worden. di leichen gehörten indianischen ex-bürgern, so das di indianer meinten, di hölen sind verhext. si forderten di schliszung der hölen, di hölen wurden geschlossen. wenigstens der ursprüngliche eingang. nur, wir sind in America und di turisten ham auch menschenrechte. ma hat woanders ein loch für di aufzüge gegraben. sonst kommen di turisten ja nich hin.

tire ham hir auf campingplätzen kaum angst vor menschen. bären nich und auch nich di katze, di ein gast gebissen hat. da will sich der gebissene rächen und di jagd get los andre gäste gesellen sich dazu es wird lauter di katze is nich zu erwischen eine frau schläft in irem zelt hört den lärm und wird unruig jemand bei der jagd hat eine gaspistole ein andrer schreit ›shoot it in the head‹ di frau meint es handelt sich um ein massenmord nimmt ir kind und macht sich aus dem staub später is di jagd vorbei ma merkt das di frau verschwunden is alle machen sich auf di suche nach ir und irem kind di frau hört das ma si sucht das bestärkt si in der ansicht das eine gruppe massenmörder hinter ir her is und si flüchtet weiter weg. ma findet si eine woche später, erschöpft und fast verhungert.

durch di wüste richtung Las Vegas. di farer fragen immer wo wir her kommen. ›Brazil.‹ ›Missouri? really? great!‹ ›no, no Missouri. Bra-zil!‹ ›New Zealand? really? great!‹ ›no, no. Brazil! Brazziiilll!‹ ›o, Brazil? really? great!‹

in Las Vegas sten ein par casinos, davon hast du vileicht gehört. di luft is ser heiss, der wind is noch heisser, so das ma sofort in ein casino rein muss, wo eim di klimaanlage erleichterung verschafft. bald entdecken wir di gutscheine, di auf der strasze verteilt werden, um leute in di casinos zu locken. mit den gutscheinen trinken wir gratisbir, essen das gratis- oder billigessen (in jeder hinsicht), rufen ein onkel in America an, lassen umsonst fotos von uns machen und verspilen di einarmbanditenmarken. dann holen wir uns wider welche für das nächste casino. wir schlafen in der Greyhound Station. wi immer sitz ich nur rum, wärend Tamu es sich im schlafsack gemütlich macht. si schläft, als wär si in eim puppenhaus. ma'am, this is no doll house, this is the Greyhound Station.

auf dem highway sit ma ser komische farzeuge, auch ganze häuser di von einer stadt in di andre transportirt werden. das beste is eine DC-3 one flügel, aber mit autorädern, di als wonwagen fungirt. di tramper sind in der regel keine adretten studenten wi in Europa, sondern oft kaputte aussenseiter. manchmal sagen si kein einziges wort und verlassen das auto, als wären si ni drin gewesen. einmal ham wir eine ganz normale familie beim trampen geseen. vater, mutter, 2 kinder und ein groszen hund.

in manchen staten is das trampen verboten, was nich heisst, das ma sich nich hinstellen darf. ma darf nur nich den daumen rausstrecken. ma muss einfach sten und den farern zulächeln, oder nach lust und laune ein par clownnummern durchzin. einmal sen wir ein Rolls-Royce und sagen im spass, das unsre weiterfart garantirt is. der hält tatsächlich an. kaum im auto, bitet uns der typ in anzug und krawatte ein joint an. wi gesagt, di amis sind immer ser höflich. später hält ein komischer typ an. wärend der fart wird ununterbrochen geraucht. an einer raststätte machen wir pause, er trinkt ein bir und wir essen kuchen. der typ get aufs klo und bleibt lang weg. almälich machen wir uns sorgen, auch wenn teoretisch nix passiren kann. er kann nich zum auto one das wir ihn sen. es dauert länger als uns geheuer is, Tamu wird ungeduldig und get raus. es gab doch ein andren ausgang vom klo, der typ sitzt schon im auto und startet den motor, Tamu rennt hin, macht di tür auf, zit di rucksäcke raus wärend er schon abfärt. 2 sekunden später und alles wär zu spät gewesen. gut das ich eine frau dabei hab. di eine seite von America richt penetrant nach seife, di andre nach gulli. so extreem wi in disem land is der kontrast nirgends.

San Francisco is im gegensatz zu Los Angeles eine richtige stadt, statt einer risen ansammlung von städtchen. es erinnert mich oft an São Paulo, vor allem wegen der steilen straszen und den verschidenen transportmitteln wi u-ban, tramban, o-bus und bus. in L. A. sit ma nur autos, autos und autos. Frisco is voll mit schwulen und junkis. ma kann alles krigen was das herz begeert. kokain, acid, h, o und alle andren buchstaben. in diser stadt sind 30 prozent schwarz, 30 prozent ostasiaten und 40 prozent bekloppt.

auf dem weg nach Seattle besuchen wir eine komune. am eingang erwarten wir ein bus wo der farer gleich los legt: ›ladies and gentlemen, good morning! my name is Gordon and this is a community.‹ nix dergleichen. nimand zeigt uns was, nimand kümmert sich um uns. vile junge leute, aber auch alte und kinder. di menschen hir teoretisiren nich wi in den meisten deutschen komunen, si wollen einfach weg von der groszstadt, ein gesundes leben füren und one probleem etwas dope ham. manche sind nackt, manche sind angezogen, jeder macht was und wi s ihm passt, es gibt keine chefs sondern wöchentliche sitzungen. manche wonen da, manche sind ständige besucher, manche malochen auswärts. alles ser fridvoll und americanisch unkomplizirt.

autor unterweegs

der Amazonas is wi ein mer. in Deutschland schrein di rechten, das das bot voll is. voll is das bot am Amazonas. da is es eng. ma schläft in hängematten, alle auf tuchfülung. dret ma sich um, wachen 2 andre auf. beim essen am tisch lachen und toben wir. alle andern sind toternst. irgendwi passt es nich ganz zum klischee. ein japaner und ein österreicher sind di lebhaftesten auf eim schiff voller brasilianer. und wo sind di heissen fraun gebliben? von ein par dutzend fraun is eine schön aber nich heiss, di andren sind weder noch.

Peter verlässt uns richtung nordosten, ich und Hiroshi gen zum strand am Amazonasdelta. 2000 kilometer vor der mündung hat der Amazonas schon fast di meresspigelhöe erreicht. der fluss is ser eben. am delta is der unterschid zwischen ebbe und flut ser grosz, so das der fluss manchmal das mer bedeckt, manchmal das mer den fluss. am strand is das wasser süsz oder salzig, je nach urzeit.

held unterweegs

Oregon. Washington. Idaho. in Utah sind di einwoner in der regel mormonen, daheer is manches komplizirter. zigaretten krigt ma nur aus automaten, menschen unter 20 jaren dürfen keine zigaretten kaufen. damit dis gesetz eingehalten wird, sind di automaten gesperrt. wenn ma zigaretten will, muss ma den wirt finden (was nich immer leicht is) und seine papire zeigen. dann kommt der wirt mit und sperrt den automaten auf. da wirft ma seine münzen rein. ein ser modernes systeem. trotzdeem is der stat halb so puritanisch wi ma s von eim mormonenstat erwarten würde. wo eine religion merheit wird, wird si nich mer so ernst genommen.

Wyoming, Nebraska, Iowa. bis nu wüste, ab jetz maisplantagen. von Iowa will ich in Brasil anrufen. di telefonistin fragt mich, was für ein Brasil ich mein, ob das in Südamerica oder… ›natürlich Südamerica!‹ ich kann mein oren nich traun. wi kann ma nur so blöd sein? als gäbe s noch ein Brasil irgendwo. später erfar ich, das es tatsächlich ein städtchen in Iowa gibt, das Brazil heisst. in der näe vom städtchen Cuba.

canadier mögen es gar nich, wenn ma si mit americanern verwechselt. optisch ändert sich kaum was, aber di canadier spilen nich weltpolizisten, und wünschen das ir nachbar es auch nich tut. das widerum könnte noch ein weilchen dauern. in Quebec wird alles zimlich französisch und di leute sind politisch vil interessirter. Montreal is schön, lebhaft, und di u-banwagen ham reifen wi autos.

jetz kommen auch di helden nach New York, der imposantesten und zweitdreckigsten stadt der welt. und eine der gefärlichsten, lautesten, buntesten und viler andrer -sten. ich möcht in so einer stadt nich leben, ma sollte si aber schon geseen ham, mindestens ein par wochen. New York is ganz anders als der rest von America, und sogar gut essen kann ma hir. so geseen, gibt s 4 zonen in Nordamerica: Mexico, wo ma spanisch spricht, Angloamerica, wo ma englisch spricht, Quebec, wo ma meint das ma französisch spricht, und New York, wo ma spanisch und manchmal schlechtes englisch spricht.

di helden müssen den sprung nach Europa schaffen. ein kurzer blick auf den New Yorker hafen und seine grösze, und di helden geben sofort auf, di 500 schiffskapitäne anzuhaun. si müssen fligen, so leid es dem helden tut.

autor unterweegs

Hiroshi und ich verlassen Belém und trampen ein par meter zusammen. Hiroshi färt weiter richtung nordosten, ich far in den süden. in dem moment, wo wir uns trennen, hör ich auf, turist zu sein, denn di leute hören auf, mich für ein ausländer zu halten. bis nu hab ich mer englisch, deutsch und japanisch (ich kann japanisch?) als brasilianisch gesprochen. ein farer fragt mich nach meiner reise, ich werd doch in so vilen jaren jede menge probleme gehabt und vil gelitten ham. ja, sag ich. hunger, durst, demütigungen, überfälle und fast lynchjustiz. er sagt, eigentlich hätt ich in Brasil bleiben können. ich hätte das alles müelos ham können, one mich vom fleck zu bewegen.

held unterweegs

wir fligen nach England. da wont meine schwester, nu als au-pair. au-pairs sind junge weibliche sklaven, di ma im eigenen land nich krigen kann sondern importiren muss. London stet zu New York wi eine kirche zu eim bordell am hafen. ser ruig und zivilisirt. di engländer sind wi ma si sich vorstellt und si sprechen auch so. manchmal hab ich den eindruck, das jeder engländer seine landsmänner nur karikirt, und das er das so lange macht, bis es ihm am ende nich mer auffällt. das land hat weder grosze wüsten noch hoe berge noch tolle strände. das einzige, worüber ich reden kann is das essen. natürlich nich, weil es so gut is.

di franzosen sagen, wenn ma in England gut essen will muss ma 3 mal am tag frustücken. immerhin kann ma frustücken. und di fish and chips sind ganz in ordnung. ich mag s, vile mögen s nich. auf alle fälle is es nich-englisch, es is fettig und schmeckt nach was. ansonsten is alles eine einzige katastrofe. es is nich so, das si das kochen unwichtig finden, sondern si bemün sich darum, schlechtes essen zu machen. und es schmeckt inen gar. selbst, wo ma meinen könnt, das keiner was falsch machen kann, macht der engländer ein desaster draus. gib ihm ein steak, und er wird s warscheinlich kochen, womöglich mit pfefferminzsosze. einmal bin ich gast in eim haus und hör, das di gastgeber ein curry machen. ich bin erleichtert, weil ich der meinung war, das ma mit eim curry nix falsch machen kann, es wird nach curry schmecken und das is gut. von wegen, ich ge später in di küche und schau in den topf. wiso hat es dise komische rosafarbe? es sit aus wi abwasser mit farbstoff. wichtig aber is der geschmack. leider schmeckt s so wi s aussit. immer wider raten mir leute in andren ländern, in ausländische restorans zu gen. leider sind di ausländer in England vom virus erwischt worden, von der schlechtkochitis, oder si kochen für den englischen geschmack. italienisch, indisch oder jugoslawisch, schmeckt alles gleich. schlimm. nur einmal krigen wir ein scharfen curry bei eim inder, da ham wir gleich nach dem ersten löffel di feuerweer gerufen und den teller ni wider angefasst. das hab ich mit geschmack nich gemeint.

trinken tun di engländer te. da si sich im klaren darüber sind, das dises getränk ein ser starken eigengeschmack hat, mischen si s mit milch. der kaffee is auch stark, da schau her, der hat doch di gleiche farbe wi der te, also muss ma ihn auch mit milch mischen, so das ma ni weiss, was ma grad getrunken hat, kaffee oder te?

immerhin sind di engländer ser höflich, ham humor und last not least das gröszte imperium der geschichte gebastelt. das kann nich jeder. si ham auch eine tugend: si mögen s direkt. si ham kein du / si, der firmendirektor heisst Tom und der abteilungsleiter Jimmy. di sprache is einfach. zwar is di rechtschreibung eine katastrofe und si ham etliche schwirige laute, das hat aber nix mit komplikationslibe zu tun wi im deutschen. engländer mögen es einfach, wi holländer und skandinavier. ma könnt meinen, germanische Völker mögen s einfach, aber es gibt auch di deutschen, di nix mit einfachheit zu tun ham wollen. di ausname sind di norddeutschen, di das einfache platt sprechen oder sprachen, und di sind teoretisch rein germanisch. daraus könnt ma schliszen, di deutschen sind komplizirt weil si keine germanen sind, sondern eine mischung aus germanen, kelten und römern, aber das sind di engländer auch. bleibt nur die 4. komponente bei den deutschen um es zu erklären, di slawen. oder es is das felen von meresluft, vileicht macht salzmangel komplizirt.

wir trampen zu dritt nach Irland. und zurück über Wales. da sprechen si dise keltische sprache welsh, di den abartigsten laut der welt hat. nem ich mal an. das *ll.* es is so, als würde ma ser erkältet mit schleim verstopft versuchen, *ch, l* und *sch* gleichzeitig auszusprechen. unsre nächste station is Llangollen, ich frag den brummifarer: ›are you going to (aham…) to llschchlangollschchlen?‹ ›o, to Langolen?‹ ›yes.‹ es war ein engländer. wir kommen nach Frankreich, Belgien und überqueren di grenze ins gelobte land.

Brasil. im fernseen zeigen si eine autowäscherei di zimlich gute geschäfte macht. vor der hauptwäsche in der maschine waschen junge mädchen das auto mit schlauch und schwamm. si ham ein bikini und ein durchsichtigen plastikmantel an. sovil zum zustand des landes.

der neue bundesstat Tocantins hat nix als rinderfarmen und sägewerke, trotzdeem wonen di meisten der wenigen einwoner in zimlich ärmlichen hütten. dafür können si herrliche sonnenuntergänge erleben, di als feuerball den ganzen himmel einnemen. ich far auf der Belém-Brasília-strasze, dem längsten bordell der welt. 2000 kilometer nutten, di geduldig auf ire farenden kunden warten. in den nachrichten im fernseen erfar ich, das unser präsident in schwirigkeiten is. der präsident der immer versprochen hat, der koruption ein ende zu machen, is selbst in koruptionsfälle verwickelt. sein name taucht in disem zusammenhang nirgends auf, aber der seines walkampfmanagers, der in seim namen vile obskure geschäfte gemacht hat und damit sein haus und garten finanzirte. es gab hunderte von fantomzalungen an seine sekretärin und an seine frau. nu sagt er, das er leichtgläubig war und sich von den falschen leuten hat beraten lassen. du bist deutsche(r) und dich juckt s wenig, was der brasilianische präsident macht. aber unter uns, glaubst du das er di warheit sagt?

8 stunden ge- und wartezeit, dann di erlösung. 2 typen aus Rio faren mich 620 kilometer. nach 200 kilometern nemen di noch ein mit, der aus Piauí kommt, dem ärmsten stat in Brasil. er is blond, analfabet und will ein job in Brasília suchen. er hat gehört, da kann ma den anderthalben mindestlon verdinen, das sind 180 mark, der mindestlon beträgt 120 mark. manche lerer im nordosten verdinen halb so vil, ein straszenkerer im süden 800, ein injeniör fast so vil wi in Deutschland.

di raststätten werden gigantisch, der verkeer dicht, di busbanhöfe gleichen flughäfen, di ersten hypermärkte und einkaufszentren sind in sicht. ich überqueer di grenze zum stat São Paulo. vileicht bin ich heute da. ni wider trampen. es is spät und kalt geworden in diser tankstelle. da hängt ein schild: TRAMPEN

VERBOTEN. ich könnt den bus nemen, es sind nur noch 500 kilometer. der bus kostet mich weniger als das hotel, ich kann aber nich in diser letzten stunde schwach werden.

ein einziger farer bringt mich nach hause. aber was heisst nach hause? mein vater wont 800 kilometer weiter südlich, ich find weder mein bruder noch meine schwester. di adressen sind zu alt. di stadt hat nich mit eim empfangskomitee gewartet. ich bin ja noch nich bekannt ausser in einschlägigen lokalen. eines tages, jedoch, wird ein schild am haus hängen, wo ich geleebt hab: HIR WONTE DER MENSCH DER DI GRÖSZTE MENGE BLÖDSINN DER GESCHICHTE ERZÄLT HAT. WEDER HELD NOCH ANTIHELD, NUR EINE SCHANDE.

Deutschland gutt sonst geld zurück

2001: fremd-, lenwörter und abkürzungen krigen ein doppelkonsonanten, wenn der vokal davor kurz is und keine 2 konsonanten danach vorhanden sind. fitt, ass, popp-hitt. und: buss, katt, tittel.

das wort *hotel* kann ma auch *hotell* schreiben, da es aber eins der 3 internationalsten wörter is schreib ich s mit eim *l*. das *x* wird nich verdoppelt: *fax, taxi* statt *faxx, taxxi*.

und: das wort *weg* im sinn von *fort* wird *wek* geschriben. bitte weck mich morgen um 8. ich muss früh wek, lang is mein weg.

di helden passiren di deutsche grenze und erreichen Köln. an einer tankstelle am stadtrand fragen wir, wi ma in di stadt kommt. der tankwart is ser freundlich und erklärt s uns. wir sind erleichtert das er uns nich anbrüllt. zwar wissen wir, das viles, was über di deutschen gesagt wird, vorurteile sind, aber wo so vil qualm is, muss doch auch feuer sein. wir ham gehört, das ma nich auf di strasze spucken darf. dann taucht sofort ein polizist auf und verpasst eim eine astronomische geldstrafe, wenn er ein nich gleich mitnimmt. ausserdeem ham wir gehört, das di deutschen grob und unfreundlich sind, der tankwart war s auf alle fälle nich.

mein deutsch hat etliche mängel. es is gut für den hausgebrauch, ich weiss wi ma *tisch, stul, messer, gabel* sagt, vil mer nich. ich kann mich noch gut erinnern wi ein brasilianischer freund fragte, was der buchtittel ›di schöpfung‹ bedeutet. tja, das is, wenn ma zum beispil suppe aus eim teller oder wasser aus eim brunnen holt. nixdestotrotz hab ich di sprache im or, häufig kenn ich ein wort nich, aber erkenn wo das wort anfängt und wo s aufhört. ich verstee di satzgliderung, si is für mich kein undeutlicher lauthaufen.

wir steigen an einer station in den buss ein und warten. der farer sit ser deutsch aus: er sitzt steif da, mit einer kappe als wäre er general, und list zeitung. dann steckt er di zeitung feierlich wek und bereitet sich auf den start vor als müsse er ein jumbojett in di luft bringen. wir faren los und versteen nich: der farer hat nich kassirt, ein schaffner gibt s auch nich. fargäste steigen ein und zalen genauso wenig wi wir. di fart kann doch nich umsonst sein. vileicht sind di fargäste gute bekannte vom farer? aber so vile bekannte kann der farer gar nich ham. vileicht wird woanders bezalt? an einer busszalungsstelle oder so? und was stet da? BITTE ENTWERTEN SI IRE FARKARTE. *farkarte* versteen wir, aber was meinen di mit disem wort *entwerten? wert* versteen wir auch, und *ent-* hat doch meist was mit *weknemen* zu tun, oder? wir sollen den wert von einer farkarte weknemen? eine farkarte zerstören, di wir gar nich ham? und wozu was kaufen, was ma anschliszend zerstören soll? zwischen dem ein und dem andren gedanken hält der buss an eim bussdepo an. der farer steigt aus, spricht kurz mit eim andren, der dann den buss übernimmt. ach so, diser farer kassirt nu von allen. von wegen. nix passirt, di fart get weiter und kein anzeichen dafür, das jemand bei uns kassiren möchte. warscheinlich hat der eine farer dem andren von uns erzält, eine verschwörung? wir kommen zum hauptbanhof, endstation. alle steigen aus, wir wissen nich, was wir tun sollen. wir stellen uns dem farer, bevor er uns ein bein stellt. ›wir ham nich gezalt.‹ ›so? tia… dann, dann zalt halt das nächste mal.‹ lustig, di deutschen.

wir wollen arbeiten, unsre kasse is ler. mein bruder und seine frau ham hir schon als studenten gearbeitet. obwol wir keine richtigen studenten mer sind, ham wir studentenkarten, sogar für di nächsten jare. das is der vorteil, freunde in der computerabteilung der universität zu ham. es sollte kein probleem für uns sein, etwas zu finden. im arbeitsamt will der mann unsre aufenthaltserlaubnis sen. was is denn das nu? das is der stempel im pass, der ein zur arbeit in Deutschland berechtigt. ja und wo krigt ma den? in einer deutschen botschaft im ausland oder im kreisverwaltungsreferat, aber in irem fall dürfte es zimlich unmöglich sein.

in Köln läuft nix. leider. schön is der fluss, der dom und frölich di atmosfäre. wir müssen nach Hamburg, da ham wir ein freund. der kölner, der uns mitnimmt, erklärt uns, das di leute in Hamburg offener, toleranter und freundlicher sind. in Hamburg erreichen wir auch nix. zurück nach Köln. dabei sagen uns di hamburger, das di kölner offener, toleranter und freundlicher sind. in Köln get wider nix, wir faren nach München. da ham mein bruder und seine frau gearbeitet. wir werden öfters von Mercedessen und andren luxuskarossen mitgenommen. vile manager interessiren sich für leute wi uns, wir füren unterweegs gute gespräche. das is in andren ländern selten, da menschen mit geld sich nich gern mit dem mobb vermischen. vileicht is das eins der geheimnisse vom deutschen wirtschaftswunder, das di manager besser wissen, was das volk denkt und will. is doch auch eins der prinzipien der japanischen leistung. auf den deutschen autobanen pflegt ma deren kamikazetradition weiter. di einheimischen, di normalerweise angst vor der vergangenheit, vor der zukunft und noch mer vor der gegenwart und allem dazwischen geradezu geniszen, verliren plötzlich alle ängste und füren sich wi unbezalte formel-1-farer auf und gen davon aus, das ire hirne, ire autos, di hirne der andren verkeersteilnemer, di andren autos und di umwelt teil von einer gigantischperfektcomputergesteuerten flippermaschine wären. inzwischen erklärt uns ein farer aus Aachen, das di bayern ein offenes und sympatisches volk sind, im gegensatz zu den kölnern und hamburgern. nu verstee ich überhaupt nix mer.

das in Bayern bayrisch gesprochen wird, hab ich schon gewusst. was ich nich wusst, is das es so anders klingt. wir gen zum arbeitsamt. der beamte erklärt uns, das wir eine aufenthaltserlaubnis brauchen. schon wider. wir erzälen ihm, das mein bruder und seine frau nur mit dem studentenausweis vom arbeitsamt vermittelt worden sind. er bleibt dabei: nich bei ihm und nich mit den gesetzen, di er kennt. wir wissen nich mer weiter. uns fällt ein, das wir kein stempel an der grenze gekrigt ham. vileicht is der eingangsstempel dise aufenthaltserlaubnis. wir faren nach Österreich und kommen über eine andre grenze nach 1 stunde zurück. wir sitzen in eim auto und verlangen ein eingangsstempel. der polizist schickt uns zum büro. ein eingangsstempel bitte. der bulle im büro schaut uns an als hätten wir bei ihm eine salbe gegen fuszpilze bestellt. eingangsstempel? da muss er mal suchen. schublade auf, schublade zu, schublade auf, schublade zu. manchmal findet er ein stempel, probirt ihn auf dem papir, nix eingangsstempel. irgendwann findet er ihn doch noch. zurück zum arbeitsamt in München: ›meine herrschaften, ein eingangsstempel hat nix mit einer aufenthaltserlaubnis zu tun.‹ bleibt uns nur eins übrig: wir gen zur firma wo mein bruder und seine frau gearbeitet ham, zeigen unsren studentenausweis, garantiren, das wir fleissig sind und krigen ein jobb.

vileicht doch geld zurück?

2001: nur verdeutschung: das englische *a* hat meist kein entsprechenden laut in der deutschen sprache. beim laut zwischen *a* und *e* (happy, cash, comeback) wär für ein angelsachsen ein *a* besser zu versteen. aber di deutschen sprechen s wi ein *e* aus. ich lass es offen, ma kann s *happy, häppy* oder *heppy* schreiben (und sagen), *band, bänd* oder *bend*. beim geschlossenen *e* mit kurzem *i* spricht ma das kurze *i* aus oder auch nich: *beby, sheker* oder *beyby, sheyker.* ma schreibt wi ma s ausspricht. *okay* wird *okee*.

manchmal, vor allem unbetont, is das *a* ein dumpfes, geschlossenes *a*, das s im deutschen auch nich gibt: festival, terminal. ich find s am besten wenn ma das *a* schreibt und auch so ausspricht. *terminal* wi *national*. es sind sowiso keine ur-englischen wörter sondern lateinische. so versteen s zumindest di romanischen völker.

di firma in München is eine brillenfabrik.

bis nu hab ich di deutschen als normale menschen erleebt. jetz fang ich an, unterschide zu erkennen. manchmal scheisst mich ein kolege wegen ser wenig zusammen, auf eine art und weise, als hätt ich ihm in di eier geschossen. dabei hab ich nur den ascher am falschen platz gelassen. solche explosionen bin ich nich gewont und meine reaktion is heftig. dabei is der mensch gar nich aufgereegt. eine halbe stunde später will er eine zigarette von mir, als wär nix passirt. ich verstee di welt nich mer. erst so almälich fang ich an zu kapiren. der deutsche schimpft nach herzenslust genau wi er nach herzenslust lacht. er is nich kalt sondern erlich. manchmal zu erlich für mein geschmack, aber rational geseen is das nich schlecht. ma weiss immer, wo ma dran is. mit der englisch-brasilianischen höflichkeit is alles sanfter und reibungsloser, dafür muss ma oft warheiten erraten, di ma in Deutschland direkt servirt krigt.

in diser firma jammern di leute ständig. zu wenig gehalt, zu wenig urlaubsgeld, zu vil arbeit. nur wenn der cheff vorbei kommt, is alles paletti, keiner beschweert sich. obwol ma ihn für ein ganoven hält, wird ser verantwortlich gearbeitet. dauernd macht jemand krank, aber di, di da sind, fülen sich für das wolergeen der firma verantwortlich. wenn eine bestellung raus muss, arbeiten si wi di berserker. das is zimlich sicher einer der gründe, weshalb es den deutschen gut get. ich weiss, es get inen schlecht, schlecht get s jedem, ich mein im vergleich zu andren. allen get s schlecht, schlimm schlimm. si können den jobb ires lebens nich finden, alles is teuer, und eine gescheite wonung is nich drin. si vergessen, das für 4 fünftel der weltbevölkerung eine individuelle wonung so was wi ein schloss is, das in di traumwelt, nich in di realität gehört. es is nich so, das si kein grund hätten zu klagen. immerhin ham si dises schreckliche wetter. es is nich nur di kälte, es is eer, das di kälte so lang dauert, das ma sich 9 monate im jar vor der aussenwelt versteckt. das ma 9 monate im jar auf den sommer wartet und manchmal kommt er gar nich. in disem fall hat ma nur 2 jareszeiten: den weissen winter und den grünen.

dabei is das wetter keine nebensache. nur weil es nich käuflich is, neigt ma dazu, es nich zu schätzen. der lebende beweis, das das wetter wichtig is, is dises land. ma muss hir nur im sommer und im winter auf di strasze gen. und vergleichen.

als taxifarer hab ich meine probleme: ich verstee mich gut mit den meisten fargästen, auch wenn si wissen, das ich ausländer bin. di merheit is nich ausländerfeindlich, und ich persönlich hab manchen vorteil: ich sprech gut deutsch, ich fall in der menge wegen meim ausseen nich auf, und als brasilianer bin ich eer wilkommen. brasilianer sind exoten, keine asylanten.

ich hab meist moderate fargäste, di nebenbei ein komentar abgeben, das es mir sicher gut gefällt in Deutschland, weil es hir geld gibt. da sag ich nur, das nich so vil geld da wär, wenn di einwanderungsländer di abermilionen deutschstämmigen ›zurück‹ schicken würden. di arbeitslosigkeit würde um einige milionen steigen.

di deutschen ham 40 jare gebraucht um 10 prozent der vorurteile abzubaun, di di welt über si hatte. immer noch glaubt di merheit der menschen, si sind ein agresives volk, das bald wider ein krig anzetteln wird. di meisten artikel in ausländischen zeitungen über dises land handeln von neonazis. schon vor der vereinigung und den ausschreitungen. geschweige nu. es is auf meiner reise immer wider vorgekommen, das ich zusammen mit nichdeutschen deutschen begegnet bin. es hat mich immer interessirt zu wissen, ob dise nichdeutschen di deutschen an der sprache erkennen können. si ham s ni getan, und waren immer überrascht, das di gesprochene sprache deutsch war. si ham sich di sprache vil härter vorgestellt. so wi ein deutscher feldwebel im krigsfilm spricht.

mit den ausschreitungen sind di 10 prozent klischeeabbau rückgängig gemacht worden. ein probleem is das der rassismus hir als kein groszes verbrechen angeseen wird. ma kann ausländern ein lokalverbot verpassen und es passirt eim nix. di freie marktwirtschaft is wichtiger als der rassismus. aber wenn di freie marktwirtschaft nich für drogendealer gilt, könnte s für rassisten auch so sein. im ausland glaubt ma, das dises volk ser nationalistisch eingestellt is. dabei sit ma auf rucksäcken fanen aller herren länder, aber ni eine deutsche. di einzigen, di so was tragen würden, wären di neonazis, aber di reisen nich. wenn si reisen würden, würden si bald aufhören, neonazis zu sein. si ham auch keine anung, was ein nazi is. di englischen neonazis sagen ›England sig heil!‹, di deutschen nemen ein englisches wort um sich zu bezeichnen, *skinheads.*

nationalismus is hir so verpönt oder tabuisirt, das ma als einheimischer dem land kein kompliment machen kann. bestenfalls kann ma andre länder kritisiren. is diser nationalismus-mangel eine gesunde gleichgültigkeit oder ein krankhaftes tabu? warscheinlich beides. tabus gibt s auf alle fälle: verbotene worte, verbotene witze, aussagen, di nich gut ankommen weil si irgendwi an di vergangenheit erinnern. ma hat sich so lang mit der vergangenheit auseinandergesetzt und is noch lang nich drüber wek.

das si autoritätsgläubig sind is ein klischee, das sowol di hisigen wi di ausländer nären. wi respektlos ma mit polizisten umgeet hab ich in keim andren land erleebt. bei eim schüleraustausch zwischen den USA und Deutschland waren di americanischen schüler schockirt, wi kinder hir mit iren eltern umgeen. das si um 3 ur morgens an der roten ampel sten bleiben, stimmt. ma pickt sich di fakten raus, di das vorurteil bestätigen. di rote ampel is für den deutschen autofarer heilig, aber in der zweiten reie zu parken is so normal, das manche di erste raie ignoriren. in einer americanischen zeitschrift stand, das sich di deutschen wi lemminge verhalten. si ham alle das gleiche urlaubszil, si gen alle in di selbe kneipe. als wär das nich überall so. hir faren alle in di gleiche richtung weil alle in urlaub in den süden faren, da wo di berge und anschliszend di wärme is. an langen wochenenden färt eine derartige autokolonne von São Paulo auf 2 autobanen zur küste, das ma häufig 12 stunden für 80 kilometer braucht. da kommt nimand auf den gedanken, di brasilianer deswegen als lemminge zu bezeichnen. weil s dises klischee nich gibt. für Brasil gilt armut, für Deutschland lemminghaftigkeit und autoritätsgläubigkeit. bleibt zu sagen, das der artikel von eim deutschen geschriben wurde.

neulich ham ein par studenten eine scherzstudie gemacht. si ham an 2 telefonzellen schilder gehängt, und zwar an einer NUR FÜR MÄNNER, an der andren NUR FÜR FRAUN. di grosze merheit hat es tatsächlich respektirt. moral der geschichte, di deutschen sind autoritätsgläubig. dabei hat ma das wichtigste vergessen: zu vergleichen, wi s in andren ländern funktionirt. was is mit den NACKT BADEN VERBOTEN-schildern an der Isar? si sten zu dutzenden da und jeder ignorirt si. was is mit den schlangen? in jedem land funktioniren si, hir nich. für di taxis nich, für di busse auch nich. wenn es mer fargäste als taxis gibt, is di hölle los. manchmal schlag ich vor, das ma mit geländern di leute zum ansteen zwingen müsste. da sind alle dagegen. ma würde sich wi vi fülen.

der fleiss der deutschen is der gröszte witz. wi oft war ich beim arzt, hab ihm von mein beschwerden erzält, und one mich angehört und untersucht zu ham schreibt er mich eine woche krank? dabei nützt s mir herzlich wenig, krankgeschriben zu werden. als taxler färt ma und verdint oder ma färt nich und verdint nich.

in der brillenfabrik felt eines tages ein kolege. am nächsten tag fragt ihn der cheff, was passirt is. er sagt, er hat vor 2 tagen ein schlimmen rausch gehabt und folglich gestern ein schlimmen kater. ach so, sagt der cheff und get. in Brasil würde nich der cheff gen sondern der arbeiter.

das land is gut und schön. ma kann anständig leben, ma kann sich frei entfalten, ma kann sein glück suchen one sich ständig ums überleben kümmern zu müssen, ma hat vil platz für sich, ausserdeem hat s schöne landschaften und städte. schöne städte findet ma auf diser welt nich oft. ma schwärmt hir oft von irgendwelchen dritt-welt-ländern, weil ma dort so wenig hat und trotzdeem lacht, wärend es hir umgekeert is. di in der dritten welt lachen weil s weniger anstrengend is als weinen, weil ma mit lachen etwas ablenkung hat. di dritte welt is schön wenn ma mit deutschmark rum spazirt. müssten si dort arbeiten, würden es sich vile anders überlegen. ma vergisst immer wider, das produktivität eine tugend is. egal was du machst, wenn di gesellschaft in der du lebst produktiver is, lebst du besser. materiell zumindest.

und von wegen wolstand in Deutschland! erstens scheint di sonne ni, zweitens is es eins der wenigen länder, wo ma keine frischen semmeln am sonntag krigen kann, grad am einzigen tag, an dem ma richtig zeit hat, ausgibig zu frühstücken. is das demokratisch? sicherlich nich. warscheinlich sind mer als 95 prozent der bevölkerung gegen das gesetz. das is auch mit der sprache so. di meisten sind für di vereinfachungen (obwol warscheinlich nich in disem ultradeutsch-umfang), aber di gegner sind di schreier, also get nix. mit dem rauchen, mit dem lärm, mit kindern, mit allem is es so: das recht der gestörten is heilig, das recht der geniszer kommt nur in frage, wenn s kein stört. 100 geniszer dürfen nich geniszen, wenn 1 gestörter unterweegs is. das is di gestörtokrati. find ich nich gut, aber di geniszokrati, aus der ich her komm, is auch kein idealzustand.

übrigens: in Deutschland, Frankreich und Italien freun sich di leute, ein brasilianer vor sich zu ham. in England, Spanien und Portugal gar nich. mit Deutschland mein ich di alten bundesländer: für di ossis wi für den rest der welt kommen wir von weit her, und ansonsten is das pipegal. oder wi ma in Brasil sagt, es richt nich und es stinkt nich.

laschentampen

2002: weiter mit den fremdwörtern. das *c* is klar: *k, ss* oder *z.* komiks, nüanss, zirka. was wirklich nich get, is *recycelt*. das is absurd für di absurditätengewonten angelsachsen, di das wort ausgelin ham, und absurd für di deutschen. bitte *rissaikelt*. genauso das *chice haus.* da graust s sowol den franzosen wi den deutschen. schreib *schickes haus* und wir tun so, als hätten wir s nich geseen.

mein bruder und seine frau sind in Indien, ham uns aber eine adresse von eim freund in Deutschland dagelassen. der heisst Tom und wir besuchen ihn. er nimmt uns mit zu seiner schwester, wo grad eine session stattfindet. di schwester heisst Plexi, eine sportliche und atraktive si, di spass ham will und trotz rastaharen wi eine libanesin aussit. Plexi wont mit Gamu, eim etwas stilleren wasser, di auch nich zu verachten is und oft ›donna donna‹ singt. ich kann nix machen, ich hab eine ständige begleitung. in der wonung sind noch andre. Kötrök, der als einziger für mein sprachliches interesse verständnis hat und laut singt. er studirt biologi. Alatoris, ein mann wi aus einer germanischen sage, mit 2,70 meter grösze, 2,20 meter breite, 1 meter langen haren und eim halben meter bart. der singt noch lauter. wenn alle zusammen singen, gibt s aufrur in der stadt. er studirt filosofi. Zilawski ragt zwar auch in di höe, aber ma sit ihn kaum, oder hält ihn für eine liane. er is der dichter der gruppe, verschont uns aber mit sein werken. der letzte is Bernd, eine gepfuscht skizzirte figur aus eim komikheft. er is maler und stet quer zu den andren und zur welt. wenn ma von rechts und links redet, lautet sein komentar ›unten‹. wenn ma dreidimensional denkt, denkt er nich virdimensional, sondern umgekeert.

si treffen sich immer, und Tamu und ich kommen dazu. bald zin wir bei Plexi und Gamu ein und wonen im wonzimmer, wo sonst. das haus is 200 jare alt, was ma in Brasil von höchstens eim dutzend kirchen sagen kann. ma trifft sich täglich. es wird bir gesoffen, über gefüle geredet und flowerpowerlider gesungen. di 60er sind in den 80er jaren angekommen. später gen alle ins bett, es bleiben nur Alatoris und ich. wir reden bis di sonne wider kommt, falls si kommt, über Beethoven, di unerträgliche leichtigkeit des weins und rauchen eine stange zigaretten.

wir faren oft zu einer hütte an eim weier. hir wird weiter geredet, gesungen, gespilt und gearbeitet. di männer arbeiten dauernd am weier. hir ein bissi vertifen, da eine rinne, dort ein nebenkanal. so was macht ma in meiner heimat nich. wenn ma urlaub hat, arbeitet ma nich. hir arbeitet ma, zumindest wenn ma nich bei der arbeit is. es wird dunkel und ich bitt jemand um eine laschentampe. das finden si lustig. Alatoris beklagt sich, das wir lasch sind. irgendwi sind wir echte laschentampen. genau das is es. das wort trifft. später kommen inovatoren und nennen di fraun der gruppe *laschentanten,* und so get s immer weiter. wir arbeiten einige monate und gen wider. es is früjar und wir wollen da hin, wo s warm is.

primo piato secondo piato

den deutschen von Italien zu erzälen is wi dem vikar das vaterunser beibringen zu wollen. si sind öfter in Italien als in einer andren deutschen stadt. trotzdeem muss ich was schreiben, ich kann ja hir nich einfach sitzen. wenn ma in München is und nach Italien will, färt ma durch Österreich. da merkt ma kein groszen unterschid, ausser das das trempen schwiriger wird. praktisch in jedem land is es so, das das trempen schwiriger is als in Deutschland.

Venezia is schön aber kalt. Firenze is schön aber immer noch kalt. Adria is noch kül.

Sicilia va bene. sole mio porco dio. vile vile gricisce tempele. in der gescicte von Sicilia vird ainem claro, vi dise continente aufghemischt vorden is. ciclopi, dann sicani, siculi, grichi, cartaghi, romani, bizantini, arabi, normani, iberi, gali, burgundi ham di insula besidelt, bis es zu guta letzt ain tail von Italia vurde.

in Roma besictighen vir il Papa. das muss scion sain. nac Roma zu ghen und il Papa nic sen is das gleice vi nac Roma zu ghen und il Papa nic sen. zu disem zeitpunto wais ma noc nic so vil üba ihn. ma vais nic, vi fil sciaden er noc anricten vird. eutzutage virde ic ain par faule aia mitneme. wir besictighen il Vaticano und di milione turiste. übarall chilometalange slange vi im ostbloch. vir sen fast tutto vas uns il raisefira emfilt und faren weita. il pisa-turm is aine enttoisciung. de turm stet scif. in Brasil virde ma di turm soforto felle und aine neuo, moderno turm baue. aber di italiana sind vol zu faule. ma sprict dauand von de italianisce miseria, dabai sind di italiana bessa dran als di englandi (was di doice als caine grosse laistung anseen), und ham mer autobane als Englande, Francia und Spagna zusamme. slimm is la burocrazia, zumindest in la posta. ma vill aine brifo versciche, da ghet ma auf di posta, wo aine beamte de prais drauf scraibt. ma varte vergebens, das er di brifmarche drauf clebt. nain, so ghet es nic. di brifmarche muss ma im chiosco caufe. dann ghet ma zuruco alla posta und scibt il brifo in di chiste rain.

ic hab con il mio svagher, de mit mi in Germania gewont hat, ain spil gemact. da vir ni posta ghecrigt ham, ham vir uns entscide, uns gheghensaiti brifi zu sraibe. aba brifi, di ma sic in il hando ghibt, macen cain spass. vir sciche liba di brifi an aine absurde adresse in il mondo, Joe Takatuka, rue des Malheurs 13574385, Fiji oda Hei Tzung Hin, Pepsi street 2,3, Omsk, URSS. als senda ghibt ma il nome vom andro an. so ghen di brifi hin und commen vida zuruco a de adressato, de im cuvero senda is. vir ham brifi nac Madagasca, Tonga, Sibiria, Nord-Alasca, Lesotho, Saint Vincent et Italia gescict, unta andro. alle brifi sind sciön zuruco gecommen, aussa de brifi nac Italia. ain brif nac Italia dauat lenga als ain brif in di Antarktis.

rictung Svizzera vird es scion in Italia rect svizzeric. in der italianisce Svizzera is es extreme svizzeric. di strada saubara und organisirta als in Stocolma, dabai rede de loite italiano. lecco mio. di Schweiz is teuer. Lichtenstein is klein.

und um di ecke hab ich mich selber getroffen

2002: len- und fremdwörter: *ch's,* di nich als *ch* ausgesprochen werden, werden ersetzt. der schovinistische schoför, der auf der schossee fur, hatte keine schanss. der kristliche kaot bekam kolera als er im kor sang. unwarscheinlich aber beispilhaft. in manchen fällen sagen di norddeutschen *sch,* di süddeutschen *k,* di schweizer *ch.* in disem fall schreibt jeder wi er s ausspricht. Schina Kina China, schirurg kirurg chirurg, schemi kemi chemi.

di andre möglichkeit is mit *tsch*: matscho, sendwitsch, tscharter. da di verdeutschung aber nich zwingend is, mach ich in disem fall gebrauch von der freiheit und schreib weiterhin *ch.* 4 buchstaben um 2 laute zu beschreiben sind mir zuvil.

das leben get weiter. arbeit in der brillenfabrik und leben mit den laschentampen. nach einigen monaten krig ich eine krise. ich bin nich down sondern aufgedreet, Nietzsche steigt mir zu kopf. di revolutionären kräfte in meim hirn versuchen zu putschen. ich hab eine frau di ich lib und bewunder, aber di mich zimlich einengt, obwol si das gar nich will. si engt mich ein weil si meine frau is. ich bin treu aus eigenem antrib. ich fül mich halt fürchterlich eingeengt, von ir und der welt. in der gruppe lächelt und lacht alles, alles is paletti. nur für mich nich. ich empfind mein verhalten als maskerade, es is eines das mer di andren befridigen soll als mich. di regirung vom land Zé do Rock is eine ser diplomatische regirung, di kein ärger mit dem ausland will und schulden regelmäszig zalt. nu kommen revolutionäre kräfte und meinen, dis land is nimandem was schuldig. dis land sollte frei sein. es sollte seine grenzen abschaffen und auch keine andren grenzen mer respektiren.

ich will meine häute abstreifen und sein wi ich wirklich bin, aber das is auch nich schön. ein mensch one haut besteet aus fleisch, venen, muskeln und sit nich gut aus. ma müsste sich ser dran gewönen. ich will egoistisch sein wenn ich dazu lust hab. ich will meim instinkt gehorchen und nich mer mein nettseinregeln. das land Zé do Rock will sein volk sein, nich mer sein aussenamt. in mir get ein kampf los, der mich erzittern lässt. eine ungeheure energi wird in mir frei.

freisein is ein relativer begriff, ma is immer nur frei in bezug auf menschen. wirklich frei wär ma nur bei aufhebung der naturgesetze. dann wär ma almächtig. das wär di freiheit im sinn von können, di kann-freiheit, di vil weiter get als di freiheit im sinn von dürfen, di darf-freiheit. ma kann nich zum Jupiter oder zur Andromeda-galaxis, trotzdeem fült ma sich dadurch nich unfrei. weil s nich menschen sind, di s eim verbiten, sondern di umstände. auch viles von der darf-freiheit kommt nich in di rechnung. ma darf nich töten, ma darf nich klaun. trotzdeem empfindet ma das nich als freiheitseinschränkung. es gibt allerdings vile tätigkeiten, di nimand schaden und trotzdeem nich sein dürfen. ma darf nich nackt u-ban faren, ma darf kein dope rauchen. dann gibt s noch unfreiheiten, di nich knast bedeuten sondern isolation und verlust von freundschaft. so erging s dem land Zé do Rock. nimand hat di putsch-regirung anerkannt, nimand wollte mer was mit ir zu tun ham. mit recht. wer will schon mit leuten zu tun ham, di nur streit suchen, manchmal sogar den fysischen? ich hab streit gesucht, weil ma sich durch diferenzen entwickelt, nich durch gemeinsamkeiten. das is wi in der natur. lebewesen suchen sich andre lebewesen, di möglichst verschiden sind, um di genetische vilfalt zu vergröszern und damit ire überlebensfäigkeit. letzten endes gewann di diplomatenregirung wider di oberhand, wi s auch in der politik meist der fall is. dise neu-alte regirung versucht seitdeem den wünschen der revolutionären kräfte nachzukommen, one sich in di isolirung zu manövriren. und irgendwi lebt ma weiter.

eine ursache für meine rückkeer zum ›weg der vernunft‹ is, das Tamu sich für Tom interessirt. das macht mir sorgen. wärend Tom ein ruiger und starker typ is, bin ich eer unangeneem und muss zimlich hysterisch wirken. er is nich abgeneigt, andrerseits is ihm das ein bissi peinlich. ich hol Tamu mit eim kleinen skandal zurück und versuch, mich zu ›bessern‹. ein andrer grund is, das ich es mag wenn di leute mich mögen und bewundern. wi jeder mensch, und noch ein bissi mer.

wir suchen eine wonung und finden keine. wir sagen den scheffs, das wir gen müssen, weil wir keine wonung finden. aber si halten uns oder zumindest Tamu für gute arbeiter und wollen uns nich verliren. si biten uns di bauhütte im hinterhof der fabrik an. si stet ler und wir können si benutzen, bis wir was besseres gefunden ham oder di baufirma di hütte wider woanders braucht. mit einer einschränkung. wir dürfen kein kristbaum mit kerzen aufstellen oder andre spässe mit feuer machen. di hütte würde in 10 minuten ausbrennen. ich sag dem scheff, das wir nur ein par knaller in der hütte loslassen wollen. er is entrüstet. nein nein! nur das nich! da merk ich noch ein unterschid zwischen meim land und disem: hir gibt s leute, di solche scherze versteen, und welche, di si nich versteen.

so zin wir in di bauhütte. 3 zimmer, küche, bad. wir borgen uns 2 heizkörper, ein normalgroszen und ein kleinen. der wind wet kalt und stark und dauernd fligen dachstücke wek. manchmal schneit s in unser schlafzimmer rein, so muss ich mir um 3 ur morgens ter und leiter besorgen, rauf klettern und alles wider fest kleben. wenn ich oben angekommen bin, is der ter meist schon gefroren.

einmal frirt unsre wasserleitung zu. wir machen ir warme kompressen, nix tut sich, bis si plötzlich platzt. ein wasserstral durchschiszt das klo und will di wand gegenüber durchboren. wir suchen nach eim han, um den stral zu stoppen, finden aber kein. wir sind nass wi sardinen im mer. di feuerweer dürfen wir nich rufen, und sonntags is nimand in der firma. ich renn zur telefonzelle und versuch di scheffs zu erreichen. nimand da. ich ge in den maschinenraum, da sind 100 schalter. zurück zur hütte find ich den han hinter der klobrille. mittlerweile sten in der hütte 2 zentimeter wasser. am nächsten tag kann ma überall schlittschu faren.

eines tages sten unsre scheffs und bauarbeiter vor der tür, und sagen, das wir auszin müssen. si holen di hütte ab. der schnellste umzug unsrer kariere, obwol wir schon einiges gesammelt ham. wir müssen mit allem raus, wärend di bauarbeiter abbaun. di letzten sachen ligen auf einer freien betonfläche. wenigstens müssen wir nich durch di tür. wir zin ins labor. 2 wochen später in den umkleideraum. jeden morgen werden wir von den kolegen geweckt, di sich umzin wollen. wenigstens ham wir s nich weit zur arbeit.

di balkanisirung der helden

in Jugoslawien hören wir zum ersten mal sprachen, di wir noch ni gehört ham. ich versuch mich mit meim armseligen russisch durchzukämpfen, di slowenen werden bitterbös und ich lass es sein. zum ersten mal sind wir in eim komunistischen land. Slowenien hat noch eine gewisse änlichkeit mit Österreich, Kroatien etwas weniger. je weiter es in den süden get desto unänlicher wird s.

von Jugoslawien nach Grichenland is ein unterschid wi von den Alpen zum Mittelmeer. das grichisse volk libt das gute lebon und gutis esson. das land is trotzdeem zimlich europäisch. es ligt ja auch in Europa, eigentlich is Europa hir geboron. nur is das esson anders als wir s uns vorgestellt ham. wir wollon orginal-grichiss esson. ›habt ir mussaka da?‹ ›nein.‹ ›ja dann halt ein gyros.‹ ›nix.‹ ›suvlaki?‹ ›nix nix.‹ ›was habt ir denn überhaupt?‹ ›winer snitzel, steak, chips.‹ ›aha?!‹

wenn ma in Grichenland is, muss ma immer sein sprach-archiv durchstöbern. ich will *zan* sagon. was heisst *zanheilkunde* in Brasil? odontologia. *logia* is di *kunde, odonto* muss das wort für *zan* sein. *odontos* klingt noch besser. und es stimmt. ich will *kind* sagon, wi heisst *kinderheilkunde?* pediatri. pedi? richtig. buch? selbstverständlich *biblios.* nich immer funktionirt s: in einer kneipe will ich wasser und bestell *hydros* (hydrant, hydrografi). der wirt versteet mich nich. ich probir allis: hydro, hidro, idro, idros. es dauert lang, bis er versteet was ich will: nero. altgrichiss is halt kein neugrichiss. in einer jugendherberge findon wir einon sprachfürer für grichiss. ich merk mir nur 2 sätze: deine augon sind nich wi di sterne im himmel sondern wertvoller. der andre satz is: fangt den dib! das wort für *dib* is übrigens *klefti,* wi sonst. kleptomani, kleptokrati. wir steigon in ein auto und der farer fragt ob ich grichiss kann. ich sag meinon erston satz und er shaut mich ängstlich an. nu meint er, ich bin swul. ein andris mal sitzon wir in eim restoran, der wirt bringt di rechnung, der spass is teuer gewordon und ich se zum erston mal eine gelegonheit, den zweiton satz anzuwendon. auch er findet s nich lustig. ma bemüt sich, ire sprache zu sprechon, und das kommt dabei raus.

im grichisson sreibt ma fremdwörter in lateinisser srift. *speiseeis* heisst *pagota* und *ice-cream. pagota* wird grichiss gessribon, *ice-cream* in lateinisser srift. auch namon wi John Murray oder Hans Peter Schmidt im telefonbuch, das in grichisser srift gedruckt is, sind in lateinisser srift angegebon. auf Deutssland übertragon, is es als wäron di russisson namon im telefonbuch von Berlin in kyrilliss gessribon und Mao Tse-Tung in kinesisson karakteron.

di helenisson gebite im oston wirkon son zimlich orientalis. söbald ma di grenze richtung Byzantion überssritton hat, merkon das nich nur di augon söndern auch di öron, di nase und der mund söfört. ma is im örient. natürlich is allis vermischt, und wenn ma vöm östen kömmt wirkt di Türkiye westlich. in Konstantinopel, das ma heute Istanbul nennt, klingt di musik arabisch und laut, überall sind moscheen und di einheimischen machen aus dem geschäftemachen eine kunst und plage, was ich eer für eine arabische eigenschaft gehalten hab. di männer ham risen schnauzbärte, aber keine arabische kleidung. auch verschleierte fraun sind selten.

natürlich sind wir über di brücke über den Bosporus gegangen, sö das wir üns rümen können, vön Europa nach Asien zü füsz gegangen zü sein. ünd wir ham endgültüg festgestellt, das es kein ünterschid zwischen den beiden köntinenten gibt. weiter hinten in Anatolien *(ana-dolu* heisst *mütterschosz)* fült ma sich weder im mörgen- nöch im abendland, nür weit, weit wek. di zivilisation lässt nach ünd ma findet gegenden wö ma fraun prö kilö kauft ünd der eselverkeer stärker als der autoverkeer is. di Türkiye war, wi du weisst, ein risen imperium, das kann ma auf dem Balkan auch hören, da vile wörter türküscher herkünft sind. selbst westliche sprachen ham türküsche wörter, wi *schampu, sofa* und *ich andre baustelle.*

türken sind ser gastfröyndlich, ma könnte fast sagen tsü gastfröyndlich. di alte und verwurzelte tradizion schreibt es vor, und si ham spass daran. das trempen is schwirig, da alle wagen anhalten, auch di, in denen eine flige schwirigkeiten hätte platz tsü finden. in sölchen fällen füren wir lange düsküssiönen, in denen wir argümentiren, das wir tsü füsz gen wöllen und si, das das ünmöglüch is. manchmal müssen wir üns im wald verstecken, üm den mitnemern zü entkömmen. wenn si üns gesichtet ham, ham wir keine schanss mer. wir faren mit, werden tsüm çay (te) eingeladen, tsüm essen, tsüm schlafen. kinder bringen üns öbst ünd erwachsene beschenken üns dauernd. einmal krigen wir sögar eine stange zigaretten. manchmal schläft eine ganze familie im freien damit wir das eebett nützen können. ma darf nich nein sagen. immer das beste für di gäste. dises völk is entfernt mit den üngarn und finnän verwandt, ünd auch da is gastfröyndlichkeit erensache. ie weiter wek vön Istanbul destö gastfröyndlicher.

manchmal können di türken döytş. ›şprechen si döytş?‹ ›ia, einigermaszen.‹ ›wö kömmen si her?‹ ›aus Brasil.‹ ›Brasil? wö is das? näe Frankfürt öder Berlin?‹

wi gesagt, öft is es tsü vil, ma get keine 3 minüten auf der ştrase one angemacht tsü werden. ma will üns einladen. wir şprechen kein wört döytş, engliş, französiş mer. es nütst alles nix, si şprechen üns an. wir tün, als würden wir üns ştreiten, auch das şreckt kein ab. ich hab intswişen 600 türküşe wörter gelernt. vile türken şprechen selber eine fremdşprache, manchmal güt, manchmal weniger güt. ein farer, mit dem wir lange ünterwegs sind, kann 3 wörte engliş. i am (als ein wört gebraucht, für *ich, ich ge, ich bin)*, yours, conversation. in iedem sats sind dize 3 wörte am anfang eingebaut. will er den sats ›ich lib di blumen auf der wize‹ sagen: ›i am, yours, conversation, çimen deki çiçekleri sevyorum.‹

langsam ferstee ich, mit föllüg ünbekannten şprachen ümzügeen. ich lern di wichtigsten 20 wörte, damit kann ich şon ser fil sagen. güt, şlecht, ia, nein, fil, wenig, gros, klein, töyer, billig, is, kann, will, weis, sagen (şprechen), wö, was, wi, warüm, şön, häslich, geld, toalette, şnaps. di gegensätse nich tsü kennen, is nich sö şlimm. hauptsache ma kennt das wört für *nich, nein.* willst dü *billig* sagen ünd kennst das wört nich, kannst dü *nich-töyer* sagen. fileicht kennst dü das wört für *töyer* auch nich. dann kannst dü für *töyer fil geld* sagen, für *billig nich-fil-geld.* das erste wört das ich immer lernen will is *gut.* direkt an der grentse ştet ein diutifrişop. ich se eine flaşe ünd frag den ferköyfer was das is. er kann ser wenig ausländiş: ›raki! gut!‹ ich frag ihn wider, er widerholt es. wir trempen los, ünd iedesmal wenn wir in ein otomobül einsteigen, sag ich ›raki!‹. ich mein, das heisst *gut,* ich will mich bedanken. später fragt der farer, öb wir bei ihm şlafen wöllen. ich antwört selbstferştändlich: ›raki!‹ ich hab lange gebraucht, bis ich entdeckt hab, das raki der şnaps is.

di türken liben das handeln ünd faylşen. fön den döytşen sind si immer enttöyşt, entweder tsalen si den prays oder sind söfört wek. anders Tamu. si fült sich gants dahaym. bay aynem händler get der prays fön aynem klayd fön 1000 lire auf 500 rünter. Tamu is nöch nich interesirt. si will wider gen, öbwöl si das klayd şon interesiren würde. nür nich für den prays. es get wayter rünter, auf 400, 300, 200. nu sagt der händler: ünter 200 kann ich das klayd ünmöglüch ferkaufen, ich hab s für 200 lire gekauft! Tamu will wider gen, der prays get waiter rünter. 150, 100, 75, si get ünd kömmt, ya, nayn, nich so richtig. am şlüs stet der prays bay 50 lire. si get zür kase tsüm tsalen. der händler sagt tsü mir: ›dize frau macht mich fertig! ich hab für das klayd 200 lire betsalt, wirklich! ünd müs es für 50 ferkaufen. es is wirklich ayn mizes geşäft. aber si hat so fil talent! si kann wirklich handeln!‹ ünd sayne augen löychten, er is fasinirt.

Göreme in Kappadokien is ayns mayner 2 veltvünder. ayne fantastişe möndlandşaft, ayne irre ünterirdişe ştadt, ayne vansinnige atmosfäre. wir faren dann in den süden und tsurück in den nordwesten. wir sen ayne gruppe fön anhaltern di sicher den rekörd für di gröste trempergruppe aufstellen. da sten 6 pölen auf der ştrase ünd varten auf iren lift. 3 fraun ünd 3 männer mit risen rücksäcken. nür laster können di mitnemen. di şpinnen di polen.

für solorayzende fraun is es varşaynlich nerfig, für di türkinen selbst veder güt nöch şlecht, si kenen nix andres. der eeman is in der Türkiye vas der şef in Döytşland is: hat ma glük gehabt, ervişt ma aynen güten. ervişt ma aynen şlechten, hat ma pech gehabt. mit dem ünterşid, das ma in der Türkiye den şef nich vechseln kan. aber file fraun vechseln di arbayt in Döytşland auch nich, nür wayl si aynen şlechten şef ham. di fraun sind klar im nachtayl. aber imerhin ham di türkinen das valrecht för den fransösinen bekömen.

Ere vird in der Türkiye gros geşriben ünd manche fraun müssen hart darünter layden. venn es si richtig ervişt. es is ayn ser üngerechtes süsteem, das di frau straft ünd den man ünbeheligt läst. aber di türküşe ere hat auch besere sayten. ayn döytşes pärchen is dürch di Türkiye gezögen, in aynem dörf sind si aynige tage gebliben ünd als si wek wölten, ham si gemerkt, das ire fötöausrüstüng vek var. ayn ser töyres set, mit alen şikanen. baym abşid ham si den dibştal nöch flüchtüg ervänt. di dörfbevöner ham si nich abrayzen lasen. das ganse dörf hat sich auf di süche nach dem fötöaparat gemacht, ale höyzer dürchsücht, ayne rizen aksyon. si ham nix gefünden, da ham alle geld gesamelt ünd inen das geld für aynen nöyen aparat gegeben. nü stel dir för, ayn türke vird in aynem döytşen dörf beklaut.

di türküşe şprache find ich güt, si klingt bünt. auch venn di finnän ünd üngarn es nür üngern hören, is deren şprache mit türküş fervant. sö vi döytş mit pörtügiziş ünd indiş fervant is. *apfel* auf finiş hayst *omena*, auf üngariş *alma (olmo)*, auf türküş *elma*. auserdeem ham di dray şprachen ayne vökalişe harmöni, sö das sich di vokale höyfig viderholen: täläkä, kötörök, gümüsüyü. ales in alem is di Türkiye für mich ayns der 3 fasinirendsten länder der velt, neben den USA ünd Japan. vas nich hayst, das ich in aynem der 3 länder mayn leben ferbringen möcht.

wir machen uns auf den weg in den norden und erreichen Bulgarien. ein lkw lässt uns an der ausfart nach Haskovo raus. wir wollen di strasze überqueren, schon hindert uns ein polizist daran. papire her, da sit er an unsrem eingangsstempel, das wir deklarirt ham, nach Sofia zu wollen. was machen wir denn in Haskovo? wir wollen in Haskovo übernachten und morgen weiter nach Sofia. ihm gefällt di story gar nich, er lässt uns trotzdeem gen. vileicht macht er sich noch heute gedanken. si wollten doch nach Sofia, wiso gingen si nach Haskovo? Haskovo: vil, vil ärger, ein hotel zu finden. ma lässt uns nich rein weil wir westler sind und di wechselstube will unser geld nich. der eine schein hat ein riss, di andren sind inen zu klein. aber di stadt is paradisisch. ser wenig autos, alles ser ruig und auffallend grün. und di väter schiben di kinderwagen.

Tamu braucht ein medikament, wir gen in eine apoteke. 1 minute, nachdeem wir di apoteke wider verlassen ham, merkt Tamu, das si ire sonnenbrille vergessen hat. wir gen zurück, auf der teke ligt keine brille, nimand is drin ausser dem personal. nimand weiss von was. dabei war in der zwischenzeit kein kunde drin. was soll s. in der Türkei, wo s angeblich so gefärlich is, sind wir ni beklaut worden. aber in eim komunistischen land, wo s angeblich so sicher is. di fraun auf der strasze sind ser rilext, sowol in irer haltung als auch irer kleidung. di ostblockfraun sind warscheinlich di schönsten in Europa. und eindeutig schöner als di gebäude, di ser schäbig wirken.

essen is leicht, du weisst es selber, wenn du schon in eim komunistischen land warst. in einer imbissbude muss ma jede ware bei eim andren angestellten bestellen, woanders zalen und wider woanders abholen. bei jeder aktion kämpft ma hart um di aufmerksamkeit der bedinung, um si von irem gespräch mit einer andren bedinung abzulenken, noch härter um der bedinung klar zu machen, das ma da is, das ma ein mensch is und das ma was bestellen möchte. ma fült sich hir immer wi der typ im film ›der unsichtbare‹. so was is nich nur schlecht. wenigstens für das personal get s gemütlich zu. aber in der heutigen welt is so eine gesellschaft schwirig, weil ma immer mer ins abseits gerät. ma sit, wi s den andren besser und besser get. ma is sich der eigenen trägheit bewusst, weil ma di andren in bewegung sit. naja, für den kunden is es auch nich das ware. ein bissi flotter könnte das schon sein. nixdestotrotz, wenn di ganze welt ein bissi rilexter wär und ma di freiheit hätte, könnte s das paradis sein. schliszlich is ma nich im paradis weil ma Mercedes oder BMW färt. das einzige was im osten verschwinden müsste, wären di schlangen. paradise mit schlangen sind nich ser lang paradise, stet schon in der Bibel.

wider zurück nach Jugoslawien. trempen auf dem autoput is ser schwirig. immerhin nimmt uns ein geograf mit, der uns in sein haus einlädt. er und seine frau sind ser gastfreundlich, wir übernachten bei inen. schade nur, das si sich ständig mit dem son streiten. das is doch auch nix, diser generationskonflikt. obwol mir der generationskonflikt liber is als der, den di jugos heutzutage austragen.

in zeiten des kalten kriges würde jede groszmacht egoistisch ire ›eigene‹ seite mit waffen versorgen, unabhängig von UNO-bestimmungen. nu is der kalte krig vorbei, für di groszmächte besteet kein nutzen mer darin, eim volk in not zu helfen, also hält ma sich an di UNO-bestimmungen, di eim ganzen volk verbiten, waffen zu kaufen und sich zu weren, und di damit so ein massaker erlauben. komisch auch: früer hat s eine sprache gegeben, serbokroatisch, nu gibt s 2: serbisch und kroatisch. dabei gibt s fast kein unterschid. wenn, dann is er zwischen südostkroatisch und nordwestserbisch sicher kleiner als zwischen südost- und nordwestkroatisch. und was sprechen di muslime? gibt s nu eine muslimische sprache?

wir verlassen Jugoslawien und betreten Italien. wir sind ser müde, es is nach mitternacht, trotzdeem krigen wir ein lift. ›a dove vai?‹ ›io vado a Trieste.‹ ›va bene.‹ ach, klingt italienisch schön. vor allem in so einer stunde. ich mein, eine sprache schön zu finden is immer subjektiv, meist hat s mit dem sprechenden volk zu tun. meist mag ma di sprache wenn ma das volk mag. es gibt trotzdeem manche kriterien, di vilen menschen gemeinsam sind. di melodi gefällt eer wenn si flach oder geschwungen is, als wenn si abrupt auf und ab get und unregelmäszig is. da hat italienisch auf alle fälle ein pluspunkt, da di melodi leicht geschwungen is, etwas lasziv und faul. deutsch is in disem sinn weder flach noch abrupt, nur manchmal wirkt s wuchtig. es is eigentlich erstaunlich, wi ma so eine konsonantenreiche sprache so sanft sprechen kann.

widerholungen von gewissen buchstaben werden meist als unschön empfunden. zum beispil zischlaute wi *sch* und *ss*. manche werden auch das schön finden, aber di meisten leute finden fiktive wörter wi *saschezi* oder *schifossu* hässlicher als *pateki* oder *hilomu*. italienisch hat nich vile zischlaute. da sind di slawischen sprachen schlimm. schwäbisch hat nur ein zischlaut, das *sch*, aber den in raun mengen. sonst wär s ein schöner dialekt, da di melodi ganz nett is. ein andrer faktor, der eine sprache verhässlicht is di häufigkeit von guturalen wi *h, ch*. ich mein vor allem holländisch, tirolerisch, hebräisch und arabisch. deutsch is in der beziung weder gut noch schlecht. einige wörter sind hart, wi *pacht, macht, wucht. macht* und *wucht* sind aber direkt lautmalerisch, aber warum muss *pacht* so hart sein? italienisch hat überhaupt keine guturalen laute, is also auch in diser hinsicht schön. und je ausgewogener das vokal-konsonant-verhältnis, desto schöner. auch da is italienisch angeneem, deutsch überhaupt nich. immerhin neigt das neudeutsche dazu, vokalreichere slang-wörter zu bilden: klein aber oho, tussi, macker, fundi, realo, ballaballa.

Schandinavien

um Deutschland zu durchqueren braucht ma ein tag. weil das trempen gut get. um Dänemark zu durchqueren braucht ma noch weniger. kaum is ma drin, is ma schon wider draussen, so klein is das land. nu bin ich nich mit Tamu unterweegs sondern mit meiner schwester. Danmark is en ser flaches land, de høchste berg is 80 meter håch. de sprache klingt wi deutsch aber flacher, und hat vil weniger konsonanten als dise. aus dem originalwårt *wordbok* is im heutigen deutsch ein *wörterbuch* gewården, mit umlaut, unregelmæsziger merzal und dem harten *ch*-laut. de danen ham daraus en *ordbog* gemacht, de si *oabou* aussprechen, mit en einzigen konsonanten. zimlich absurde sprache. ser kurze wørter, de nåch vil kürzer gespråchen als geschriben werden. de buchstabe *d* kann en alptraum sein. *båd* bedeutet *bot,* wird aber nich etwa *bod* ausgespråchen såndern *bol.* du kannst s widerhålen: bol. nein, nein, sagt de dane, kein *l,* såndern *d:* boool. ja, das hab ich dåch auch gesagt: bol! nein, sagt de dane, du musst es mit *d* aussprechen: boooolll. ein psychiater bitte!

in Schweden is det trempen ser hart. de meisten de uns mitnemen sind ausländer. de strassen sind normale landstrassen, de sich plötslig in autobanen verwandeln. da darf ma nig mer trempen. de polizei nimmt uns mit. nein, nig zum revir, sondern zu dem abschnitt der strasse, de keine autoban mer is. danke. und wi get s so in Schweden? di antwort lässt mig ser zweifeln über de fäigkeit der menschen, glücklig zu sein. wenn Schweden nig so wi de zukunft is, dann wenigstens einigermassen wi si sein sollte. wirtschaftlig und social einsame spitse, ein land in dem ma sig kaum nog vor de gegenwart und de zukunft fürchten muss. de policist denkt nig so: ›schlimm is det, furchtbar. in Sverige is es knallhart. wenn du ein haus mit 4 oder 5 zimmer kaufen willst, hast du keine schanss. es is zu teuer.‹

weiter im norden kommen wir am abend in en stad und suken uns en jugendherberge, abba di is geschlossen. wir finden en hotel, abba das is astronomisch. nich der blick, sondern der preis. wir gen zum polizeirevir und fragen ob wir in der zelle schlafen können. der policist meint, das das schon get, abba er warnt uns: wir bleiben eingesperrt, wir dürfen nich einfak so raus. neben dem bett is zwar en klingel, de ma drücken kann wenn ma was braukt oder probleme hat, abba eingesperrt sind wir trotzdeem. alles klar, kein probleem, sagen wir. so werden wir endlich en svenske gefängnis kennenlernen, das angeblich besser als de Sheraton in Rio is. der polizist sagt uns, das er noch sein vorgesetsten fragen muss. gut. wir warten. er kommt zurück und sagt, das es leider nik get. weil wir niks getan ham. de polizei kann verbreker verhaften und auch de besoffenen auf der strasse, abba so normal wi wir sind, get das nik. wir überlegen uns: sollen wir ihm eine rein haun? das probleem is, das wir dann vileit länger bleiben müssen als wir wollen. wir könnten uns vollsaufen und uns vor den eingang legen, das is abba bei de schnapspreise in Sverige teurer als en hotel.

Stockholm is gut, follar inselar und kanälar. der baustil get von sär deusk, sär schwär, bis sär modärn. de svenske liven reformen wi sonst nimand in der wält. de dänen mögen si auch, aber hinken ätwas hintarhär. im gegensatz zu de deusken, de ärstmal en studie maken myssen, um zu sen, ob und wi en studie nötig sein wird, und vor alle warum, sind de svenske da zimlich diräkt. si ärkännen de notwändigkeit von en reform und zin si einfach durch. si hatten früa linksverkeer und stellten eines tages fest, das alle ire nachbarn rechtsverkeer ham. das ham si in en sonntag im jar 1964 einfach geändat. längst ham si den verkauf von vaffen und spilzeugvaffen ferboten. ma könnte argumentiren, das ferbote undemokratisk sind, das sind si abba nich. oda fermutlich nich, ich kann mir forstellen, das de meisten svenske für de ferbote sind. varskeinlich in Deuskland auch, abba es get nich um demokrati sondan um kapitalismus. manche firmas fülen sich fileicht eingeengt, abba de svenske können sich dafür sichera auf de strasse fülen. de freiheit, auf de strasse zu gen, is auch eine viktige freiheit.

wen ma von Sverige naach Finland komt, ändert sich alles. es is wi ein fluug von Lüübek naach Neaapel. ma meakt sofoat, das ma geamaanisches gebiit fealassen hat. en finisches pärchen bringt uns naach Finnland. en frau um di 36 und ein tüüp um di 23. di frau hat lange haare, dea tüüp noch viil längere. si sind erzkomunisten und meinen, das es den russen besser geet als den menschen im westen. in Tornio woonen si und wiir wolen waitaträmpen. si sind entsetzt. waitaträmpen? si ham doch fest damit gerechnet, das wiir bei iinen blaiben. es scheint eine tragöödie zu sein, wen wiir nich bei iinen bleiben. wiir bleiben bei iinen. unsärä gastgeeba ham ainä säa haissä sauna und ich laidä säa. si ham ainän soon, däa ganz andas is als di ältan. äa hat ganz kuazä haarä und is säa gepfleegt. äa is 18, 5 jaarä jünga als sain vaata. ich hab da deen laisän väadacht, das äs sich nich um deen bioloogischän vaata handält. auf alä fälä scheemt sich däa soon ima für sainä ältan, und saagt iinän ständig, di solän nich so viil blöödsin dahäa reedän. hiir is däa generatioonskonflikt umgekeert.

ma vird ständig mitgenomen und vi buntä föögäl gepfleegt. auch loitä, mit deenän viir kaum reedän könän, vail di üübahaupt kainä främdsprachän könen, sind anschainänd säa traurig, wän ma si fäaläst. in Lapland voonän di lapän. di lapän seen tails vi di sveedän, tails vi di japaana aus, je naach deem. manchmaal vi baidä auf ainmaal, blond und slitzoigig. ooda rundoigig und svartzhaarig, aaba so vas gibt s in Itaalia ooda Doitsland auch. däa nasionaaltanz däa finän is däa tango und si solän säa melankoolis sein. ich hab niks dafon gemäakt. däa nordän is säa hais und äs vimält nuur so fon mükän. äs gibt fiil meer mükän in Lapland als am Amazoonas. forausgesätst, ma besucht di geegend im soma. im soma kan ma taag und taag mit deem hämd rumgeen, nacht gibt äs kainä. si ham trotzdeem ain gants normalän leebänsrütmus: um 3 uur nachts is äs häl aaba absoluut niks loos.

ich untahalt mi ständi mit finän, di kainä andrä spraache könän. mit händän und füüssän, mund, naasä und augän. ich spräch schoon fliissänd gestisch. is ja kain wunda. en dutsänd spraakän in so kuaza zait. ich blik üübahaupt nich meer durch. manchmaal vil ich vas fraagän und kan mich nich meer äainan, vas füüa ainä spraachä ich nu sprächän sol. genauso is äs mit deen väärungen. ich vais nich meer, mit vas füüa eim gäld ich tsaalän sol.

de restauran in Nordkapp is fåller italiena, de det lid ›Brasil‹ singen. vir faren de norske kyste runter, entlang de herrlige fjords und besuken mein froind Bjarte in Oslo, de ig fån Cheyenne, USA, kenn. da bleib ig einige månate und arbeit in en umzugsfirma als møbelpakker. de normenn sind etvas nasjonalistisker eingestellt als mitteleuropeer. si vållen immer vissen, vas ma fån ir land helt und ham en bissken lille-brors-kompleks, en kleiner-bruder-kompleks gegenüber de svenske. veil det land kleiner is, immer hinterheer hinkt und lange zeit ærmer var. nu sind si nig mer ærmer, veil si en menge erdøl gefunden ham. ansånsten sind si låkkerer als ire østlige kusins und ire gærten ungepflegter. de normenn sten zu de svenske ungefær so vi de østerreiker zu de sveizer.

si ham vas dan, vas selten en fålk dut. si ham ire sprache per dekret ændert. und zvar nich de ortografi såndern gleich de språchene sprache. früer var s vi im teutsch unlogisk, ma sagte für de tal 342 *tre hundre to og vortig* (tre hundre tu o forti), vi im teusk. das is unlogisch, veil ma fån links nach rechts list, dann pløtslig fån rechts nach links. das is auch für teuske nich så einfag. file teuske skreiben sågar umgekeert, venn si tum beispil en diktat skreiben. si kåmmen fån links, ›springen‹ en spalte, skreiben rechts und tum sluss links dafån. de normenn ham erkannt, dat det unlogisk is und dat de ganze veld et logisk sagt (ausser teuske und hollender), så ham si det per dekret geændert. nu heit et *tre hundre fortig to* (drei hundert firzig zwei). de alde menske sagen immer nåch *to og fortig*, de junge mensken *fortig to*.

tu de spraken: dænisk is kurt und abartig, svedisk längar und sviriger in de gramatik, finis hat fiilä vokaalä und ainä säa främdä gramatik. am leitesten tu lernen is norsk. kurt, leit to autsprekken und en einfake gramatik. svenska und norsk klingen ser unregelmätig. als vyrde ma opp en berg klettern und dauernd stålpern.

Froncraisch und konsorten

wenn ma nach Südwesteuropa will, färt ma erst nach Berlin. na ja. wa nemen ne s-ban und faren in den nordosten der stadt, da, wo di jugendherberje is. im bett schau icke mir noch den stadtplan an. links is West- und rechts Ostberlin. ey moment mal. wenn ma disem stadtplan jlauben soll, fährt unsre s-ban durch Ostberlin. kann ja nich sein. wa können doch heute nich schon in eim andren land jewesen sein. ne s-ban kann doch nich durch 2 länder faren. und wenn, dann müssten wa et jemerkt ham. wa faren morjen wider hin. im stadtplan hat ma sojar den eindruck, det da n banhof sein müsste. wi kann det nur jen?

am nächsten tach faren wa di jleiche strecke zurück und bemerken di verlassenen banhöfe. mittendrin is diser banhof Fridrichstrasze, der jar nich verlassen wirkt. da steijen farjäste ein und aus. det muss doch Ostberlin sein, wi können di leute rein und raus jen als wär nix jewesen? wa wollen di sache mit disem banhof mitten im komunistischen feindesland klären. wir steijen aus und jen ne weile bis tatsächlich jrenzbeamte vor uns sten.

aha. und 25 mark dürfen wa wechseln. auf der andren seite ham wa nich ser vil zeit für stadtrundfarten. bald sind wa uns im klaren drüber, det wenn wa nich dalli-dalli eenkoofen und det jeld ausjeben, wa am abend nen haufen mülljeld in der tasche ham werden. in Westberlin war et schönet wetter, heute in Ostberlin is et jrau und launisch. se sind wirklich arm dran. am abend ham wa immer noch kole, wa jen zum supermarkt und koofen brot und jemüse ein. an de jrenze zum westteil, di polizisten sind interessirt. ›wat ham wa denn da, lassen se uns det mal anschaun…‹ ›brot, jemüse.‹ ›???… ja, tatsächlich!‹ di polizisten sind freundlich und rilext. se sen den deutschen namen von Tamu und frajen, ob ire eltern aus der DDR jeflüchtet sind. nur so zum spass. se erinnern ein an rentner, di schach im park spilen.

und dan straks in de Nederlanden. gleich na der grenze ligt Enschede und wier suuchen uns ein hotel, aber di sind alle zu teuer. wier gen zum baanhoof und wollen bis zum näächsten taach warten. um 1 uur nachts komt de baanbeamte und wil uns rausschmeissen. wier jammern so guut es geet. wir können nirgends bleiben, nich einmaal di polizei gibt uns unterkunft in einer zelle. kan hij uns wirklich nich da lassen? wier bleiben ganz ruuig. de beamte sit ein, das unsre lage fataal is, geet, komt wider und bringt uns zu eim zuug. wier dürfen in eim schlaafwagen übernachten. hij schaltet di heizung vom zuug an und uns is warm. seer nette leute di hollanders, seer sympatisch und weltoffen.

hollands is een spraach twischen duits en englis, ma kan vele woorde uismaken. op de autobaan bit ik de een oder andre farer, ons in de naxte ausfaart ruistulassen. noer, wi saag ik *ausfaart* op hollands? ausvaart? autvaart? uitvaart. ja. *uitvaart* klingt guud. ›laat ons bitte bij de naxte uitvaart ruis.‹ de farers verstaan mik schoon, aber een erklaart mij, dat *uitvaart* een trouerzuug is. wi ook immer: hollands is keen spraak sondern een halskrankheid. es givt ook hollanders, de de zappje-r uitspreken, dat heit, an de hals. dan geevt et woorden wi *graag:* dit woord wird *chrrrraaach* uitgesproken. 3 halslouten hintereenander!

dann nach Paris, der blüte des universums. ain kulturangebot wi in kainer andren stadt. ansonsten vill ich mich nich beschweren, französische freunde in Holland ham uns ihr apartment ausgelin, aber wiso keine dusche und toalette nur im gang? dabai handelt s sich hir um das land Froncraisch, den inbegriff der haute culture. di français sind grob vi di deutschen, di fraun sind femininer. emancipées aber feminin, das können nur di français. français is nisch schviriger als deutsch. im français muss ma vissen, wi ma ein vort schraibt und falls es ain verb is, di conjugations lernen. das is tailvaise schon schvirig, aber alles. im deutschen muss ma lernen vi ma das vort schraibt, eventuell die aussprache noch üben, sisch das geschlecht merken, die merzal lernen, vissen, ob das vort gebeugt vird, ob das vort ainfluss im sazbau hat, wi s sich in zusammengesezten wörtern verhält: wenn der deutsche wortschaz 100 000 wörter hat, muss ma 500 000 informationen lernen. aber die franceusische ortografi is tatseschlisch aine catastrofe. fur den laout *o* gibt s 32 meuglischcaiten, ihn zu schraiben, wi *au, aux, eau, eaux, haut, hauts,* aber aouc *hôt, haus, ot, heauz* usw. wenn ma die ounvarschainlischen varianten mitzeelt, sind s mer als 80, vie *auc, eauf, ault* (Renault). da musste isch ir aigentlisch aouch ain ultra verpassen. ultrafrançais. oder fillaischt aouch nisch. die français sind da etvas empfindlisch, vas ire sprache angeet. einmal var isch gast bay einer franceusischen familie. ain grosses essen, mindestens 20 leute varen da. da fing isch an, vorschlege fur die verbesserung der franceusischen sprace zou macen. glaisch nach dem ersten saz gab s ain aoufrour. Sophie neben mir fragte: ›was hast du gesagt?‹ ›ya, isch main nour, ma keunnt aous der franceusischen sprace aine laischte, logische spr..‹ ›habt ir gehört, was er gesagt hat?‹ ›moment, ma mouss es aouch nisch so ernst n…‹ isch connte den saz nisch beenden, da haoute misch das medschen aine rain, das maine nase hinten raous geschaout hat. isch sas fassoungslos da, ound vouste nisch, vie isch maine nase vider zouruc da hin crieg, vo sie hin geheurt, da stand Marc aouf. er hatte aine gabel in der hand in ainer vaise, die nix goutes verhies. so cann Marc cain spaguetti essen. er hatte dieses komische funkeln in den aougen ound cam aouf misch zou, seau das isch ser beounrouigt var. isch voust: andre lender, andre sitten. isch voust aber nisch, op isch irgendainen sittencodex breschen wurde, wenn isch mitten im spaguetti-essen aoufstand. isch hab s aouf alle felle getan ound versouchte zou entcommen, maine sizznacbarn aber hilten misch fest. isch riss misch leaus ound verleaur dabay semptlische cneupfe vom hemd. isch rannt um main leben doursch den langen gang ound cam zour tur, die laider zou var. die moite cam schraiend hinterheer, es felten nour noch ain par metres, isch dacht mit mainen felenden cneupfen: mann o mann, venn sie disch ervischen, bist dou fellig. die machen fondue aus dir ound schmieren disch noc auf aine dieser scheusslischen baguettes. vomeuglisch mit ein diser stinc-caisen. isch reagirte blizschnell und sprang doursch das fenetre. isch hab misch naturlisch mit dem glas a bissi verscherbelt, lieber narbig als fondue. isch rannte was das zoig hilt, die meute hinter mir her. da isch schnell vie ain voutentbranter berserker lief, uberholte isch ain 8yeriges medschen aouf ainem velo. 2 meter vaiter fiel mir ain, das so ain velo ser nuzlisch sain keunnte, rannte langsamer bis das medschen neben mir four und verpasste ir ain haken in den bauch, das es ir nisch mer gout ging. sie fiel oum ound isch nam das velo. so connte isch etvas mer distance zou mainen verfolgern schaffen. als isch das nexte mal zouruc schaoute, sa isch, vie sie in 2 aoutos an der tancstelle ainstiegen, deren farer zour casse gegangen varen, oum zou zalen. nou verschob sisch die verfolgoungsyagd vider deutlisch zou iren gounsten. isch hatte caine val, feaur mir cam caine tancstelle mer. alseau mousste isch zouruc. sie camen mit den aoutos aouf misch zou, und isch an inen vorbay. sie moussten oumdreen. isch erraischté die tancstéllé und stieg in ain aouto mit offénér tur, ound vollté leausfaren, als ein mir ounbécanntér mensch doursch die bayfarêrtur ainstieg. isch béraitété misch vor, sainé frêssé zou zertrümmern ound ihn anschliessend raouszouschmaissen als er sagté: ›folgen sie das aouto da! diesé leute sind mit mainem aouto leausgéfaren!‹ ›tout mir laid, abér isch cann sie nisch vérfolgen, sie vérfolgen misch!‹ er hatté cain commentaire zou macen ound vir fouren leaus, die 2 aoutos inzwischen heuchstens 1 metre hinter ouns. pleuzlisch heurte isch polizaigeyaoule. schaissé mann, yémand hatté die police benachrischtischt. nou varen s 2 aoutos von mainen exfreunden ound 2 aoutos der polizai, die misch verfolgten. bay der reauten ampel war isch ounschlussisch? drubér faren ound noch ainen strafzêttel risquieren (die polizai vurdé die tat genau béobacten keunnen) oder sten blaiben ound misch mainem chic-sale ergében? isch entschied misch fur die erste leusoung. vir fouren noch ain pair kilometres, ver vaiss, vi fielé? bay dem stress hatté isch cainé zait, auf den tacho zou schaoun. da sa isch ainé policeblocade mit 3 lastern mitten aouf der strassé. nou var s sovait, nour: die laster varen so gross, das isch ounten doursch faren keunnte. venigstens das maiste vom aouto. isch gab gas, die ente broummte vild feaur sisch hin, die beschleunigoung riss ouns nach hinten. main baifarêr yaoulte: ›sie vollen doch nisch etva ounter diesé laster dourschfaren? sie ham sie nisch alle! lassen sie misch sofeaurt aousstaigen!‹ isch connte es nisch verantvorten, ihn in so a risicoraisches unternemen mitzouschleppen. isch hilt an, liess ihn raous, 2 aoutos von mainen verfolgern fouren in main aouto, isch brétterté mit allem vas die ente von sisch gab aouf die lastêr. a culer vind straischelte main linkes eaur, isch fulté aine greausse roue. das aouto cam tatseschlisch ounten doursch, nour die fénêtres, das dach ound main kopf blieben aouf der stréque. vérdammt noc mal, isch hetté den copf nac ounten buquen mussen, aber isch cann ya nisch glaischzaitisch an alles denquen. gott sai dank varen scheaun cranquenvagen zour stellé, die misch zoum cranquenhaous transportierten. alseau zou erst nour main copf, da das aouto follé poullé vaiter brétterté, vail main fouss vaiter foll gas gab. nac 7 kilometres ound 3 claineren ounfellen wourdé er von ainem ahorn géstoppt. sie versuchten vérzvaifelt mainé baidén keurpertailé vider zousammen zou néen, abér daraous vourde nix. isch starb 3 tage spétêr. aous copfmangel, vie s hiess. oder aous keurpermangel, vie mansché erzté vizelten. dou vaisst vie diesé erzté sind. ein bissi lang di stori, aber das is mein buch, nich dein buch. hir schreib ich, was ich will.

vir guen im Jura arbaiten. schon vieder in ainer fabric de brilles. da halten vir ain tag aus, di arbait is schlecht, di bezalung noc schlechter. in den süden. Nimes, Toulouse und Spanien. in Froncraisch is es früling, di sonne schaint, alles blüt und es is varm. bis vir den Pyrineen-tunnel erraichen, der fillaicht 8 kilometer lang is. auf der spanischen saite is es vinter. alles is mit sne bedekt, es snayt und nebelt dermaszen, das ma nij mer als 5 metros vor der nase sen kann. Zaragoza und Barcelona, wider vile museos. ya, ya. wir können s nij lassen. dann ham wir kein dinero mer und müssen zurück.

Andorra, ayn claynes nettes lendle in den Pirineus. loyte di da wonen, tun das wayl si cayne stoyer zalen wollen. loyte di dort hin raysen, raysen dort hin wayl si cayne stoyer zalen wollen. Andorra is cayn land sondern ayn dutifrishop.

schon wider leberkäs

2003: *chs* wird in den fällen wenn *x* gesprochen *x* geschriben. axe, dax, fux. ebenso *ks:* kex, abmurxen.

wir finden ein zimmer in einer wongemeinschaft. si besteet aus Ipht, der hausbesitzerin, Kinui und Wul. bei Ipht lern ich di zerstörerischen kräfte kennen, di in einer deutschen frau schlummern. es fängt damit an, das si wegen kleinigkeiten ausflippt. meine reaktion is entsprechend, deshalb mag si mich nich mer. weil si mich nich mag, mag ich si auch nich. es gibt zoff den ganzen tag. anfänglich interessirt Kinui sich als studienobjekt für mich. ich bin für si ein seltener vogel, si kann mich nich versteen. später lernt si mich zu mögen, obwol si mich immer noch nich versteet. si versucht zwischen mir und Ipht zu vermitteln, mit mäszigem erfolg.

Wul is ein typ der aussit wi ein groszgewaxener englischer butler. er ignorirt ire ausbrüche, sagt ir manchmal ein par nette worte und si leben fridlich miteinander. inzwischen krig ich ein geful für deutsche wongemeinschaften. alles wird durchdiskutirt und jeder is auf der lauer, was di mitbewoner schon getan ham. wenn einer mer und ein andrer weniger arbeitet, hat der fleissigere recht. er hat das recht, mer arbeit vom weniger arbeitenden zu fordern. er käme ni auf den gedanken, sich zurückzulenen und weniger zu arbeiten, damit beide gleich arbeiten. mich persönlich stört dise ungleichheit nich: wenn mich was stört, mach ich sauber. wenn nich dann nich. wozu dise gleichheit, in disem land bin ich meist der faulere. ma kann sagen, ich argumentir zu meim vorteil, aber ich find, das leben is mer als

2 teller zu vil waschen. gut, ich will keine probleme und versuch, nich weniger zu arbeiten als di andren. Ipht meint, ich arbeit immer noch vil zu wenig. ich schlag vor, das wir eine tabelle machen, wo jeder aufschreibt, was er gemacht hat. wenn jemand sein soll erreicht hat, kann er warten, bis di andren nachzin. damit is keiner einverstanden. das sind autoritäre metoden. bei uns is doch alles locker.

Tamu fligt nach Brasil, ich schau bei einer landkomune vorbei. ma produzirt dort agrarprodukte und komikhefte. es is eine komische komune, nich wegen den komikheften sondern wegen der atmosfäre. ein macher schaltet und waltet, ein dutzend rumhänger werden dauernd zusammengeschissen und schaun zu. beim abendbrot nem ich ein brot mit salami und käse. der öko-yuppi-scheff flippt aus. ›ja, immer wider dise hippis, di meinen, das komuneleben is ein leichtes leben! hir wird gespart! das is hir keine konsumgesellschaft! wo hat ma schon so was geseen, salami *und* käse?‹ ich hab überhaupt nix gemeint und ge wider.

eigentlich sind di deutschen keine groszen sparer. nur das sicherheitsbedürfnis treibt seltsame blüten, ma darf seine eigenen schlüssel nich nachmachen lassen, und in manchen mitshäusern kann ein gast one schlüssel zum gefangenen werden. dise sicherheitsobsession get oft gegen di gesicherten. so als würde ma ein auto kaufen und das auto in der garage für immer einsperren, weil s sonst kaputt gen oder gestolen werden könnte. und dann di redundanz: es gibt straszen, wo di mitte nur für di tramban is. ma sit s von weitem, das das keine autostrasze is sondern ein trambangleis. oben gleise, unten kis. wi bei der eisenban. trotzdeem stet da das schild, das ma rechts auf der strasze faren soll, nich auf den trambangleisen. wi soll ma s sonst wissen? in den flughäfen könnte ma auf der startban schilder aufstellen: FLUG NUR IN DER LUFT GESTATTET. gern gescheen, schildindustri. meine kontonummer wisst ir schon. an eim farbkopirer stet: WER BANKNOTEN KOPIRT, WIRD STRAFRECHTLICH VERFOLGT. nu wissen wir s. warum auch nich in den banken schilder aufstellen, di den räubern klar sagen, was sache is: ÜBERFÄLLE WERDEN STRAFRECHTLICH VERFOLGT. farräder müssen lichter ham und in eim guten zustand sein. es dürfen auch nich 2 menschen auf eim farrad sitzen. was mich wirklich wundert is, das ma noch nich den radfürerschein eingefürt hat. mit prüfung und allem. als näxtes käm dann der fuszgängerschein in frage.

arbeiten? natürlich wider in der brillenfabrik. di firma hat arbeiter bitter nötig und wir werden gleich eingestellt. im land herrscht neben arbeitslosigkeit auch arbeiterlosigkeit. bei diser arbeit lern ich, das es keine tugend is, ein filosof one praktischen sinn zu sein. ich bin zwar kein filosof, hab aber noch weniger praktischen sinn. in Brasil is ma als mittelschichtler ser verwönt. da di handwerker vil billiger sind als hir, macht ma ni was, wofür ma nich bezalt wird. ma lässt s andre machen. wer will sich schon di hände dreckig machen. hir, wo handwerker so teuer sind, versucht ma von handwerkern unabhängig zu sein. in diser firma merkt ma bald, das ich tifschürfende gedanken hab, aber für si bleib ich ein depp.

zur technik sten di deutschen wi alte leute. ma kann kaum vom alter eines volkes reden. trotzdeem hab ich manchmal den eindruck, das es ältere und jüngere völker gibt. di deutschen wirken alt. si mögen alte häuser, alte möbel, alte autos und im gebrauch von technik sind si auch alt, nüchtern, im gegensatz zu den amis und japanern, di sich wi kinder für technik und modernautomatischen krimskrams begeistern. di deutschen setzen di technik da ein, wo si notwendig is, wo gespart werden kann.

one name

auf dem haus, in dem meine eltern wonen, lastet ein fluch. in der ganzen strasze is ni was passirt, nur bei uns is schon 3 mal eingebrochen worden, obwol vile häuser besser ausseen. wärend bei den 3 einbrüchen nimand zuhaus war, hat ma dises mal eine urzeit ausgesucht, zu der jemand da is. um 6 ur morgens färt mein vater aus der garage und wird von 2 bewaffneten männern gezwungen, wider rein zu faren. di räuber verlangen geld, meine eltern geben inen was si ham. das is den räubern nich genug, si wollen wissen, wo di richtige kole is. meine eltern sagen, das geld wird auf di bank gebracht und nich zuhaus aufbewart. di räuber suchen weiter und finden geld im zimmer von meiner schwester, di zur arbeit gefaren is. der eine sucht weiter wärend der andre mit der pistole rum fuchtelt und drot. ›da set ir! wir ham schon mer geld gefunden, dabei habt ir gesagt, das es im haus keins mer gibt!‹ si versuchen, sich zu verteidigen, si können doch nich wissen, das ire tochter geld in irem zimmer hat.

der typ fuchtelt weiter mit der pistole rum, und hält si ständig an di schläfe meiner mutter. 2 brüder meiner mutter sind erschossen worden, so mag si pistolen noch vil weniger als jemand anders, nich einmal im fernseen kann si sich di anschaun. es is kein wunder, das si das nich aushält. si sagt dem räuber: ›komm, nu lass mal dise scherze‹ und versucht, di pistole von sich zu schiben. es entsteet ein handgemenge, mein vater schreitet ein und versucht, dem räuber di pistole wek zu nemen. der räuber läuft wek und meine mutter sagt, das irgendwas in si eingedrungen is, si fült sich nich gut und setzt sich aufs bett und is wek. si wird auf di intensivstation gebracht.

der schuss hat di aorta durchbort und es sit nich gut aus. Tamu und ich erwischen noch den letzten flug nach Brasil. bei unsrer ankunft in São Paulo is si schon tot. im haus sind vile leute, und alle weinen. meine tanten ham vil mitleid mit mir und wollen mich zwingen zu essen. ich will nich essen, wi kann ma nur an essen denken. vile drücken ir beileid aus, manche auch nich. ich hätt nich gewusst, was ich dem son einer verstorbenen mutter sagen sollt. mir würd nix einfallen, und ich würd nix sagen. dabei is es das beste, was ma tun kann. ma kann ja einfach da sein.

am abend versammeln sich di jungen leute mit meim bruder und meiner schwester im zimmer. wir umarmen uns, weinen noch ein bissi. bald halten wir das nich mer aus und fangen an, scherze zu machen, witze zu erzälen, nach dem motto: wer früer stirbt bleibt länger tot. ich glaub, meine sele pumpt narkosemittel ins ganze systeem. ma schluckt disen brocken einfach nich, dises ›meine mutter is tot‹. bald merk ich, das si nich mer da is. ich glaub oft, si auf der strasze zu sen, jede frau sit wi meine mutter aus. ich träum oft, das si gar nich gestorben is, das es jemand anders war. ich träum, das ich si in letzter sekunde retten konnt. di träume lassen almälich nach. eine mutter kann ma schlecht aus dem gedächtnis löschen, si is ein teil von mir, sowol biologisch wi geistig. ich war der liblingsson meiner mutter, obwol si ni zugegeben hätte, das es unterschide gegeben hat. vileicht weil ich das schwächste der 3 kinder war. vileicht wegen der totgeburt meines vorgängers. vileicht wegen meim scharm, meiner eleganz und inteligenz.

zur beerdigung will ich nich. di verwandschaft macht druck, aber ich ge nich. meine mutter war kein lautes, aber ein ser lebendiges wesen. dise aufgedunsene leiche hat kein leben, an so was will ich mich nich erinnern. zum trost bleib ich ein par wochen bei meim vater, meim bruder und meiner schwester, di ich alle so lange nich mer geseen hab.

same procedure as every year

2003: im schwerdeutschen krigt das *k*, statt verdoppelt zu werden, ein *c* dazu. weil vor dem laut *k* der vokal fast immer kurz is, wird ab nu darauf verzichtet, ausser in den fällen, wo zweideutigkeiten entsteen. *bok, dek, dik* aber *spukken* (wegen *spuken*). solche fälle sind übrigens äusserst selten.

unsre lage in München ändert sich. Tamus groszeltern waren deutsche. der groszvater war ein interessanter typ. eines tages war s ihm zu langweilig in Deutschland und er ging nach Brasil. nach Blumenau. er zeugte ein par kinder und nach ein par jaren wux in ihm di sensucht nach der alten heimat. er ging zum deutschen konsulat und sagte, er muss dringend in di heimat zurük, hat aber kein geld. das konsulat zalte der familie di fart, aus welchen gründen auch immer. in Deutschland wonte er ein par jare und zeugte noch ein par kinder, da pakte ihn di sensucht nach der neuen heimat. er ging zum brasilianischen konsulat und sagte, das er ser wichtige angelegenheiten in Brasil zu erledigen hat, aber kein geld. das konsulat zalte di fart für seine familie, aus welchen gründen auch immer. so ging s hin und her. 1939 war di familie in Brasil und der opa fülte das starke bedürfnis, di alte heimat wider zu sen. wider konsulat, wider geschichte erzälen, wider Deutschland. das war natürlich ein ser schlechtes timing. er und seine familie durften nich mer raus. si mussten di 6 jare krig übersteen, so das Tamus mutter etwas nervös wird wenn ein flugzeug vorbei fligt. muss si aber wirklich so na am flughafen wonen?

weil Tamus groszeltern deutsch waren, krigt si ein deutschen pass. ich als gatte darf auch ein ganz normales leben in disem land füren, wenn mir danach is. meine behandlung durch di behörden verbessert sich deutlich. alles get nu automatisch. ich genisz es, trotzdeem find ich dis systeem absurd. ein mensch, der in Djibouti, Sibirien oder Brasil geboren is, wird in Deutschland als deutscher anerkannt, wenn er beweisen kann, das sein uropa deutscher war. auch wenn er von der sprache und der kultur null anung hat. ein andrer wird hir geboren, is aber kein deutscher weil seine eltern keine deutschen sind. dabei is es durchaus möglich, das er di sprache von sein eltern oder groszeltern gar nich mer spricht. das is das gesetz des blutes. in vilen ländern kann ma di nationalität erben, in den meisten ländern krigt ma si automatisch, wenn ma da geboren is. egal ob ma eine andre statsbürgerschaft geerbt hat. hir nich. es gehört schon mer dazu, als nur hir geboren zu werden. kein wunder, das dises land so wenig integration vorzeigen kann. ein griche is in den USA nach 10 jaren aufenthalt ein americaner, americanischer als jeder americaner. er krigt ein krummen mund, eine eingebaute beysballmütze, zit sich americanischer an und kann besser englisch als di eingeborenen. der einwanderer versucht so schnell wi möglich in di masse der neuen heimat einzutauchen. nich so in Deutschland: di deutsche regirung behauptet, si is gegen doppelte statsbürgerschaft, das stimmt aber nich. si is nur gegen doppelte statsbürgerschaft von leuten, di kein deutsches blut vorweisen können. ein französischer politiker hat gesagt, das Frankreich keine rasse is, sondern eine idee. Deutschland, wenigstens nach dem gesetz, is leider noch eine rasse. als könnte es so was wi rasse in Mitteleuropa geben.

wir gründen in München di erste brasilianische republik auf deutschem boden. *republica* heisst auf brasilianisch nich nur *republik* sondern auch *wongemeinschaft*. einmal sonntag abends hat Tamu starke bauchschmerzen. wir rufen den notarzt. der hört sich di beschwerden an und verschreibt ir magenschmerztabletten. am näxten morgen faren wir ins krankenhaus. da wird si sofort operirt und der blinddarm entfernt. dabei ham wir gedacht, das solche pannen nur bei uns vorkommen. gemeingefärliche ärzte gibt s überall. anscheinend in raun mengen.

ich find bald ein jobb in eim büro. es is ein autoexport-büro voller araber di sich gegenseitig unglaublich laut beschimpfen. einige streken ire teppiche aus und beten. ich nem an, es soll richtung Mekka sein, es is aber richtung Nordpol. oft muss ma passfotokopin etwas bearbeiten, damit di namen und di geschäfte stimmen. es sind keine unerlichen geschäfte, nur manchmal beweegt ma sich am rand der legalität weil di bürokrati wirklich stupide is. di arbeit wird immer mer und ich krig 2 sekretärinnen. dann mag ich nich mer, ich far ein Mercedes nach Portugal und krig 1000 mark dafür.

Afrika

wir nemen noch ein pärchen mit. Straßburg und dann so grad aus wi möglich quer durch di französische präri nach San Sebastian. im Baskenland zeichnen wir wider eine grade linie auf der landkarte bis Braga in Portugal, wo wir das auto ablifern sollen. de espanis sind ein stolzes volk, das essen hat vil geschmak und ij mag das. nur di hartblut-porciones, di uns als tapas, als aperitif, serbirt berden, mag ij nij so guern.

Prtgaul is kleiner und ärmer als Schpania. di prtguesesch sind melankolische leute und das wichtigste wort im land is *saudade*. *saudade* heisst *sensucht, nostalgi*. alle prtguesesch heissen Joaquim oder Manuel. di braslairusch machen immer witze yber di prtguesesch. so wi di americansch witze yber di polaksch machen, di francesesch yber di belgasch und di deutschen yber di oschtfrisiusch und austriaksch. das einzige volk, das kein opfervolk fyr seine witze hat, sind di prtguesesch selbst, weil wenn ein prtgueisch eim andren prtgueisch ein witz erzält, versteen ihn beide nich. der unterschid zwischen den andren witz-opfer-völkern und den prtguesesch besteet darin, das es bai den prtguesesch wirklich so is. und schwäbeln tun si zu allem yberflusch auch noch. dasch prtgisische nationalgerischt isch di bacalhoada, ein cabliaueintopf. diser fisch wird ausch kälteren ländern importirt. da frag isch ein prtgueisch: ›hör mal, euer nationalgerischt isch importirt. so wasch kann nur sein, wenn dasch volk ser reisch oder ser blöd isch.‹ ›ja‹, antwortet er, ›Prtgaul isch ein armesch land.‹

einmal will isch eim prtgueisch ein witz erzäln. ›nein‹, sagt er, ›nein, nein und nein. isch hab dis prtgisnwitze dik. isch vill kein einzgn prtgisnwitz in meim lebn mer hörn!‹ ›na gut‹, sag isch, ›ich werd dir kein prtgisnwitz mer erzäln. trotzdeem, isch hab ein gutn witz, der isch nisch mit prtguesesch: es warn einmal 2 japaner, der eine hisz Manuel und der andre Joaquim…‹

heutzutag commn vile braslairusch nach Prtgaul. in Prtgaul isch esch schlescht aber besser alsch in Brasiul. esch sind meischt gut auschgebildete leut, ärzte, injeniöre, di di brasilianische wirtschaft momentan nisch brauchn cann. rischtisch arm leut cönn esch sisch nisch leischtn auschzuwandern. also fyrn sisch dise gebildetn leut in Prtgaul ein bissi auf und redn von der provnzialität der prtguesesch. den prtguesesch gfällt dasch gar nisch und heutzutag erzäln si witze yber di braslairusch. dasch sind aber oft witze, di in Brasiul erfundn wordn sind. wenn dir ein prtgueisch ein witz erzält, in dem ein braslairu der depp isch, glaub ihm nisch. der depp war ein prtgueisch! ansonschtn sind d prtguesesch hiulfschbraite loit und nimnd hat mirr sofiul in Africa und Asia ghoulfn wi disesch foulc. daheer cann isch nurr ain schleschtsch gwissn habn, aberr isch cann nix dafyrr, dasch ma in maim land vitse yberr prtguesesch macht und nisch etva yberr schpanierrs oderr schinesn.

zum land: d Algarve hat schöne schtränd und manschmaul sit ma dort prtguesesch.

Afrika hab ich mir ganz anders vorgestellt. mit negern, löwen, elefanten und affen. von wegen. manchmal sit ma ein spatz auf eim baum oder ein hund an der leine und sonst nix. di einwoner sind weiss, di straszen sauber und alles kommt mir bekannt vor. di stadt heisst Ceuta und is eine spanische enklave in Afrika. ich glaub, di letzte. sobald ma zur marokanischen grenze kommt, wird alles anders. di menschen werden dunkler und mer, di taxler aufdringlicher. jeder will uns mitnemen. wir schaffen s bis Tetuan. das is eine andre welt, vor allem auf der landstrasze. vile würdevolle alte männer, aber vile junge männer di nur im turistenstrom schwimmen. ma wird in 10 minuten 20 mal angesprochen. 20 prozent von disen jungen sind fremdenfürer. zuerst wollen si ein zu dem hotel bringen, in dem si provision kassiren, dann wollen si eim di stadt zeigen. weitere 20 prozent wollen dope in 10 verschidenen sprachen verkaufen, weitere 10 prozent wollen nur eine zigarette. der rest will alles zusammen. ser ser stressig. am kempingplatz ligen hunderte von dopeturisten und rauchen vom aufwachen bis einpennen. manche schaun gar nich mer gesund aus.

auf der landstrasze fragt mich ein marokaner, wi vile kamele ich für meine frau ham will. ich bin ser böse, das is ja unerhört, meine frau gegen kamele eintauschen zu wollen. wenn, dann kesh auf di hand. na also, ich geb ihm eine antwort: ›100 kamele und deine mutter.‹ nu is der marokaner böse. ne, Tamu, dis land is nix für uns. ma sagt, im süden wird alles normaler, aber wir ham keine lust, uns da hin durch zu kämpfen. wir paken unsre sibensachen und faren zurük nach München.

verstorben

2004: *sch* wird *sh* geshriben. shaf, shek, shik, shok, shu. am anfang von eim stammwort, vor eim konsonanten, nur *s*. swein, sluk, smuk, sne, srek. in den ser selten vorkommenden fällen, wo das neue wort mit eim wort aus dem englishen kolidirt, wird das englishe wort mit doppel-*ss* gesriben: *sslamm* (slum), wegen *slamm* (schlamm).

eines tages ruft mich Bernd an und freut sich, das ich noch leb. di polizei war bei ihm, nimand war daheim und di polizisten ham bei der nachbarin nach mir gefragt. dabei ham si von eim todesfall geredet. ich bin nich gestorben, wer war s? ich ruf freunde in München und in Brasil an. nimand is tot. es is abends und nimand kann mir bei der polizei eine auskunft geben. am näxten morgen ruf ich wider an, der polizist sagt: ›ah, si leben noch.‹

als ich im exportbüro gearbeitet hab, bin ich Mercedes gefaren. einmal hab ich Tamu faren lassen, weil das auto so leicht zu faren war. sonntags abends hinter dem flughafen in einer nebenstrasze. kein auto weit und breit, dann is doch eins gekommen. es war grün und weiss und hat uns angehalten. einige monate später hat Tamu eine geldstrafe gekrigt, 400 mark. wir sind umgezogen, ham uns umgemeldet und der polizei besheid gegeben. später hat di statsanwaltshaft di geldstrafe an di alte adresse geshikt. si is zurük gegangen und irgendein beamter hat meine akte mit dem vermerk VERSTORBEN verseen. so is es gebliben, bis di polizei rausbekommen hat, das jemand mit meim namen woanders gemeldet war. is er nu tot oder nich? nu wollten si di sache klären. ich ruf beim statsanwalt an, der ser böse auf mich is. er will mich sofort auf di rote liste setzen, als wär ich ein drükeberger. es nützt mir nix, ihm zu erklären, das di statsorgane und nich ich di sache verslampt ham. ich wollt am näxten tag nach Afrika, ich wär nich über di grenze gekommen. ich muss erst mal blechen.

aber di bürokrati hat manchmal auch feine seiten: ich weiss, das vile brife an mich postlagernd nach Lissabon geshikt worden sind. ich sreib di portugisishe post an, si mögen mir meine brife shiken. wenn das nich get, weil meine identität so nich nachweisbar is, können si di brife an di deutshe post shiken, di meine identität prüfen kann. dazu geb ich meine adresse in der Ludwigsfelderstrasze in München an. später erhalt ich all meine brife in eim groszen kuveer, auf dem stet: an den sheff der deutshen post, Ludwigsfelderstrasze, München. dises ›sheff der deutshen post‹ stet auf portugisish. der brifträger kann nich wissen, das diser brif an sein sheff geshikt worden is und lifert ihn bei mir ab.

Allahu akhbar

2004: *dt* wird *tt* gesriben, wenn s nötig is (statt) oder mit einfachem *t,* wenn s nich nötig is: verwant.

ich nem weder Tamu noch jake mit, ich far nach Afrika. um 12 ur mittags verlass ich di Isarmetropole und bleib di erste nacht in Bozen steken. di tankstelle in Bozen is nich Afrika und ich frir wi s nur get. hoffentliche di letzte frirnachte. di zweite nachte bleib ich in der näe von Roma. snein tut s nich, aba von tropen cann auc nic di rede sein. der regen libt mich bedingungslos. Trapani, Sicilia, is di endstazzione in Europa. ich caufe mir aine farcarte fir das sciff, das erst nach 5 taghe abfeert. am ersten tag verde ich fon ainem comisce type beciattet (bestimmt mafia), ich scittel den besciatta in aina komplizzirte aczzione ab und ferscivinde in di berghe und vone di 5 taghe in aina höle.

nich nour Sicilia, aouch Afrique is kalt, zoumindest in Tunusia. dafür rouiger als der norden von Maroc. aouch sit ma hir manchmal fraoun auf der strasze, aber ni in eim lokal. im lokal sit ma nour baouchtänzerinnen. di tunesier erinnern ein ständig daran, das es sich oum noutten handelt. ›alle fraoun sind noutten. fraoun sind unerlikh, fraoun sind vom teufel, fraoun kann ma nich traoun.‹ es is klar, das si recht ham. ma darf keiner fraou traoun, genaouso wenig wi eim mann. in Tunusia spricht ma arabish, aouch di zalen sind arabish. arabish wi in Europe, nich arabish wi in Arabe. snell weiter in den süden, irgendwo mouss es doch warm, oder zoumindest troken sein. oder soll s aouch in der Sahara di ganze zeit regnen, nour weil ikh da bin? ein belgier in den mittleren jaren mit zimlich wexelhafter laoune, der di Sahara dourchqoueren und sein kleinen laster in Westafrika verkaoufen will, nimmt mich mit. dafür, das ich mit ihm far, erwartet er mer, als ich geben will. er will, das ich mich am benzin beteilig. das get nich, das is kein trempen mer. ich versoukh ihm zou helfen so vil s get, und sofort behandelt er mich als sklaven. das get aouch nic. in Ouargla, dort wo di strasze von Algerien und di strasze von Tunis aufeinander treffen ound gemeinsam nach süden füren, steig ikh endgültig aous, sonst werd ich keine goute erinneroung an dise saharareise ham.

es get weiter richtoung süden, von oase zou oase. di strasze is zimlich löcherlich, meist benützen di leute si nour als orientiroung, oum nich woanders hinzoukommen oder gar nich anzoukommen. es is weicher aouf dem sand oder dem kis zou faren.

oasen hab ich mir anders vorgestellt, mit vilen palmen, raoushenden bächen, kourz, paradisish ound klein. von wegen, oasen sind meist drekige und staoubige stätte. mich nimmt ein broummifarer mit eim risen lastwagen mit. für so ein laster wär shon ein aoufzoug angebracht, oum in di kabine zu kommen. der typ und sein laster könnten in jedem konvoi-film mitmachen. er rast mit mer als 100 sachen wi ein amokfarender panzer dourch di wüste, über dünen und dourch wadis, di aousgetrokneten flüsse. ma mouss sich gout festhalten ound kann trotzdeem nich verhindern, mit dem kopf an di deke zou slagen. abends färt ma nich, da wird das piknik vorbereitet, frisher couscous, vom feinsten.

in Algerien spricht ma ein klares français, vil klarer als in France. wi eigentlich überall in Afrique. das *r* wird mit der zoungenspitze ausgesprokhen, wi im italienishen.

je weiter südlich, desto dounkler di menshen. obwol ma aoukh ›aousgewanderte‹ araber findet, besteet di ourbevölkeroung aous tuaregs. di sind zimlich swarz, aber keine neger im eigentlichen sinn, sondern eer wi extreem gebräunte araber. araber sind si aber aoukh nich. iṇ Tamanrasset, der letzten oase in Algerie, hört der asfalt aouf. nou wird s ernst. von hir aous darf ma nich mer einfach in di wüste faren. ma mouss sich bei der polizei abmelden und im konvoi faren. bald find ich ein. 5 aoutos, all di di an dem tag faren. ein sweizer mit 2 Renaults R5. eine deutshe, di er aouf dem shiff getroffen hat, färt für ihn das andre aouto. di fraou hat kein internationalen fürershein und deshalb ständig probleme mit der polizei. ich hab ein, ich far ab nu. der sweizer heisst Klangtreppe und di deutshe Mabon. es get los ound es wird loustig. richtig snell faren, mit über 100 sakhen aouf dem wüstensand. manchmal is es kein sand sondern kis, felsen oder was aoukh immer. da sollte ma entsprechend langsamer faren. ständig stekt ein aouto im sand und alle müssen aoussteigen und shiben. im snitt makhen wir das 25 mal am tag, 5 mal pro aouto. wär ma nour in eim aouto ounterweegs, müsste ma nour 5 mal am tag shiben, dafür desto härter. mit 20 leuten lässt sich das snell über di düne bringen. einige graben im sand, andre holen bretter, di meisten shiben.

ma färt zimlich lang, one das sich di Sahara ändert. aber si ändert sich. manchmal sind überall hoe berge, manchmal is es so flakh, das ma s kaoum glaouben kann. den in jeder richtung platten horizont hält ma fast für eine optishe täushoung. ma kann tagelang faren, one ein hügel zou sen. meist gibt s keine vegetation, manchmal gras, manchmal kakteen. und in oasennäe palmen. dann wider sit ma kamele, hounderte von kilometern vom näxten dorf ound der näxten wasserstelle entfernt. für si is das di normalität slechthin. abends werden zelte aoufgeslagen, es wird ›gedousht‹ und gegessen.

di näkhte sind kalt. von kurz vor mittag bis 4 ur nakhmittags kann ma sich das hemd auszin, dann muss ma s langsam wider anzin, dann den pulli und in der nakht di jake. am abend, wenn di motoren run, kommt ma endlich dazu, di wüste richtig zu geniszen. di stille is herrlich. ma kann immer noch di stimmen der mitfarenden hören, aber nur 100 meter entfernt hört ma nix mer ausser seim eigenen atem. so muss es im nirvana sein, mit dem untershid das ma im nirvana auch sein atem nich mer hört. di luft is extreem rein, so vile sterne hab ich in meim leben selten geseen. so vile, das ma meint, di erde hat eine deke, eine sternendeke. himmel, luft, sand und steine. so wenig elemente, aber so vil von inen.

fata morganas sit ma am laufenden band. der ganze horizont wimmelt von sen, wäldern, stätten. manchmal is es ganz einfach ein hügel, den ma für ein wald oder eine statt hält. vileicht is das hirn nich gewont, so lange kein wald und keine statt zu sen, und baut sich selbst was auf. und ein bissi wunshseen is bestimmt auch dabei.

Klangtreppe versteet sich mit uns beiden nich. er gibt das auto wider an Mabon, weil ich zu wild far, obwol er auch mit irem farstil nich einverstanden is. leicht is es nich. ma will snell genug faren, um nich zu versanden, und langsam genug um nich di axe in den slaglöchern zu brechen. das meint er und das mein ich auch, aber wir sind uns nich einig über das richtige tempo. na ja, es is sein auto.

von strasze kann keine rede mer sein. nur noch reifenspuren, manchmal 100 meter, manchmal 1 kilometer breit. ma fårt wi s am besten passt, und versucht, weder di spuren noch di andren autos aus den augen zu verliren. in berglandshaften kommt das oft vor. dann bleibt ma am besten sten und wartet bis di andren ein gefunden ham. ein bissi aussteigen, ein bissi rumshaun, auf di hügel klettern und ja nich das eigene auto aus den augen verliren.

di Sahara is ein autofridhof, warsheinlich der gröszte der welt. von den autos bleibt ausser der nakten karosseri nich vil übrig. obwol di wüste sheinbar tot is, is si ser lebendig. ausser kamelen gibt s shakale, skorpione, eidexen, slangen in hülle und fülle. dazu straszenräuber, di nachts kommen und den Unimog mitnemen. es stet in jedem Sahara-fürer: bei problemen immer am auto bleiben. vorausgesetzt ma hat noch eins. wenn nich, ein passanten fragen, wo di näxte tankstelle oder eisdile is.

im land der farblich rausgeforderten menshen

2005: das *er,* das als *a* ausgesprochen, wird mit *a* gesriben: bessa, bäka, zuka, aussadeem. di kombination *eer* in eim mersilbigen wort bleibt so.

das englishe *er* hat keine entsprechung im deutshen. ich würd vorslagen, ma sreibt es mit *er* und spricht es *er* aus. ma spricht es normalaweise im deutshen wi *ör* aus, und wenn ma s weiter so ausspricht, dann sollte ma es auch so sreiben. *derbi* oda *dörbi, servis* oda *sörvis, terminal* oda *törminal*.

selbstverständlich is ein *ea,* das *i* ausgesprochen wird, mit *i* zu sreiben. statt *der beamte beamte sich ins raumshiff* sreibt ma nu *der beamte bimte sich ins raumshiff*.

ein auto von Klangtreppe will nich mer richtig. er macht sich sorgen, das es total ramponirt oda gar nich ankommt. ab nu wird abgesleppt. er gibt vorn gas und ich brems hinten oda umgekeert. Mabon streitet sich dauand mit ihm und fårt in ›meim‹

auto mit. wir blödeln vil, singen flowerpower- und manchmal gar deutshe volkslida. irgendwann sind wir dem übadrüssig und singen erfundene avangardistishe neulida. am näxten abend will si nich mer im gleichen auto wi Klangtreppe slafen, ab nu släft si in meim auto. ich tu nix, ich bin ganz shüchtan.

unsre ration get zur neige, di sardinendosen sind praktish wek und zum groszartigen ›dushen‹ reicht das wassa nich mer. noch slimma: zigaretten werden knapp. di snorra werden imma mer, di geba imma weniga, bis am sluss nur noch eim geba 19 snorra gegenübasteen. dann sen wir nach so vil not am horizont eine statt, di dismal kein felsen sondan eine echte statt is. bienvenue a Arlit, cet aimable oase dans le desert. in Arlit gibt s jede menge sardinendosen, kaffee, omlett, zigaretten wi bei Bolle und kneipen wi bei Harry.

nachdeem ma islamishe lända bereist hat, is es eine woltat, in eim negaland, Niger, anzukommen. es is imma noch moslemish, nur das es sich um ein ganz andres volk handelt. genau so wi ma das kristentum als menonit oda als jamaicana praktiziren kann, kann ma muslime vershidensta art erleben. in Nordafrika sit ma keine fraun sondan gewända. si shaun durch ein kleines loch im sleia, als beobachta kann ma nix sen. di arabishe musik get eim auf di nerven, di lokale volla männa sind auch nich das ware, auf daua is das deprimirend. Arlit is da ganz andas. ein stättchen mit 10 000 einwonan, aba mer nachtleben als München und Stuttgart zusammen, was nich vil heisst aba dir doch eine anung gibt. kneipen ham di ganze nacht auf, di menge tobt, fraun slagen männan auf den kopf und alles is ser lustig. bir fliszt reichlich und kleine jungs sorgen imma für fleishspisznachshub. ma fült sich wi gott in Afrika. alles is so einfach. dazu hört ma durchgeend Bob Marley. ich fang an, Bob zu liben.

das alles beweist nur, das religion weniga mit dem urheba zu tun hat als mit der volkstradition. di nigra sind gläubige muslime und finden, das ma das leben geniszen sollte. stet auch nich im koran, das ma s nich sollte. di fraun sind hir pottshön. di krausen hare, di in mein augen di optik ein bissi stören, sind bedekt, so sit ma nur di shönen gesichta, di rein und fromm wirken. wenn Maria, di mutta vom Jesus, swarz war, hat si sicha so ausgeseen wi di fraun hir.

di mädels in unsrem konvoi waren mit iren sanitären bedürfnissen ni ser zimpalich. in der wüste ham si imma auf di stelle gepinkelt, wo si waren. egal ob 10 leute um si rum standen oda wir grad da unsa piknik machen wollten. ma hat aufpassen müssen. hir in Arlit sind si nich zimpalicha. si bitten 3 freunde, eine kleine maua zu bilden. mitten auf dem zentralplatz. manchmal sten keine 3 freunde zur verfügung, sondan nur eina. dann muss der herhalten. sozusagen als einmannmaua.

almälich verlassen wir di wüste. ich ge mit Mabon im bush spaziren. ich frag si, ob si shon mal nachgedacht hat, auf was si sich da einlässt. mit eim brasiliana im bush spaziren zu gen, das kann ja gefärlich werden. ›ach so‹, fragt si, ›und was machen brasiliana mit fraun, di mit inen im bush spaziren gen?‹ das wär mein einsatz gewesen, tja. kurz vor dem einslafen im auto bemü ich mich um noch eine blamage. unsa auto is etwas weita wek von den andren, alle slafen. ›und machst du dir keine gedanken mit eim brasiliana im gleichen auto zu slafen?‹ ›mir sheinen di brasiliana zimlich harmlos zu sein.‹ das lass ich mir nich biten. di sitzlenen sind ganz nach unten gedreet, ich wend mich zu ir und one ein wort zi ich ir das nachthemd aus. es dauat zu lange, ich reiss es auseinanda. vom slipp bleiben nur fetzen übrig. ich pak si von hinten und dring in si ein. si kann kaum atmen. ir leicht molliga körpa bebt unta meina wut und meim verletzten selbstwertgefül. so hätte s sein können. wi s war, weisst du shon. ich hab meine zigarette fertiggeraucht und bin eingeslafen.

wir halten in mereren dörfan und geniszen di nigrishe gastfreundlichkeit. das probleem sind di kinda, di statt *mama* als erstes wort im leben *cadeau* (französish *geshenk)* lernen. kaum sen si ein konvoi, shon kommen si frenetish sreiend daheer.

in Niamey, der hauptstatt, machen wir eine pause und faren richtung Benin. an der grenze wollen di benina unsre besheinigung für di koleraimpfung sen. keina aussa mir hat eine koleraimpfung, so das alle zurük zur hauptstatt faren müssen. nur ein par hundat kilometa. ich bleib an der grenze und shau mir das leben hir ein bissi genaua an. vor allem kann ich in rue di afrikanishe imbissküche geniszen. di sardinenomletts sind extraklasse, ma möchte s gar nich glauben. ab nu werd ich imma ein sardinenomlettfenn sein. genauso wi meine reisekumpels. nur menshen, di s nich kennen, wollen s nich kennenlernen. di deutshen, di daheim ni so was trinken würden, trinken hir litaweise süszen kaffee: ma macht wassa heiss, shüttet nescafé rein, fast eine halbe dose ser süsze kondensmilch, dazu ein par würfel zuka und fertig. shon zimlich süsz, keine frage. es gibt auch ratten am spisz. wenn si im dorf verkauft werden, ham si warsheinlich (oda hoffentlich) im wald geleebt, aba si smeken trotzdeem komish. es is wi hase, mit dem untershid, das ein nachgesmak bleibt.

ein nigrisha geograf fragt mich, wo ich herkomm. auf meine antwort gibt er alle seine geheimen kenntnisse üba Brasil preis. ein land volla indiana, di weda srift noch elektrishes licht kennen. das hört sich shon ein bissi komish an, hir in disem dorf.

meine freunde sind zurük. in Niamey gab s keine koleraimpfung, dafür jede menge stempel. der turist zalt, der beamte stempelt. nu übaqueren wir di grenze. imma noch wird abgesleppt. ich und Mabon blödeln weita. teilweise zu vil, so das wir ein kleinen unfall mit dem absleppseil und dem sheinwerfa baun. Klangtreppe is wütend, er shimpft und sagt der Mabon, si soll bei ihm mitfaren, damit ich mich bessa konzentriren kann. si meint, er soll si am arsh leken, womit er widerum nich einverstanden is. ich slag ir vor, das wir aussteigen und weita trempen. si meint, wir sollen bis zur näxten statt faren und dann erst aussteigen. damit bin ich nich einverstanden. entweda sofort sluss oda den blödsinn bis zum ende durchzin. am ende faren wir weita bis nach Parakou. dort steigt si aus. ich far mit Klangtreppe bis zur Benin-Togo-grenze. ich hab kein visum und darf nur eine halbe stunde drüben bleiben. mit eim bir feian wir das ende eina 2000 kilometa langen absleppfart. ich ge wida zurük nach Benin. nu hab ich ein ruksak auf dem rüken, ruksäke sind aba im land nich erlaubt. es is ein ›sozialistishes‹ land. nach Togo darf ich nich zurük, ich hab kein visum. ich darf nirgendwo hin, ich werd zwishen disen 2 grenzgebäuden mein lebensabend verbringen müssen. ›aba leute, ich war shon mal in disem land, mit disem ruksak!‹ ›ja und? vorheer ham wir ihn nich sen können, er war im auto. aba nu sen wir ihn.‹ ›aba ir habt doch gesagt, das ich one probleme wida kommen kann!‹ ›du shon. nur dein ruksak nich.‹ ma braucht etwas geduld und irgendwann is das probleem gelöst. ich demontir ihn, mach alles wek, was den ruksak zum ruksak macht, und verstek s in dem ruksak, der keina mer is. 100 meta nach der grenze hab ich eine mordsarbeit, aus der tashe wida ein ruksak zu machen. von Cotonou far ich nach Nigeria. ich se keine turisten mer.

Dante's paradise

2005: *g* bezeichnet nur noch den deutshen laut wi in *gut*. der französishe laut wi in *geni, gelee* und *jurnalist* wird *j* gesriben. jeni, jelee, jurnalist. das deutshe *j*, mit dem kurzen *i*-laut, wird *i* gesriben. ia, ie, iodeln, iugend. das englishe wird *dj* gesriben: djäs (djäss), djip, djungel, immidj (image). wer s direkt mit *sh* ausspricht, sreibt s auch so: sheni, shelee.

von der nigerianishen grenze bis nach Lagos sind s 100 kilometa und 10 polizeisperren. manchmal polizisten, manchmal soldaten, manchmal räuba di sich als polizisten verkleiden, manchmal soldaten di sich als räuba verkleiden. in Lagos find ich in eim vorort ein hotel für 50 dollar. es is das billigste. draussen, sagt ma mir, sollt ich nich bleiben. ich hätt keine shanss, morgens lebend aufzuwachen, tot bestimmt auch nich.

am näxten tag mach ich mich auf den weg, ein billigeren platz zu finden. ich tu mich zimlich swer. normalaweise is in solch teuren stätten wenigstens alles organisirt und shön, was ma von Lagos nich sagen kann. es is di drekigste, di teuaste, di feindseligste, di gefärlichste, di absurdeste menshenansammlung di disa planeet zu biten hat. di hauptstatt des elends, di metropole der verzweiflung. eine feuchtheisse risenkloake is das, eine landshaft aus gestank, di sich nach iedem meta ändat, eigentlich keine landshaft sondan eine geruchshaft. di straszen ham keine gesteige. in der mitte faren autos, an der seite verlaufen offene abwassakanäle. zwishen autos und abwassakanälen gibt s statt eim geweg eine mülldüne. auf disa mülldüne musst du gen, dabei aufpassen das kein auto ein stük vom arsh mitnimmt und das du nich in di kloake kippst. Lagos hat meist kein strom, gute häusa ham eigene generatoren. nachts is alles dunkel, von straszenbeleuchtung keine spur.

ich treff ein deutshen, der sich als seman auf eim shiff in der näe von Lagos aufgehalten hat. mitten in der nacht kommen 4 piraten und entan das shiff. di sicherheitskräfte vom shiff sind snella und knallen alle 4 ab. ma ruft di polizei, di kommt und fragt, was los is. ›wir ham dise 4 piraten abgeknallt, si wollten uns ausrauben.‹ ›ia und? warum habt ir si nich ins wassa gesmissen?‹ ›tia. warum, ia?‹ ›naia, tu ma s gleich.‹ 1, 2, 3, 4, alle leichen ins wassa. di polizei verabshidet sich.

auch kirchen gibt s wi in den USA, ser vile. baptisten, metodisten, adventisten, dentisten und vile sekten von denen ich ni was gehört hab. auch mosheen sten fast an ieda eke. autos und busse sind imma besriftet, entweda stet was üba *god* drauf, den gott der englända, oda üba *alla,* den gott der araba. di busse, oft nagelneue brasilianishe, ham keine türen und fensta mer. si sind völlig zerstört und voll und halten ni richtig an, so betreiben si natürliche auslese. der mobb rennt hintaheer, di snellsten shaffen s. ich häng an disen trauben an der hinteren tür, was für ein nigeriana ein zimlich ungewönlicha anblik is. in den bussen herrsht das gleiche kaos wi draussen, auf ieda fart erleebt ma streiterein, di eskaliren, bis alle fargäste brüllen. di diskussion endet plötzlich, 10 minuten späta get di neue los. kein wunda, das si so agresiv sind. wenn ich in disa statt leben müsst, würd ich täglich ein dutzend leute abmurxen.

ich ge in der innenstatt mit ieda menge hochhäusern, banken und versicherungen aba keim einzigen lokal rum. ich fül mich elend, shon seit 4 stunden ge ich in disa hölle one was zu finden. nu bin ich richtig alein und möcht gar nich alein sein. ich such und such und find ein kinesishes restoran. es is im zweiten stok. es sitzt ein nega vor der tür, der mir sagt, das das restoran geslossen is. ich lass di ein oda andre träne raus. dann ste ich auf und ge, er sagt zu mir: ›take care, man.‹ di ersten netten worte seit tagen. das gibt mir etwas mut und ich such hartnäkig weita, bis ich ein lokal im Hotel Bristol find. eiskaltes bir, eiskalte klimaanlage, das leben kert so langsam in mich zurük.

dise statt hat nur ein vorteil: wenn du von hir wekkommst, fülst du dich wi im paradis, wo imma du hin gest. ich ge meine brife von der poste restante holen. der beamte smeisst mir ein bündel auf di teke. ich such und find kein brif. ich shau mir das datum an, di brife sind ein iar alt. ich reklamir, er smeisst mir noch ein bündel hin. dise brife sind ein halbes iar alt. ich reklamir wida, nu bekomm ich meine brife. bald se ich ein, das ich hir keine arbeit finden werd, und wenn ich arbeit find, werd ich s bereun. nix wi wek.

in Benin City is es vil gemütlicha und ich find sofort eine kleine kneipe. da darf ich mich hinsetzen, di wirte und ich kommen ins gespräch, ich bleib länga und länga, bis si mich in ire hütte einladen. es is eine gemütliche hütte, mit vilen teppichen und diskolicht tag und nacht. ich lern di familie kennen und bleib einige tage. meine besten freunde sind Orji und Silvanus. Orji hat eine so erliche ausstralung, das ich ihn späta mit blauen augen in erinnerung ham werd. dann werd ich sein foto anseen und zugeben müssen, das seine augen di gleiche farbe ham wi seine haut. was blaue augen mit erlichkeit zu tun ham? weiss ich nich, irgendwo in meim kopf hokt dise assoziation. ich fül mich daheim, muss aba weita. zufall oda nich, Silvanus will nach Camerun. er hat ein auto, das passt ia vortrefflich, nix wi los.

sein kleina lasta hat blaulicht und sirene, iedesmal wenn wir eine polizeisperre sen, shaltet er alles an und wir kommen meist durch. eins is unangeneem: egal wer von uns beiden färt, ma nimmt imma an, das ich der autobesitza bin. an tankstellen werd ich gefragt, wi vil lita rein sollen, und wer mit uns mitfaren will kommt automatish zu mir. ich kann nix dafür. in Afrika is der weisse mann ein milionär. er is imma der massa. ich hab weniga geld als der übliche ruksakturist, aba imma noch mer als si. andraseits kann ich mir gar nich leisten, so arm zu sein wi si. mein geld get vil snella aus weil ich untaweegs bin. wenn iemand hir kein geld hat, lebt er ganz normal weita, er hat familie, er hat freunde und slimmstenfalls kann er auf der strasze slafen, one das ihm was passirt. ich nich, ich werd sofort übafallen. wenn ma bei mir keine knete findet, wird ma mir nich glauben und böse werden. wenn ein weissa auf der strasze släft, is er verrükt, aba ni pleite. wir faren 7 tage lang. Silvanus hat nur eine kasette, zu allem übafluss von Julio Iglesias. das sind 7 ser lange tage.

shon bessa

2006: das englishe *i* mit *ai*-laut wird *ai* gesriben. wir ham s gut getaimt. *getimt* is weda english noch deutsh, es is ein skandal.

di englishe kombination *ir* wird im deutshen meistens *ör* ausgesprochen. ganz richtig is das nich, aba di richtige aussprache is swirig, und *ör* is auf alle fälle der orginal-aussprache näa als di aussprache *ir*. liba *ör* aussprechen, *ör* sreiben: tishört.

in Camerun is alles milda, nur di straszen sind härta. es gibt kein asfalt mer und di strasze is ein löchameer. di leute sind freundlich und di kinda srein *ojin!*, was so vil heisst wi *weissa!* ich antwort mit *ocha!*, was so vil heisst wi *nega!*

oft sitz ich hinten auf dem lasta, leute grüszen mich, ich erwida di grüsze wi ein papst. almälich bekomm ich, wi ieda weisse mann, den eindruk, das ich wichtig bin. ma wird zum star. deshalb wundat s mich nich, das weisse, di shon länga hir sind, imma rassistisha werden. ie weita oben ma sich fült, desto weita unten sind di nega. in den reisefüran stet oft, das ma hautkontakt mit den einheimishen vermeiden sollte. es is fast unmöglich, haut- und körpakontakt mit afrikanan zu verhindan, aussa ma sitzt in eim wonwagen und hat alles dabei. aba dann braucht ma nich nach Afrika zu kommen, ma kann den wonwagen im garten geparkt lassen und in ihm ein par ruige wochen mit video verbringen.

im nordwesten treff ich eine frau, di in eina deutshen mission im englishen Camerun aufgewaxen is. si kann ire eigene afrikanishe sprache, deutsh, english und französish, alles fliszend, und is analfabetin. alein in Camerun soll s mer als 200 sprachen geben.

auf der reise mit Silvanus nach Yaoundé nemen wir ein mädchen mit. si sitzt in der mitte und fängt irgendwann an, meine beine zu streicheln, späta nur noch dazwishen. mir wird ganz heiss. ich fang an, ire beine zu streicheln, späta nur noch dazwishen. es is ein ser angenemes gefül, ich bin ser erreegt und aufgereegt, ich fül mich wi ein iungmann. Silvanus is nich blöd und als wir in Yaoundé ankommen, aranjirt er, das ich bei ir bleiben kann. es is ein familienhaus, wo ir onkel und ire tante wonen. wir verswinden in ir zimma, nema problema. di frau is im bett nich so heiss wi der eindruk, den si vorheer erwekt hat. vileicht bin ich zu ungelenk. si is di erste swarze meines lebens. es is alles normal, aussa den haren, di sich wi ein besen anfülen. am näxten tag sagt si mir, ich soll irem onkel ein bir zalen. es gehört sich so. ich zal dem onkel ein bir und ge zu den freunden von Silvanus. dort is es nett, ein richtiges haus, mit toalette und allen shikanen. wir tanzen iede nacht, di musik is prima. Yaoundé is eine kleine prinzessin in disem afrikanishen beton- und mülldjungel. elegant, lässig und nich so heiss. si ligt in den bergen, zwishen 7 hügeln. wärend meines aufenthalts kommt eine kaltfront und das termometa sinkt auf 16 grad. eine katastrofe. in der zeitung stet was von eim dutzend erfrorenen. in Yaoundé verbring ich weinachten. weinachten is wi fashing, ma get aus und tanzt bis ma stirbt, wenn eim nich vorheer der alkohol disen dinst erweist. es hat auf alle fälle nix mit tannenbäumen und geshenken zu tun. ich ess hir kaninchen, affen, slangen, krokodile. auf iedem markt werden si angeboten, di krokodile grosz wi dakel, mit haut und gräten. auch di affen ligen ganz da, ungeshält, mit eim ausdruk von blanka angst im gesicht. tot natürlich. in Afrika is alles was sich beweegt ein kandidat für den kochtopf. hir wird nich vil rumdiskutirt. slangen smeken am besten, wi fish. im allgemeinen aba is das grundnarungsmittel maniok, den du shon aus Brasil kennst. ma zerreibt ihn zu mel und gibt ihn ins kochende wassa. es wird ein festa brei, den ma mit fleish oda fish isst. in Westafrika heisst disa brei *fufu*. in Camerun isst ma auch steine. vor allem di kinda. ich frag mein gastgeba, was das sein soll. is das eine besondere art von stein oda wi? ›ia, das is halt getrokneta lem. ma kann ia auch so ein stük von disa hauswand hir raus nemen und essen.‹ ich kann s nich glauben, ich probir s. es smekt wi stein. is ia auch stein. wenn du mir nich glaubst, ge halt hin.

Silvanus versucht mit mir und eim relativ reichen haussa geshäfte zu machen. haussas sind in Afrika übaall im geshäft. der mann kann nur pidgin-english und wir müssen mit übasetza reden. ich red english, Silvanus übasetzt mein english in sein english und umgekeert. dises pidgin-english wird in Nordwestcamerun und Nigeria gesprochen: i go mek am soffi-soffi – he is going to do it slowly (softly) / mi go pe fud fo moto so mi go chop – i will buy the car tyre and than i'm going to eat.

wenn s ein laden gibt, der im französishen Afrika häufig vertreten is, dann der shönheitssalon. imma wida erleeb ich wi männa es riskiren, sich di läden von innen anzuseen und grausam verprügelt werden. auf disem kontinent könnte s so was wi ein heim für geslagene fraun gar nich geben, höchstens ein heim für geslagene männa. is auch ganz logish: di fraun sind oft stärka. si sind der produktive teil der gesellshaft. si arbeiten auf dem feld, si tragen di ernte in di statt und verkaufen si, si passen auf das haus und di kinda auf. di männa tragen di verantwortung. si sind gar nich richtig shuld. wenn du mit afrikanishen fraun redest, wirst du oft erleben, das si s so richtig finden.

Silvanus will, das ich für ihn den brasilianishen markt öffne und sein partna werd. ich sag ihm, das ich das nich machen kann. ich kann ihm höchstens etwas bei der bürokrati helfen, ihm manche tipps geben. ich soll zurük nach Benin City, wo er wont, und dort warten. ich will eigentlich nach Gabun und normal arbeiten, aba er gibt mir genug geld, das ich eine zeitlang leben kann. und ich muss sofort das land verlassen, mein visum is shon abgelaufen. Silvanus bleibt noch ein weilchen, er will noch sein lasta verkaufen. er bezalt mir ein flugtiket bis zur grenze, danach hab ich s nich mer weit.

wir faren zum flughafen, am shalta stet eine murmelnde menge, alles is ser unruig. Silvanus taucht in di menge ein und kommt nach eina virtelstunde wida raus. er gibt mir das tiket und sagt: ›das is ein militärtiket, ein billigtiket. nu bist du ein ofizir der camerunishen armee, wenn ma dich fragt.‹ ich shau mir das tiket an, mein name soll Umbundu Ndzana sein. ›das gibt s doch nich. ich, ein ofizir der camerunishen armee? mit disem namen? glaubt mir doch kein mensh!‹ ›get shon, get shon. mach dir keine sorgen.‹ naia, ich werd s probiren. der polizist am ausgang zum flugzeug sit mein tiket und verlangt mein pass. o ie. ich geb ihm mein pass, er shaut rein und sagt, ich soll ihm folgen. im commissariat de police am flughafen zeigt er dem komandanten mein tiket und mein pass. a, vershidene namen. ›a, vershidene namen! wo ham si dises tiket her?‹ ›naia, von da draussen. ich wollt ein tiket kaufen, da kam ein herr zu mir und bot sich an, mir ein tiket zu kaufen. ich hab s angenommen.‹ ›wo is disa herr? bringen si ihn her!‹ ich ge langsam raus und weiss das ich nimand finden werd. nich einmal suchen werd ich. was werd ich inen sagen? ich bin noch gar nich richtig in der halle, da kommt der komandant hinta mir her und sagt mir, ich soll einsteigen. das flugzeug wartet nur noch auf mich. nach der landung ge ich zur grenze. mein visum is vor 2 wochen abgelaufen, di beamten meinen, ich hab noch 2. okee, wenn si meinen, ein monat hat 8 wochen, werd ich mit inen nich diskutiren.

auf der nigerianishen seite stempelt mir der beamte in den pass: eingangsdatum 13. 1. 83, gültig bis 12. 1. 83, ich nem den pass zurük und shau nich nach. an der ersten polizeisperre kontrolirt der polizist mein pass. ›a! dein visum is bis zum 12. 1. gültig, heute is shon der 13.! du bist illegal im land!‹ ›was was was? was meinst du? lass mal den pass sen.‹ tatsächlich. der blöde beamte hat s tatsächlich so gesriben. ›du sist ia ganz klar, hir stet im stempel, das ich heute rein gekommen bin. ich kann doch nich heute das land betreten und gestern das land verlassen!‹ ›das weiss ich nich, ich weiss nur, das du illegal im land bist. alles andre is nich mein probleem.‹ der mann braucht ein bissi kesh, das is alles. was er nich weiss: ich brauch auch kesh. ich bleib hartnäkig und er lässt mich hartnäkig warten. am ende gibt er auf, ich darf weita gen.

weita nach Benin City. Nigeria hat eine unglaubliche menge polizeisperren. alle wollen nur das, was wir alle wollen. als erlicha mensh hat ma slechte karten, will ma nich zalen, muss ma vil warten und meist trotzdeem zalen. di meisten farzeuge ham deshalb 2 mal so vil fracht wi erlaubt. bei ieda polizeisperre ham si di kole shon in der hand, zalen sofort und faren weita. wi maut. mit dem übagewicht können si das zalen und snell durchkommen. der erliche wartet bis der polizist was findet, und er findet imma was. wir sind in Afrika. ma sagt mir, ma soll in Nigeria der polizei ni sagen, das der oda der mensh ein räuba is. wenn ma ein kennt, tut ma sich mit freunden zusammen, erwisht ihn, bindet ihn fest, stülpt ein reifen um sein hals und zündet ihn an. wenn ma der polizei besheid gibt, erkauft sich der räuba seine freiheit, zalt noch ein bissi was drauf und krigt den namen vom denunzianten. und du krigst bald ein ganz unangenemen besuch.

Silvanus kommt und kommt nich, ich geb s auf und far wida wek, richtung Gabun. Gabun is reich, das land hat öl, gutes holz und wenig leute. der weg fürt durch Camerun. da nich ser vile autos vorbei faren, bin ich meist zu fusz untaweegs. das übarasht di afrikana ser. wiso get da ein weissa zu fusz? mais où estce que vous allez comme ça, monsieur? à pied? wi gesagt, dörfa gibt s iede menge entlang der landstrasze, im snitt alle 5 kilometa ein dorf. di kinda sen mich kommen und rennen sreiend ins dorf, so das bei meina ankunft alle dorfbewona am straszenrand auf mich warten. ich fül mich wi der papst in Warshau. di gastfreundlichkeit is entsprechend, ich krig ser vil *vin de palme*, ein himmlishes gesöff, und vile tropishe früchte. si geben mir eine menge proviant mit für untaweegs. einmal zäl ich in meina tashe 2 ananas, 1 avocado, 2 papayas, um di 20 bananen, 2 kilogramm erdnüsse und zukaror. ich werd zum wandelnden obstladen. nachts werd ich imma eingeladen. di leute fülen sich geert, so ein gast zu ham. in manchen büchan stet, das ma imma kleine geshenke mitnemen sollte. in disem fall is das nich möglich. wenn ich allen leuten ein geshenk geben wollt, di mir geholfen ham, müsst ich mit eim lkw rumfaren. dann bräucht ich widerum keine hilfe. wenn ich heute zurük denk, glaub ich, das ich eine polaroid hätt mitnemen können. oft hab ich fotos gemacht und den leuten geshikt. ob si angekommen sind, is ungewiss, da s in Swarzafrika selten adressen gibt. wenn, dann postfächa. ein postfach widerum hat nich ieda dorfbewona.

ich tanz ser vil und erreeg erstaunen, da ich mit vilen bewegungen und verrenkungen tanz. am anfang mein ich das ma alles wi samba tanzt, volle pulle, dem is aba nich so. ma kann hir eine gewisse tendenz zum minimalismus in der musik beobachten, und dise tendenz spigelt sich im tanz wida. mit bewegungen wird gespart, im gegensatz zu den nordeuropäan is es aba keine steifheit, sondan ma will ieda bewegung bedeutung verlein.

in dörfan und stätten wird ma als *touriste* angeseen. was einaseits richtig is, andraseits falsh, da *le touriste* hir eine andre bedeutung hat als auf andren kontinenten. afrikana sind vileicht nich extreem produktiv, andraseits denken si ser kapitalistish und praktish. reisen tut ma nur, wenn ma woandas verwante und freunde besucht, zum arbeiten oda studiren. das konzept von reisen zum vergnügen oda aus neugir is inen unbekannt, so was kann s nich geben. wenn du versuchst, inen das zu erklären, hast du kein erfolg. für ein afrikana, egal ob baua oda uniprofessor, is ein *touriste* ein mensh, der andre lända erkundshaftet, um damit geld zu verdinen. meistens arbeiten turisten für ire regirung. erst reisen si durch di lända, dann gen si zurük, berichten irem präsidenten üba das bereiste land und krigen dafür berge von geld. es gibt auch turisten, di für das fernseen arbeiten oda ein buch sreiben. di meisten sind motorisirt. aba ma hört imma wida geshichten von turisten, di di besondas harte aufgabe von irem präsidenten gekrigt ham, di lända zu fusz zu erkunden. turisten sind forshungsreisende.

der afrikana is nich nur praktish und profittorientirt, sondan neigt häufig zu der ansicht, das reiche menshen gute menshen sind. und di weissen sind reich, ergo.

ein bissi arbeit ein bissi knast

2006: das englishe *o, oa, ow, ou,* geslossen mit eim kurzen *u* dahinta, gibt s im deutshen nich. mal wird s wi ein langes *o* ausgesprochen, mal wi im orginal. ma kann s *o* oda *ou* sreiben: dop/doup, no-hau/nou-hau, sol/soul. das kurze offene *o* wird im americanishen wi *a* ausgesprochen. oft hört ma hir di *a*-version: kavva, badybilding. wenn du s so sagst, sreib s auch so.

weda für das französish-nasale *n* noch für den vokal, der davor stet, hat das deutshe ein entsprechenden buchstaben. da si auch nich einheitlich ausgesprochen werden, kann ma si nur lassen wi si sind: shanss, engajemen, kusin.

andas als in den ex-britishen kolonin is in den meisten französishen ex-kolonin di französishe präsenz nich zu übaseen. ma trifft französishe lera, geshäftsleute und militärs. in Libreville, der hauptstatt von Gabun, merkt ma das am deutlichsten. di franzosen füren hir ein leben wi gott in Frankreich mit sonne.

si ham ire hypermarchés wi in iedem parisa vorort, essen, faren und vögeln genauso wi in ira heimat. einmal frag ich ein franzosen, der seit eim iar hir lebt, wi er das land findet. ›eigentlich ganz gut. du hast alles was du brauchst, sonne inklusive, und di leute sind kula, rilexta.‹ ›kula und rilexta shon, aba irgendwi find ich das es nich leicht is, gute gespräche mit inen zu ham. ma muss einiges erklären bevor ma ein ganzen satz sagt.‹ er is nich einverstanden und findet meine aussage zimlich komish. am sluss stellt sich raus, das wir von andren menshen reden. er: ›ach so, du meinst di nega. ia, das is klar. ich hab so di normalen leute gemeint.‹ di franzosen ham ire eigenen bäka, bars und virtel. in eina afrikanishen kneipe wird di grosze flashe Regab-bir (REGIE GABONAISE) für 1 mark, in den französishen lokalen di importirte Heineken-dose für 4 mark angeboten.

di uninformation (politicall correct word) der afrikana treibt shon seltsame blüten. einmal treff ich ein afrikana, der als informatika arbeitet und sich ser dafür interessirt. ich geb ihm di adresse von meim kinesish-brasilianishen freund in Seattle, der ein gutes hirn für solche sachen hat. di adresse lautet Seattle/Washington/USA. er list di adresse laut und bei USA sagt er: ›USA… Union Sovietique d'Amérique…‹ ich lach, er meint s ernst.

Libreville is eine moderne statt und häufig fürt si di liste der teuasten stätte der welt an, vor Zürich und Tokio. di erste nacht verbring ich in eim katolishen pfarrzentrum. am näxten tag werd ich vom pfarra auf di strasze gesetzt, trotz der 50 leren betten. eine frage des prinzips. di protestanten widerum geben iedem menshen ein obdach, one diskriminirung aufgrund geslecht, hautfarbe, alta oda glaubensrichtung. für 25 US-dollar di nacht. da kann ich nich bleiben, da werden di armen diskriminirt. ich bin pleite, hab kein einzigen pfennig mer in der tashe. aus und vorbei. ich slaf am strand, ess kokos und klau bananen. in Afrika lebt ma halt so weita. bald fangen mich 2 zaira auf und ich won in ira hütte. wir versteen uns ser gut und reden üba gott und di welt. di hütte besteet aus eim zimma mit 2 dünnen betten, 2 zairan und 1 brasiliana, ser eng und heiss. es is ein sslamm, wi di ganze statt aussa dem zentrum und den französishen virteln. nich das di leute so arm sind, hir verdint ma gar nich so slecht. mindestens 200 mark, vile verdinen 500 oda 1000 mark one ein groszartigen beruf auszuüben. ma lebt im sslamm weil ma s nich andas kennt. so war s imma, so bleibt s auch. wenn etwas geld übrig bleibt, gibt ma s fürs auto, für di kleidung oda für bir aus. wer denkt shon daran, kole in ein haus zu investiren? di hütte is doch okee, si hat ein bett und ein dach, was soll ma sonst noch von eim platz wollen, den ma nur zum slafen benützt? auf dem weg zu meina hütte ge ich durch ein dutzend andre hütten. di leute slafen oda vögeln oda kochen und bemerken ein gar nich. meine freunde ham doppelnamen, nich im deutshen sondan im zairishen sinn. si sind getauft worden und wuxen mit kristlichen namen auf, aba späta wegen eim dekreet von Mobutu, liszen si sich auf afrikanishe namen umtaufen. so heisst der eine freund Thadee und der andre Polydor, im personalausweis stet aba Ungwala und Molenga.

hir in Gabun hisz der präsident früa Albert Bongo, nu heisst er El-Hadji Bongo. er hat sich zum islam bekeert. er verbringt 2 drittel seina zeit vor fernsekameras, ansonsten is er untaweegs. ma merkt sofort das er untaweegs is, wenn di hauptstrasze gesperrt wird und ma in der ganzen statt das sirenengeheul hört. di fläche von seim palast nimmt fast 50 prozent der innenstatt ein. er hat di weissen nich aus dem land ausgewisen wi Mobutu, sondan bemüt sich darum, das si bleiben. di franzosen mishen übaall mit, ham sogar militär stationirt, eine eigene polizei und berata in der regirung.

vom sslamm zur brasilianishen botshaft is ein langa weg und ich tremp hin. der fara fragt mich, wo ich herkomm. ›Brasil? a. den botshafta kenn ich nich, nur seine tochta.‹ in der botshaft frag ich, ob si mir irgendwi mit eim djobb oda eim platz zum wonen behilflich sein können. ›der botshafta is grad nich da, aba ich glaub nich, das er für dein anligen vil sympati aufbringen wird. am besten du probirst s mit Lulu, seina tochta.‹ aha, shon wida dise tochta. si geben mir ire numma, ich ruf si an, si is nich da. dahütt erzäl ich Thadee, das ich di tochta vom brasilianishen botshafta such. ›ach so, du suchst Lulu? di frau is mit eim iapana nach Camerun gefaren. mit irem motorrad.‹ na? si is wirklich ser bekannt. ich tremp am näxten tag in di statt, wida erwän ich mein land, wida kennt der fara di frau. angeblich färt si motorrad wi ein kamikaze. irgendwann erwish ich si am telefon, si empfilt mir ein haus bei iren freunden. da treff ich si, 2 franzosen und 1 deutshen. alle ligen bekifft da, ein einziges kaos in der wonung. Lulu shaut gut aus. ea klein, swarze hare, shönes gesicht. nur wenn si aufsteet wird offensichtlich, das irgendwas nich stimmt. si wakelt mer mit iren shultan als mit iren hüften. auch reden tut si wi ein mann, und bei ir wirkt das shon ein bissi komish. ab dem zeitpunkt won ich da. es is komfortabla und frisha als in der hütte. wir gen manchmal auf partis oda in kneipen, Lulu redet imma gern mit mir: ›shau dir di hasen da hinten an. gar nich übel, oda?‹ ›ia ia. find ich auch.‹ späta werd ich si andren leuten vorstellen. ich erklär imma, das wir einiges gemeinsam ham: zum beispil mögen wir beide keine männa.

nach langa suche find ich arbeit. bei eina firma di fernsetürme im djungel baut. di 2 sheffs sind franzosen. es war so hart, arbeit zu finden, weil ma weisse nur als sheffs anstellt. ein weissa ganz unten, das get nich, was werden di nega denken? das is doch, als wenn eine Jupiter-statue niszt. weisse müssen sheffs sein, ich bin nu der timsheff. wir bereiten den bau von neuen türmen vor, müssen aba di meiste zeit in der statt bleiben. der bush is ganz slimm, miliarden müken und eine erstikende hitze. ma muss auf di türme klettan, ganz oben vershafft ma sich ein bissi luft. es is keine unproblematishe arbeit für mich. erstens bin ich auf technishem gebit unta alla sau, und di arbeita di ich anweisen soll wissen mer üba di arbeit als ich. zweitens soll ich dise leute wi ein sklaventreiba zur arbeit zwingen, wo s kaum arbeit gibt. ich sag den bossen, ma soll si in rue lassen wenn s wenig arbeit gibt. so arbeiten si bessa wenn wirklich arbeit da is, dann sen si sinn in ira arbeit. nützt nix. drittens sollt ich di arbeita als verbündete ham und müsst inen das ein oda andre bir zalen, wi s hir praxis is. dazu felt mir aba das geld. auf alle fälle weiss eina der arbeita, warum der norden so reich is und der süden so arm: ›kein wunda! di weissen ham ia alle mashinen di das geld machen!‹

nach langa zeit treff ich ein turist, er is aus Deutshland. wir reden auf deutsh und er merkt, das etwas mit meim deutsh nich stimmt. er fragt mich, wo ich her komm, ich sag s, er bricht in gelächta aus und will nich mer aufhören. was hat er denn? da zit er sein brasilianishen pass aus der tashe. in Südbrasilien geboren, is er als kleines kind mit sein eltan nach Deutshland gekommen. so hat er nich vil mit Brasil zu tun, di eltan waren deutshe und Wolf kann kaum brasilianish. wir werden trotzdeem gute freunde. wir besuchen di zaira. am abend gen wir aus, Thadee hat was vergessen und get wida zurük. wir sten da und warten auf ihn, da kommen 2 typen auf uns zu und wollen unsre pässe sen. ›wiso sollen wir euch unsre pässe zeigen?‹ ›weil wir von der polizei sind.‹ ›könnt ir das beweisen?‹ ›wir ham unsre ausweise nich dabei, aba di sind im haus dort, 100 meta von hir.‹ ›tia, dann holt eure ausweise, wir zeigen doch nich irgendwelchen fremden auf der strasze unsre pässe.‹ nu kommt Thadee wida, di diskussion läuft und Thadee sagt, das das in ordnung get. wir können inen unsre pässe zeigen. Thadee kennt sich doch hir aus und muss wissen was richtig is. wir zeigen unsre pässe. di typen prüfen si und sagen, wir sollen si zum haus begleiten, da werden si uns ire polizeiausweise zeigen. is shon gut, wir wollen ire ausweise nich sen. si sagen, wir müssen mitkommen. Wolf und ich wollen nich hin, Thadee sagt, es is bessa wenn wir mitgeen. wir gen hin und sen uns ire ausweise an. unheimlich interessant, lauta buchstaben und sogar ein foto is dabei. nu wollen wir gen. nein, meinen si, wir sollen inen folgen. ia wohin denn? zum polizeirevir. was zum teufel sollen wir auf dem polizeirevir? nur cheken ob mit uns alles in ordnung is. wiso, ir habt doch shon gechekt! nix. wir müssen mit. im polizeirevir wexeln si ein par worte mit eim beamten und gen wida. wir müssen da bleiben. der beamte stellt uns rutinefragen. wer wir sind, warum, wo wir herkommen und wo wir hingeen. dann get er. ein par polizisten passen auf uns auf. wir warten. ein andra beamta setzt sich hin und fragt uns, was wir hir machen. ›das möchten wir auch wissen, was wir hir machen.‹ ›tut nich so unshuldig. wenn ir hir seid, dann gibt s ein grund! nimand wird umsonst verhaftet!‹ wir argumentiren zurük und wollen ihm alles erklären, aba er is daran nich interessirt. er stellt uns di gleichen rutinefragen und get. wir warten noch 1 stunde. ein dritta beamta kommt und alles fängt von vorn an. wir erzälen was los war und protestiren energish. er get wida, 1 stunde späta kommt ein virta, der uns noch mit eina ausländafeindlichen rede volllabat. bald werden wir zur polizeizentrale abtransportirt. di passkontrolle auf der strasze war um 7, der abtransport um 11. es is ein skandal, wi lange di brauchen, um ein abzutransportiren.

es is sonntag abend, nimand hat di autorität uns freizulassen. in der zentrale müssen wir uns auszin, nur di u-hose dürfen wir anbehalten. di haftanlage is im beysment und änelt in keinsta weise dem Hilton Hotel. di zelle is shätzungsweise 5 mal 5 meta grosz, drin hoken um di 60 gäste. der iüngste is 12 iare alt, der älteste üba 60. di zelle hat sogar eine toalette, di erwartungsgemäsz nich funktionirt, so das der boden 1 oda 2 zentimeta mit pisse bedekt is. so kann ma nur ser slecht slafen, wenigstens di erste nacht nich, wenn ma noch nich ganz müde is. wir sten nur. di meisten insassen ham keine anung warum si drin sind, oda geben s wenigstens zu protokoll. ich kann mir gut vorstellen, das si di warheit sagen.

am näxten morgen gibt s aufrur, di leute kämpfen um das brot das verteilt wird. wir verzichten auf di kost, wir ham grad kein hunga. manche namen werden aufgerufen, wir hoffen das wir bald dabei sind. tatsächlich werden Wolf und ich im lauf des tages aufgerufen. haleluia. wir kommen raus und müssen mal hir, mal da warten, bis wir zum komandanten gebracht werden. er sitzt am tish und ein ofizir stet neben ihm. der sheff fragt uns, warum wir drin sind, wir erzälen unsre geshichte. er nimmt mein pass, sit sich di gültigkeit an, sagt zum ofizir: ›sein pass is ia gültig!‹ ›oui monsieur.‹ er sit sich mein visum an. ›sein visum is auch gültig?‹ ›oui monsieur.‹ er gibt mir mein pass und nimmt Wolfs pass in di hand. ›sein pass is auch gültig?‹ ›oui monsieur.‹ ›...genauso wi sein visum.‹ ›oui monsieur.‹ er gibt Wolf den pass. wir zin uns an und gen.

wir sind fro, das wir draussen sind, aba irgendwas müssen wir für unsre zairishen freunde machen, di imma noch drin sitzen. wir gen zur zairishen botshaft und erzälen den vorfall. der beamte sagt, er wird sich um den fall kümman. nich einmal nach den namen hat er sich erkundigt. wir müssen abwarten. am näxten tag tigan wir durch di statt und wen sen wir da? Thadee. ia so was. ›ham si dich freigelassen?‹ ›nein, ich bin geflüchtet.‹ ›wiso geflüchtet?‹ ›si ham mich aufgerufen, ich bin ins zimma vom komandanten gekommen, er war nich da, ich musste warten. da hab ich im nebenzimma meine kleidung geseen, bin hingegangen, hab mich angezogen und bin fortgegangen.‹ ›wansinn. aba wird das nich nu vil swiriga für den Polydor? si werden ihn vileicht foltan, um rauszukrigen wo du bist?‹ ›ich glaub nich. oda hoff s zumindest.‹ am näxten tag tigan wir durch di statt und wen sen wir da? Polydor. ia so was. ›ham si dich freigelassen?‹ ›nein, ich bin geflüchtet.‹ ›wiso geflüchtet?‹ ›si ham mich aufgerufen, ich bin ins zimma vom komandanten gekommen, er war nich da...‹

Wolf get wek, er will nach Südafrika, wo er anti-apartheidleute treffen will. tshüss Wolf, wir werden uns nich mer sen, zumindest nich in disem leben.

meine probezeit in der firma läuft ab und ich werd gefeuat. immahin war s der beste lon den ich iemals bekommen hab, um di 7000 mark auf di hand. aussadeem brauchen meine gastgeba das zimma und ich muss wirklich wek. Tamu sreibt, ir get s ganz gut. si get täglich in kneipen, diskos und auf partis. oft mit Suley, eim von iren mitbewonan. is shon gut, so genau wollt ich s auch nich wissen. es wird zeit, neue luft zu atmen. es is noch ein langa weg bis zum Kap der Guten Hoffnung.

vom Bongo zum Congo

2007: *pf* kann auch *f* gesriben werden, wenn ma s so ausspricht. im normalfall wird s nur im anlaut vereinfacht (ferd, feil, fanne), nich in der mitte (nimand sagt *affel* oda *toff*, aussa mit vil promille) oda am ende (koff, naff).

obwol Gabun das zweitreichste land auf dem kontinent is, nach Libyen und vor Südafrika, hat s keine geterten landstraszen. dafür is der verkeer so dicht, das ma nich ständig zu fusz gen muss. ich erreich Lambaréné, wo Albert Schweitzer geleebt und ein krankenhaus gebaut hat. hir treff ich Sandro und sein portugisishen freund. Sandro is ein iunga italiena, der in disem krankenhaus geboren is und späta nach Italien gegangen is. dort hat er ein piratensenda betriben und is irgendwann nach Lambaréné zurük gekeert. einmal ge ich mit Sandro ein par arbeitskolegen besuchen. den ganzen tag saufen wir und hören ›when the lion sleeps tonight‹. dann gen wir im bush spaziren und shaun ob wir ein gorilla finden. wir finden kein, dafür verlir ich mein pass. ich brauch eine bestätigung von der polizei. di polizei braucht 3 fotos für di bestätigung. ich geb dem beamten di fotos und se grad noch das ein foto von Tamu dabei is. ich sag dem polizisten, das ein foto von meina frau dabei is. er gibt mir eins von mir, das von Tamu behält er. wi kann er uns untasheiden? wir ham beide kein bart und sind beide weiss. ich stell mich darauf ein, nach Libreville zurük zu keren, da bringen si mir mein pass. ma hat ihn zufällig im bush gefunden und vorbei gebracht.

ich kauf mir eine digitale armbandur für 3 mark und zi weita, the shoe must go on. an eim fluss zi ich mich aus und rein ins vergnügen. natürlich bin ich nich ganz nakt, ich hab di ur vergessen. si hat wassa bis zum hals und gibt kein lebenszeichen mer von sich. vileicht verdunstet alles und si get wida. späta get si wida, nur nich normal. urzeit: 87 ur und 98 minuten. datum: 1. 585. 463.

ich betreet di Volksrepublik Congo. kein probleem an der grenze, obwol s sich um ein sozialistishes land handelt. ma kann den sozialismus an den vilen roten regirungsplakaten erkennen, ansonsten nimmt di afrikanishe variante den sozialismus nich so ernst: es gibt imma zu essen. im Congo muss ich vil laufen, aba di leute freun sich ser, etwas von der weiten welt zu hören. si ham selten radio, und vile ham noch ni eine zeitung geseen. ich erzäl wi ein reporta von der bulevarpresse. etwas spannung muss sein. dorfhäuptlinge tragen den tittel präsident. es sind di ersten präsidenten, di ich persönlich kennenlern. oft wird ma von den einheimishen für ein groszes tir gehalten. dann wollen si keine verantwortung übanemen. ›entshuldigung, wi komm ich hir nach Bumbum?‹ ›es tut mir sreklich leid, aba ich geb inen liba keine antwort, ich bin dafür nich zuständig. am besten si sprechen mit dem präsidenten.‹ zwishendurch lät mich di eine oda andre frau zu sich ein. keine grosze anstrengung is nötig, um eine einladung zu krigen. nur nein darf ma nich sagen. entweda ia oda sweigen, und shon is ma dabei.

im norden vom Congo wont Patrick, ein freund meina freunde. er is weda franzose noch afrikana, sondan ein typisha afrikafranzose, was sonst. er is 20 iare alt und sheff. für ihn bin ich ein europäa, egal woheer ich komm. späta in Brazzaville, eina relativ angenemen statt, besuch ich seine familie, di ein shönes haus hat. natürlich mit gärtna, koch, batla und sonstigem personal, nur das nötigste. der vata is Vietnam-veteran. wi di meisten europäa in Afrika shimpft er auf di swarzen. er is kein richtiga hassmensh, sondan ea so ein gemütlicha rassist. ›di nega sind faule säke, vermeren sich wi di kanikel und betteln dann di erste welt um hilfe an.‹ ich kann nur sagen: stimmt shon, aba wären di weissen nich gekommen, hätten di nega kein probleem. krigsveteranen gibt s in Afrika vile. dauand trifft ma nega, di im zweiten weltkrig als franzosen – in solchen fällen wurden si gern als franzosen angeseen – oda in Indokina gekämpft ham.

der bruda von Patrick hat malaria. das klingt ser hart, aba für afrikana, egal ob weiss oda swarz, is das nich vil andas als wenn ma in Deutshland sagt, das ma grippe hat. ma is halt krank, was soll s.

von Brazzaville, der hauptstatt Congos, kann ma Kinshasa sen, di hauptstatt Zaires. es sind di beiden am engsten zusammenligenden hauptstätte der welt. di botshafta von Zaire und Congo sind bestimmt di einzigen botshafta der welt, di von irem büro aus ir eigenes land sen können. di 2 stätte sind durch den Congo-fluss bzw. den Zaire-fluss getrennt. im Congo nennt ma den fluss Congo, in Zaire nennt ma den fluss Zaire. da nennt ma alles Zaire. das land, den fluss, das geld.

walking talking

2007: *qu* wird *kw* gesriben. kwalle, kwelle, kwalität.

Zaire war früa Belgish-Congo, wärend Congo früa Französish-Congo war. wenn ma den Congo- bzw. Zaire-fluss übakweert, verlässt ma di franc-cfa-zone in West- und Zentralafrika, di eim das leben so leicht macht. hir gib s den zaire, ein geld mit null wert aba vil gewicht. wenn du 100 mark wexelst, brauchst du alle hemd- und hosentashen, um das geld untazubringen. di leute gen dauand mit geldbündeln rum, di gröszte banknote is ungefär 1 deutshe mark wert.

der sheff von Zaire heisst Mobutu Sese Seko und is als der Ali Baba von Afrika, der swarze Al Capone oda der Panzaknaka des Südens bekannt. di lage in Zaire is slimm, aba das land hat eine grosze menge diamanten und andre edelsteine, deshalb is Mobutu eina der reichsten menshen der erde. seine depondoncen in Kinshasa ham eine fläche, di grösza is als manche statt. um si zu shützen braucht er eine privatarmee von 2000 elitesoldaten. er is nich nur räuba, sondan auch ein blöda präsident: er hat di belgia aus dem land ausgewisen. nu is nimand da, der ein mixa oda eine sreibmashine repariren könnte.

Kinshasa sit von weitem wi Manhattan aus. wenn ma in der statt ankommt sit s imma noch ein bissi so aus, zumindest di kriminalität is änlich hoch. di statt is ser grün, vile straszen sind mit bäumen gesäumt. das essen is nich mer dasselbe, gute sardinenomletts und gutes brot findet ma hir nich mer. dafür biten di zigarettenverkäufa am straszenrand mer als üblich an. ›was für zigaretten habt ir da?‹ ›Marlboro normal und Marlboro spezial.‹ ›was is Marlboro normal?‹ ›das sind normale Marlboros.‹ ›was kosten di?‹ ›3 mark.‹ ›und was sind Marlboro spezial?‹ ›20 djoints.‹ ›wi vil kosten di?‹ ›1 mark.‹ nich nur kiffa rauchen hir, auch geizhälse. es sind wirklich gute, fein gerollte djoints, muss ich sagen, afrikanishe wertarbeit.

ich bleib bei der familie von Thadee. 15 leute in eim haus. in disa statt wonen di meisten in häusan statt in hütten. di familie sitzt den ganzen tag vor der glotze, wi iede familie hir, und sit sich ein programm an, das sich ni ändat. tag und nacht machen gruppen zairishe musik, nich di slimmste aba di langweiligste musik di ich iemals gehört hab. di gruppen sen alle gleich aus und singen alle gleich, es is absolut fantastish wi dise leute sich das tag und nacht ununtabrochen reinzin können. bald find ich ein andren platz, ein zimma in der evangelishen herberge. mein zimmanachbar is Gerhard aus Trier.

einmal ge ich mit Gerhard zur kantine und wir setzen uns neben eine morenfamilie. papa, mama und ein par kinda. der vata sagt zum kind, im orginalton: ›Peter, gibst du mir di butta rüba?‹ ›ia, papa.‹ warum auch nich. wir setzen unsa gespräch fort, si hören das auch wir deutsh sprechen und sind shokirt. na so was. ab dem zeitpunkt wird bei inen nur noch afrikanish geredet. Peter, gidu mi butabuta rumba? iaia, mpapa.

ich fass den besluss: ich sneid mir alle hare vom kopf. ich will mal wida den kopf frei ham, wi ein beby. danach sagen mir di leute, das ich endlich anständig aussee.

ich wollt nach Angola, das land is vorübageend geslossen. ich far nach osten, richtung Sambia. di ersten par hundat kilometa sind geteert. der asfalt wird langsam slechta, bis er verswindet. di strasze verkommt zu eim weg im djungel. der verkeer wird dünna und dünna, ich ge zu fusz. zu vile, vil zu vile passanten sprechen mich an. imma di gleichen fragen. entshuldigung der herr, sind si ein turist? wo kommen si her? wo gen si hin? was is der zwek ira reise? ich kann dise fragerei nich mer hören, ich hab si shon auf dem ganzen kontinent gehört, aba hir, wo ich mer zu fusz ge als far, wird si zur folta. 30 mal am tag. und was soll ich dazu sagen? di erste frage is leicht zu beantworten, mit eina warheit, di eine lüge is. ia. di zweite frage, woheer ich komm, is ser relativ. ursprünglich aus Brasil, heute vom dorf soundso. wo will ich hin? als näxtes zil di statt soundso, das endzil is Brasil. der zwek meina reise is, di welt kennenzulernen. an eim abend sreib ich alles auf ein zettel auf. 4 fragen, 4 antworten. kommt ein passant zu mir, geb ich ihm den zettel bevor er den mund aufmacht. zuerst is er baff, list den zettel und ich mein, nu brauch ich nix mer zu sagen. von wegen. er hakt nach. wiso di welt kennenlernen? zu welchem zwek? immahin is di komunikation leicht, ieda dorfbewona spricht französish. vorausgesetzt ma spricht english und französish, is Afrika zum reisen der sprachlich einfachste kontinent, vil einfacha als Europa oda Asien.

di strasze is nix andres mer als ein sandiga trampelfad. es handelt sich um di Transafricana. im snitt kommt ieden zweiten tag ein lkw vorbei, sonst nix. di fara wollen imma kole, nemen mich manchmal trotzdeem mit. wenn nich, dann ge ich halt weita, weita, und weita. wenn s finsta wird halt ich an, einmal tret ich fast auf eine slange. da lass ich mich liba in eim dorf nida. im dorf erzäl ich von der groszen weiten welt, und si hören bis zum näxten morgen zu. ich bin wi ein marsmensh für si. hir is ma wirklich am arsh der welt, so isolirte gegenden hab ich noch ni geseen. hir gibt s nix, weda radio noch tv noch zeitung. dafür mich, ein weissen der iren palmwein üba alles libt und nix gegen ir fufu hat, iren maniok-brei.

einmal hält ein djip an mit eim weissen am steua, 10 swarze drum rum. der fara fragt mich wo ich herkomm, und ab nu können wir auf französish verzichten und brasilianish reden. er is ein missionar aus Brasil, bei dem ich ein par tage bleib.

ie weita nach osten, desto trokena. der djungel verwandelt sich in savanne, di flüsse und bäche werden imma seltena bis si verswinden. ich ge im snitt 50 kilometa am tag, von sonnenaufgang bis sonnenuntagang, zimlich one pause.

einmal begleiten mich 2 fraun ein ganzen tag. si biten mir an, mein ruksak zu tragen. ich kann nur ablenen. obwol s in Afrika so üblich is, das männa nix tun. sollen s doch di kinda oda di fraun tun. dafür hat ma si ia. im haus beweegt sich ein afrikanisha mann so gut wi nich. selbst wenn er nur aufsteen und ein einzigen sritt gen müsst, wird er s nich tun. er wird ein kind rufen, es soll s ›bringen‹. wenn kein kind in der näe is, dann halt di frau. so oda so: di fraun wollen mein ruksak tragen. na gut, wenn s euch so vil spass macht. mein ruksak wird bei inen zum kopfsak, si tragen ihn wi ieda afrikana seine last trägt. gut für di wirbelsäule. ›ieda afrikana‹ is eine arge verallgemeinerung, eine von vilen di ich mach. richtig wär: vile west- und zentralafrikana di ich bis nu geseen hab. wenn ich dis buch auf seine verallgemeinerungen prüfen würd, müsst ich bestimmt viles korigiren. andraseits sind di ansichten üba ein land fast unweigalich verallgemeinernd. und absolute korektheit fördat nich grad di spontanität.

Zentralzaire is zimlich arm und primitiv, aba es herrsht kein notstand. di einwona essen praktish nur maniok-fufu mit maniokblattsosze. ser einfach, alles von eina einzigen flanze, und ser wolsmekend. feua nimmt ma meist vom feua, streichhölza sind mangelware. feuazeuge verursachen staunen. nich, das si nich wüssten, was ein feuazeug is, aba ich hab eins.

eines tages erwish ich ein etwas älteren lasta. vileicht aus dem zweiten, vileicht aus dem ersten weltkrig. auf eina guten strasze wär das nich allzu problematish, aba hir is es terror. wir faren selten mer als ein par hundat meta one zu versanden. alles aussteigen, vor den reifen ein bissi graben, holz und steine holen damit der boden festa wird und dann shiben. es is praktish so, das nich der lkw uns weita bringt, sondan wir den lkw. am späten nachmittag sind di fargäste, di shiba zimlich fertig. wir sind grad in eim kleinen dorf versandet. der fara sreit: ›kinda, wer uns hilft, hir raus zu kommen, darf ein par kilometa mit uns faren!‹ plötzlich is di hölle los. 50 kinda graben, suchen, bringen, shiben und wir sind im nu aus der patshe. alle kinda steigen auf, wo wir shon so wenig sind. nu passt wirklich keine ameise mer drauf. der lasta rollt an und di kinda singen. ich trau mein oren nich. es is ein kanon mit eim halben dutzend stimmen, ich bin völlig aus dem häuschen. hir auf disem gerammelt vollen lasta mitten im bush fül ich mich plötzlich wi in eina katedrale. in Deutshland bräucht ein dirigent 20 iare mit spitzenmusikan, um dise perfektion, dise grandiosität zu erreichen. dise kinda hir an der kreuzung, wo sich das nirgendwo mit dem nirgendwann trifft, tun das nur, weil inen sonst nix einfällt. von 6 ur morgens bis 6 ur abends, in 12 stunden, ham wir 15 kilometa zurük geleegt. damit is ein neua langsamkeitsrekord erreicht. wir slafen im dorf, am näxten morgen färt der lkw los und ich ge zu fusz. zimlich bald bin ich im rennen vorn und se ihn ni wida.

einmal essen di leute roe termiten. di reie kommt an mich bevor ich flüchten kann. muss essen, adel verpflichtet. di roen termiten smeken wi roe termiten, wi sollen si sonst smeken. in eim dorf werden shön gesnittene und saftige ananas am stil verkauft. ich ess eine hälfte, die andre fällt auf den boden. sheisse, so eine gute ananas. ich nem si vom boden und frag di leute wo s wassa gibt. wozu denn, fragen si. um meine ananas zu washen. das ganze dorf bricht in gelächta aus. ma bringt mir eine neue ananas, si ist umsonst. aha, nu verstee ich: si ham ananas in raun mengen aba kaum ein plipp wassa. ma benützt auch kein hundata um feua zu machen.

ich trag ein ruksak, kaputte stifel, kaputte kurze hosen, ein bart und eine glatze. ich wär damit in keim land der welt eine normale ersheinung, hir bin ich s noch weniga. ein weissa zu fusz. starka tobak. es gibt in Zaire eine kirche, di ungefär ›kirche von Jesus Christus auf der erde in der person des profeten Muala Lumbu‹ heisst. übaall in disem land sind kirchen disa sekte zu finden. einmal se ich so eine in ein par hundat meta entfernung, ich werd bald an ir vorbei kommen. di sektenfriks sitzen alle draussen und singen lauthals, wi si halt so singen. ich komm näa, nu sind es 100 meta. eine singende frau sit mich und verstummt. si kann di augen nich mer von mir wekkrigen. der neben ir merkt bald, das seine nachbarin aufgehört hat zu singen. er shaut auch zu mir her und hört auch auf zu singen. dann der näxte, der kor wird imma leisa. als ich an der kirche vorbei komm, herrsht absolute stille. ire augen platzen fast aus den hölen. ich bin mir sicha: wenn ich nu hin gegangen wär und gesagt hätt, das ich grad vom himmel komm und ir neua profeet bin, hätt ich disem Muala Lumbu garantirt einige kunden abgezwakt. womöglich hätten si gemeint, Muala Lumbu is ein weissa.

in eim dorf bittet mich ein typ, ihm meine adresse zu geben. er nimmt ein stük papir und fängt an zu sreiben. null drei, punkt, null sex, punkt. verdammt noch mal, er kennt mein geburtsdatum? dann sreibt er 1983. aha. ich hab geburtstag. ich hab das iar gewusst, vom monat oda tag hatt ich keine anung mer. wi feia ich das? shampania werd ich nich finden, vileicht ein bir? auch nich. das näxte bir is 100 kilometa entfernt. 2 tage späta trink ich das bir.

wenn ma Kananga erreicht hat, hat ma das gröbste hinta sich. von hir aus fürt eine eisenban in den südosten und di strasze soll bessa werden. inzwishen hab ich s zimlich eilig, Tamu könnte nach Sambia kommen und ich bin nich da. ich tremp mit dem zug. ich red mit dem lokfüra und er freut sich, das er iemand zur untahaltung hat. nachts wird s in der lok zimlich kül und ich frir nach langa zeit wida.

dann weita mit eim lkw, der mit öl und zuka beladen is. ich vorn in der kabine, der ruksak hinten. am näxten morgen kommen wir an und ich stell fest, das öl und zuka ausgelaufen sind. ich ste am straszenrand und fluch was das zeug hält. um es optish zu untamalen, verteil ich den herumsteenden bäumen tritte. da merk ich erst: 100 meta im bush drinnen shaut mir eine ganze dorfbevölkerung zu. ich beruig mich und denk was ich nu machen muss: ich brauch wassa für di reinigung. ich ge zum dorf, alle verswinden in den hütten. mannomann, auch das noch. ich bitte auf französish um wassa, aba im osten von Zaire spricht ma ea suaheli. ich bitt auf suaheli um wassa (das einzige wort das ich weiss), irgendwann get snell eine tür auf, eine hand stellt ein krug wassa raus und di tür is sofort wida zu. danke.

in Lubumbashi, nich mer so weit von der sambishen grenze, besuch ich ein deutshes pärchen. freunde von Gerhard. da darf ich mal wida baden (und si dürfen danach den desinfizirungsdinst anrufen). meine wäshe wird in der mashine gewashen, obwol si der meinung sind, das ich neue wäshe kaufen sollt.

in disem land bin ich 500 kilometa zu fusz gegangen. fast an der grenze zu Sambia erwish ich mein 1000. lift. ich will dem fara ein bir zalen, er hat wichtigeres vor.

keine telefonzelle

2008: statt *sz* zu sreiben und *sts* (3 laute) auszusprechen, sreiben wir *ss* und sprechen s so aus (1 laut). wi in den romanishen sprachen und im englishen, aus denen di wörta kommen. dissiplin, ssene, fassination. das bezit sich natürlich nur auf das swerdeutshe *sz,* nich auf das ultradeutshe *sz,* das *ß* ersetzt hat.

auf der sambishen seite sind zum ersten mal keine militärs oda polizisten zu sen, sondan grenzbeamte mit swarza hose und weissem hemd, alles mit Dash gewashen und gebügelt. wir sind in eina englishen ex-koloni. der grenzbeamte will mich nich reinlassen weil ich zu wenig geld hab. dazu hab ich mich beim geld versteken verzält und muss vor seina nase ›ofizielles geld‹ von geld trennen, das ich gar nich hab. ich will etwas bakshish zalen, er nimmt es nich an. am ende lässt er mich doch rein. aha. zivilisation. späta straszensperre. der soldat sit sich mein pass an. in den brasilianishen pässen klebt eine marke mit dem bild von Santos Dumont, dem brasiliana, der das flugzeug erfunden hat (es gibt den americanishen, den französishen, den russishen und den brasilianishen flugzeugerfinda). der soldat fragt, ob ich der mann auf der marke bin. ich sag ia. das is als hättest du eine marke von Goethe in deim pass und er hätte dich gefragt, ob du disa mann bist.

Sambia, früa Nord-Rodesien, hat wenig mit dem Afrika zu tun, das ich bis nu geseen hab. auf dem land sen di hütten ser nett aus, wi im bildabuch. in den stätten sind di leute westlicha als im westen. di männa tragen anzug und krawatte. ein beträchtlicha teil der bevölkerung is weiss. Lusaka is saubera als di meisten brasilianishen stätte, was keine grosze leistung is. imbiss-hütten wi im französishen Afrika sit ma hir nich. wenn ma essen will, get ma zum restoran oda in di snekk-bar mit fast-fud und hamburgern. Lusaka hat mer als 1 milion einwona aba nur 2 lokale, wo ma bir trinken kann. auch das ein englishes erbe. es sind di sogenannten ›licenced‹ bars, wo ma biliard mit zwilichtigen gestalten spilen kann. das is gut wenn ma biliard spilen will, aba wenn ma gemütlich und im hellen sitzen will, forget the beer and take a coke. der verkeer is links und dissiplinirt. di leute sind gute fara, wi auch im restlichen Afrika. ich ge zur Yielding Tree Farm, 13 kilometa von der innenstatt entfernt. der farma is ein religiös-alternativa englända, der alle ruksakturisten aufnimmt, di sich in di gegend verirren. dort krig ich ein haus, dazu eine karte mit adresse, ratsläge für den durchreisenden und ein par biblishe verse. ich muss nix zalen, nur geshirr washen.

am näxten tag ge ich zur botshaft meine post abholen. ich will ia wissen wann Tamu kommt, aba Tamu kommt nich. ganz im gegenteil. da is ein brif von ir, der besagt, das si sich in Suley, iren mitbewona, verknallt hat, das ganze aba nich so ideal is. trotzdeem hat si keine lust zum reisen. ich soll liba nach Deutshland kommen und ansliszend mit ir zusammen wekfaren. ir get es nich gut, ein fall für Superman. ich muss sofort nach Deutshland, ee und ere retten. um di eke is keine telefonzelle wo ich mich snell umzin kann, dafür ein Aeroflot-büro, das zimlich sicha das billigste tiket nach Deutshland zu biten hat. di russin sagt, das ich nur mit harta wärung zalen kann. und wivil kostet das? 370. so weit so gut, aba ich hab keine 370 dollar, vileicht kann mir di botshaft den rest lein? brasilianishe botshaften ham ein fon für brasiliana, di im ausland in not geraten sind. ich far hin und erklär dem botshafta: meine frau in Deutshland wird operirt und ich muss zurük zu ir. das probleem is, das ich knapp 200 dollar hab und 370 brauch. ich kann mein fotoaparat als fand da lassen. er findet den preis zu nidrig und ruft beim Aeroflot-büro an, kommt wida und sagt das ich ein lügna bin und das haus sofort verlassen soll. ich mach zuerst skandal und tu ansliszend was er mir gesagt hat. was war nu los, wiso ham di im büro ein andren preis angegeben? ich ge wida hin. nu sind statt der russin 2 nega da. warsheinlich keine russen. ›ich hab shon einmal gefragt und frag es wida: stimmt es, das es nach Frankfurt 370 kostet?‹ ›das stimmt.‹ ›und platz gibt es auch, iede menge?‹ ›platz? für näxten montag? kein platz.‹ ich hak ein bissi nach, si sagen nich richtig kategorish nein sondan tun nur so rum. is der fliga wirklich voll oda wollen si nur ein trinkgeld? ich komm liba wida, wenn di russin da is.

bis zum näxten montag muss ich di kole zusammen ham. ich will mein fotoaparat verkaufen. das wird dadurch ersweert, das ihn alle kaufen wollen, aba keina mit harta wärung zalen kann. wenn ich di kwachas (zambische wärung) umtaushen könnt, wär es kein probleem. das get aba nirgendwo im lande, auch di europäa und di inda ham keine harte wärung. was di shose noch zusätzlich komplizirt macht: ich krig malaria. ich fül mich zimlich swach, heiss und komish. di frau doktor gibt mir ein par spritzen in den arsh und bald get s mir bessa. am ende muss ich mein fotoaparat bei eim inda doch für kwachas verkaufen und das geld auf dem swarzmarkt zu eim demütigenden preis wexeln. ich kauf ieden dollar für den preis von 4.

am montag vormittag ge ich zum Aeroflot-büro. di russin is wida da, di plätze im flugzeug auch. si stellt mein tiket aus und fragt: ›wi willst du das zalen? mit englishem fund oda dollar?‹ ›dollar.‹ ›macht 630 dollar, bittshön.‹ ›wiso 630 dollar. spinn ich? ir habt doch di ganze zeit gesagt, es wären 370!‹ ›370 fund. macht 630 dollar.‹ da get s mir ganz slecht. natürlich hab ich keine 630 dollar. tut mir leid, tiket zurük. ich setz mich auf das sofa und weiss nich mer weita. da fasst sich di russin ein herz und fragt mich, ob ich ein studentenausweis hab. den hab ich verloren, so ein mist. si stellt mir ein studententiket aus, kostet 450 dollar. ich sag ir, das ich auch keine 450 dollar hab. si bittet mich, alles zu geben, was ich hab. 370 dollar, 45 cent, 330 kwacha, 6 mark, 12 franc. ich ler meine tashen aus, si gibt mir das tiket. haleluia.

es is 10 ur vormittags, ich muss um 12 am flughafen sein. der ärport is zimlich weit draussen. ich versuch 1 stunde lang zu trempen, nix get. geld für ein taxi oda ein buss hab ich nich mer. ich hab kein müden cent. es pressirt und ich ge zum Interconti. das hotel hat ein bussservis zum ärport. ich lass mein drekigen ruksak draussen sten, ge rein ins hotel und erkundig mich an der rezeption. di frau nimmt ein formular und will mein namen wissen, passnumma, land, dann di zimmanumma. ›aa, wi war di noch…?‹ ›ach so, si ham shon ausgeshekt?‹ ›ia ia!‹ ›dann lass ma s.‹ si sreibt weita und will plötzlich one iede vorwarnung 10 dollar von mir. ›10 dollar??? tia, das sit slecht aus. wissen si, ich hab mich da verrechnet, ich hab mein ganzes geld für suvenirs ausgegeben, ich hab kein fennig mer.‹ ›hm. normalaweise get das nich. aba ich werd mal mit dem fara reden. das formular kann ma dann weksmeissen.‹ wir gen raus und ich hol mein ruksak aus dem garten. der buss kommt und di frau redet mit dem fara, der willigt ein. ich bin der einzige fargast.

im ärport get meine via kruzis weita. beim shekk-in will ma 10 dollar von mir, ärportgebür. hab ich nich. ›ia, wissen si, ich hab auf meine frau gewartet, di das ganze geld bringen sollte. nu is si krank geworden und wird morgen operirt. ich muss da sein. blablabla.‹ ›okee‹, meint der typ, ›verswind.‹ ansliszend kommt di immigration. si sen mein visum. ›ir visum is abgelaufen.‹ ›ia wissen si, es war alles so slimm, ich hab auf meine frau gewartet, dabei ligt si in Deutshland im krankenhaus und wartet auf mich, ich konnt nur mit swirigkeit ein tiket besorgen, blablabla.‹ auch hir komm ich durch. nu felt noch der zoll. meine devisenerklärung stimmt hinten und vorn nich. ›ia wissen si, es war alles so slimm, ich hab auf meine frau gewartet, dabei ligt si im krankenhaus blablabla.‹ auch er lässt mich durch, ich bin im fliga. Deutshland, ich komm!

back to the roots

2008: *t's,* di wi *z* ausgesprochen werden, werden *z* gesriben. nazion, akzie, pazient.

üba Luanda in Angola und Budapest nach Moskau. in Moskau muss ich ein tag lang warten. ich möcht mein ruksak behalten, di russen auch. ich will ihn nich hergeben. ich fürcht, das si ihn für imma behalten könnten. solche geshichten üba di bösen russen hab ich shon oft gehört. trotzdeem, si behalten mein ruksak. in Lusaka war winta, di durchsnittstemperatur war um di 15 grad. nu bin ich im russishen somma und es sneit nachts. in Frankfurt is es wida warm, slecht is nur, das mein ruksak nich angekommen is. hab ich doch gesagt.

ich tremp one gepäk nach München. di leute di mich mitnemen wissen nich, ob si mir glauben sollen. stell dir vor, du färst von Würzburg nach Nürnberg, nimmst ein kaputten kurzhosigen gepäklosen glatzköpfigen halbbärtigen trempa mit. du fragst ihn wo er grad her kommt und er sagt dir, aus Sambia. in München will ich Tamu übarashen. ich ruf si an, si sagt halo, also is si zuhaus. ich leg auf, ruf Alatoris an und bitt ihn, mit ir ein treffen auszumachen. natürlich get nich Alatoris hin sondan ich. ich wart in eina grichishen kneipe, Tamu kommt rein und sit Alatoris nich. si get wida raus, stet da und shaut in beide richtungen. ich ge auch raus und len mich an di tür. als si von eina seite zur andren blikt, müssen ire augen an mir vorbei. trotzdeem sit si mich nich, obwol ich 3 meta vor ir ste. ich shau 30 iar älta aus. ich starr si an, irgendwann merkt si, das disa typ si anstarrt. warum starrt er si so an? si starrt zurük und nu dämmat s bei ir. si wird fast onmächtig und bekommt ein kolaps. si hat im brif gesagt, ich soll zurükkommen, aba das hat si wol nich so gemeint. si hat zwar mit irem libhaba sluss gemacht, zum alten shema zurük will si aba auch nich mer. vor allem nich solang ich aussee wi ich aussee. und rich wi ich rich. leidagottes hab ich kein platz, wo ich hin könnt. di lashentampen ham inzwishen alle partna und ich will di bettrue oda -unrue nich stören. ich muss bei ir bleiben.

in der wg wont Bibop, der wonungsbesitza, ein inteligenta und lustiga taxifarenda komputafachmann der seine freude vor allem daran hat, ein ¾ volles glas als ein ¼ leres zu bezeichnen. di andren bewona sind Schmidt, ein inteligenta taxifarenda teologe und Suley, der östareichishe ex-libhaba meina frau. Tamu gefällt es gar nich, das ir ex-eemann und ir ex-libhaba unta eim dach mit ir wonen und zit zu freunden. wir männa sind unta uns. ›halo, ex-eemann.‹ ›halo, ex-libhaba.‹ naia, der mann hat mich nich gekannt und nur gehört, das unsre hauptverkeerszeit shon vorbei war. da hat er zugegriffen. aussadeem is der mensh in ordnung. er djobbt als heizungsinstalatör, träumt davon im zirkus zu arbeiten, und kann nix dafür das er augen hat, di di fraun zum smelzen bringen. ein bissi wi ein gebrauchtwagenhändla sit er shon aus, aba ma gewönt sich dran. es is nur der erste eindruk.

mir get s sauslecht, so slecht wi s mir selten im leben gegangen is. ich wollt shon imma gern alein sein, das war aba was ganz andres. nu hab ich nimand mer, zu dem ich zurük gen könnt. ich hatt imma 2 bezugspersonen, meine mutta und meine frau. nu sind beide wek. bei wem soll ich mich ausweinen? Tamu lässt mich nich ganz fallen, si besucht den kranken manchmal. leida kann ich mich bei ir nich ausweinen, das sit wi erpressung aus. ich bin auf mich gestellt. zu allem übafluss hab ich kein müden fennig in der tashe, nich einmal 1 kwacha für ein bir, ich kann nich ausgeen. ich glaub, wenn ich ein hund hätt, würde auch der mich verlassen.

von bekannten hör ich, das Tamu wärend meina abwesenheit aufgeblüt is. si hatt neue kleidung und ging täglich aus. kein wunda, nu durft si das. ich hab si imma daran gehindat, sich shön anzuzin. erstens weil bei uns di kasse ni richtig geklingelt hat, zweitens weil ich das spiszig fand. so sind wir imma und ewig mit parkas rumgelaufen. almälich komm ich auch auf den gedanken, das es zeit für ein wexel is. als vorbild nem ich ausgerechnet Suley. er hat kurze hare, zit sich gut an und durchs münchna nachtleben. immahin hat er si erobat, vileicht kann ich si so zurük eroban. als erstes sneid ich mir den bart wek und als zweites shäm ich mich für meine glatze. ich muss geld und arbeit ham, wonung und frau finden. ich muss erfolg ham und zeigen, das ich si nich brauch. ich will ir imponiren. vileicht is das der anfang der metamorfose vom halbhippi zum normalmenshen. es gab doch imma dise aufkleba WIR SIND DIIENIGEN, VOR DENEN UNS UNSRE ELTAN GEWARNT HAM. vileicht werd ich bald eina von denen, vor denen ich selba imma gewarnt hab.

aba zuerst will ich an mein freund Wolf sreiben. wir wollten uns in Südafrika treffen, ich aba bin in Deutshland. ich hab nur di telefonnumma von sein eltan. ich ruf an und erfar das er tot is. er wurde in Südafrika erwürgt. di finganagelspuren an seim körpa waren von weissen. alles, was si von ihm mitgenommen ham, waren di letzten seiten von seim tagebuch. er hat wol zu ser agitirt. cheers, Wolf. maybe some day, in the great light...

arbeit und wonung

2009: *tz* wird nur noch *z* gesriben. shaz, nez, wiz, roz, puz. nur in den seltenen fällen, wo doppeldeutigkeiten entsteen könnten, wird das z verdoppelt: *sizzen* (wegen *sizen* wi *duzen)*.

arbeit is leicht zu finden, vorausgesezt ma macht ieden sheiss. ich land als lkw-fara in der groszmarkthalle, nich ser abenteualich. am zweiten tag muss ich eine ladung wassamelonen faren. mein sheff sagt ich soll langsam faren. was er mir nich sagt, is wi langsam. ich sollt 3 kilometa faren, far aba mit 20 in di kurve. etwas kracht. ia, da sind si, di melonen. duzende und abaduzende, üba di kreuzung verstreut, di meisten nich mer wi zuvor. ich sammel si ein, alle hupen, es is ein kaos. zurük zum stand. der sheff is böse.

in der näe vom waldfridhof is eine wg bereit, mich troz glaze aufzunemen. es is ein shönes haus mit garten und 5 leuten. shon wida das probleem, das eine frau di hausbesizerin is. eine äussast swirige frau, si heisst Latefesk, hat eine gute figur und sit übahaupt gut aus. eine noble shönheit, zu nobel für mein bauangesmak. ein tag is si di süsze slechthin, am näxten eine klappaslange. sonst wont noch ir ex-freund da, ein Schimanski-typ, der nu ir feind is. nich genug, es wont noch ein ewiga feind da, ein medizinstudent der si aus ganzem herzen hasst. aussadeem eine frau di täglich ein neuen blonden tennisspila ins haus bringt und ein iunga typ aus Darmstatt.

mit Latefesk hab ich nich so vile probleme, ich lern almälich, das ma mit solchen fraun nich auf konfrontazionskurs get. ma spannt das tuch und wartet ab. und bleibt selbstverständlich nich hinta dem tuch sten. danach verbeugt ma sich vor dem publikum und nimmt dankend den aplaus entgegen. leida is der stirkampf mit eina klappaslange nich one stress. du bist ständig in der arena. mir wär ein spazirgang im park liba. da ich auch nich aus stal bin, gibt es zwishen mir und ir eine gewisse erotik und manchmal bleiben wir bis spät auf und ratshen. das sind gute augenblike und ich hab den eindruk das si nix dagegen hätt wenn es noch mit eina andren art von komunikazion kompletirt würde. das probleem is, das ich ni eine frau fragen könnt, ob si mit mir ins bett will. entweda ich weiss es, bring si ins bett und tu was ich tun muss, oda ich weiss es nich und lass es sein. bei so eina frau weiss ma das ni. bald zin alle männa aus und Werner zit ein. mit disem zivildinstleistenden reinlända der in eim drogenterapizentrum arbeitet verstee ich mich ganz gut.

di krankheit

2009: das *u* im englishen wort *punk* is kein richtiges *a*, wi di deutshen es aussprechen. es is etwas geslossena. das kennen vile sprachen nich, und *a* auszusprechen is bessa als *u*. also *pank*. wenn das *u* wi ein *yu* is, sreibt ma s *iu: kompiuta*. auch *interviu*.

di englishe kombinazion *ur* wird im deutshen meist *ör* ausgesprochen. ganz richtig is das nich, aba di richtige aussprache is swirig, und *ör* is auf alle fälle der orginalaussprache näa als di aussprache *ur*. liba *ör* aussprechen, *ör* sreiben: sörf.

ich bin noch gar nich lang am arbeiten, da swillt mein linkes bein an. ich ge zum doktor. er versreibt mir tabletten gegen gelenkenzündung. das bein swillt weita an. nach 2 wochen ge ich zu eim andren arzt. der hat kein zweifel: gelenkenzündung. ich soll andre tabletten probiren. mein bein wäxt und wäxt. nich in di länge sondan in di breite. in di länge, das wär ia noch shöna. nach eim monat is mein linkes bein fast doppelt so dik wi mein rechtes, ich ge wida zum doktor und sag ihm, das das so nich weita get, er soll sich mal das bein anshaun. ärzte shaun ein pazienten nur ungern an, aba er muss es tun. nu macht er eine besorgte mine und meint, ich sollt in di klinik nach Großhadern. im klinikum erzäl ich dem neuen arzt von mein beswerden und das si ungefär vor eim monat angefangen ham. ›und erst nu kommen si her?‹ er starrt mich an als wär ich der depp vom dinst. ich versuch s ihm zu erklären, er lässt mich nich reden. ich soll mich sofort hinlegen und mich nich mer bewegen: dringenda tromboseverdacht. ich werd sofort untasucht und ma stellt fest das es doch keine trombose is. was dann? eine lange test- und untasuchungsreie beginnt, ich krig übaall sprizen, ma hängt mich an den füszen auf mit dem kopf nach unten. di fantasi der ärzte kennt keine grenzen. nur finden tun si nix. weitere ärzte werden konsultirt, auch der sheffarzt shaut vorbei. keina weiss besheid. am sluss gibt der sheffarzt di anweisung: ›untasucht den mann und shekt seine vorgeshichte.‹ da fragt mich der dinsthamde arzt nach mein groszeltan, eltan, kusins und enkeln. di ganze familie hat er durchforsht. ich erzäl ihm meine geshichte, nur nich auf ultradeutsh und kürza. irgendwann erwän ich Afrika. ›Afrika? si waren in Afrika?‹ ›selbstverständlich war ich in Afrika.‹ der arzt ruft sofort das tropeninstitut an. ob es nich eine krankheit gibt, di dise symptome hat. ia, sagen di tropeninstitutla, wir ham ein par krankheiten di passen. shikt den mann mal vorbei.

im tropeninstitut get s von vorn los. dazu alle 3 stunden blutuntasuchungen, tag und nacht. einige tage vergeen bis di ärztin mir erklärt, das si den übeltäta nich gefunden ham, aba das alles darauf hindeutet, das es sich um den loa-loa handelt. der loa-loa is ein wurm, der di seltene krankheit loasis verursacht. er wird mit eim insektenstich in den körpa gesleust und treibt sein unwesen nur in manchen gebiten von Zentralafrika. der wurm wäxt bis zu 10 zentimeta, spazirt durch den körpa und blokirt di lymfknoten. da si ihn nich finden können, wollen si ihn mit medikamenten bombardiren. wenn s mir bessa get, dann war er s. ich werd stazionär behandelt. es is eine shöne zeit. 3 malzeiten am tag, ich muss mein bett nich machen, iunge frishe krankenswestan kümman sich um mich. nach eina woche kann ich shon fast normal gen, ich fül mich ser iung, da di meisten pazienten vil slimmere probleme ham, vor allem das alta.

eines tages sizz ich im gang und les mein Playboy als di frau doktor daheer gerannt kommt. ›herr Zé do Rock, si müssen zurük in ir bett. wir ham besuch von unistudenten und ich möcht gern, das di sich mal iren fall anseen, da wir so eine krankheit vileicht erst in 100 iaren wida hir ham werden. sein si so gut.‹ ich bin so gut und ge ins bett. alladings is mein bein shon zimlich abgeswollen. zwar kann ma noch sen, das es dika is als das andre, aba ma muss shon gut hin shaun. ich lig da und ein halbes duzend studenten stet um mein bett. di ärztin sagt: ›disa pazient hat eine seltene krankheit. sen si sich ihn mal an, ich ge 5 minuten wek und komm wida, und si können mir sagen, was si an ihm gefunden ham.‹ si shaun, shaun und shaun. di ärztin kommt wida. ›na, und was ham wir entdekt?‹ ›ia, seine beharung am obashenkel is komish.‹ so eine frechheit. nach 2 wochen sagt mir di frau doktor, das ich gen kann. si glaubt, si bringt mir eine gute nachricht, aba so empfind ich das gar nich. ich könnt noch ein par wochen bleiben.

di firma hat mich wärend der krankheit gefeuat.

fraun

2010: *v* wird durch *f* oda *w* ersezt, ie nachdeem, wi s ausgesprochen wird. fäta ferzein files, der wegetaria spilte wariazionen auf der weranda. manchmal sprechen s norddeutshe mit eim *w* aus, süddeutshe mit eim *f*. es gilt di gleiche regel, ieda sreibt s wi er s ausspricht. dein kusin is nu dein fetta, auch wenn er ein fakir is. leb wol, v. ich hab dich gelibt.

fon allen sachen di ich such, sind fraun am swirigsten zu finden. eine arbeit zu finden get, eine wonung is shon swiriga, aba eine frau zu finden is di absolute härte. for allem wenn ma eine sucht. wenn ma eine frau sucht, is ma ferzweifelt. wenn ma ferzweifelt is, is ma unsicha. wenn ma unsicha is, hat ma bei den fraun keine shanss. bei denen, di mit ira unsichaheit gut ankommen, is es keine unsichaheit, sondan nur ein trik.

einmal ste ich in eim s-banhof und se eine frau, di mir wirklich gut gefällt. di muss ich anmachen, aba wi nur? ich kann ia nich zu ir hin gen und sagen, das das wetta shön is, erstens weil eine so allgemeine aussage und ein so unorginella gesprächsanfang wirklich nich ankommen, zweitens weil das wetta übahaupt nich shön is. ich könnt ein komentar abgeben, das das wetta slecht is, aba so slecht is es widerum auch nich. es is nix, dises wetta. so könnt ich sagen: dises wetta is weda slecht noch gut, nich war? okee, so eine inteligente bemerkung kann ich mir sparen. ich fersuch was andres: ›hast du ein kugelsreiba?‹ si hat ein kugelsreiba. ›hast du auch ein stük papir zum sreiben?‹ si gibt mir ein stük papir. ›hast du eine telefonnumma?‹ si lacht und is in der defensiwe. ›wiso willst du meine telefonnumma?‹ ›ia, damit ich dich anrufen kann.‹ si übaleegt eine sekunde und sagt: ›ich hab eine telefonnumma, aba di geb ich nich her.‹ ›kann ich dann deine adresse ham? so kann ich dir was shiken.‹ ia ia di gibt si mir. si heisst Carmen und wont in Daglfing. ich bin föllig aus dem häuschen. ich hab ire adresse, und das bei meina glaze. eine leistung. ein par tage späta shik ich ir eine ananas mit eim zettel. ›ananas is gut, ananas-eis is noch bessa. zu zweit, fersteet sich. telefon soundso.‹ ich krig eine antwort. es is nur ein zettel mit ira telefonnumma. ich wart noch ein par tage um nich zu ferraten, das ich aufgedreet bin wi ein käfa mit porshemotor. das hilft mir nix. als ich si anruf, fersuch ich mit ir zu reden als wären wir alte bekannte. das passt aba nich zu meina zitternden stimme. wenn ich shon meine swachen nerfen nich kashiren kann, könnt ich das tema meina stimme anpassen. ich stell ir fragen und kann mit iren antworten nix anfangen. ich hab eine mordspanik, das si iede sekunde auflegen könnt. am sluss hat si prinzipiell keine zeit mer für mich. dabei weiss si nix üba mich, aussa das ich so aussee wi si mich geseen hat und das ich aufgereegt bin wenn ich mit ir red und deshalb kein gesheites gespräch zustande bring. mein ausseen hat si nich abgesrekt, also war s meine nerwosität. dabei könnt ich der könig fon Saba sein. ir traummann sollte arzt, shön, stark, inteligent sein und keine nerwöse stimme am telefon ham.

ma weiss es: wenn iemand beim andren geslecht nerwös wirkt, hat er bei dem normalaweise kein glük. wenn er bisheer kein glük hatte, hat s ein grund, der nich ser positif sein kann. 2 minuspunkte. und wer kein erfolg beim andren geslecht hat, kann leicht abhängig werden. das will nimand. noch 1 minuspunkt. ich kann mich mit meina glaze übahaupt nich mer anshaun. ich stülp ein turban aus eim swettshört auf mein kopf. liba auffällig als hässlich. ich will abends ausgeen, aba wohin? so auffallen will ich ia gar nich. so ge ich ins lokal Gröszenwan. da sind doch lauta ferrükte, da fall ich garantirt nich auf. fon wegen. kaum bin ich ein sritt in der kneipe, shon fül ich mich wi Buffalo Bill beim betreten fon eim salun. alle dren sich um. halo leute. ich wanda fon disko zu disko, mach aba kein stich. ich werd bald ein guta tänza, ein originella solotänza, nur ein guta smoltoka werd ich ni werden. meine stimme hilft mir auch nich besondas, si klingt noch slechta als andre stimmen, wenn ich durch den diskolärm srein muss. noch slimma is, das ich praktish keine kole hab und wenn ich di disko ferlass keine ö-mittel mer faren. fürs taxi hab ich kein geld, ich ge zu fusz. 7 oda 8 kilometa am abend. wenigstens kann ich sagen, das ›aussa spesen nix gewesen‹ auf mich nich zutrifft. bei mir is nix gewesen, nich einmal spesen.

ich shau mal in di kleinanzeigen, antwort auf eine und werde gleich angerufen. si heisst auch Tamu und wir treffen uns. si sit gut aus, hat swarze indianahare und is üba 30. wir treffen uns im Alten Ofen. das gespräch get ganz flüssig, si wird zimlich ansmigsam. zu ansmigsam für eine öffentliche einrichtung. an der teke will si mich auszin, da muss ich si stoppen. di kneipe is gerammelt foll, das get wirklich nich. wir gen zu ir, ich begleit si bis zur tür und ge wida. es war mir zu leicht. wenn mir iemand so eine geshichte erzälen würde, könnt ich nur sagen: du blöda hund! es wär ein netta abend gewesen, nu merk ich aba, das ich mich ferliben möcht. dises ferlibtsein is wi eine droge, solange ma s nich kennt, fermisst ma s nich. aba sobald ma s einmal gehabt hat, muss ma s imma wida ham. dise ssenen fon pärchen di sich auf der strasze küssen oda smusen ham eine betörende wirkung auf mich. ich will auch so was ham.

arbeit, wonung, fraun, wiski

2010: das *y* fon sprachen wi english oda französish wird dort wi hir *i* ausgesprochen, also sreibt ma s auch so: parti, boi.

auch für di unbetonten *y*'s, di meist fom grichishen kommen, slag ich das *i* for. es wird weda als *ü* noch als *i* ausgesprochen. es is ein dumpfa laut, irgendwo dazwishen. ich sreib *sisteem, psichologi*.

wer *y* shöna findet, kann *ü* imma *y* sreiben. *lügen* oda *lygen, füsish* oda *fysish*. in disem buch sreib ich ab nu bis kapittel ›an germanisten und empörte‹ nur mit *y*. zur gaudi.

wir myssen alle raus aus dem haus, das fremdenzwekt wird. ich und Werner finden eine neue bleibe bei 2 fraun. wir bilden eine wongemeinshaft in eim reienhaus, zimlich modern, auf mereren ebenen. arbeiten tu ich als snapsfara. ich lifa wein und snaps in di kneipen und krig meist kein trinkgeld sondan trink direkt. eine etwas gefärliche arbeit, ma muss oft nein sagen um nich zu besoffen zu faren. dann far ich fyr den Otto-fersand, meist ybaland. da merk ich was echtes bairish bedeutet, nich das mynchna bairish, das stark mit hochdeutsh gemisht is. hir auf dem land sagt ma noch wirklich *oa oa* fyr *ein ei*. hir nennt ma den kleinen wald *a hoiz*. und ich lern was gleichshaltung bedeutet: ich far fon eim haus zum näxten, iedes haus hat radio an: Baian 3, so ferpass ich kaum was fom lid.

ich besuch ein tanzkurs. wenn ich da kein mädel find, lern ich wenigstens richtig tanzen. ich lern tanzen. inzwishen is es shon fast ein iar her, das ich in eina frau war. ich ge ständig in der u-ban spaziren, das wird zu meim rewir. imma di gleiche mashe: hast du ein kugelsreiba? hast du auch ein styk papir? hast du eine telefonnumma? di fraun sind so ybarasht, das ich mich fyr ein par augenblike sicha fyl. si lachen herzlich, obwol si ire telefonnumman nich hergeben. da si mir gegenyba aufgeslossen sind und gute laune ham, wär s ein leichtes, ire numman raus zu krigen, ich hab aba das nou-hau nich. natyrlich sagen si nein, was aba in disem fall nich heisst, das es wirklich *nein* heisst. das muss ma wissen, wann eine frau mit *nein* echt *nein* meint oda nur *fileicht*. wenn es *fileicht* heisst, heisst s noch lange nich, das si dich grad zum beislaf eingeladen hat, sondan nur, das si mit sich reden lässt. das hat si dir nich ferboten. ich red nur fon fraun, aba mit männan is es genauso. ma sagt einfach nich ia.

di adresse is imma leichta zu krigen als di telefonnumma. dann kann ma ir eine ananas shiken. oda eine wassamelone, das bleibt dem einzelnen ybalassen, ieda mensh is andas. hauptsache si sagt: ›na so was.‹ das bananen, gurken und karotten zu missferständnissen fyren können und daheer nich zu empfelen sind, fersteet sich fon selbst. irgendwann wird es mir zu fad mit der gleichen anmache, da fersee ich si mit imma mer shikanen. ich bit den opfan shokolade an, kaugummi, mein wokmen, shipps, ich mach meinungsumfragen. ›trinken si kaffee mit oda one zuka, und wenn ia, mit wi filen löffeln?‹ ›2 löffel.‹ um ansliszend di antworten fyr di anmache zu benyzen: ›wi wär s mit eim kaffee mit 2 löffeln zuka?‹ so ein interwiu krig ich ni fertig, es is zu lang und di s-ban kommt shon. s- und u-banhöfe ham aba den forteil, das ma s hir nich erwartet, wi in der kneipe oda disko.

es bleibt problematish: di fantasi funkzionirt, aba di stimme, der gesichtsausdruk, di haltung stimmen nich. ma swizt seine unsichaheit durch seine gesten. ich kann nich richtig sten, und wenn ich ge, stosz ich an si an, oda ich bin zu weit wek. das alles merken di mädels sofort und ma hat shon eine ganze menge punkte ferloren. es is ein harta markt. dise börse is ständig in eina bäs fyr meine akzien. und nich nur fyr meine. ma krigt so file körbe das eim slecht wird. und nich nur als mann is ma benachteiligt. fraun ham es da nich leichta. und wenn si ein mann anmachen, krigen si ihn zimlich leicht fyr eine nacht, aba ham es warsheinlich fersaut, wenn si ihn fyr länga wollen, was meist der fall is.

di menshlichen gefyle, di solches ferhalten steuan, sind extreem stupid. ein zusäzliches probleem is, das ma meist sein eigenen marktwert höa einshäzt als er tatsächlich is. ma denkt fon sich selbst, das ma shöna und inteligenta is als di andren es im allgemeinen fon eim denken. ma glaubt, eine bessere partii ergattan zu können als ma in wirklichkeit kann. so sind alle auf der suche. so is es auch bei mir. ich will eine frau zum tanzen ham und geb eine anzeige auf. ›am 29. 9. war ich in der u-ban und du in der s-ban. ich war der blonde. meld dich mal.‹ da meldet sich ein mädel und wir treffen uns. si heisst Pitz, tanzt nich und will s gar nich lernen. blond is si leida nich aba si shaut gut aus. wir zin durch di kneipen und diskos und landen im bett. da zeigt sich wifil dise frau kann und wifil dise frau will. ich kann kaum mithalten, ich bin eine solche äkshen nich mer gewont. Pitz wird meine freundin und es wird eine sweissfolle und angeneme geshichte, abgeseen dafon, das si nich nur nichraucherin is sondan gleich antiraucherin. di 3 shönsten sachen der welt sind ein wiski dafor und eine zigarette danach. wenn ich bei ir slaf, gibt es nur noch 2 shöne sachen: ein wiski dafor.

dismal bin ich ein ser untreua freund. treue und untreue hängen oft fon den gelegenheiten ab. durch Pitz krig ich meine selbstsichaheit zuryk. eine der fraun in unsra wg is in eim internazionalen freundshaftsklubb, dem ma seine adresse gibt, und dann besuch fon ybaall krigt und di leute auch selbst besuchen kann. in disem haus regnet s fraun. an eim tag sind es 1 peruanerin, 2 iapanerinnen und 3 italienerinnen, am näxten tag komm ich spät heim und da ligen ein halbes duzend polen im wonzimma und snarchen. du wachst auf und musst dich auf koreanish mit dem typen und auf spanish mit der frau untahalten, bis der persa aufwacht und alles noch komplizirta wird. da lern ich di welt fon eina ganz andren seite kennen. damen aus alla herren lenda fallen mir ins nez wi myde fishe. hir bin ich gefragt, hir bin ich der king, ich bin der einzige der sich mit disem folksmishmash untahalten kann und muss stendig ybasezen. ich muss di fraun nich anmachen, ich muss nich fyrchten, das si di näxte sekunde einfach abhaun. alles kommt fon alein. es muss nich einmal zur selbstferständlichkeit kommen, das wir miteinanda slafen. wi ich shon gesagt hab, find ich di frage ›magst du mit mir slafen‹ äussast unelegant. höchstens ›ich slaf mit dir heute abend‹, nich als frage sondan als forfreude. es muss selbstferständlich sein, das ich di frau mitneem. ir aufenthalt is nich lang genug, so das es selten zu disa selbstferständlichkeit kommt.

ich kann di frage mit *mit* nich stellen, aba mit *bei*. magst du *bei* mir slafen? das is in disem fall gar nich abwegig, weil es wenig plaz gibt und wenn si shon im haus is kann si auch in meim bett bleiben statt auf dem boden. dann wird ma zärtlich zueinanda und one das ma s wollte get s fom freundshaftlich-zärtlichen zum hardrok und hewy mettel yba.

fraun ins bett zu krigen wird ser leicht, swirig is si zufridenzustellen. ob männa imma gleich sind, weiss ich nich. fraun auf alle fälle nich. im leben nich und im bett erst recht nich. täglich muss ich mich umstellen: bei der ein muss ma sich wi King Kong auffyren, bei manchen hat ma den eindruk, das inen eine statue liba wär. manche könnten auf ein swanz ganz ferzichten, bei andren is er das alfa und omega des glyks. manche krigen ein orgasmus so leicht wi si nach kola rylpsen, andre ham ni ein. oda ich bin nich der richtige. manche regen sich auf, wenn ma sich nich um si bemyt, manche regen sich auf, wenn ma sich um si bemyt. bei filen kann ma sich shon bemyn, aba auf kein fall offensichtlich. eine di länga bleibt is eine kleine dunkelblonde aus Spanien. wir sherzen fil miteinanda. da si spanierin is, spricht si das *z* und *c* wi das englishe *th* aus. ich nenn si deshalb Mercedes, *Merthetheth* ausgesprochen, und wenn ich mit ir red, sag ich *Deuthland*, *Mynthen* und *Thytheuthe Theithung*. si rennt hinta mir her, erwisht mich und wir raufen. so almälich entwikelt sith, pardon, sich in mir bei solchen rauferein eine andre art fon gedanken. ein abend raufen wir und besmiren uns gegenseitig mit zanpasta, shampu und lebensmitteln. da zi ich si in mein zimma. si will aba nich mit mir sondan nur bei mir slafen. si studirt filosofi aba redet nich dryba, so das wir uns ser gut fersteen. dann get si zuryk nach Spanien und ich bleib.

inzwishen zit Gwelik ein, ein zwerg aus dem blonden Albion, di aba nich blond is. si sit trozdeem gut aus und hat ein netten kindlichen sharm, shöne blaue augen, aba di nase, nein, di nase is nich gut. wir werden almälich freunde. dabei hab ich shon eine freundin, Pitz. ich hab aba kein alzu slechtes gewissen. ich hab shon imma rausposaunt, das ich poligam bin und das ich nix dagegen hab, das si auch poligam is. ich will menshen kennenlernen, fraun ie näa desto bessa. nur, Pitz besucht mich oft und Gwelik muss diskreet bleiben. fyr si is das auch nich das gelbe fom ei, ich muss zumindest Pitz fon Gwelik erzälen. das tu ich, und es fällt mir gar nich so leicht. si sagt, das si mir auch nich imma treu war und di sache is erledigt. nur nich ganz erledigt, weil si sich fon mir almälich distanzirt. fileicht weil ich weniga zeit fyr si hab. ich hab tatsächlich weniga zeit, ich bin ia im lebensfryling, di fraun lassen mich nich mer in rue. di eine fragt mich nach eina strasze und eine halbe stunde späta ligt si one mein zutun in meim bett. bei der andren frag ich nach der urzeit und wir landen in ira kyche. gut, dann mach ma s in der kyche.

mit Pitz sit s nich mer gut aus, wenn ich ankomm sind imma männa da. bis zum tag wo si sagt, das es spät is und si slafen möchte. da disa typ mich ungeduldig anshaut, bin ich höflich und ge. unsre freundshaft kylt ab, erst späta normalisirt si sich.

auch di freundshaft mit Tamu besteet fort. wir sind weitahin ferheiratet, wir unterstyzen uns und beraten uns gegenseitig, wi ma am besten di frau so oda den herrn soundso knakt. nu will ich si nich mer zurykeroban, das wär inzest. wir sind blutsgeswista, mit snitt in der hand und allem.

ich krig eine andre arbeit. fotos fon läden im bairishen hintaland zum entwikeln zu eim labor in Mynchen bringen. fon 9 ur abend bis 3 in der fry. ma muss ser snell faren um di fotos rechzeitig ins labor zu bringen. einmal stoppt mich ein kripo-auto in Freising um 3 ur. one irgendein grund. si durchsuchen alles und finden ein autoradio im koffaraum. ›wo ham si dises autoradio her?‹ ›was weiss ich. das auto is ein firmenauto, da faren etliche fara mit.‹ ›geben si shon zu. wo ham si das autoradio her?‹ ich kann nix andres tun als mich widaholen. si faren mich zum polizeirewir, ich fyll das ein und andre formular aus und darf gen. das autoradio bleibt da. irgendwi is der untashid zwishen apfel- und bananenrepublik fil kleina als ma denkt. späta ruft mich di mynchna polizei an, ich soll mal forbei shaun. di beamtin fragt mich was sache is. ich erklär s ir. si sagt: ›tia. dise typen auf dem land ham wol nix zu tun. als mysst ma wissen, wo ma alle geräte im kella her hat. da, nemen si ir radio.‹

der hausbesiza will sein haus zuryk, wir myssen auszin. eine der beiden fraun zit mit eim freund zusammen, di andre get freiwillig in eine psichiatrishe klinik weil si so weita geld ferdinen kann one es auszugeben, und wo Werner hingegangen is weiss ich nich. weisst du zufällig, was aus dem Werner geworden is? das is so ein slanka blonda.

noch ein par djobbs und eine mini-frau

2011: *ä* wird *e. shedel* wi *wedel, nee* (nähe) wi *ee* (ehe). das slangwort *nee* für *nein* sreibt ma selbstferstendlich *ne.* was mir gefellt auf disa welt, is nich di kelte der zelte sondan di werme der gederme. der saz is nich fein, es hat aba reim. keine sorge, ich hör shon auf. *äu* wird *oi:* soile, boime, foile.

das neue apartemen is gut und teua. mein neua djobb is bei eina eis- und tifkylkostfirma. di tifkylkost soll ma den restorans imma durch di hintatyr lifan, sonst is der wirt böse. wozu hat er sonst extra ein plakat an der fordatyr, das frishe musheln anpreist? den djobb mach ich nich lang, di firma get pleite.

Gwelik fert in ire heimat, ich hab file shulden und fass den entsluss, djigolo zu werden. aba ein mit klasse, der gut tanzen kann. zufellig treff ich Frendly, ein freund fon mir, und seine freundin Ploy. si bitet sich an mit mir tanzen zu yben, was ich dankend anneem. dann geb ich eine anzeige auf, aba es melden sich nur menna. ich erkleer das di anzeige nich fyr menna gedacht is, aba si wollen imma noch wissen wi lang, wi dik und biten imma mer geld. irgendwann ruft doch eine frau an. si kommt und ich will ir was anbiten, hab aba kein sekt sondan nur wein. fyr den wein felt der flashenöffna. hab ich fergessen. naia, si is nich ser interessirt, si will fögeln. das kann ich noch. so get es ein par wochen weita. fon den fraun kann ich nich, fon den mennan will ich nich leben. ich inserir mal als shoför, da meldet sich nur eine frau, di shokirt is yba di shoför-tarife. ich mein, der preis is mit allem inklusiwe, da is si noch shokirta. ein andra typ list di anzeige und ruft mich an und bitet mir eine stelle als limusinenshoför an. ich far limusine und zeig den franzosen, spanian und lateinamericanan di statt. ich lern eine broshyre yba Mynchen auswendig und ratta si runta wi ein papagei.

swirig wird es nur bei rykfragen, weil ich fon architektur keine anung hab. »das is doch weda barok noch klassizistish, finden si nich?« »ia, da ham si recht. ich wyrd sagen, es is was dazwishen.« der djobb is unkomfortabel, der sizz zu grad und zu eng, zu allem ybafluss muss ma mit anzug und krawatte rumfaren. manchmal far ich promis. di erste is Alison Moyet. ich hab den namen noch ni gehört, am flughafen treff ich di gruppe. da sind 3 typen in anzygen und eine frau. wer fon den typen is nu disa Alison Moyet, und was macht dise komishe frau dabei? irgendwann komm ich drauf. di frau is der star. si nimmt in der Bavaria auf. menna mit anzug und krawatte sit ma ser selten in der Bavaria. eine frau fom aufnametim kommt auf mich zu, drykt mir herzlich di hand. »grysz gott! ich bin di rejiassistentin, wer sind si?« »ich bin der fara.« si get snell weita.

einmal far ich auch den presidenten fon Bophuthatswana. ni gehört? ia hör mal. ein anda mal den Shakin' Stevens, der zuerst bittaböse is weil ich keine lange limusine sondan ein stinknormalen Mercedes dabei hab. nach dem umzug in di lange limusine get es ihm bessa. di fens sind ybaall, ma fert durch hintahöfe in di geboide und spilt ferstek. manchmal is er nich zu erreichen und di tinedja-horde kommt auf mich zu. ob ich nich autogramme fyr si alle krigen könnt? wi is er ybahaupt, was sagt er so? toll is er, nich war? ich mag di arbeit nich und mach den taxishein.

Suley war wek, kommt wida und bleibt bei mir. Gwelik kommt auch wida. si hat file ideen fyrs bett, obwol es selten was mit bett zu tun hat. ich will ia nich sagen, das si perwers is, das kann ma doch fon eina freundin nich sagen. wi auch imma, si stellt bald fest, das si swanga is. mit höchsta warsheinlichkeit fon eim englishen nega, mit kleinsta warsheinlichkeit fon irem rotharigen ex-freund oda fon mir. si will das kind alein erzin, aba ich hab den eindruk das ich als fata herhalten soll. ich wer liba ein onkel. si will eine hausgeburt machen und wir gen zu eim natyrliche-geburt-kurs. eines tages stellen sich di wen ein, di hebamme kommt und redet mit mir als wer ich der fata. so was könnt geferlich werden, fileicht kommt ein nega raus und di frau is so shokirt das si das kind wida reinshibt. ich erkleer s ir. si bedankt sich. das kind plupst nach 14 stunden raus und hat eine undefinirbare farbe. speta sit ma das das medel nich fon mir sein kann. bald sit si aus wi iemand der grad in Mallorca war, mitten im winta. im winta bin ich kesig wi ieda sterbliche. das medchen shaut ybrigens wundabar aus. di dunkle haut, di augen als weren der pazifik und der atlantik in inen gesmolzen. shön fon aussen und innen. wir wollen ir ein namen geben, den es noch nich gibt: Aluik. nach der geburt is Gwelik sich nich mer so sicha. ich bestee drauf und wir einigen uns, das Aluik der zweite name sein soll. auf dem standesamt fragt di frau was das sein soll. ich sag, es is ein brasilianisha name. si sit in irem bychlein nach, kein Aluik. ich erkleer, das der name in Brasil neu is und ser belibt. si is skeptish, findet aba kein gegenargument und nu heisst das kind so, das arme. in Brasil gibt es eine ganze menge absurda namen. der eine heisst Assassino da Silva, so was wi Mörder Schmidt. eine frau heisst Xerox Fotocopia Autenticada, auf deutsh Xerox Beglaubigte Fotokopi. in eina mulattenfamilie heissen di iungs Hitler, Goebbels, Himmler, Rommel, Hess.

eines tages ste ich als dritta am taxistand und se wi ein medel zum ersten taxi get, ansliszend zum zweiten und dann zu mir. si fragt ob si bei mir rauchen darf. logish. dises medel heisst Gulugu, kommt grad aus dem krankenhaus und hat ein kopfferband, watshelt wi eine ente und hat den körpa eina göttin. wir bandeln an und nach ein par monaten trennt sich Gwelik fon mir.

no elephants

2012: *ei* wird *ai*: baissen, haissen, raissen. das *ei* wird nur noch fyr fremdwörta genommen, anstelle fon *ey:* ei, da war shon aina for uns am seif! das haisst, *ei* is glaich *e+i.*

ich sizz bai aim freund und er zaigt mir ain selbstgedreten wideo-amatör-film. da erfar ich das aine wideokassette nich 1 milion mark kostet sondan 20. hm. ich könnt auch ain wideofilm dren. am besten ain krimi. ich sraib. ich denk mir aine geshichte aus und bald wird mir klar das das kain kurza krimi mer is. inspector Colimbo, der ain mord aufkleren soll und glaichzaitig ain priwatleben hat. di 2 geshichten laufen paraleel und treffen sich ni. nur am ende waiss der zushaua, das di mörderin nich di ferdechtige is, auf di Colimbo gesezt hat, sondan saine freundin. nur der inspector waiss es nich. der film soll »no elephants« haissen, wail kaine elefanten in ihm zu sen sind. ich geb aine anzaige auf, ich such iemand der mit mir das wideo dren will. da meldet sich Yang, der aine wideokamera hat. wir besprechen das drebuch und sind uns bald ainig, das wir ain par tausend mark brauchen, di wir nich ham. wir machen aus, das wir uns um ain geldgeba bemyn werden und ferblaiben mit freundlichen gryszen.

ain iar speta ruf ich ihn wida an. weda ich noch er ham ain geldgeba gefunden. gesucht auch nich. befor wir uns ferabshiden, slag ich for, aine laichtere geshichte zu dren. ain brasilianisha agent wird nach Deutshland geshikt, um festzustellen, warum di brasiliana sofil geld produziren und di deutshen trozdeem sofil raicha sind. da kann ma durch di statt zin und fil improwisiren. improwisirta wird di geshichte shon, nur nich laichta. es fengt damit an, das der brasilianishe president sich sorgen um saine macht macht und den premieminista damit beauftragt, aine umfrage durchzufyren, um festzustellen was di befölkerung yba di lage denkt. der premieminista kommt zuryk und sagt, das es optimisten und pessimisten gibt. di optimisten mainen, das ma in kyrze nur noch shaisse essen wird, und di pessimisten, das di shaisse nich fyr alle raichen wird. daraufhin shikt der president sain besten agenten nach Deutshland um dem deutshen wirtshaftswunda auf di spur zu kommen. der agent kann kaine fremdsprache, ferursacht fast ain flugzeugunfall, hat ainige tyten foll mit brasilianishem geld das nimand will, muss unta der bryke wonen, fersucht ferzwaifelt deutsh zu lernen, ybaleebt indeem er brasilianishe slaga mit glaichzaitiga ybasezung in der fuszgengazone singt, nimmt sich zaitungen aus den zaitungskesten und ferkauft si, macht mit der kugelsraibamashe di fraun an, manchmal auch di falshe und es wird zimlich geferlich, findet sogar aine richtige, befragt passanten zum aigentlichen tema und krigt nur aine ausfyrliche antwort fon aim panka. dann zit er nach Iapan, wo ma noch mer autos und mer kola als in Deutshland produzirt. am ende hat der film 12 000 mark ferslungen, 9 monate gedauat und ain duzend anzaigedroungen ferursacht. aus 10 stunden filmmaterial sind andathalb stunden film entstanden. der film is ganz andas geworden als wir ursprynglich geplant ham, auch wail Yang, aigentlich ain jeni (genie), sain aigenen senf zu der stori und for allem zum gesamten konzept gegeben hat, wenn ma ybahaupt fon aim konzept sprechen kann. wir shiken den film an 2 fernseprogramme, di ablenen. di geshichte is gut und lustig, aba di technik is aine katastrofe. wir zaigen ihn auf dem ain oda andren festiwal und fersuchen es in klaineren kinos. wir finden ains. er loift gut 2 wochen lang im Maxim. di zaitungskritiken sind ser positif, auch wenn di slechte technik nich unerweent blaibt.

alle freunde werden aingeladen, da ruf ich auch Frendly an. am sluss fellt mir noch ain, das ich Ploy auch ainladen könnt. si is zwar nich mer mit ihm zusammen und wont nich mal mer in Mynchen, aba si is auch ain mensh. ich ruf si an und lad si ain. ia, ganz nett dise Ploy, si lacht imma so ferstolen. naia, ich sollt mir gar nich zufil gedanken machen, si hat ain neuen freund.

troz erfolg is dise zait grausam fyr mich, wail ich Gulugu ferloren hab. erst den plaz in irem bett, wail ich ain idiot bin, dann ire freundshaft, aus dem glaichen grund. dise wunde wird ser lange zait offen blaiben, di narbe wird ain tail fon mir werden. main gaist waiss das ich mich bewegen muss, er muss main unhaimlich swer gewordenen körpa durch di gegend sleppen und shiben. plakate entwerfen, in der statt rumkleben, sich um di zaitungen kymman, dabai möcht ich nur bai ir sain und sonst nix. ich hab si noch nich aufgegeben, nur ich waiss nich, mit was fyr aina strategi ich di sache angeen soll.

aines tages bin ich im foaiee fom kino, maine snyrsenkel sind aufgegangen, ich mach si grad zu und se ain menshen for mir. ich richte mich langsam auf, da stet Ploy, blond, in aim swarzen klaid, mit aim shönen, warmen lecheln. is das der engel, der mich retten wird, der mich wait wait wek bringen wird, dort wo alle wesen fligen können und das wassa so gut smekt? nain. daneben stet ir freund. neben dem freund stet Älphä, ire langierige freundin. auch mit freund. ich ge nach Afrika.

der ser nae osten

2012: *eu* wird *oi* gesriben. aussa wenn ma s wi *e-u* ausspricht. ma sagt ia nich *musoim* und *matois*. und das wort *europa* lass ich so und sprech s mit *e-u* aus, wi bai *museum. euro* is aine ser bekannte forsilbe, mit *eurocard, eurosörwis, eurodis* und *eurodas*, da sollt ma wenigstens bai disem wort europeish sain.

ich will di raise dort fortsezen, wo ich si untabrochen hab. in Lusaka, Sambia. wenn der flug fon Frankfurt yba Moskau und Budapest nach Lusaka 600 dollar kostet, kann der flug fon Budapest direkt nach Lusaka kaum mer als di helfte kosten. in Win lern ich aine sysze jurnalistin kennen, auf deren bauch ich main kopf ausrun kann, damit main libeskumma nich so we tut.

an der ungarishen grenze brauch ich ain wisum und hab kains. kain probleem, si geben mir ains. fyrs wisum brauch ich fotos und hab kaine. kain probleem, si machen welche sofort mit aina Polaroid. ich krig main wisum. an der lezten grenzsranke sten 2 soldaten. der aine fragt: »fanta?« was waiss ich, was er nu damit maint. was bedoitet *fanta* auf ungarish? ic kenn nur das getrenk, sonst nix. »don't understand. nix fersteen.« »fanta?« nu zaigt er mit dem daumen auf den mund. mit *fanta* maint er wirklich das getrenk. er will aine Fanta fon mir, wo soll ich aine Fanta her ham? »no. no Fanta.« »Fanta?« was zum toifel maint er nu? ich hab ihm shon gesagt, das ich kaine Fanta hab. na gut, ich sag mal zur abwexlung ia. »okee« er get zur hytte, nimmt aine Fanta aus dem kylsrank, gibt si mir und wynsht mir aine gute raise. fermut ich, da ich kain ungarish ferstee.

in Ungarn fylt ma sich nich wi in aim sozialistishen land. di leden sind foll und bunt, Budapest is dinamish. ich such Agnes, di ich in der internazionalen wg kennengelernt hab. si wont laida nich mer unta der adresse, di si mir gegeben hat. nu blaibt nur di möglichkait, ire eltan in Eger aufzusuchen. ich far hin und erfar das si umgezogen sind. um solche informazionen rauszukrigen, braucht ma fil zait. Ostblokis können nich oft westliche sprachen. mit maim wörtabuch telefonir ich rum, aba di loite ham kaine geduld mit iemand zu sprechen, der ira sprache nich mechtig is und nur ain wörtabuch bai sich hat. natyrlich kann ich fragen, ob familie Szalkai da wont. Szalkai-wonenda? stet im wörtabuch. das probleem is di antwort. kötöröksötömököröszöförömözöszöyöfök. aha. was war das? was fyr ain wort soll ich im wörtabuch suchen? kö? kötö? körötö? kötöröksö? ich frag: ia oda nain? di antwort lautet szülümühüfüsüzükütüszüszük. das is weda ia noch nain. bitte nochmal: ia, nain? nain. und shon hat si aufgeleegt. si wonen nich mer da. ich ge zum rathaus und frag nach disa familie. alles auf ungarish, nur, ich kann kain ungarish. ich sag files mit henden und fyszen, singen, tanzen und was halt spass macht. si fersteen mich am sluss und suchen. und werden fyndig. ich ge hin und klingel. Agnes persönlich kommt raus, mit aim bebi im arm. ich krig ain shok, si krigt ain shok. si wont mit eemann, kind und eltan. der eemann sit mich recht kritish an, Agnes is das ganze ain bissi painlich und nach 1 stunde hau ich ab. ich far zuryk nach Budapest und erkundig mich nach dem flug. laida is di streke Budapest-Lusaka doppelt so toia wi di streke Frankfurt-Moskau-Budapest-Lusaka. ich such fil rum und find nix besseres. zuryk nach Win, wo ich bai Niur blaib, auf deren bauch ich geslafen hab.

in Mynchen find ich raus, das der billigste flug mit der TAP yba Lissabon get. aigentlich get s nich nach Sambia, sondan nach Simbabwe, dem nachbarland. ich frag di simbabwishe botshaft in Bonn, ob ich ain wisum fyr das land brauch. nain, sagen si, das is fyr brasiliana nich nötig. ich flig los. in Lissabon sagt ma mir, das ich als brasiliana ain wisum fyr Simbabwe brauch. si wollen mich nich waita fligen lassen. nach aim ferbissenen kampf lassen si mich fligen, auf aigene ferantwortung. wenn ich in Simbabwe nich raingelassen werd, muss ich das rykflugtiket selba zalen.

only for travellers

2011: hir kommt di lezte rechtsraibenderung. si is auch di enderung di di lesbarkait am maisten beaintrectigt. aba kaine sorge, si blaibt nur in disem kapittel.

ch wird *c* gesriben. der weice bauc der frecen specte. das *c* wird auc nic ferdoppelt. so sind es 4 bucstaben, di nic ferdoppelt werden: *c, k, x* und *z.* wail der wokal dafor fast imma kurz is.

am erport findet der beamte main wisum nic. er fragt sain sheff: »der is brasiliana und hat kain wisum. get das in ordnung?« der sheff hat kaine zait, er hat saine aigenen probleme und sagt: »ia ia.« und shon bin ic in Afrika. ob ic ain wisum brauc oda nic, werd ic ni erfaren.

Afrika hat imma noc file nega. Harare, di hauptstatt fon Simbabwe, is ser english. sauba, ybaall kircen, banken, fersicerungen und imobilien-firmen. halb so grosz wi Myncen, mer hochoisa als Myncen. dafyr weniga knaipen als irgendaine sakgasse in Arlit, Niger. ab 7 ur abends ham noc 2 nactklubbs offen, ain fyr nega und ain fyr waisse – nic, das es aparthaid gibt, es ergibt sic ainfac so. ieda in saim ek.

ic far zu den Victoria Falls, aim der berymtesten wassafelle der welt. fil mye um dahin zu kommen, und ma sagt mir stendig, ic soll baim trempen aufpassen. da traiben sic stendig löwen, leoparden und shitas auf der landstrasze rum, aussadeem is es ain geriliagebit. ic hab weda fon den ain noc fon den andren was geseen. shade, ain par gute fotos weren shon dabai rausgekommen. warshainlic is es halb so geferlic wi ain abend in Rio. di wassafelle sind ser hoc und imposant, aba mancmal frag ic mic, was das soll. 1000 kilometa trempen und zuryk, um sic ain wassafall anzuseen. dabai felt ieglice spannung, ma get durc das tor fom nazionalpark und blecen muss ma obendrain auc noc. ybaall laitplanken, di ain for dem sturz shyzen, alles so shön organisirt, das es Disneyland sain könnt. fon abentoia kaine spur mer, und nur zum sen hett ic mir auc ain wideo auslain können.

ic blaib auf aina farm in der nee fon Bulawayo fyr ain par tage, dann far ic zuryk nac Harare. ic wart auf main Sydafrika-wisum. ain tag speta les ic in der zaitung, das es ain massaka auf aina farm in der nee fon Bulawayo gegeben hat. 60 loite sind nidagemezelt worden, ma hat si ershossen oda zerhakt.

in Harare ge ic zur iugendherberge. nu se ic nic mer wi ain normala ruksakturist aus, sondan ea wi aina, der zum tennisspilen get. da sagt dise herbergsmutta zu mir: »this place is only for travellers!« traveller haisst doc raisenda, und ic soll kain raisenda mer sain.

aigentlic wollt ic zuerst nac Sambia und Botswana, aba di wisumgeshicten werden imma komplizirta. ic lass ain noien pass macen, der alte soll nur noc fyr Sydafrika ferwendet werden. sonst komm ic nirgendwo mer in Afrika rain.

whites only

hier wird sich ultradoitsh mit afrikaans vermischen, einer der sprachen suidafrikas, die sowieso eine art ultra-hollandisch is. ich werd nur die ultradoitsh-eigenschaften benützen die mit afrikaans vereinbar sind.

2 suidafrikanische surfer-typen nemen mich mit über die grenze. der beamte saagt, one das ich ien gefraagt het: »Suidafrika is weis und wird immer weis bleiben!« und schoon merk ich, das es hier rund geen wird. hinter der grenze zelten wir und spielen fusbal. einer der beiden surfer-typen fraagt mich, ob man in Brasil auch fusbal spielt. er wil mich nich verarschen.

die leichteste europeische sprache wird in Afrika gesprochen und, ironie von die schicksaal, heist afrikaans. es is 'n art pidginhollandisch. manche setze seen seer englisch aus, wie zu beispiel »my hand is in warm water«, nuur das sie ganz anders ausgesprochen werden. ungefeer »mäi hand is in warrm waterr«. es gibt nuur 1 bestimt artikkel, *die,* kein beugungen, kein genus (die man, die vrou, die kind), kein konjugationen, nix. hier die werben *sein, haben, bleiben* und *sagen* auf afrikaans: ik is, jou is, hy is, ons is, julle is, hulle is / ik het, jou het, hy het, ons het, julle het, hulle het / ik bly, jou bly, hy bly, ons bly, julle bly, hulle bly / ik se, jou se, hy se, ons se, julle se, hulle se.

die vergangenheit is immer mit *het ge* + wortstamm. zu beispiel: ich habe gemacht – ik het gemaak / du bist gegangen – jou het gegaan / er hat geschrieben – hy het geskryf / wir sind gefahren – ons het gery.

auf afrikaans is *pa* die vater, *ma* die mutter. *alt* heist *ou*, so is die groosvater die altvater, *oupa*, werend die groosmutter di altmutter is, die *ouma*.

die erste groosstadt ouf my strekke is Pretoria, die houptstadt. es geeb grad 'n straassefest und ma füül sich plötzlich wie in Deutschland. die straassefest is abgesperr, negers darf da nuur rein, wenn sie in 'n wurstbude oder 'n kiosk angestel sind. als festbesuucher geen das nich. ouch die transport is getren: schwarzen faar in knalvolle minibusse, weissen in groosse, bunte knal-lere doppeldekkers. die apartheid gelt füür beide seiten, das heis, ich »darf« nich in die minibusse faar.

by die trampen geev es auch apartheid. schwarzen werd nuur von schwarzen mitgeneem, weissen nuur von weissen. das is okay, weil wo die schwarzen hinwil, wil keen weisse hin und umgekeer. die weissen wil in die stadt faar, die schwarzen in 'n voorort. und nich nuur das: die schwarzen neem leute gegen bares mit, so war es immer by ienen. das heis, 'n weisse kan diese lifte gar nich gebrauch, er wil ja nich zaal. ich wil auch nich zaal, nich nuur weil ich blank (weiss) in die afrikaanse sin is, sondern ouch in die deutsche sin. irgendwie komisch: die weissen sind 5 milione einwoners in 'n gesamtbevölkerung von 30 milione, 'n sextel von die bevölkerung. aber in die stadt seen ma fast nuur weissen. die kaffers, wie man die negers nich seer liebevol nen, muss draussen bleib. sie darf nuur in die stadt zu arbeit. manchmaal neem my 'n schwarze doch mit. er saag immer »sir« zu my oder gleich »baas« (der boss). die schwarzen, die my mitneem, verges nie, sich zu bedank, wen ich aussteig. dankie, baas. in Suidafrika werd viel getramp, und oft tramp ich neben andre schwarzen. auch sie saag immer »sir« oder »baas« zu my. ich versuuch ienen klaar zu mach, das das 'n blöödsin is, da wir hier doch in die gleiche boot sind. aber die gewoonheit sitz zu tief. auch versuuch ich immer, mit ienen über politik zu sprech, da geen nix. by jede politische frage werd ienen schlecht, sie glaub sofort, ich is von die geheimdienst. es werd dan seer schwierig, sie von die gegenteil zu überzeug.

in Lesotho spricht ma nur english und die leute sind frei. arm und frei. es is eine ganz andre atmosfere, kaum bin ich im land und schon kommen rasta-men daheer, geben mir die hand und umarmen mich. o brother. in der ersten nacht bleib ich bei eim schwulen neger, der stendig versucht, mich zu überreden, in seim bett zu schlafen. die straszen sind nich besonders gut und manchmal ser steil. es gibt ein bergpass, der ser schwierig is und God-help-me-pass heisst. wie auch immer, es is ein sympatisches land, nur wirtschaftlich nich ser lebensfeeig.

weiter rigtung Kapstad. rund die helfte von die ryders (farers) is rigtig rassistisch (voor allen boeren). die andre is füür die ende von die apartheid, aber nie so schnel wie die welt das wil. sonst pak die land die schnelle wexel nie. irgendwan werd sie schoon 'n schwarz president hat, aber nu is es zu frü. dan geev es einige, die wirklig füür die schwarzen und gegen die blanken sind. man nen sie die *kaffermoetis,* ouf deutsch *negerbruders.* aber die tref man nie taaglig. by die starke rassiste werd es seer unangeneem. sie fugtel gegen die kaffers one unterbrekkung. »scheiskaffers, die lieg die ganze taag unter die baum und tuun nix. blöde stinkers sind sie. wen es nie diese blöde gesetze gebe, würd ik alle abknall.« lustig werd es eenmaal, wo die ryder stundenlang über die negers schimpf. naach 2 stunden krieg ik 'n stark lust, 'n zigarette zu rouk. ik fraag iem schügtern, ob ik my nie 'n zigarette anzünd kan. er seen my ziemlig befremdet an. »ja natüürlig darf du 'n zigarette anzünd. aber warum fraag du überhoupt?« »ja my. ik war die letzte zeit in Europa. da is es schoon fast 'n beleidigung, jemand zu fraag, ob man in sy auto rouk darf.« »tja. man mus dog tolerant sein.«

eenmaal is ik 9 stunden unterweegs one mitgeneem zu werd, in die abend neem my 3 sisters mit. sie woon by ier besoffen pa ouf 'n farm un geev my alles was ik brouk, ousser sex. aber sie lieb my. een von die sisters geev my 'n gedigt mit: a heart is not a plaything, a heart is not a toy, but if you want it broken, so give it to a boy. is das nie wundervol?

in Durban an die Indische Ozean versuuk ik, 'n boot na Madagaskar zu find. nix gaan. vilygt besser so, ik hat sowieso keen wisum füür die land. nu wees ik: Madagaskar hat nuur 4 bootschafte in die welt, een davon in Afrika. leider in Tansania, viele tousend kilometers na nord. ik kan Madagaskar verges.

Suidafrika is wie America, nuur mit weniger demokrateparty-walers un meer houspersonaal. frech is ouk, das die weissen sogaar die name von die schwarzen geklau hat. hier is die blanken die afrikaners. die negers is die kaffers.

wieder in Transvaal, neem my 'n man mit, die gold in die gegend suuk. er leev ganz alein in 'n klein hüt, die weder wasser nog elektrisch ligt hat. er saag, das er vruer 'n familie, kinders un 'n groos hous gehat hat. er war ingenieur. een taag hat er alles verlas un hat sig op die suuk na gold gemak. die gold is üveral in dies land, es is mit die erd vermisch. die fraag is nuur, wie man die gold van die erd tren. op die weeg zu sy hüt halt wy by 'n wasserval an. zwaar hat die val nie seer viel wasser, davuur is es tiep wie die sau, da unten is 'n puul, schwarz wie my lung. dies wasserval is mitten in die nirgendwo, totaal verstek, un ik stoun. irgendwie hat my dies wasserval viel meer beeindruk als die Victoria-Falls. eensaam un unerwart. mit die man zusammen bly ik 'n paar tage in die hut un wy diskutier viel üver die apartheid. erst mein hy, die internasionale pres schryf nuur bluidsin üver Suidafrika. man saag, das die land 'n unsikker land is, das hier die huil loos is. stim ja gaar nie. die land is sikker, man kan sogaar sy auto op die straas open las, da passier nix. speter mein er, das die negers alle 'n banditepak is. wieso banditepak? entweder die land is sikker oder nie sikker. da erzeel ik iem 'n geschigt die ik voor 'n paar tage erleev hat: ik sitz hinten in 'n lkw, irgendwan steig ik ous. gleik dana merk ik, das ik my pas un my geldbuitel verlier hat. ziemlig sikker in die lkw, aber die is weg. was nu? ik wees nie was ik mak sol, also bly ik staan. ik waart 2 stunde, die lkw kom zurük, die typ geev my die pas un die geld zurük, alles genou wie s war, un ry (fährt) wieder in die rigtung, van die er grad gekom hat.

weiter na nord hout 'n ryder an 'n turistisch atraksion, die potholes (schlagloche). 'n seer interessant formasion ous wasserval un felse, die 'n dutzend kleine puuls bild. speter kom ik zu die Krüger-Nasionalpark un sien zu die erste maal lieue, leoparde un die ganze kraam, die man in Afrika op alle valle gesien hat sout. es is 'n wirklik skeun land. un die tramp seer leigt, hier in Suidafrika hat ik my voorherig rekord gebrek. 14 lifte in een taag. je nordliger, desto konservativer. ma sien oft jungs, die so uissien wie van die hitlerjugend, mit die gleike hare un die gleike kleidung.

jede Suidafrikaner vra als erse wat man van die land houd. et is 'n wundervol land, nie waar? viele mein, ik bly in Suidafrika. alle, die na Suidafrika kom, bly hier. keen land in die weld is skeuner als dies. so skeun un so guud. un die weld verstaan sie nie. alles skuld van die pres. an die grenz is ma seer simpatis en toevoorkommend med my. da vra my die beamte, wie ik die land vind. ik sa: »die land het volle regale, die tramp gaan wie gesmier, die landskap is skeun en vielvoudig, awer ik het gluk, dat ik 'n blank brasilianer is, nie 'n swat.« af dit oogenblik ender sig die behandling. man is gewoon, goed meining over die land van die touriste toe heur. so duur die affertiging van my pas 'n half stond. wie ook immer, kan jou nu 'n betje afrikaans spreek. is dit nie dol?

an germanisten und empörte

Wenn du für das Sprachliche nichts übrig hast oder gegen keine änderung warst, kannst du weiterblättern.

Die Sprache ist der Boden, auf dem die Gedanken gehen. Viele Menschen haben den löchrigen Boden, den sie halbwegs kennen, lieber als einen glatten Boden, den sie nicht kennen. Dagegen habe ich nichts einzuwenden. Andrerseits versuchen aber viele dieser Leute zu beweisen, daß ihr Boden gar nicht löchrig ist, und die glatte Schicht, die man anbietet, den Boden löchrig machen wird.

• erste änderung 1995: beim vorschlag, alles klein zu schreiben, sagen sie, daß die großschreibung besser ist, weil man so die substantive gleich erkennt. dabei kommt einem beim wort *Apfel* keine assoziierung mit einem substantiv, sondern mit einer frucht. man sagt, man kann bei großschreibung schneller lesen. für mich als ausländer ist diese masse wörter mit großbuchstaben nur störend, und so wird s für die dänen sein, die seit dem zweiten weltkrieg klein schreiben, und für die anderen europäer sowieso. das ist eine gewöhnungssache. beim schreiben mit schreibmaschine oder computer wiederum ist man auf alle fälle schneller mit der kleinschreibung, da einem 2 tastendrucke erspart bleiben, ebenso wie das häufig beobachtete stocken: schreib ich nun das wort groß oder klein? dann heißt es, man kann mit der ganzen arbeit zwischen einem substantiv und einem adjektiv unterscheiden, aber nicht zwischen einem substantiv und einem eigennamen. *Schweden* (land) und *Schweden* (bewohner), *Bayern* (land) und *Bayern* (bewohner) kann fast jede europäische sprache mit viel weniger mühe unterscheiden. dagegen sagt man mir, die einwohner müssen davor einen artikel habe: *die Bayern, die Schweden.* nein, sie müssen nicht. man kann es tun, um die zweideutigkeit zu vermeiden. eine zweideutigkeit, die es in kaum einer anderen sprache gibt. man kann *ich mag Russen* oder *ich mag Holländer* sagen, so kann man auch *ich mag Bayern* sagen. da schlag ich vor, am satzanfang und bei eigennamen den ersten buchstaben großzuschreiben, bei substantiven den zweiten: bAum, hOse, aUto. das will auch kein großschreibung-fan, geschweige denn meinen »präzisionsvorschlag«, den dritten buchstaben bei artikeln großzuschreiben (deR, diE), den vierten bei adjektiven (blaU, hellL), bei verben fünften (machEn, straIten), usw. wenn das wort nicht lang genug ist, könnte man die entsprechende zahl nach dem wort schreiben. das10 will5 auch9 keiner10, weil8 es10 nicht9 darum7 geht5, wÖrter besSer zu7 erkeNnen. man will nur die wörter so haben, wie man sie kennt.

wenn versuche unternommen werden, die rechtschreibung einfacher zu gestalten und die schüler von ihren sinnlosen qualen zu befreien, kommt (vor allem vom schreibenden gewerbe) die klage, daß ein stück kulturgut einem vermeintlichen trend geopfert würde. wahrscheinlich hat man genauso geklagt, als man von den runen zur lateinischen schrift übergegangen ist. proteste dieser art hat es bestimmt auch gegeben, als beschlossen wurde, tun statt *thun*, *bei* statt *bey* zu schreiben. nach einigen jahren hat kein kulturgutschützer diesem schlimmen verlust nachgetrauert. keiner versucht, die *h's* und *y's* zurückzuholen. wahrscheinlich wären auch die jetzigen kulturgutschüzer dagegen. genauso wie sie dagegen wären, daß man wieder mit dem kulturgut runen schreibt statt mit dem »vermeintlichen trend« lateinische schrift.

die freiheit groß und klein zu schreiben ist nichts antideutsches, sondern ein kulturgut, das die deutschen verloren haben. im mittelalter hat man meist klein geschrieben, und wenn ma groß schrieb, dann nach eigenem gutdünken. genau dafür plädiere ich. mir geht es natürlich nicht um das kulturgut, es geht um die einfachheit. die deutsche sprache erinnert mich an meine feuerwehrgeschichte. da komme ich die Zenetti-straße entlang und sehe von weitem, daß ein paar buchstaben von einer leuchtreklame an einer bank brennen. als ich direkt davor stehe, sind die flammen nich mehr 10 zentimeter hoch, sondern vielleicht 50. nicht mehr 2 buchstaben brennen, sondern 5. unten ist die bank und die ist geschlossen. ich klingele bei den bewohnern oder firmen in den oberen etagen, aber da ist niemand. ich klingele beim nachbarhochhaus, die sollen mit einem eimer wasser das feuer löschen. die frau findet es zu schwierig. ich gehe zu einer telefonzelle und rufe die feuerwehr. ich sage ihnen, daß da ein kleines feuer ausgebrochen ist, aber wenn sie nicht kommen, wird es bald kein kleines feuer mehr sein. dann kommt nach ein paar minuten ein 10-laster-konvoi, mit einem riesen lärm. dann sehen sie überrascht das kleine feuer und löschen es in einer halben minute aus. ich bleib etwas weiter weg, das ganze ist mir schon peinlich. aber es ist beispielhaft für die deutsche sprache: ein 10-laster-konvoi, der den ganzen verkehr stört, um ein kleines bankleuchtreklamenfeuer zu löschen.

man sollte dieser minderheit, die die großschreibung liebt, nicht das recht nehmen, groß zu schreiben. aber diese minderheit kann doch nicht die mehrheit dazu zwingen, das gleiche zu tun.

• zweite änderung 1995: die form *ist* hört ma im radio und fernsehn. auf der straße sprechen nur lehrer und ausländer so, die deutsch in der schule und in kursen gelernt ham. auch im fernsehn find ich das schade. ein nachrichtensprecher kann ja so reden, aber in filmen is das eine katastrophe: wie kann ein schauspieler in seine rolle reinschlüpfen, wenn er so eine künstliche sprache spricht, eine sprache die weder er noch die person im film spricht? noch schlimmer, wenn ma solche realitätsferne formen mit slang mischt. Das is-t nich-t mein Bier, Mann! ich werd jedesmal aus der geschichte rausgeschleudert und weiß plötzlich wieder, daß das ein film is und die ganze filmcrew hinter der kamera steht.

für *nicht* ham die dialekte viele entsprechungen. *nit, net, ned, nisch.* die normale hochdeutsche form is trotzdem *nich.*

aus *nichts nix:* das is eine frechheit. warum nur ein buchstabe mit 2 einfachen strichen (x) nehmen, wenn ma s mit 4 buchstaben schreiben kann?

das *jetzt* is ein beispiel, wie die sprache komplizierter wurde. das orginal germanische wort mu*ß nu, nun* (holländisch *nu,* englisch *now,* skandinavisch *nå*) gewesen sein. deutsch wurde mit der zeit immer weniger germanisch und erfand die form *jezuo,* von *je+zuo.* statt draus ein *jezu* machen (2 vokale, 2 konsonanten), hat ma den vokal u abgeschafft und dazu 2 *t's* hinzugefügt, eine echte ausgeburt. *jetzt.* heutzutage geht es wieder richtung vereinfachung, ma sagt *jetz,* ultradoitsh *iez.* das *nu* wohnt im norden der republik, aber bürgert sich langsam im gesamtdeutschen slang ein, auch wenn es nich in jedem fall benützt werden kann. ich benütz es aber in jedem fall.

bißchen is ein ziemlich langes wort (6 normale und ein abartiger buchstabe) für so wenig. *bissi* entpricht viel mehr der idee. wenn jemand *bißchen* sagt, kann er s so schreiben. oder *bissl.* im ultradoitshen *bissien,* da es sogar für deutsche sehr schwierig is, ein *ch* nach einem *s* auszusprechen.

ma für *man*: es wird nich immer so ausgesprochen, vor allem im norden nich. aber öfters wird »fälschlicherweise« *ma* ausgesprochen, und niemand beschwert sich. so können wir *ma* schreiben, und *man* is die »falsche« aussprache. niemand soll sich beschweren. der vorteil is, daß es kürzer is und ma braucht nich mehr *man/frau* schreiben. die eine sache is *ma,* die andre sache is *mann.*

• erste änderung 1997: ab hier unterscheidet sich die orginal- von der taschenbuchausgabe. die 1. änderung für 1997, die abschaffung von silbentrennungsregeln, wird geändert, weil sie doch etwas zu hart is. in der orginalausgabe wird die änderung kaum befolgt. der verlag wollt es nich, der computer auch nich. nu heißt es:

1. zusammengesetzte wörter werden nach ihren bestandteilen getrennt, ausser bei den nachsilben (also *nac-sil-ben*, statt *nac-silb-en*). bei fremdwörtern *kann* ma s tun, muß ma aber nich (chir-urg, chi-rurg, beef-steak, beefs-teak).
2. bei einfachen wörtern und bestandteilen von zusammengesetzten wörtern muß folgendes beachtet werden:
2a: der obere teil muß mindestens ein vokal ham.
2b: der untere teil muß mit konsonant + vokal anfangen
2c: gruppen von verschiedenen konsonanten, die ein laut ergeben, werden als ein konsonant betrachtet (z.b. *sh, ch, th, ng, dt,* usw – am ende von ultradoitsh gibt s nur noch *sh*).

immerhin: 6 informationseinheiten, statt über 90 im schwerdeutschen. und trotzdem 90% übereinstimmung mit dem alten system.

der zucker wird *zu-cker*, später *zu-ker* und am schluß *zu-ka* getrennt.

• erste änderung 1998: das *ß* kann ma weder mit ausländischen schreibmaschinen schreiben noch im telex und andren schreibgeräten. nich einmal im deutschen is es ein vollbuchstabe: ma kann ihn nich grosz schreiben – so wichtig is er. es is ein kulturgut, richtig, und nix andres als das gotische *ss.* wer dieses kulturgut erhalten will, sollte auch für die gotische schrift sein. aber er is ziemlich sicher nich dafür. das heisst nur: er will kein kulturgut schützen, er will, das alles so bleibt wie s is. das find ich okay, aber, bitte, sag s gleich. wenn ma alle *ß* durch *ss* ersetzt, wie in der Schweiz, regen sich die einen auf, das ma nich mehr zwischen *buße* und *busse*, zwischen *maße* und *masse* unterscheiden kann. wenn ma zwischen langen und kurzen vokalen mit *ss* und *sz* differenziert, sagen die andren, das ma s noch komplizierter macht als vorher. ich könnte auch *ss* und *ß* nehmen. aber wieder hab ich den behinderten buchstabe, der die differenzierung null und nichtig macht. selbst wenn die regel einfach is (immer *ss,* ausser der vokal davor is lang, dann *sz),* is sie komplizierter als nur die ss-regel, so das der spracherneuarer sich entscheiden muss. etwas komplizierter und etwas klarer, oder einfacher und zweideutig? ich hab mich für die erste lösung entschieden. diese doppelregel is immer noch viel einfacher als die schwerdeutsche regel: *Stoß, stoßen, Schoß, (er) schoß, erschossen.* du kannst sie ruhig vergleichen: ultradoitsh: das scharfe *s* wird mit *ss* geschrieben, ausser der vokal davor is lang. in diesem fall mit *sz.* schwerdeutsch: Das scharfe *s* wird am Ende eines Wortes mit *ß* geschrieben, in der Mitte eines Wortes nach langem Vokal und Diphtong mit *ß*, nach kurzem Vokal mit *ss.* Bei Komposita gelten die einzelnen Bestandteile als einzelne Wörter. ultradoitsh 2 zeilen, schwerdeutsch 5. und doch präziser. wenn ma meine regel als kompliziert abtut, hat ma dieses buch nich richtig gelesen.

proteste gibt s auch gegen das *sz.* ma sagt, das is altertümlich oder österreichisch. na und? wenn s funktioniert, is es gut. ich glaub nich, das die protestierenden was gegen das altertümliche ham, sondern sie finden die buchstabenkombination nich schön. dagegen kann ich nix machen. ich find auch nich all meine änderungen schön und mach sie trotzdem, wenn sie besser sind. andre werden sie schön finden.

eine weitere möglichkeit wär, den vokal zusätzlich zu verdoppeln. *maasse, buusse, groosse.* da regnet s proteste von einer andren seite, die sich noch nich gemeldet hatte. 4 buchstaben für 2 laute? das geht wirklich nich.

das und *daß*, böses blut. ich bin der auffassung, das eine halbwegs phonetische sprache wörter, die gleich ausgesprochen werden, gleich schreiben sollte. is ja ganz klar. eigentlich handelt s sich um ein wort mit mehreren bedeutungen. ein *blatt* kann ein teil von eim baum oder ein teil von eim heft sein und beide bedeutungen ham nix miteinander zu tun. *weiß* is eine farbe und eine form von *wissen*: *ich weiß, er weiß. mal* hat mehrere bedeutungen, *mahl* genauso. (wart *mal*, ich *mal* die wand, ich *mal* ein bild von dir, *mahl mal* den kaffee, *mahl*zeit, mutter*mal*). wer dafür is, das *das* und *daß* so bleiben, müsste auch dafür sein, das ma jedes wort mit mehreren bedeutungen anders schreibt. *mal, maal, mahl, maahl, maahhl, maahhll.* ich waiß nich, ob die farbe *weiss* is, und sie *weiß* es auch nich. ich kann mir nich *vorstellen*, das er sich bei mir *forställen* würde. wenn ich mir diesen grauen *himmel* anschaue, kriege ich lust zu sterben, um in den *himmäl* zu kommen.

es wär der reinste wahnsinn. der wortschatz der deutschen würde sich in der schrift verdreifachen, die sprache wär um ein

100faches komplizierter, da s keine regeln gäbe, wie ma die 6 *ma(h)l's* schreiben sollte. genauso wenig gibt s eine regel für *das* und *daß*, *seite* und *saite*. es is halt so. bei logischen sprachen kann ma dieses »es is halt so« nich bringen.

die protestler regen sich auf, das wörter, die gleich ausgesprochen werden, gleich geschrieben werden, aber regen sich nich auf, das wörter, die anders ausgesprochen werden, gleich geschrieben werden. er *schoß* auf ihren *schoß*, oder *knie* (einzahl) und *knie* (mehrzahl). da kann ich nur sagen: ma macht es kompliziert und unpräzis, wo einfachheit klarheit schaffen würde. ausserdem: wenn sie schon unbedingt unterscheiden wollen, sollten sie auch dafür sein, das ma zwischen dem schwerdeutschen *das*, *das* und *das* unterscheidet: z.b. im satz *ich weiss, daß das das haus is, das ich wollte* ham die 3 *das* verschiedene funktionen. sagt mir, wi soll ma da unterscheiden? *das*, *dass* und *daßß???*

der vokal bei *das* oder *daß* is kurz, das heisst, ma müsste eigentlich *dass* schreiben. aber ich hab urdeutsche wörter, wo ma den konsonanten verdoppeln sollte und es nich tut, so gelassen wie sie sind (*in* statt *inn*, *von* statt *vonn*). und bevor ma *dass haus*, *dass bot* und *dass glas* schreibt, hab ich mich für das einfache s entschieden.

der sprache nach gibt es 2 arten von deutschen: die sprachschlauen und die sprachdummen. die sprachschlauen werden sowieso wissen, ob es sich um das frühere *das* oder *daß* handelt. dafür ham die sprachdummen die schwierigkeit nich mehr, das sie unterscheiden müssen, wo sie nur mit mühe oder überhaupt nich unterscheiden können. und trotzdem: verstanden ham sie s immer ganz genau, und werden es weiter tun.

• erste änderung 1999: ma könnte alles anders machen, mit einer einfachen regel: weder kürze noch länge wird angezeigt (stelen si sich vor, er würde ales *stelen*), aber da entsten wirklich abertausende doppeldeutigkeiten (*stadt* und *staat* zum beispil). und bei unbekanten wörtan müste ma raten, ob der vokal lang oder kurz is. ma könte da unterscheiden, wo 2 wörter »kolidiren«. dan muss ma jedes mal prüfen, ob ein andres wort mit disem wort kolidirt. ma würde *stellen* wegen *stelen* schreiben, *ich stelle* wegen *ich stele,* aber *du stelst* (für *du stellst)* weil es kein *du ste(h)lst* gibt. da käme ma in teufelsküche. *er stellt* widerum müste ma mit doppel-l schreiben: *er sti(eh)lt* aber *ir ste(h)lt.* ma könte es nach stammwörtern ordnen, so wär alles, was von *stellen* abgeleitet wird, mit doppel-l. da müst ma andrerseits alle abgeleitete wörter durchprüfen, ob sie nich mit andren abgeleiteten wörtern kolidiren. und was wär mit den fremdwörtern, di täglich in di sprache eindringen? ma müste *dill* schreiben, wegen dem drogen-*dil. wo(h)l* und *wolle* oder *wollen* kommen sich auf den ersten blick nich in di quere. *wol, wole* und *wolen?* doch nich, es gibt ja *zum wole!* und so get es weiter. di regel is einfach, nur di durchfürung is ser, ser schwirig.

di andre möglichkeit is einfach und di durchsetzung einfach: ma verdoppelt jeeden langen vokaal und fertig. das probleem mit diiser reegel is, das di deutschen si anscheinend nich möögen. ich hab ale diise mööglichkeiten 20 bekanten zuur waal gegeeben, und kein einziger hat sich füür si entschiiden. ich neem an, das diise versioon am weenigsten deem normaaldeutschen entspricht. ausserdeem mus ma auch in diisem fal einiges kläären: *sie* und *so* sind gleich lang: lang wen betoont, kurz wen unbetoont. sol ma *sii* und *soo* schreiben ooder *si* und *so?*

- zweite änderung 1999: ich les in der zeitung, *filosof* wirkt frevelhaft. sind alle andre sprachen in Europa ausser englisch, französisch und deutsch frevelhaft? ma muss nur 5 jare *filosof* schreiben, und schon wird ma sich über den *philosoph* lustig machen. dabei soll das *ph* zeigen, das das wort aus dem grichischen kommt. nur, di grichen ham ni den laut *f* mit *ph* geschriben. *ph* auf grichish wird *ri* ausgesprochen. und warum schreibt ma nich dann auch *k's,* di aus dem indischen kommen, mit *q? qurry? sch's,* di aus dem russischen kommen, mit *czs? gorbatczsow?* oder gleich mit eim groszen anfangsbuchstaben für jedes ursprungsland? Ddie BRpiranhas Daßen Ddas Fjackett Dund Ddann Ddas Isakko Ddes Linquisitors. Ddie Emachos Din Dihren GBsmokings Fdegoutierten Fcrepes Dauf Ddem USAhighway Dnach AUSSydney. Ddas GRautoLmobil Dund Dder GRteleLvisor Dsowie Ddas GR/USAtelex Dbringt Ddie Lpersonen Ddes Lglobus Dnäher. Dja Dwunderbar.

- erste änderung 2000: fremdwörter sollten möglichst verdeutscht werden. sonst wird der sprache das gleiche passiren wi dem englischen. di engländer ham massenweise französische wörter importirt und ire rechtschreibung nich verarbeitet, so das es fast unmöglich geworden is, eine fonetische rechtschreibung für di sprache zu konzipiren.

beim *c* und *ch* erkennt ma di komplikationslibe der deutschen: das einfache *c*, das im schwerdeutschen fast den gleichen wert wi in den quellsprachen hat, wird verdeutscht. *kopie, kollaps, zement.* das komplizirtere *ch*, das im deutschen ein andren laut hat, wird so gelassen. *cholera* und *chaos* darf ma im schwerdeutschen nich vereinfachend *kolera* und *kaos* schreiben. bei *communique* ändert ma das, was einfach is und onehin deutsch wär, und lässt di komplizirten faktoren drin. das *c* müsste gar nich ersetzt werden, da es im deutschen auch als *k* ausgesprochen wird. das wird aber ersetzt. das *que*, das im deutschen *kwe* ausgesprochen werden müsste *(quelle = kwelle)*, wird so gelassen und »undeutsch« ausgesprochen: *ke.* hauptsache komplizirt. wir sollten undeutsch sein und di einfachen regeln, di di deutsche rechtschreibung zur verfügung stellt, benützen: *komunikee.*

das gleiche passirt mit *conquistadores*, auf schwerdeutsch *konquistadoren.* das einfache raus, das komplizirte drin lassen. leichter wär: *conkistadores.* obwol: wenn ma versucht, das *au* durch ein *o* im wort *restaurant* zu ersetzen, gibt es ein aufschrei. dabei gibt es seit jarhunderten *restorans* in Deutschland. *conquistadores* widerum, di ein land verlassen ham, das 2000 kilometer von Deutschland entfernt is, um ein andren kontinent, der 10 000 kilometa entfernt is, zu erobern, also wirklich gar nix mit Deutschland zu tun ham, denen muss ma ein *k* und ein »echten« germanishen plural verpassen.

in disem fall is ma im ultradoitsh frei zu entscheiden: entweder orginal spanisch oder deutsch. das *s* als plural is im deutschen normal, das *c* und das *qu* (für *k)* nich. *konkistadoren.* aber bei dem wort, das nix mit Deutschland zu tun hat, schreib ich persönlich *conquistadores.*

di libe zum komplizirten hat keine grenzen: aus der lateinischen verb-endung *-are* (eliminare) hat das spanische und das portugisische *-ar* gemacht (2 laute), das französische und das brasilianische *-er* und *-ar (e* und *a* ausgesprochen, 1 laut). das deutsche hat 4 draus gemacht: *-iren.* so hat ma s auch geschriben, bis im letzten jarhundert. aber das war nich genug, ma fing an, mit 5 buchstaben zu schreiben: *-ieren.*

nich einmal di abkürzungen werden erspart: deutsche abkürzungen müssen etwas länger sein. *vor christus* schreibt ma in jeder sprache mit 2 buchstaben, im deutschen braucht ma 4: *v. chr.* für di Sowjetunion braucht jede sprache 4 buchstaben, *URSS, USSR.* das deutsche hat noch ein *d* reinschiben müssen. *street* kürzt ma mit *st.* ab, *strasze* mit *str.*, warum denn nich gleich *strsze? str.* is mit punkt länger als di ganzen wörter in 3 romanischen sprachen *via, rue, rua.*

und es heisst *getränkeabholmarkt.* wiso *abhol?* gibt s märkte, wo ma was nich abholt, wo ma an ort und stelle alles verzeert? warum nich einfach *getränkemarkt* oder *trunkmarkt*? warum heisst s denn auch nich *abholsupermarkt*? und wenn ma lebensmittel verkauft, *lebensmittelabholsupermarkt?* und wenn es ein parkplatz hat, *lebensmittelabholparkplatzsupermarkt?* und wenn ma schon unnötigerweise *groszmarkthalle* sagt, obwol es vil mer als eine halle is, warum nich *lebensmittelabholparkplatzsupermarkthalle?* schazi, ich ge nu in der lebensmittelabholparkplatzsupermarkthalle einkaufen!

• erste änderung 2001: *fitt,* hab ich gelesen, sit frevelhaft aus. di norweger sind demnach frevelhaft. und was is mit dem *stopp?* irgendwann hat ein deutscher zum ersten mal *stopp* statt *stop* geschriben, und ma hat s als frevel bezeichnet. heute sagt keiner was.

das probleem der langen und kurzen vokale is wirklich ein probleem. di regel im ganzen heisst: ma richtet sich nach den stammwörtern, wi im schwerdeutschen. wenn der vokal kurz is, müssen mindestens 2 konsonanten folgen, entweder 2 verschidene oder ein doppelt. wenn der vokal lang is, wird nix getan. urdeutsche wörter, di weder substantive noch adjektive sind, krigen keine doppelkonsonanten wenn si im schwerdeutschen auch keine ham. das heisst, folgende wörter bleiben wi si sind, obwol si ein doppelkonsonanten ham müssten: am, an, bis, das, des, dran, drin, es, hab, hat, ham, hin, is, im, in, mit, ob, ran, rum, um, von, vom, was, zum. ma muss im endefekt nur bei einigen fremd- und lenwörtern den konsonanten extra verdoppeln (fitt), und bei langen vokalen di buchstaben weknemen, di di denung anzeigen. es is keine einwandfreie regel, aber si is leicht zu erklären, vor allem wenn ma daraus 2 regeln macht. und dem schwerdeutschen zimlich na.

• erste änderung 2003: ich hab auch den vorschlag gehört, alles mit *chs* zu schreiben. das könnte disen vorschlaggebern so passen. das *x* gehört zur europäischen (inklusive deutschen) kultur, das *chs* nur zur deutschen. nimand sonst käme auf di idee, so eine ausgeburt zu verwenden. einige würden sich wirklich darüber freun, wenn ma *chsülophon, sachsophon, fichs* und *fachs* schreiben würde. oder gleich *vichs* und *thälevachs.* manche wörter werden im süden mit *x* ausgesprochen, im norden mit *chs.* kein probleem: der eine schreibt *näxte*, der andre *nächste.* später *nexte* und *necste.*

• erste änderung 2004: 3 buchstaben für ein laut, das is doch nich nötig. 2 reichen warsheinlic shon für den heutigen deutshen gesmak. und wenn ma shon *stein* und *spass* sreibt, kann ma genauso *swein* und *slag* sreiben. oder sollt ma *schtein* und *schpass* sreiben? das russishe *щ* is eine variante vom *sch*-laut, das ma als nich-russe nich untersheiden kann. so machen sich di leute in andren sprachen keine gedanken darüber. si sreiben es *sh, ch* oder so. nich so di deutshen: si sreiben es mit 7 (siben!) buchstaben, um noch ungenauer zu sein: *schtsch. borschtsch.* auf ultradeutsh: *sh, borsh.*

• erste änderung 2005: das *r* is ein zimlich swiriga fall, da es, wenn nich von eim vokal gefolgt, zu eim kurzen geslossenen a verkommt: *bia, toa.* nach eim *a* wird es zum normalen *a*, das heisst, es verlängat nur das *a: ic faa zua baa.* das doppel-*r* wird auch meist so behandelt, aba ma kann, wenn ma will, das *r* tatsächlich aussprechen. *irrenhaus* wird normalaweise *irenhaus*, also *ianhaus* ausgesprocen (mit geslossenem kurzem *a*), aba bei *irre* is das *i* wirklich kürza als das *i* in *ire.* was tun? liba so lassen wi s is. ma sagt, wenn ma sich nich besondas anstrengt: der han muss mit han in den han han. aba grad bei so eim unwarsheinlichen satz würde ma sich di müe geben, »gesheit« auszusprechen, aussa es wär grad das zil des satzes, den andren ins grübeln zu bringen. ich werd so tun, als würd ich das *r* imma raushören: der han muss mit harn in den haren harren, jemand hat auf ihn gepiselt und di sonne sheint partu nich.

• zweite änderung 2005: ein fabrikarbeita sreibt eim andren: *ich hasse montage.* der andre weiss nich, was gemeint wird. di tage, di den sonntagen folgen oda di abteilung, wo montirt wird? da, meine damen und herren, sollte ma sich aufregen: 2 bedeutungen, 2 ausspracen, di gleice sreibweise. nu heissen di tage *montage*, di abteilung wo montirt wird oda di tätigkeit des montirens *montaje.*

• erste änderung 2007: *f* statt *pf.* bis nu ham alle *pf* gesriben, di eine hälfte der deutshen hat es *f* ausgesprochen, di andre *pf.* das war okee. nu sreiben alle *f*, di eine hälfte spricht s *f* aus und di andre *pf.* das muss auch okay sein. nur, ma hat di halbe arbeit und di auslända, di deutsh lernen wollen, werden nich durch dises *pf* abgesrekt. aussadeem: nich einmal di süddeutshen (und sweiza und östreicha) können zum beispil *topfpflanze* aussprechen. auch si sprechen *topfflanze* aus. argumentando argumentandum tantum: historish geseen wird es *f* heissen. so sind auch di lautvershibungen in den romanishen sprachen gewesen: vom *t* zum *ts* und zurük zum vereinfachten s (sharf). *nation – natsion* (italienish imma noch *nazzione) – nasion* (französish, spanish und portugisish). so is auch das deutshe *t* zum *ts (tz)* geworden, und einige wörta zurük zum vereinfachten *s (ss): grot – grotz – gros / dat – datz – das.* das gleiche passirt mit dem *p*: *p – pf – f. plante – planze – pflanze – flanze.*

• erste änderung 2008: *faszination* – shon wida hat sich di komplikazionslibe der deutshen durchgesetzt: wo alle andren sprachen ein laut aussprechen, sprechen di deutshen 3, dazu eine kombination, di kaum ein ausländer aussprechen kann.

• erste enderung 2011: das bei der *ä*-abshaffung einige wörta kolidiren, is klar. geben si mir 2 *belege* fyr di boden*belege*. es gab file kolera*felle*. da stet ma sofort auf: aha! hat cholera jetzt eine haut? aba ma hat sich ni besweert, das es zum beispil di seze gibt: Rast du ohne Rast durch die Gegend, wird man dich bestrafen. Bucht sie eine Rundfahrt um die Bucht? Last du, daß die finanzielle Last für die Bürger schwerer wird? Ich konnte mir nicht vorstellen, daß er sich vorstellen würde. solche seze kann ma imma finden, trozdeem fersteet ma si (meist). manche sind so gut gelungen, das ma si wortspile nennt und sich daryba freut, das es si gibt. und dise freude kannst du beim ultradoitsh weitahin ham. ma mysste ser fil umkrempeln, um solche kolisionen zu fermeiden. ultradoitsh is in dem sinn bessa als swerdeutsh, aba nich perfekt. und fil, fil einfacha. ma lernt 20 regeln statt 50 000 wörta und 200 regeln auswendig. ma weiss wi ma ein wort sreibt und ma muss kein wort buchstabiren.

di fela oda möglichen missferstendnisse werden leicht ferzin oda gar nich erst wargenommen. das wort *notenstända* findet ieda das normalste in der welt. ich als auslenda hab aba öftas fyr di merzal fon *taxistand taxistända* gesagt und ieda is in ein gelechta ausgebrochen. das wort *ausländer* findet ieda normal, wenn ich *auslenda* sreib sagt ieda, so was wyrde ma *ausleeenda* aussprecen. dabei sprict ma aus*lenda* genauso wi *senda* aus. also wi *auslända*. ma wirft mir for, ein wort wi *bezin* (beziehen) spricht ma *BEzin* aus. dabei wird di betonung im deutshen ni gekennzeichnet. *bezin* spricht ma halt *beZIN* aus, wi *benZIN*. one zum beispil ein accent aigu könnte ma di betonung nich kennzeichnen. ába das will iá káina, das wer áuch áine mórdsàrbeit, und ma mysste áuch dafyr nóie régel erfínden.

bei der abshaffung fon *ä* könntest du dich fragen: warum shafft er das *ä* ybahaupt ab? weil es wi *e* ausgesprochen wird. der beweis is, das ieda, der ein *ä* im namen hat, es buchstabiren muss. andersrum, wenn iemand *schefer* heisst, muss er sagen: *schefer* mit *e*, nich mit *äääää*. kein umlaut, bitte. wo und wann das *e* und das *ä* geslossen sind, weiss keina. auf alle felle mein ich und meint der duden, das *lerche* und *lärche* gleich ausgesprochen werden. *bär, der, sehr, fair, herr:* di gleiche aussprache, 5 sreibweisen! bist du nic einferstanden? frag mal den nachbarn fon rechts und den fon links, und shon hast du 4 fershidene meinungen. bei dem wort is es etwas geslossena, bei dem wort etwas lenga, blablabla. keina weiss besheid. di einzigen, di dir eine unbeeinflusste meinung geben könnten, weren di analfabeten. leida sind deutshe follanalfabeten nich so leicht zu finden.

ma kann kritisiren, das ma *eeenliche beziung* sreiben muss, das da ybahaupt nich klar is wi ma so was ausspricht. aba wenn das auge trenirt is, weiss ma das es in eim wort keine 3 *e* s gibt, es handelt sich hir um ein zusammengeseztes wort. *ee* und *enliche.* wenn ma *eheähnlichhe* richtig aussprechen wyrde, dann wyrde es ungefär so klingen: *e-he* (geslossen) *-äääh* (mit *h*) *n-lich.* zimlich absurd. wenn ma das *ä* beibehalten sollte, dann mysste ma sreiben: *eäenlich.*

• 2011: nic wenige klagen yba das *c* fyr das *ch.* wenn speta sic rausstellt, das di merhait fyr di baibehaltung fon *ch* is, werden wir *ch* so belassen. aba solang ic das nic waiss, sraib ic nur mit *c*, da disa bucstabe arbaitslos is und ma sic so ain bucstabe spart.

ganz fonetish is ultradoitsh nic, nur logish und ainfac. ic sraib nic *sagn* und *trinkn*, ic sraib nic *bia* fyr *bir, toa* fyr *tor.* das erste srekt di auslenda ab, das zwaite is nic ganz rictig, auc wenn es rictiga is als *bir* und *tor.* aine absolut fonetishe sprace könnte weda auf diakritishe zaicen ferzicten noc auf bucstabenferfremdungen. 1 bùcxtàbe, 1 láwt. àba zò áyne xpràce ís fil myzama tsúm lèzn únt tsúm xráybm. dás dóytxe láwtzystèm mús láyda mít áynem xríftzystèm áwskóm, dás fón dèn röman fòâ tsvaytáwznt yàn éâfúndn vóâdn ís. dás zìt yéts dirékt txécix áws.

mit ultradoitsh wer was fyr di umwelt getan. wenn ma ultradoitsh sraibt, spart ma 10 prozent papir, da es 10 prozent kyrza is (di wörta an sic sind noc kyrza, aba di lerroime zwishen den wörtan blaiben glaic). sit nic fil aus, aba es gibt hundate fon zaitungen und tausende fon bycan in Doitshland, fon Östaraic und der Swaiz ganz zu swaigen. dazu noc sudetendoitshe, wolgadoitshe, namibishe, brasilianishe doitshspracige zaitungen, wenn es 100 zaitungen a 50 saiten mit aina auflage fon 10 000 gibt, kommen wir in aim iar auf 15 miliarden saiten. da spart ma sic mit ultradoitsh 1 miliarde saiten papir. papir is aus holz, di regenwelda bedanken sic.

ic kann den loiten, di fyr aine ferainfacung sind, nur raten, mit ultradoitsh im alltag anzufangen. wenn ma klar macen will, das ma kain ignorant is, kann ma auf brifen zum baispil oben sraiben: disa brif is auf ultradoitsh abgefasst. im iar 1995 nur mit den 2 enderungen, klainsraibung und ainigen umgangsspraclicen formen: nimand kann es aim ferbiten, wir leben ia in aina demokrati. oda?

es wird auc stendig argumentirt, das di sprace als kulturgut nic dauand geendat werden darf. aba si endat sic dauand. im doitshen gibt es fil, fil mer regeln als for 100 iaren. nur: solange sic di regeln fermeren, srait kaina auf. nur wenn ma ferainfacen will.

wi auc imma: wer ultradoitsh sraibt könnte mir das mittailen, damit ic waiss, wifil menshen es tun. danke.

ultradoitsh-U

di enderungen fon ultradoitsh-U sind kaine forslege fyr di doitshe sprace sondan troimerain. so wyrde doitsh in America ausseen, wenn di amis doitsh als nazionalsprace geweelt hetten. ic werd nur di hauptregeln erkleren. wenn sic trozdeem irgendain shizofrene dafyr interessiren sollte, kann er bai mir di regeln bestellen.

ains sai klargestellt: obwol dise sprace aim das lernen fon hunderttausenden fon informazionen erspart, is si maistens aindoitiga als swerdoitsh.

im swerdoitshen haisst es *der mensch. das weib* is nic waiblic sondan seclic, andrasaits is *die sache* nic seclic sondan waiblic. aine solce showinistishe gramatik is nic mer fertretbar. wir könnten alles nac arcetypen ainordnen: das mensh, di waib, di medcen, das sace. ewentuell noc: der banane, der karotte, der kugelsraiba, di melone, di apfel, di kyce. aba shon wida wer ma baim showinismus. liba dann glaic alles wek.

das swerdoitshe hat 16 bestimmte artikel: der, den, dem, des… das ultradoitshu hat nur *de*. de unbestimmte artikel is *a*, for wokal *en*.

alle endungen de was mit de boigungen zu tun ham, ferswinden. blaibt nur de sinnlose endung *-e* bai adiektife, deren stammwort nic mit wokal enden.

und di a/i/o/u-regel: *a* fyr waiblic, -frau, *i* fyr noitral, -mensh, *o* fyr mennlic, -mann, *u* fyr seclic, -zoig, -mashine. de *fliga* is de waiblice pilot, de *fligi* de waiblice oda mennlice pilot, de *fligo* de mennlice pilot, de *fligu* de flugzoig.

swerdoitsh: Der Mörder muß hier gewesen sein. ultradoitsh: de mordi muss hir gewesen sain. sluss mit de diskriminirung, warum muss de kriminelli imma mennlic sain? noc a baispil: Helft den armen Vögeln – helft de arme fögel / Helft den Armen vögeln – helft de armis fögeln.

mic und *mir, dic* und *dir* werden abgeshafft. nu gibt es nur noc ain obiektform: mi, di, il, ir, im, es, uns, oic, inen. de obiektform *il* stet fyr de subiektform *el,* de geslectsnoitrale form fyr *si/er:* gott is grosz, und el libt uns. wo is de gorilli, el war doc grad da! (wenn ma de geslect fo de gorilli nic waiss und nimand sic traut, hinzulangen und es festzustellen).

geografishe namen werden orginal gesriben, aussa a par wenige ausnamen, wegen unmöglice aussprace usw.

Drohbrief, Rettungswagen, Badetuch, Sonnenbrand (waren s merere sonnen?), Schulbus, Tageszeitung, Abendzeitung: es könnt genauso gut so sain: drohungsbrif, rettwagen, badentuc, sonnbrand, shulenbuss, tagzaitung, abendeszaitung. in ultradoitsh is kain plaz mer fyr solce willkyr, de wörta werden anainanda gerait, und wenn a werb de erste tail is, nur sain stammwort: drobrif, rettwagen, badtuc, sonnebrand, shulebuss, tagzaitung, abendzaitung.

wenn a wort auf *e* endet und de nexte wort mit wokal anfengt, ferswindet de *e:* sonnuntagang, shuluntarict, blumerde.

nixsagende bucstaben ferswinden: *woclic* statt *wöcentlic, afriki* statt *afrikani.*

fon for konsonant wird *fo. mensh* wird *menn.*

de adiektife de fon andre wörta stammen, krigen in prinzip de endung *-li.* naturli, menshli, mannli, windli, tugendli. wenn in de lezte silbe fo de stammwort en *l* forhanden is, de wort endet mit *-i* oda *-ik,* oda nac geografishe name, is de endung *-ish.* blutish, akademish, elektronish, belgish, berlinish. de Berliner Straße kann ma entweda *berlinishe strasze* oda *berlin strasze* nennen.

de aigshaft is de umgelautete adiektif, wenn ma de lezte silbe umlauten kann. wenn nic, dann de endung *-hait.* fyr dis zwek gilt *i* als umlaut fon *ai.* hiss (haiss), werm (warm), kylhait, kelt. aussa dise aigshafte und werbs wird kain abgelaitete wort mer umgelautet. de hund is stark, starka als de kaz.

de merzal kann ma nic mer auf 10 oda 11 fershidene waisen bilden, sondan nur noc auf 3, und si sind regelish: nac konsonant: e. tishe, stule, glase. nac *e:* n. blumen, kerzen, zigaretten. nac andre wokale: s. fotos, kompiutas, taxis.

wenn a wort (oda a ziffa) de merzal shon andoitet, muss ma nic unbedingt de pluralendung benyzen. 1 frau, 2 mann, 3 mark, 4 kind, 5 hund, file kaz, alle wurm.

es gibt kaine persönlice koniugazione mer. es werd mit de stammwort fo de infinitif koniugirt: sen – ic se, du se, er se. *sain* blaibt in de presenz unregelish: ic bin, du bi, er is, wir sind, ir said, si sind. so hat ultradoitsh was fyr Frank Sinatra: ic bin ic, du bi du.

si in de sinn fo merere loite werd *dei,* wi english *they.* kling english, is aba nur a mishung aus hodoitsh und dialekt. *si* als hofli form fyr *du* werd abgeshafft. aigli de ainzige swerdoitshe wort, de in ultradoitsh-u fel. de merhait fo de doitshis is sowiso dagegen (statistik is forhanden), aba nimand kann s endan. de *du* werd benyzt, wi ic s in dis buc benyz: wi de englishe *you.* es is kain ainladung zu baislaf, sondan wi ma mit sain gegenyba red. ma kann doc nic sain leben lang de loite mit a pronomen anreden, de »bitte abstand halten!« bedoit. ic shaff de *si* aus praktishe grunde ab, damit de ybli zwaidoitlihaite ferswind, insbesondere in de gesprocene sprace (»wo sind ire eltan?« »in Frankfurt.« »waren si shon in Stuttgart?« »wer, main eltan oda ic?«). wenn dis foidalistishe *si* blaiben sollt, mysst ma wenigst de zwai-wegesisteem ainfyren: iedi sag wi s im pass. aini sag *du,* de andri antwort mit *si,* und iedi waiss beshaid.

de imperfekt (erste fergangenhait) werd mit *(e)t* gebildet. ic set, si trinket.

perfekt, de 2. fergangenhait, is mit *hat* + infinitif. ic hat erzelen, du hat fergessen. partizip is mit *-t:* de ferlezte kakalak. de pillen wurd regelish ainneemt.

koniunktif mit *-at* oda *wyr: wir kannat, wenn wir wollat. wenn du kommat, ferzaiat ic di ni* oda *wenn du kommen wyr, wyr ic di ni ferzain.*

de supstantifirte werbs sind ir aige stammwort. de ruf, de reform, de renow, de inform, de wirk. wenn de stammwokal andas is und auc in de pluralform nic mit de aige stammwort ybaainstimm, blaib es so: *de flug,* nic *de flig, de ausname,* nic *de ausneem.*

swerdoitsh is de summe aus de komplizirthaite, ultradoitsh de summe aus de ainfece fo de doitshe dialekte. als lezte enda ferswind ainige endbucstabe, de oft in de doitshe dialekte ferswind. naturli nur wenn de stammworte oda ablaitete worte nic mit andre shon besteli worte kolidir.

c's de nic fon a wokal in de glaice wort folgt werd, ferswind (i, bu, natt). *nic* werd zu *nit.*

g's de nit fon a wokal folgt werd, werd i (wei, klui) oda ferswind (ta, fra).

t in de auslaut na konsonant ferswind: arz, luff. bai *kt* ferswind de *k:* perfett, punt.

zale: -zig wird zu *-ti* und es werd regelish: bai *23* les ma zuers de 2, dann de 3. also *zwanti drai (23), fyfti sex* (56).

alt, auc, durc, flig, fynf, main, nac, nain, nic, sain, selbst, shon, und, uns werd *ol, au, dur, flai, fyf, mai, na, nai, nit, sai, self, sho, un, us.*

wenn du hir no les, mai komplimenn. wir hat de gippel fon ultradoitsh-S erraicen. intern in dis kapittel zaig i no ain absaz fo de nexe kapittel auf ultradoitsh-S komplett plus ultradoitsh-U komplett. dann ge s bergab mit de swirihaite:

de nexe kapittel fang mit ultradoitsh-S-2009 (damit es mit de kapittelzal hinhau) un ultradoitsh-U-fase 4, one de fyfli fase (fonetishe ferainface). ab dann »ferlir« iede kapittel ain ultradoitsh-S-iar, iede draili kapittel ain ultradoitsh-U-fase.

de hailarmee

Zimbabwe hat nit de gude millsheke aba s is aindoitli fraia. de negis spre wida mit mi, un a frau ferfoli mi bis for de hotelzimmatyr. no, baby, inzwishen hat dis kontinenn kai gude ruf mer, was de ferkersicahait betreff, un kondome mö i au nit. es is ritli, das i de risiko mö, aba nur solang s nit gefarli is.

da mai stil so ainfac is, kannat du mainen, ultradoitsh is a behindate spra. das is aba nit so. auf ultradoitsh kann ma allu sagen, de ganze shaz fo de swerdoitshe spra is da. au lange saze kann ma sraiben: wenn forsriffe, sai glykselihait zu befördan, gebt werd un, z. b., nur fo das de red is, was ma an sai aige person zu tun hat, um de glykselihait empangli zu sain, so werd nur de innere bedinge fo de mölihait fo de selfus, an de genügsem, an de mittelmasz fo de naige, um nit laidshaft zu werden, usw. als zu de natur fo de obiett gehörli un zuglai de erzoiart fo dis glaigewitt, als a dur us self möli kausalitee, folish allu als unmittelishe folga aus de teori fo de obiett in bezi auf de teori fon us aige natur (us self als ursa) forstellt: mithin is hir de praxishe forsriff zwar na de formel, aba nit na de inhal fon a teorishe untashaidet, bedarf nit zu a besonda art fo filosofi, um dis ferknypp fo grunde mit ire folis ainzuseen.

nix fersteet? na also! genauso wi de original, das wyr du au nit fersteen. ybrigens, das hat nit i sraiben, das war de Immanuel! de Nietzsche kann au genau das sagen, was er sho mal auf schwerdeutsch sagen hat:

ia, i wiss woheer i stamm
unsettit, glai de flamm
gly un verzeer i mi
glut werd allu was i fass
kol allu was i lass
flamm bin i sicali!

de heilarmee

de nich-germaniste und nich-empörtis sollat wissen: endung *a* ste für weiblich, frau, *i* für neutral, menn (mensh), und *o* für mannlich, mann. ansonsten geb es in de näxte 3 kapittele kein deklinazion (fälle), koniug (koniugazion) und de merzal plus adiektivendunge sind regelish.

Zimbabwe hat nich de gute milchsheke aba es is eindeutli freia. de negis sprech wida mit mi, und a frau verfolg mi bis vor de hotelzimmatür. no, baby, inzwishen hat dis kontinent kein gute ruf mer, was de verkersichaheit betreff, und kondome mög ich auch nich. es is richtli, das ich de risiko mög, aba nur solang es nich gefarli is.

auf de weg zurük nach Harare bin ich oft zu fusz untaweegs. einmal fül ich plözli a druk an de hek. ich muss snell in de büshe verswinden, dazu muss ich üba a zaun klettan. ich komm woandas raus, wo a shild ste: EINTRITT STRENGST VERBITET: MINEN!

ich bleib dismal bei de heilarmee, mit 2 duzend andre selishe wrak. de slimmstu sind nich de wrake sondan de speisus. englishe gerichte, von afrikis lustlos zubereitet, für sozialfalles bestimmt. en unbesreibbar eklishe brei, ganz zu sweigen vo de kaffee. iedemal krig ich a brechreiz, dabei bin ich shon zimli hart in dis bezi. ich versuch imma, nich da zu sein, wenn de essu ausgeebt werd. leida srei eini vo de sozialempfangis imma hinterheer: »hey, Zé, wo ge du hin?« »in de statt, ich hat was zu erledigen.« »du kann doch nu nich gen! de essu is gleich fertig!« »tia. kann ma nix machen.« »doch! ich heb s für di auf! nix zu danken!«

ein tag ge ich mit a sozempf a bir trinken. in en afrikishe kneipe, de selba ir bir brau, zimbabwishe ur-bir. de bir komm vo de fass, is rosa und ser breish, als hätt ma a duzend erdberen zerkwetshen und mit saua milch mishen. de zeug smek wi s aussee, dafür is de wirk gewaltish, nach 10 minute bin ich ienseits vo Bagdad.

ich lass mi a visum für Moçambique ausstellen. de moçambiqis woll nich nur wissen wi ich heiss, sondan auch wi meine eltan und groszeltan heiss. an de tag vo mein abfar se ich de slagzeile in de zeitung, das ma a passajirflugu üba Moçambique abshiszen hat. auf de weg dorthin erzeel mi a fara, das ir vata a lkw-flotte habet und 3 lkw'n dort in de luft gen hat. aussadeem far kein auto bis zu de grenze, also far ich zurük nach Harare. dort woll ich geld wexeln und ge mit de reiseshekbeutel in de tashe zu de bank. iemand ge hinta mi, kurz vor de straszeke komm iemand vo de andre strasze und ich muss langsama gen, wenn ich mit de typ nich zusammenstoszen woll. aba leida ge iemand direkt hinta mi, ich stolpa und kolidir mit de typ rechts vo mi und de typ hinta mi. o sorry. einige sekunden danach krig ich a slechte fül und shau in de tashe. meine sheke sind wek. ich dre mi um und woll hinta de typ rennen. als er se, das ich s merken hat, smeiss er de sheke auf de boden und renn wek.

auf ge s nach Zambia. allmalish runta vo de plato und es werd heiss. und heissa. wir hat 42 grad, da sag de faro: »hir ge s noch ganz gut. wart mal nur bis wir unten sind. das is de hölle!« wir far runta zu de damm an de Sambesi River, einu vo de grösztus vo de welt. ich passir de Zimbabwe-grenze, de vileicht 500 meta vor de damm is. es ge runta, üba de brüke und ein kilometa bergauf zu de zambishe grenze. da sag mi de grenzamto, ich kann heute nich durch. wiso nich, woll ich wissen. »weil du de visumgebür zalen muss.« »ia und? ich kann es zalen.« »nein. du kann de gebür nich zalen weil du a kwittung krigen muss.« »ia und? geb mi a kwittung.« »ge nich, de kwittungblok stek in de shublade da.« »ia und?« »de shublade is absperrt.« »und warum mach du s nich auf?« »weil ma a slüssel dazu brauch, de ich nich hat.« »und wo is de slüssel?« »de hat de andre amto mitnemen.« »und wann komm er wida?« »morgen.« »ia hör mal, wegen a gebür darf ich nich in de land? is mi egal, ich verzicht auf de kwittung.« »das ge nich. se di de kenntmach an de wand an. da ste ausdrukli, nimand darf was one kwittung zalen.« ich glaub ich spinn, und versuch im zu übareden und im zu kaufen. ge nich. er shik mi zurük. inzwishen is es kurz vor 6. ich ge zurük zu de damm und wida rauf. leida is de zimbabwishe grenze shon zu. ich ge wida runta und bleib auf de damm. de soldat frag mi, was ich da mach. ich erklär im, das ich weda da noch da durch darf. er sag mi, ich darf nich da bleiben. »ia wo soll ich denn bleiben? soll ich mi in luft auflösen?« er se ein, das ich kein zaubo bin und lass mi auf de damm slafen. zu de erste mal in mein leb hat ich in kein land slafen. an de näxte tag a neu versuch. de amto hat de kwittung. ich hat kein zambishe geld, nur Zimbabwe-dollar. de amto »darf« auslandishe geld nich wexeln. ich zal 10 mark für a 10-fennig-gebür. dann ge ich, ge ich, und ge ich. bei üba 45 grad verdurst ich fast, bis mi a par sverigis (schweden)aus de bredui rett.

run baby run

Zambia is inzwishen zimli heruntagewirtshaftet. de regirung vo präsident Kaunda is weda kapitalistish noch komunistish, sondan humanistish. ich weiss nich, was das zu bedeuten hat, aba es tu de land ansheinli nich gut. es fel allu, wirkli allu. in de restorans geb s weda was zu essen noch zu trinken. kein kola. kein bir. nur wassa. trotzdeem sind dei offen, weil de wirt und de bedinis sonst nix zu tun hat.

ich ge wida zu de Yielding Tree Farm. ein tag sreib ich brife. de zündus (streichholze) ge mi aus und ich muss in de statt. de statt is 13 kilometa weit wek. in der statt kauf ich zündus. dann mach ich mi auf de weg nach haus. ich komm an a restoran vorbei. 50 meta weita übaleeg ich, das de weg weit is und ich a glas wassa trinken kannat. ich ge zurük und stell fest das es zu is. es is ia sonntag. ich ge weita. kaum 10 meta get, halt a lkw neben mi. 3 type sitz drinnen, dei frag mi warum ich de strasze rauf und runta ge. wiso rauf und runta? ich bin vorbei, dann wollet ich was trinken und bin zurük, aba de restoran is zu. »genau! de restoran is zu! warum hat du zurük gen?« »weil ich s nich wissen hat, das es zu war. deshalb.« »nu geb mal a gesheite erklär: warum hat du zurük gen, wenn s zu war?« »ich hat doch shon sagen. ich hat s nich wissen. ich kann doch nich wissen, das de restoran an de sonntag zu hat.« dei widahol de frag und es werd mi zu blöd. dei woll mein pass sen. ich frag, ob dei de eigentumis vo de restoran sind oda ob dei vo de polizei sind. dei widahol noch mermals ir forda und es werd mi endgiltish zu blöd. ich ge. dei steig aus und versuch mi zu stoppen. ich shups inen auf de seite und mach mein weg frei. dei versuch mi festzuhalten und ich ge weita. nu sind s nich mer nur 3, sondan 6. 2 ham shon steine in de hand. das se nich mer gut aus. ich renn wek, dei hinta mi her. ich bin snella als dei aba dei werd imma mer, wärend ich imma in de einzal bleib. es sind shon 30 leute, de grölend hinta mi her renn. »fangt ihn, fangt ihn!« ich werd langsam müd vo de rennerei, ich komm an a fabrik vorbei, de forto (förtna) frag mi was los is. ich sag, a gruppe verrüktis oda besauftis verfolg mi und woll mein skalp. er sag, ich kann in de fabrik rein, da bin ich in sichaheit. dann komm de mobb und de forto lass inen alli rein. na prost malzeit. dei umzingel mi sreiend, manche brüll »verbrennt im! ershiszt im! suidafrikishe spion!« ich fül mi übahaupt nich mer wol, da komm a soldat und rett mi. nein, er is nich für mi, sondan gegen mi. er woll mein pass sen und ich zeig s im. ich woll im allu erklären, er sag mi, ich soll mein fresse halten. gleich komm a lastu und lad a dutzend soldat ab, alli mit gewere auf mi richtet. imma mit de rue, leute! ich werd in de lkw wektransportirt. de mobb komm mit. wir far zu de zentrale polizeirevir, wo nur ein empfangpolizo is und sonst keini. er sag, das de leute, de gegen mi ermitteln kann, nich da sind. es is sonntag, wir wiss es. allu was er machen kann, is mi einsperren. für alle fall. nein, sag de anfüro. dei woll mein fall ermittelt ham. wiso is kein menn bei de polizei? so ge s nich. wir far mit mobb und soldate zu en andre revir. da sind shon a par polizis zu stelle. de komandant hör ir geshichte an, ich darf sowiso nich reden. de anfüro erzäl: »wir stet zufallish in de nä und beobachtet, wi dis mann de strasze in a ser verdachtli weise rauf und runta get. sofort stellet wir im. wir fraget, warum er de strasze in dis verdachtli weise rauf und runta get und er kannet uns kein zufridenstellishe erklär geben. wir bittet im, sein pass zu zeigen und er weigat sich. nich nur das: er ergreifet de fli, aba wir iaget und fanget im.« dann darf noch andris de gleiche geshichte erzälen. als slusslicht darf ich auch mein version zu protokoll geben. nu is mein shansse, nu muss ich wirkli mein bestu geben, sonst werd s mi demnäxt zimli slecht gen. ich kenn shon en afrikishe gefängnis. ich erzäl, das ich aus Brasil komm, wo nimand verfolgt werd nur weil el swarz oda weiss is (lügen oda sterben!). »ich mög Afrika ser gern, ich hat vile freund hir und ich verstee übahaupt nich was los is. ich wollet doch nur zündus in de statt kaufen, hir sind dei. bei de rükkeer kommet ich an de restoran vorbei und denket, lang is de weg und grosz de durst. aba dann kommet dise herrshafte, war agressiv und bedroli, ich kriget angst, blablabla.« de komandant beleer mi: »ich weiss: in Brasil leb alle 3 rasse fridli mitenandre: de amerikishe indianis, de europis und de afrikis. nu, du hat 2 grosze felu machen: erstens, muss du wissen, das Zambia a demokrati is. so muss du dein pass zeigen, wenn a zambi es vo di verlang. zweitens, du hat wekrennen, was ma ni tun sollat. nur de shuldis lauf davo. nu hat wir dein pass, aba wiss nich ob es echt is. heutzutag kann iedi a pass fälshen. wir werd dein botshafti anrufen, und wenn el sag, das du in ordnung bi, kann wir di freilassen.«

dei ruf bei de botshafti an, es is sonntag und wenn s shon swirig is, a botshafti in normale zeite zu erwishen, werd s an a sonntag zimli unmögli sein. und so komm s auch, dei erreich il nich. dei woll dann in de farm anrufen, wo ich won. ich hat leida nur de alte numma, so muss dei de neu rufnumma rauskrigen. bald komm dei wida und sag, dei kann de numma nich finden. so muss ich bis morgen warten. da werd mi übel. shon wida en afrikishe knast. ich mach a vorslag. dei kannat mi zu de farm hinfaren und mit de leute dort reden. das find dei a gute idee, leida hat dei kein wagen. ich muss snell denken. ich mach noch ein vorslag. wir kannat in a taxi hinfaren, ich zal de taxi für de polizei, hin und zurük. dei find s a gute idee. de komandant und 2 andre bereit sich vor, mit mi in a taxi hin zu faren. leida komm a mann, de noch komandanta is als dis komandant. er shimpf auf de kleine komandant und de ganze truppe. ir platz is in de revir, dei werd nich dafür bezalt, das dei rumspazir. er shimpf ein stunde lang. inzwishen bin ich shon 4 stunde da und darf mi nich bewegen. de abend na und meine perspektiven sind düsta. und als ich mi shon allmalish abfind, komm doch noch a motorisirte polizo daheer und far mi zu de farm. auf de weg erklär ich im mein situazion, er shein inteligenta zu sein und das sag ich im. ich brauch sein sympati, da in mein hütte auf de tish mein pass mit a suidafrikishe stempel lig, was zu komplikazione füren kannat. wir komm vor de tor vo de farm, da häng a shild: ACH-

TUNG, BISSLI HUNDE. das gefall im gar nich. hunde sind auf de negis nich ser gut zu sprechen, und de hunde vo weissis noch weniga. er les de satz laut und kling besorgt. das is mein einsatz: »du muss mi nich reinfaren, ich kann de letzte par hundat meta zu fusz gen.« »ia?« sag er erleichtat, »okee.« er lass mi aussteigen und ker um.

an Tanzania für kein weg vorbei. inzwishen hat ich erfaren, das de an Suidafrika angrenzli lande (einsliszli Zimbabwe) nummas für ire grenzübagange hat, de dei in de pass eintrag und den de tansanishe grenzamtis »lesen« kann und eini nich reinlass, wenn ma in Suidafrika sein hat (gewesen is). in de botshaft erzäl ich, das ich a film üba Swarzafrika machen woll und auch nach Suidafrika musset, da de land a teil vo Swarzafrika is, selbst wenn s von a handvoll weisse rassis regirt werd. de amto frag wo mein ausrüst is und ich sag im, das ich momentan nur de lage studir und späta mit de tim komm. er sag mi, er geb mi de visum mit a begleitbrif, ich soll in a monat wida kommen. ich iamma lang bis er de wartzeit auf 10 tag reduzir. nach 10 tag komm ich und er hat mi vergessen. er nem a kopirte brif, stempel es und untasreib. fertig. er hat host ein minute gebrauchen, ich hat 10 tag warten mussen. wi in Brasil. deshalb ge s mit dise lande ni vorwärts.

vileicht hat du de wort *host* nich versteen. host komm vo *ho,* und *ho* is de wort für *hoch.* weil dis wort de *ch* verlir wenn es deklinirt werd: *hohe, hoheit.* also is *host* de wort für *höchst, höchstens.*

Malawi is isi und freundli, aussadeem geb s wida kola, bir und allu was de herz begeer. Lilongwe, de hauptstatt, is mi ser sympatish. ea a grosze garten als a statt. de malawigis sind von ir präsident anhaltet, de turis gut und freundli zu behandeln, und das tu dei mit begeista. ma stolpa an de gesteig, vo de andre straszeseite tön s: »sorry, sir!«

de Kilimanjaro ruf

de tanzanishe grenze is rumli für ir unfreundliheit. de diferenz zwishen ofizielle und swarze shilling-kurs is ser grosz, so das de meiste turis irgendwo geld verstekt hat, damit dei in de land was swarz wexeln kann. an de grenze werd das genauest kontrolirt. de verstekte geld, den de grenzamtis bei iemand find, gehör inen. da streng dei sich shon an. de grenze is a hürdelauf. zuerst werd ma in a hütte vo de gesündamt kontrolirt. alle impfe muss shön eintragt sein. bei de passkontrole se dei sich de pass an und wiss sofort, das ich in Suidafrika war. ich zeig mein freibrif. de amto mein, das heiss nix. »wiso heiss das nix? das is vo de botshafto!« »ia und? nimand, weda Tanzani noch turi, de in Tanzania einreisen woll, darf nach Suidafrika reisen. nich einmal a ministi, nich einmal de präsident!« gegen a solche argument kann ich nich ankommen. ich wart ab, ob ich mit geduld davo komm oda ob ich wirkli zalen muss. a stunde sitz ich da und werd für inen lastish, dei lass mi zu de näxte hürde gen, de zoll. ich sreib mein deviserklär, dei frag ob ich mi sicha bin. ia, ich bin sicha. und de durchsuch kann los gen. dei durchsuch zimli allu, sowol de kleidung wi de tashe. bücha werd durchblättat, zanpastatube drükt und bei de tashe werd prüft, ob es kein doppelte boden hat. dann darf ich gen. ganz grundli war das nich. dei het mi bitten mussen, de shus und de soken auszuzin, inen mein fuszsole zu zeigen und de flasta zu entfernen.

dis land is sozialistish und bettelarm. de tansanis kann vil weniga english als andre englishe ex-kolonis, da dei a nationalsprache hat. de sprache heiss suaheli, de wichtliste urafrikishe sprache. es werd in merere lande sprecht, vor allu hir und in Kenya. mimi muzungu, wewe mafrika. das heiss: ich bin europi, du bi afriki. de wort für *shule* is auf suaheli *shule. hatari* heiss nur *achtung, vorsicht, gefar* und ste übaall. de wort für *reisen* is *safari* und stamm aus de arabish.

Dar-es-salaam is hiss (hitze), staub und mosheen. de brasilishe botshafto lad mi zu essen ein und geb mi sogar für a par tag a djobb als übasetzo. solche botshaftis kannat ich durchaus öfta ham. dann far ich zu de Kilimanjaro, aba 300 dollar zalen, um mi raufzurakan und zu friren, tu ich nich.

hatari

an de Kenya-grenze gibt mi en amto a stempel und shikt mi zu de näxti. da krig ich noch einu und werd zu a dreili (dritte) tish geshikt. dis amto shaut sich mein pass an und fragt: »kommst du rein oda gest du raus?« »rein.« »wiso hast du eingang- und ausgangstempel?« »ausgangstempel? ich weiss nich was de herre mi da gestempelt ham.« »na gut. du kommst rein.« und gibt mi noch en eingangstempel. ein grenze, 3 stempel.

mit en australishe trämpa far ich nach Nairobi und zu Mrs. Roche. Mrs. Roche is polskaga und hat a gasthaus in a reiche indishe virtel. de indis in Afrika sind bestimmt reicha als de europis in Europa.

de gasthaus is ser sicha, ma lässt allu ligen und macht sich keine sorgen. das is vor allu deshalb so, weil Mrs. Roche a halbe dutzend hund hat, de was gegen negis ham. kein negi kommt in de haus. weissis faren doch nich so weit um kleinheiten vo de bettnachbi zu klaun. einmal kommt a swarze USAga (americanerin) und de hunde wollen ir zerfetzen. si kann leida nich da bleiben. so klevva sind de hunde nich, das si zwishen swarzafrikis und swarz-USis untasheiden können.

Mrs. Roche libt mi und redet imma polskish mit mi, ich antwort mit pidgin-polskish, falls ich irgendwas verstanden hab. si säuft zimli vil, aba was soll ma machen, wenn ma auf dis planeet wont. de leute in de gasthaus rauchen dauali. ich mein naturli nich zigaretten. a deutshe mädchen aus Speia kann nix davo ham, de rauchen fällt ir swer. so kauf ich etwas zeug und mach ein omlett. de omlett smekt gut, nur de wirkung bleibt aus. ich stell dann fest, das mi de dilo (a mann de mit drogen dilt) oregano verkauft hat. naia, wenigst hat s gut gesmekt. einmal ge ich mit en argentinaga in de statt und si kauft sich en eis. de eis is shon halb gegessen als si was knuspali in de mund fült. nich ganz geheua. du hast s erraten: a kakalak.

Kenya is ser aktiv tag und nacht, und da laufen vile turis rum, de gar nich so richtli wissen, das si da sind. de körpa is in de flugu geflogen, de sele kommt nur ganz langsam zu fusz nach. ma fült, ma is gar nich wek gegangen, nur in de hintagrund sind komishweise ser dunkle leute. ich bleib einige monat und raff mi auf, nach Mombasa zu faren. de statt is turiliga (turistisha) und moslemisha. ich bleib nich lang, ich kann mit de ganze rummel doch nix anfangen. obwol a bissi strand zu rilexen nich slecht is. zurük nach Nairobi. de faro lässt mi an de stattrand vo Nairobi raus, es is 7 ur und dunkel. ich hab noch a gute stük zu laufen bis zu de innenstatt. de statt is zimli gefarli, und ich könnt a buss nemen. ich müsst aba warten, und so is es egal, ob ich ste oda ge. also ge ich und shau das nimand verdachtli mi zu na kommt. ich se nimand. auf en eisenbanbrüke bin ich noch nich an de stelle angelangt, wo unten hol is, wo de gleise sind. plötzli hör ich was hinta mi und dre mi um, es is zu spät. iemand shupst mi runta und ich flig. dann roll ich und frag mi, wann das aufhören wird und ob ich unten lebend ankomm. ich komm lebend an und hab shon en arm um mein hals. wärend eino mi festhält, stürzen sich 2 andro auf mi und zerreissen mein hemd und mein shorz. si fragen wo mein geld is und dron mi zu töten. ich kann nur sagen, das ich s nich weiss. wiso finden si mein geld nich? ich wüsste zwar, wo s is, aba wir wollen s dise bandite nich allzu leicht machen. si finden nix und sind in nu wek. ich kletta auf de brüke und versuch en auto zu stoppen. de ssene hab ich shon in merere film geseen, ich ste vor de kommende autos und wink bis ich einsee, das de faris nich de geringste absicht ham, anzuhalten. da muss ich snell zu de seite springen. ich möcht en auto stoppen, de a tashelampe hat damit ich mein zeugs suchen kann. mein glük war, das ich gegen alle sichaheitvorsrifte mein geld und mein pass in mein hemdtashe gehabt hab. es muss allu wärend de sturz rausgefallen sein. wenn ich kole und pass in a geldgürtel gehabt hätt, wär s nu wek, da si sofort da hingelangt ham. ich renn zu a kreuzung. de autos sten an en ampel und ich will mit de faris reden. de faris aba nich mit mi, si dren ir fensta snell zu als si mi kommen sen, und faren bei rot weita. ich shau bei de drek und de blut nich mer wi Julio Iglesias aus, aba ich glaub si übatreiben a bissi. bis endli eino sten bleibt und mi zuhört. er hat kein tashelampe aba kann mi zu de polizei bringen. wundabar. statt mi bei im zu bedanken, shimpf ich auf de kenis. nix is vo mein erziung übali gebliben. in de revir sag ich, das wir snell hinfaren müssen, aba nich one tashelampe. snell, weil mein ganze kole und mein pass in de gebüsh ligen. vileicht kommen si zurük und finden s. de amto sagt mi, ich soll mi hinsetzen. er nimmt gemütli a stük papir und stellt mi fragen. name, adresse, wi lang in Kenya, warum, wozu, wiso. mann o mann, wir müssen snell hin, sonst verlir ich allu was ich hab. er sagt mi, ich soll ruli bleiben, de hetze nützt ia nix, si ham momentan sowiso kein auto. a halbe stunde späta kommt en auto und wir faren hin. an de tatort stellt de komandant fest, das sein tashelampe nich get. er will zurük, ich will da bleiben. er könnte doch a polizeiauto mit funktionirende tashelampe rufen. gute idee, sagt er, und ruft per funk en andre auto. en ewigheit vergeet und endli kommt de andre auto. es hat weda a funktionirende tashelampe noch a funktionirende blaulicht. nu ham de 6 polizis a neu beshäftigung, und zwar de blaulicht zu repariren, indeem si s hin und her dren. irgendwann wird s mi zu blöd, ich kletta runta und such meine sachen in de gebüsh mit de hand und find inen. ich bin glükish wi selten und wart, das si de blaulicht reparirt ham. irgendwann will ich so oda so gen, si sagen ich soll noch etwas warten. ich wart. an de sluss wird s doch nix mit de blaulicht und si faren mi heim. moment mal, warum faren si nach links wenn mein hotel nach rechts is? weil ich zuerst in de revir en aussage machen muss. ich protestir, ich blut und muss arztli behandelt werden, es nützt nix. in de revir erzäl ich mein geshichte 3 mal und darf gen. leida sind alle polizeiauto wek, inzwishen is es fast mittenacht.

in de osten vo Kenya wird de landshaft ser troken und de leute imma somalisha. de trämpen is fast unmögli, und laufen is hart. einmal begleitet mi en iunge typ. er fragt mi, warum ich zu fusz ge. weil ich um de ganze welt ge, und wenn ich für transport zalen müsst würd de geld nich reichen. de erklärung get bei im zu de ein or rein und zu de andre raus. für im bin ich a »tourist«. er wartet mit a briliante idee auf: »dein präsident hat di dis harte probe auferleegt. ich hätte da a vorslag: warum nimmst du nich de buss und erzälst späta dein präsident, das du zu fusz gegangen bist?«

an de ende kommt nur noch ein buss pro tag vorbei und sonst nix. a bussfaro sit mi nach a par tag zu de zweili mal und nimmt mi umsonst mit, bevor ich a mittagessu für de asfogele werd. so a buss is shon lustish: alli kaun de qat, de so a wirk wi kokablatte ham soll, und ich kau mit. aussa a rote mund is sheinbar nich vil drin. de buss hat a vollstandli kru, mer als manche fligu: ein fari, ein kapitän, ein tiketverkaufi, ein tiketkontrolör, ein mechaniki und ein gepäki.

in de reich vo de dünne leute

zuerst hat ma mit Somalia nur ärga. dann, wenn ma de land bessa kennt und de leute bessa versteet, hat ma noch mer ärga. an de grenze versuchen si mit alle mittel etwas falshu in meine papire zu finden. si finden nix und verlangen en übastundegebür: si sind nur für mi da und es is freitag nachmittag. ich sag, das vor ein minute noch mindest 50 leute in de laden waren und heute nich freitag nachmittag sondan mittwoch vormittag is. da werden si noch bösa.

ich übaqueer de äquator. auf de südli halbkugel is es somma, auf de nordli is es winta. in de süden sind s 37, in de norden 38 grad. Somalia is en andre welt. da kommt ma vo de reich vo de leus und olifante in de reich vo de kamele, de grosze vogelstrausse, de hässli risengeier, de sand und de staub. in a buch hab ich gelesen, das de somalis de shönste menshe auf erde sind. das is gesmaksache. de fraus ham tatsächli shöne gesichte, und ma kann dis läng und dis dünnheit als shön bezeichnen, wenn ma will. de somalis sind swarz aba keine negis. si sind a rasse für sich, kupfafarbli, krausharli und mit feine gesichtzuge. manche somalis sen wi ethiopis aus. wi weissis de vo a staubli krig kommen. manne wi fraus ham a badtuch an, de si ir kleidung nennen. ma hat de eindruk, si gen zu oda kommen vo de baden. in dis ödheit se ich imma wida hirten. ma gibt inen wassa vo de lkw'n und wenn si de wassa üba de staubli, vertroknete gesicht giszen, können meine augen ir erleichterung smeken, ir lust, ir wollust. und ich frag mi, wi leute hir leben können. si könnten doch in de statt zin, wo s übaall wassa gibt. si tun s aba nich. ich frag: »wiso lebst du in so en unwirtli gegend?« »ich won ia hir. aba was machst du hir? wiso kommst du tausende vo kilometa um in dis unwirtli gegend zu sein?«

Somalia is a hässli land, trotzdeem mag ich s irgendwi. es is a sharmante hässliheit oda a rau shönheit, ganz eigen. in de süden erstrekt sich de savanne, de fast a wüste is, an de küste unendli lange strande (slecht zu baden, zu vile hai), risen sanddünen, allu ler. in de mitte wird s tropish und üppig grün, in de norden wida ser troken. de süden und de mitte sind flach wi de gesicht von a japani, und de horizont unendli. de norden is bergland. was nich so gut is sind de polizei- und armekontrollen auf de landstrasze. ich hab inen gezält. 200 kontrollen auf a 2000 kilometa lange streke, wo ich nich ein turi geseen hab. mit en einzige ausname hab ich ni a turi in ganz Somalia geseen. de land hat teorish rechtsverkeer, aba in de praxis färt ma wo de loche nich zu tif sind und weniga strommaste ligen.

einmal ge ich stundenlang durch de halbwüste und bin an verdursten, als ich a kleine hütte se, de als kneipe fungirt. es is wirkli ser klein, vileicht 3 mal 3 meta und ser dunkel. fast so grosz wi de wand is de Neuswansteinposta.

de alte somalis bleiben imma auf a würdli distanz, de iungis sagen »signore, sigaar!« und de kinde »signore, bakshish!« es versteet sich vo selbst, das si darum bitten. nich das du meinst, si würden s anbiten. de somalishe manne sind harte manne. iedo de sich mann nennt hat a machete bei sich. einmal trämp ich in a lastu, in en armekontrolle ärgat de soldat de faro. de faro zit sein machete raus und beido brüllen sich an, de eine mit de machete, de andre mit de mashinegeweer. solche raufereis sit ma fast tagli.

de sprache is noch harta als de manne. si hat de räu (rauheit) vo de arabish und de snellheit vo de espanish. es is de matshoeste, de mannliste sprache de ich kenn. nur für richtli manne. wenn a somalo a nich-somala a liberklärung macht, läuft de nich-somala davo, da si bestimmt meint, de mann will ir vergewaltigen. bis in de 70-li iare gab s kein sriftli somalish. ma hat nur italish oda english gesriben. english und italish sind de 2 sprache, vo denen de somalis en anung ham. eigli is es so, das de meistis kaum de eine oda de andre sprache sprechen, aba das is ir welt. somalish, english und italish. si wundan sich imma, das ich kein somalish kann. wiso kann ich nur english? oda spricht ma in Brasil italish? das sind ia de 3 alternative. was si sprechen, das muss ma erst versteen. und ma möchte auch verstanden werden. »du krist oda moslem?« »slechte krist.« »krist slecht? moslem gut? danke danke!«

si versuchen imma mi zu bekeren. inen zu erklären, was ich denk, wär shon ser swirig wenn si english könnten, gesweige denn bei de sprachewirrwarr. ich könnt sagen: weda krist noch moslem. da fragen si, was denn? ma kann mit nix antworten, aba das is für a moslem ser hart. sag das in a runde und a todstillheit wird eintreten. sag liba, du bist a kindmordi. solche begriffe sind relativ, und zu sagen das ich an nix glaub is absurd. liba sag ich dann krist, si wissen sowiso nich was das bedeutet. damit will ich nur sagen, das ich von en andre kultur komm. de muslime akzeptiren das als selbstverstebar. si akzeptiren auch Iesus als grosze profeet und fragen warum wir nich Mohammed als grosze profeet akzeptiren.

de verstendigungprobleme sind nich nur vo religiöse natur. »how are you Mogadishu?« »yes, i am going to Mogadishu.« »how are you ingilish italiani?« »brazil.« »how are you tourist?« »yes.« »how are you somali?« »no, i dont speak somali.« in Mogadishu herrsht sprachli verwirrung. de eine lebmittelladen is en *imporio,* de zweili en *emporium,* de dreili a *machmaakanta.* oda a *rugdunta.* es gibt mini-markets, mini-mercati und uqaraxuraddax (verlass di nich auf meine somalish-kenntnise). in Mogadishu won ich bei en iunge italo, de a feinkostladen hat. hir geboren, is er ein tag nach Italia gefaren. er konnte sich in Italia nich zurecht finden, de leute und de klima waren im zu kalt. ich treff en englo, de sich mal kurz de land anshaun wollt. leida hat er kein gepäk: er is in a flugu gekommen, wo auch statministis drin waren. trotzdeem: in Mogadishu hat ma festgestellt, das ma de türen vo de gepäkabteil nich öffnen kann. de flugu flog zurük mit de gepäk, und de englo wartet einige wochen bis er an sein gepäk kommt. wi de ministis. Afrika.

de internationale flughafen is gleichzeitli a militär-flughafen, das heisst hosichaheitzone. de flugus, de nach Europa fligen, starten allu an de abend. für iede startende flugu macht ma de lichte extra an. ein abend will grad a fligu starten, ma macht de lichte an und es bleibt stokfinsta. ma get hin und stellt fest, das de kabele wek sind. dike, kilometalange kabele. geklaut. aus de hosichaheitzone. ma verleegt alle fluge auf de tag und wartet auf de neu kabele. irgendwann sind si da, a par tag späta macht ma de lichte an und es bleibt stokfinsta…

dis land erstikt in bürokrati. nur um de visum zu krigen, muss ma a brif vo de eige botshaft mitbringen, de bestätigt, das ma aus de land is, de in de pass angegeben is. und das dis turi a turi is.

iemand sagt, ich brauch en erlaubnis, um in de norden zu faren. ich frag andre leute: manche sagen das ich naturli einu brauch, andre sagen, ich brauch keinu. ich ge zu de innenministerium. da sagen de einis das das kwatsh is und de andris das ich a par iar knast bekomm, wenn si mi one erlaubnis erwishen. de probleem is, das keini mi dis erlaubnis geben kann und iedi mi woandas hin shikt. bis mi eini zu de informationministerium shikt. da 90 prozent vo de informatione, wi ich zu de informationministerium komm, falsh sind, dauat s 2 tag bis ich s gefunden hab. da krig ich vile vershidene information, bis ma mi zu de turismusministerium shikt, wo de generalsekretär grad zu siesta gegangen is. wann kommt er wida? vileicht heute, vileicht morgen. o herr! ich frag ob ich übahaupt en erlaubnis brauch. si sagen, si können mi einu geben. aba brauch ich einu? si können mi einu geben. ia aba verdammt noch mal, is es übahaupt notli? si können mi einu geben. morgen.

an de näxte tag krig ich de erlaubnis. »kann ich nu one sorgen abhaun?« »wiso abhaun? si brauchen doch en erlaubnis!« »und was is das, was ich in de hand hab?« »das is nur en empfelungsreiben an de immigration, dort krigst du de erlaubnis.« irgendwann find ich es. ich frag in 6 abteilung, bevor ich zu de security komm. da krig ich mein erlaubnis und zal. ich verlass de statt. trämpen wird leicht, de verkeer is dicht genug (ein faru (farzeug) alle 5 minute) und allu was rade hat hält an. entweda wegen mi oda wegen de polizei- und militärsperren. 9 vo 10 sperre machen keine probleme, oft krig ich kola oda te, aba bei 200 bleibt shon etwas ärga übali.

slimm is auch de durst. wassa sollt ma nich trinken, de hepatitisgefar is angebli grosz. mineralwassa ham si sowiso nich und a kola is so teua wi a hotelübanachtung. das heisst, ich muss de ganze tag warme te trinken, bei 40 grad. ma sagt, das is gesund

und gegen durst, ich find s auf alle fall nich ser lustish. ich träum vo wisen, vil wassa, wenig staub und wenig polizis. gott sei dank is es hir winta. in Berbera, in de norden, is de durchsnittli taghosttemperatur in iuli 46 grad. das heisst, manchmal küla, manchmal wärma.

de Kafka-hittparade get in de norden weita. polizei knast verhöre zusatzli stempele. in Borama will mi en ofizir kein wort glauben. de erlaubnise und stempele – allu gefälsht. wenn s tatsachli vo de ministerium käme, müsste de ministerium a telex shiken und im informiren, das ich komm.

an de grenze wird mein deviserklärung dismal genauest kontrolirt. problemish is nur, das de soldat null anung hat, wi er de rechnung machen soll. er adirt dollar plus datum und subtrairt de urzeit. ich erklär im allu. dabei is de ganze geshichte sowiso sinnlos. de deviserklärung is a dünne blatt, wo mein erklärung drauf stet und de untasrift vo de grenzamti. keine stempel. ich hab shon längst in a sreibwarengeshäft a din-a4-seite gekauft und allu shön neu gesriben. aussadeem sit mein amtiuntasrift wirkli bessa aus.

nu übaqueer ich dis kale wise, auf de andre seite is Djibouti, nur: de land is zu, de grenze is zu. es is freitag, und de freitag is für de mosleme was de sonntag in de kristishe welt is, nur slimma. ogottogott. oallaoalla.

13 monat sonneshein

de djiboutishe grenzamti fragt: »sind si tourist?« »ja.« »für welche fernsekonzern arbeiten si?« »kein fernseen. ich mach filme. nu sammel ich nur informatione.« »können si mein name in ir film bringen?« »logish. sreiben si s auf dis blatt«. no problem. übrigens, de mann heisst Mohammed.

de land hat nix und wida nix, ausser de strategishe position an de horn von Afrika. so lebt es vo de hafengebüre und hilfe aus Fransse. allu wird importirt und is teuer. de bir kostet 5 mark a kleine halbe und is aus Deutshland. de o-saft is aus Tunisie, de klopapir aus China (da merkt ma, das es sogar um klopapir herzustellen nohau bedarf, und de chinis ham s noch nich), shokolade aus Brasil. de brasilishe shokolade smekt nich so gut wi de sweizishe, dafür vil besser als de chinishe klopapir.

in kaum en andre land auf de welt is de krasse untershid zwishen reichheit und ärm so sichtbar. de leute vo de Fremdilegion verdinen gut, de djiboutis irgendwi auch. aber es gibt miliarden flüchtis aus Ethiopia und Somalia, vile one arme und fusze, und si betteln. nich einmal Calcutta kann da mithalten.

de djiboutigis selbst sind entweder issas (somalis) oder afars (ethiopis). gemeinsam is de beide volke, das si slechte zane ham. de ofizielle sprache is arabish, de kaum jemand spricht. jedi spricht sein muttasprache, das heisst somalish oder ethiopish, und de meistis können gut franssish. in de fernseen läuft *ta-torrr,* auf deutsh *tat-ort.* auf franssish mit arabishe untertittele.

Ethiopia is sauber, gut organisirt und de ethiopis freundli und ruli. zumindest in de hauptstatt Addis Abeba. dis statt ligt auf berge, is immer shön frish und richt meist nach eukalypten. in de slumms richt s nach sheisse *und* eukalypten.

de religion in Ethiopia (ausser Eritrea) is de kristtum. a bizarre gefül, plötzli in a kristishe gegend zu sein, de auf alle seite vo muslime umzingelt is. anders als in Swarzafrika (Ethiopia is, würd ich sagen, Braunafrika) is de kristtum hir nich in dis oda in de letzte jarhundert importirt worden, sondern es war shon da, als de nordeuropis sich noch mit Wotan beshäftigten. es sind weder katolike noch protestante, sondern koptis wi in Egypt. und nich nur de religion is alt, auch de silbesrift is einu vo de erste srifte vo de geshichte.

auf de plakate, de für de turismus in Ethiopia werben, stet immer: ETHIOPIA – DE LAND MIT 13 MONAT SONNESHEIN. zuerst hab ich gedacht, das das a gägg is. später hab ich festgestellt, das es wirkli so is. si ham a 13-monatli kalender: 12 monat ham 30 tag und ein monat 5 oda 6 tag. das is leichter zu merken und zu rechnen.

nilpferde küsst ma nich

von Schwarzafrika nach Beige-afrika. de egyptis sind eigli weiss, aber si krigen a bissi mer sonne ab als a nordeuropi. Kairo is grosz und laut weil de faris so verzweifelt hupen.

de u-ban is billig, nur de geldstrafe für de rauchen is etwas teuer. kaum bin ich durch de tür von de u-banhof, stet schon a polizo vor mi und deutet mi an, ich soll de zigarette ausmachen. ich mach es aus und will gen, womit er nich einverstanden is. ich soll mit im zu de polizeirevir in de banhof kommen. da wart ich a halbe stunde, werd vo de komandant zusammengeschissen und krig 10 mark geldstrafe. mit 10 mark könnt ich in en egyptische zug de gleiche distanz wi vo Win nach Flensburg faren. ich komm vo de revir raus und hab a klumpen wut in de hals. nu will ich nur raus hir. ich zünd mi a zigarette an, dann se ich wi a polizo neben mi get. ich erstarr vor schrek, ge etwas langsamer und zertreet de corpus delicti bis nix mer übali bleibt.

in Egypt gibt es vile mumien und alte zeug. du gest irgendwo auf a wise und stolperst auf a 5000 jar alte ruine. allu was neuer is als 2000 jar wird brandneu genannt. zuvil alte zeug und zuvile turis. wi binen um de honig swirren si um de sewürdus (senswürdigkeiten) und ich bin dabei. a pyramide oder a ruine one turi zu fotografiren is so schwirig, das ich s aufgeeb und de turis selbst fotografir, wi si de pyramiden fotografiren.

de nil is dünn wi en isar-kanal und de niltal grün wi sonst nix.

let's go east. ma färt durch de wüste und mitten in de wüste sit ma plötzli a schiff, de de wüste durchschneidet. a fata morgana? supermann? en UFO? nein, es is a schiff in de Suezkanal. in de Sinai sten übaall zerschossene panzer, de vo de 6-tage-krig übali gebliben sind. de ganze halbinsel is a panzerfridhof, nur nich so grün, wi s sich für a fridhof gehört. durch de Sinai färt mi a palestinishe lastufaro de mi sagt, er will 15 kinder ham. 5 um im in de ält zu versorgen, 5 sterben sowiso als kinder, und 5 möcht er für de kampf gegen de judis.

auf de schiff lern ich en japanipärchen kennen. de mann hat immer von Egypt und de pyramiden geträumt, ein tag is er hingezogen und hat a jobb als reisefüro gefunden. nu is er seit 4 jar da. si kommt im nur besuchen. ich frag ir: »you live in Egypt, too?« »sorry. dont understand.« »you. live-with-friend? Egypt?« »o, no. no rive Egypt. no. a, I rive Japan. here vacation. visit furendo.« »a. and what is your occupation?« »sorry, dont understand.« »you. job. profession. work.« »a. purofession, ne? in Japan, I engrish teacher«. richtli. ich deutsch-rera, kein probrem, dann warum si nix engrish-rera kann sein? wir reben freie rand, ne?

auf de weg nach Amman, de hauptstadt von Jordan, ligt Petra. a gewaltische ruinestätte in a gewaltische kännien. de zalreiche tempel sind in de felswände vo de schluchten eingemeisselt. si waren schon in de antike alt. es is einu vo de 2 faszinirendste weltwunder, de ich je geseen hab. Amman is relativ reich und absolut teuer, sozusagen de Schweiz vo de naost. es ligt ho auf de berge, is selten richtli heiss, dafür manchmal klirrisch kalt. de jordanis get s gut, ma sit masseweise Mercedesse. de einzigis, de s nich so gut get, sind de asylis aus Palestina. ich mein, de neuzugänge, de ma noch versorgen muss. sonst hat ma hir kein hass auf palestinishe asylis, da de merheit vo de bevölkerung aus palestinishe asylis besteet. de urbevölkerung besteet aus beduinis. de land hat weder a groszartli landwirtschaft noch a groszartli industri noch erdöl, aber gute freunde, de erdöl-länder, de de land auf de beine helfen. ausserdeem arbeiten vile palestinis in de reiche Arabishe Emirate und shicken geld heim. de anteil vo palestinis an leris, professoren und ärzte is dort ser ho.

de Tote Mer. de wasser vo de Jordan fliszt in de Tote Mer und verlässt es dann nur noch in form vo dampf. de mineralien, den de wasser mitgebracht hat, bleiben, so das de verblibene wasser ser »dick« is. deshalb kann ma sich auf de wasser hinlegen und zeitung lesen. ich hab s nich getan weil ich kein zeitung dabei hatte. sich hinlegen kann ma schon, aber um drauf zu gen wi Jesus muss ma schon ultraleit sein. dis ufer gehört Jordan und ich se wi de arabis mit a strand umgeen. alli sten da, angezogen, und schaun in de wasser. vo 200 »zuschauer«, de da sten, gen 2 männer und 2 fraun in de wasser. zu verschidenen zeiten, versteet sich. de fraun naturli in volle montur. macht ja nix, si ham sowiso kein reisepass. geld warscheinli genauso wenig, das nimmt vermutli de mann mit. ich hab immer gemeint, das de geniszen vo strände als badeorte en universelle vergnügen wär, das is aber nich so. das tun nur de europis und ire enkel in übersee. in Afrika und Asien, wo mer als de hälfte vo de weltbevölkerung wont, gibt s so was kaum. an de Tote Mer lern ich a canado kennen, de in Amman wont und dort englisch unterrichtet. ich könnte auch englisch unterrichten. oder deutsch (du glaubst mi wol nich?). dann könnt ich vo hir direkt nach fernost. aber ich hab sensucht nach Gulugu und muss mal wider nach Deutschland.

Syria is westliga eingestellt als de meiste arabische länder. es is nich nur mohammedisch sondern auch kristisch. ma asoziirt *arabi* automatisch mit de islam, dabei sind de länder, de de meiste moslems ham, keine arabische länder. Sowjetunion, India, Pakistan, Indonesia, Nigeria ham vil mer moslems als Egypt, de gröszte arabische islamische nation. andersrum sind de kristen in Syria und Liban stark vertreten, ganz zu schweigen, das Damaskus einu vo de hauptstädte vo de ortodoxe kirche is. in Egypt gibt s de koptis. übrigens, de moslems ham de koptis ni behelligt. disis ham ni versucht, de moslems zu bekeren und ni kreuzzüge irgendwohin geschickt. de syris sind heller als de durchschnittarabis und blondis sind kein seltheit. si sind auch liberaler: a frau erzält mi, das fraun hir en eige pass ham können, nich so wi in de meiste moslemische länder, wo de frau nur in de pass vo de mann eingetragen is. in dis land krig ich nich vil mit, da ich de falsche freunde hab. ich rauch und sauf tag und nacht. für mi is Syria a vollrausch wo ich ni durchblick. ich ge zurück nach Jordan.

und gleich weiter zu de israelische grenze. jenseits vo de Jordan wirkt allu ser verlassen. de palestinis in Israel sind armer als in Jordan. de läden sind dicht, es sit immer wi sonntag aus. ho auf de berge sind de jüdische sidlungen, de wi festungen ausseen. de landschaft drumrum is ser trocken und so wi ich mi immer de biblische landschaft vorgestellt hab. bei de trämpen wird s komplizirter. wi soll ich de fari nu grüszen? grüsz ich mit *salam* und de fari is a judi, is el stinkbeleidigt. grüsz ich mit *shalom* und de fari is en arabi, genauso. so schwach is dis mennheit, das si sich vo 2 buchstaben beleidigen lässt, und das bei de wort *friden.* färt ma mit en arabi, hört ma a ganze litanei gegen de judis, färt ma mit en judi, hört ma de gleiche litanei gegen de arabis. ich sag *judis* und nich *israelis* weil israelis auch arabis sein können. und was is wenn a judi krist wird? dann is er kein judi mer, sondern en israelische krist. genauso wi en arabische israelische krist, oder hat er doch en andre status? was is wenn en arabi zu de juditum konvertirt?

Jerusalem is a besuch wert. und an de abend ser laut, wegen de arabische lautsprechus, de zu de gebet aufrufen. ansonsten is es ser ruli in de arabische seite, da de geschäfte zu sind. de passanten sind arabis, turis und polizis, vor allu polizis. de intifada is in volle gang.

ich arbeit in a hotel in Tel-Aviv und nem bald de schiff nach Athine, in Ellas. ich kann nich mer über land nach Syria, nachdeem ich in Israel war. ja, de politik. in Israel kann ma de politik nich ignoriren. ma sit de konsequenzen vo de politik auf de strasze, vor allu seit de intifada. de naost is a ser problemische gegend und fängt schon westli von Europa an, in Marok. de marokis hassen de algeris, de algeris hassen de marokis. de tunisis fürchten sich vor de lybis, de irseits de egyptis und de reiche konservative arabis nich mögen. de egyptis mögen de lybis und de syris nich und beneiden de reiche arabis. de jordanis finden de egyptis zu dekadent, de reiche arabis können mit dis arme pack nix anfangen. de syris mögen de iraqis nich, de iraqis mögen de syris und de iranis nich. de libanis mögen de eige landsleute nich, ausser si gehören de gleiche religion an. de israelis, iranis und palestinis ham einu gemeinsam, si mögen nimand. de erstis sind semitis aber keine moslems, de zweigis moslems aber keine semitis, de dreigis moslems und semitis aber obdachlos. de andre arabis möchten de dreigis vergessen, de zweigis ausgrenzen und de erstis ausradiren.

ansonsten bleiben fuszis (fuszgangis, »fuszmenne«) an de rote ampel in Israel sten. vil mer als in Deutschland. in Haifa nem ich de schiff. da es sich um en israelische transportmittel handelt, färt ma sicher. bevor ma de schiff betreten darf, wird ma über sein ganze leben und über sein tasche befragt, dann wird de tasche durchsucht. grundli. und schon bin ich wek. Kypros (Zypern), Ellas (Grichenland), Jugoslavija.

und wider blank. kein müde pfennig mer. ich muss durchmachen. es wird kalt und regli. 3 nächte in de frei, in de kält. kurz nach Zagreb nimmt mi a jugo mit, de nach Berlin will. ich bin gerettet. inzwischen ham wir schneregen an de grenze. wir faren durch de tunnel, auf de andre seite scheint de sonne und es is warm und wunderbar. en andre welt. in ganz Östreich herrscht schönwetter. in de nä vo Salzburg se ich in de horizont richtung westen grosze, dicke, schwarze wolken. aha. München.

girls girls girls

ich bleib bei Suley und sein freunda Strell. dis frau hat mi bei de film öfters geholfen und wir ham uns ser oft geschriben, als ich in Afrika war. de beidi versteen sich nich mer gut, es get steil richtung trennung. da könnte was für mi übali bleiben. ir gesicht is mein traumgesicht und de figur is in ordnung. aber ich kann mein freund Suley nich vergrätzen, obwol es moralisch schon gerechtfertigt wär. er hat mein frau geklaut, nu klau ich seina. leider is de frau doch nich so mein typ. zu dynamisch und sportlich. jede frei tag berg steigen, wandern, radeln, kajak faren, da kommt ma kaum noch zu zug vor lauter sporteln. schlimmer noch, nach jede zigarette de ich rauch legt si de aschu voll mit wasser in de waschbecken. für jede zigarette, de ich anzünden will, muss ich de aschu waschen: das hält kein rauchi lang aus.

früer bin ich oft mit a ser schöne und ser junge frau unterweegs gewesen. she was only sixteen, only sixteen. bald wollt si nix mer mit mi zu tun ham, weil ich 3 felu gemacht hab. 3 sind zuvil. nu is si in Berlin und ich ge mit ir mutta aus, de immer noch in a zimli gute zustand is. früer war si noch vil schöner. mit das verglichen, was si war, is de Michelle Pfeiffer wi a neandertala mit beulenpest. obwol, de Michelle würd ich auch nemen wenn si mi nur anrufen würd. es wird a ser fridli afäre oder beziung, wi ma s auch nennen mag. dann wirkt si immer distanter. gefragt, was los is, sagt si, das nix los is. ma hackt nach, es kommt kein befridigli antwort. bald sen wir uns nich mer. in Kempten bau ich mi noch a beziung auf, mit a schöne blonda de a grosze hund und a grosze bauch hat. de bauch is grosz weil bald a kleine kind da sein wird. für mi is a hund und a kind zuvil, für ir is a zweitmann auch zuvil, so das wir uns bald fridli trennen.

ich ge fussball spilen. nach de spil get s zu de birgarten, wo ma de europamastischaftfinale sen will. an de birschenke treff ich Älphä. si läd mi ein, mi mit ir zu tisch zu setzen. an de tisch sitzen auch Ploy und ire beide mackos. de tisch is gerammelt voll wi übaall in de birgarten, ich setz mi hinter Ploy. alli schaun richtung leinwand, ire hare verdecken mein sicht und es is gut so. si sind schön wi de gold von Eldorado, und duften tun si, das ich ganz groggy werd. so kann ma doch kein fussballspil sen. nach de spil (de Nederlanden ham gewonnen) wird de veranstaltung zu a ste-party. jedi redet mit jedi. ich kann meine augen von ir nich lassen. de frau is en augeweide. allu an ir is voll von a ruli schönheit und ich glaub ich werd poesisch. dabei hab ich noch gar nich vo de andre partiin von ir körper geredet, aber wir wollen nich poesi mit pornografi mischen, das get in de hose. an de schluss laden mi de beide fraun ein, mal bei inen vorbei zu schaun. das werd ich sicher tun. nur ir nase is, würd ich sagen, etwas polemisch. lustisch vo vorn, schön vo de diagonale und hässli in de profil. darüber sind sich de expertis nich einig, ich auf alle fall bin mit mi einig.

dann hab ich mi verletzt und brauch unverzugli de dinste von a krankischwesta. ich ruf bei Ploy an. das si mer als a krankischwesta is, spilt kein rolle. si lacht schon wider so verstolen, obwol si gar nich schüchtern is. ich komm zu ir. Älphä is auch da, de beida wonen zusammen. ich kenn beide fraun nich so gut, Älphä noch weniger als Ploy. Älphä hat a schwere felu: si hat schwarze hare. da kann ma nix machen. bei Ploy eigli auch nich, beide fraun sind in feste hände. ma kann nur a bissi flörten um de zeit zu vertreiben. es is sowiso de bestu bei de geschichte. oder de zweitbestu. de gröszte unterschid zwischen de beide fraun is: wärend Älphä nur so sprudelt, is Ploy eer a stille wasser. Ploy und ich spaziren auf ir motorrad und gen in de kino. kino is de beste platz um über libe zu lernen, vorausgesetzt, ma lässt sich vo de film nich ablenken. bei a horrorszene in a parkgarage krigt si angst und hält mein hand fest. das darf si. schön. mer parkgarageszenen bitte. wir verlassen de kino und trinken noch a grappa draussen in de Leopoldstrasze. stark is de schnaps und schön is de abend. wir wechseln noch a par floskeln, de leicht sind und grad deswegen über uns leuchtend schweben. ich frag ir, wi si sich ir leben in 10 jare vorstellt. »weiss ich nich. kinder möcht ich. und du?« »mindest 2 gute filme gemacht ham und a Mercedes in de garage.« »is das allu?« lächelt si. »naja. ich will viles, das nich vo mi abhängt. ich möcht auch en amour fou, ich möcht mal gern 10 gramm glück pur richen.«

ein monat später ruft si mi an und fragt, ob ich lust hätt, mit ir und Älphä nach Berlin zu faren. in Berlin stell ich fest, das si a libhabo hat. aha. das wird ja immer unübersebarer und undurchdringlicher.

bald färt si mit ir freund nach India. ich geb noch en abschiddinner. in de wonung gibt s keine stüle, nur kisten. 2 auf ein seite vo de tisch und ein andre gegenüber. Ploy setzt sich auf de einsame kiste, ich und Älphä sitzen auf de andre 2. ich massir Älphäs füsze, si mag s ser gern, das ma ire füsze anfasst. ich vermut sogar, das ir lustzentrum in de füsze steckt. um 2 ur morgens will Ploy wek. das is gar nich ir art, so frü nach haus zu gen. si sind wek, si is wek. draussen schneit s. ich zi mi aus, de bude is zimli kalt, ich ge in de küche und trink a grappa. there s no sunshine when she s gooone – only darkness everydaaay. ja ja so is es.

polonäse und borsch

ich will nach Asien über de naost. get nich wegen Iran und Salman Rushdie. ich will dann über de CCCP trampen. get auch nich, weil ma für de visum züge und hotels in voraus zalen muss. wenn ich schon a zugkarte hab, hat de trampen kein sinn. de ganzu is wegen de ofizielle kurs ser teuer. de hotelübernachtung kostet 300 mark. ma kann auch in Magiaria (Ungarn) a karte für de transsibirische eisenban mit de lokale geld kaufen, ma muss aber durchfaren. ich will aber de Baltikum sen.

vo Ceskoslovenso und Polska se ich ser wenig. de russische züge besteen scheinbar allu nur aus schlafwagen und sind sozusagen oma-gemütlich. ich hab schon geld versteckt und werd an de grenze in de kabine verhört. wer wi was warum wozu. ich sitz auf de obere bett mit gekreuzte beine, da erinner ich mi, das de versteckte geld zwischen fusz und de halb durchsichtige socken is. gut das de amto mi immer in de augen geschaut hat und nich auf de füsze.

si durchsuchen allu und finden a gewisse hamburgische nachrichtenmagazin. seite für seite gen si durch, mer als 200 seiten. si verschwinden mit de zeitschrift, bringen s dann wider und später stell ich fest, das de artikel über Karpow und Kasparow felt. schach, das kann ja nur subversiv sein. en ukrainische familie läd mi ein, bei inen in Vilnius zu bleiben. da wollen si allu kaufen was ich hab. hemd hose und deo-spray. ich hätt sachen vo de Congo verkaufen können, wenn ich welche dabei hätt. oder vo Wladiwostok, von a westi kaufen si allu. si wollen alli dollar kaufen. ich kann nur 40 dollar wechseln, mer hab ich nich versteckt. de wenige sachen auf de ich irgendwi verzichten kann, würd ich gern verschenken, aber si besteen darauf, zu zalen.

hir such ich verwandtis. mein name (natürlich nich do Rock) is ser selten in de welt, aber in Lietuva (Litauen) is es en alleweltname. ich ruf bei einigis an, aber nimand will a kaffee mit mi trinken. stell di vor, du heisst Schmidt, jemand ruft di an, sagt er kommt aus Brasil, heisst auch Schmidt und deshalb möcht er mit di a bir trinken gen. so a zufall muss ma doch begiszen.

in de zug weiss keini was el mit mein ticket machen soll, es is kein ticket auf russisch sondern a voucher auf englisch, a gutschein. nimand weiss wo ich sitzen soll. eini sit a gekritzelte nummer 6 in de voucher und get davon aus, das das mein sitz is. so krig ich in alle farten de sitz nummer 6. in Riga kommt ma vo de banhof raus und an a hochhauswand stet a gemalte stadtplan, allu auf deutsch. nu hab ich a dicke klumpen rubel in de tasche, ich bin reich und kann essen gen. es fragt sich nur wo. an de banhof kann ma weder was trinken noch was essen. de restoran is zu, aus welche gründe auch immer. ich will wenigst a kaffee trinken und mach mi auf de suche. nach 3 stunden hab ich de kaffee schon gefunden. ma stet a virtelstunde an und schon hat ma sein kaffee. ma findet a lere stul und will feiern, das ma s doch noch geschafft hat. nu kann ich mi entspannen. nix entspannen! a dame stet links, en andre dame rechts vo mi und beida schaun verärgert, das ich schon 5 minuten da sitz. si stellen ire tassen neben mein tasse. ach is es hir gemütlich.

liber woanders suchen, wo ich entspannen kann. so sucht ma was und sit sich de stadt an. de zil is de weg. ooo, und de hunger. essen möcht ich auch noch was. de stunden vergeen und irgendwann find ich a restoran. es is offen, nur is nimand drin. ich ge trotzdeem rein und werd angeschnauzt. so a frechheit, wiso ge ich einfach in a restoran rein, de offen is? mein einwand, das ich nich russisch kann, findet er a noch gröszer frechheit. es dauert nich lang und ich find a restoran de wärend de mittagzeit geslossen is. wi lang si mittag essen weiss ich nich, nu is 5 ur abends. de nächste restoran is offen und da sind leute drin, nur de türo lässt mi nich rein. und er scheint mi zu hassen, obwol wir uns gar nich so lange kennen. ich schick im zu de teufel, er bleibt trotzdeem da.

taxis kann ich nich nemen, weil ich nich ein stunde an de stand warten will und halten tun si nich. ma sagt mi, ich soll mit dollar winken, aber ich will meine rubel loswerden, nich meine dollar. ich nem busse und zal nich. ich weiss sowiso nich wi ma zalt, und nimand kann s mi erklären. wenn ma mi erwischt, umso besser. dann wigt mein tasche nich mer so schwer. ich würd mi über de deftige 0,75 mark-strafe freun, und ich könnt de kontrolli noch 25 pfennig trinkgeld geben.

a plakat wirbt für a »klasiska rokenrola grupa«. alle personnamen enden auf latvisch (lettisch) mit *s*, ob s in de orginal so is oder nich: Marxs, Lenins, Stalins, Ronalds Reagans, Franzs Beckenbauers. hir se ich mi a franssische film an, auf russisch sinchronisirt mit latvische untertittel. ser spannend. de star heisst Žans Pols Belmondos.

Talinn, de hauptstadt von Eesti (Estland), sit schon ser skandinavisch aus und *reisebüro* heisst dort *reisebüroo*. ich hab vo 6 ur morgens bis 12 ur nachts zeit, ich kann ja in a hotel gen um mi auszurun und duschen. an de erste hotel ge ich zu de rezeption, de 2 fraun reden mitenandre und ignoriren mi so als wär ich unsichtbar.

ich ge gleich zu de grosze hotel. so en art Ostblock-hilton. an de tür fragt mi de pforto ob ich a zimmer in de hotel hab. nein, hab ich nich, deshalb bin ich ja hir. ich will a zimmer. de pforto meint: wenn ich kein zimmer in de hotel hab, kann ich nich rein. »ja ich will ja a zimmer!« so get s nich. entweder ich hab a zimmer oder ich darf nich rein. ja verdammt noch mal, ich will a zimmer und ich will dafür zalen! aber de pforto is a gute und cule mann und nach 20 minuten diskussion lässt er mi doch noch rein. an de rezeption spricht ma englisch und deutsch, ma redet mit mi und ich bin wider a menn aus blut und knochen. de dame will wissen, ob ich reservirt hab. nein. da wird s schwirig. de hotel hat sicher 200 lere zimmer, aber wenn ich nich reservirt hab, get das normalerweise nich. si muss mit de chef sprechen und bald is de sache doch erledigt. ich sag, das ich nur bis 23 ur bleib. da wird s wider problematisch: es is kein richtige übernachtung, da kann ich nich 40 rubel zalen sondern nur 12. 3 mark. in a hotel, für de ich 300 mark zalen würd, hätt ich s in de ausland gebucht. ich verlir de hoffnung, je meine rubel los zu werden. ich müsst warscheinlich a ganze jar ununterbrochen versuchen, inen auszugeben. zurückwechseln kann ich nich, ich werd inen wol in de mer schmeissen müssen.

de hotel hat a restoran, ich ge hin und ma lässt mi nich rein. ich zeig zimmerschlüssel und quittung. nix zu machen. irgendwann get s doch. essen. gut. ich ess 2 vor-, 2 hauptspeisen, salat, 2 nachspeisen, jede menge bir und sekt. immerhin werd ich fast a ganze mark los. es get voran. jedi, mit de ich red, is für de unabhängigkeit vo de Sowjetunion, de russis inklusive. si werden ir blau wunder erleben. ich such a strand und find nur de hafen. ich ge de küste entlang, allu bebaut. ich end in a marinestützpunkt. lauter ofizire und leute de wichtig ausseen. dabei wollt ich nur zu de strand. macht nix, hir merkt keini mein gegenwart. ob das in de KGB auch so is? ich wander durch merere marinegebäude bevor ich de ausgang find.

in Leningrad wird allu kyrillisch. kyrillisch kann ich lesen, weiss aber meist nich was es bedeutet, ausser es handelt sich um fremdwörter wi *militsia, kontrolirowat, luna,* (de in de *notsch* scheint) und *solnze* (de in de *djen* scheint), *ti widisch* (du sist, schon fast lateinisch). ich find a grosze hotel one pforti, de hotel hat a restoran und nimand stet an de tür. es is a wansinnsbüfee, absolut spitze. ich fress bis zu übelkeit. ich beobacht de gäste. si essen fertig und gen einfach. so a scheiss. de ganzu is a farse, ma muss nix zalen!

de russische u-banhöfe sen wi museen oder paläste aus vergangene zeiten aus. de leningrad u-ban is wol de tifste in de welt. ma färt, färt und färt auf de rolltreppe und kommt ni an. dabei sind de rolltreppen schnell wi a d-zug. de russas sind ser schön. de meistas ham pferdeschwänze und de nasen sind ser gut. hab ich statistisch festgestellt. in Leningrad find ich a valutakneipe. da darf ich a Heineken-bir für 4 mark trinken. nach lange zeit se ich wider westis, hir get s zu wi in a kneipe in Hamburg.

ich möcht gern a schifffart auf de Neva machen. ich frag in de reisebüro nach. »kann ma dis schifffart mit rubel zalen?« »nein«, sagt de frau, »nur mit wärung.«

leningrad banhof, 23 ur. mein zug färt um virtel nach. bei de erste wagen zeig ich mein voucher. de mann weiss vo nix und schickt mi zu de nächste wagen. de nächste schaffno schickt mi zu de nächsti, de nächsti zu de chef in de mittlere wagen. da is de chef nich und ich muss im suchen. ich find im, er kann genauso wenig mit mein voucher anfangen und schickt mi zu de schalter. ich kann s vo hir sen, da is a 30 meter lange schlange vor de schalter, ausserdeem is es zu. wenn ich mi da anstell, komm ich übermorgen dran. ich hab nur noch 4 minuten. ich sag de chef, das das mit de schalter nich get, im juckt das nich. ich werd aufdringlich, hab trotzdeem kein chance. de chef get schon weiter, ich bin fertig mit de nerven, schmeiss mein tasche und mein voucher auf de boden und schrei so laut ich kann: »KRUZIFIX HALELUIA DES DERF JA WOL NED WOR SEI DES IS A UNVERSCHÄMTE FRECHHEIT IR KÖNNTS MI OLLE AM ARSCH LECKEN SAUBLÖDE RUSSEN DES IS A SCHEISSSYSTEM DER REAGAN HAT RECHT MA MUSS DES LAND BOMBARDIREN UND AUSRADIREN KRIMINELLE SEIDS IR!« bayrisch is gut zu schimpfen und russisch kann ich sowiso nich. und wenn ich s könnt, würd ich s auch nich tun. ich bin ja nich blöd, oder. nach mein anfall bleibt de banhof sten, kein menn beweegt sich mer. nur de chef kommt angerannt und bringt mi sofort zu de erste wagen. ich soll mi nur nich aufregen, is schon gut. de erste wagen is besser als de erste klasse, nur de personal und ich sitzen drin. ich krig a luxusschlafkabine, sofort is eino da und bringt mi te, danach bringt mi de andro kekse. allmälich get s mi besser, so sollt es immer sein. de nächsto fragt mi, ob ich sekt kaufen will. mit dollar oder mark. get nich. ich kann host 20 rubel statt 7 zalen. gut, ich zal ma a runde und nu wissen alli, das ich kole wi heu hab. jedi vo de personal stattet a besuch ab und versucht, mi suvenire zu verkaufen. babuschkas, militärische schulterstücke und sonstige krimskrams.

in Moskwa such ich de hotel und das is kein leichte aufgabe. de russis ham weder stadtpläne noch telefonbücher. wenn si pläne vo russische städte brauchen, gen si in de USA einkaufen. in de hotel treff ich de leute, de für mi zuständig sind. nu wissen si wo ich bin. si nemen mein voucher und geben mi a zugkarte auf kyrillisch. nu is mi klar: vo de hotelpreis sind 40 rubel für de hotel und 30 rubel für de transport vo de banhof zu de hotel. ich hab 120 mark für de 3 kilometer gezalt, de ich nich gefaren bin. mein sachbearbeita bitet mi als ausgleich a tur um Moskwa an. mit a Wolga. danke. es sit allu a bissi wi in de 20er jare aus. an de Rote Plaz sind vile turigruppen. wenn ma näer kommt, hört ma nur russisch. de sowjetmennen können ser verschiden ausseen. es is a welt für sich. natürlich dürfen de komunis reisen, und ser weit sogar. nich nur in de ser grosze komunistische bereich in Europa und Asien, sondern auch in andre kontinente. nur zu de feind dürfen si nich reisen. aber de USis dürfen auch nich nach Cuba.

in de transsibirische wird s familiärer. de turis sind in gruppen und alli in de erste klasse, ausser mi. in mein wagen bin ich de atraktion und werd ständig in de kabinen eingeladen. da wird unter de bett a flasche wodka rausgezaubert und gesoffen. versteckt, weil Gorbi das nich mag. de leute mögen im trotzdeem noch. ich mag im auch. mi war seit de beginn klar, was und wi er s gesagt hat: de mann macht ernst. für mi is er nich de mann vo de jarzent, sondern vo de geschichte. de grosze politikis vo de geschichte waren immer eroberis, de ir name in de buch vo de geschichte mit blut eingetragen ham. er is en anti-eroberi. de mann will, das de mennheit sich selbst überleebt, und er zalt de preis. idealis gibt s vili, aber ser wenigis, de so weit nach oben gekommen sind. manche idealis sind oben angekommen und ham ir idealismus weggeworfen. de Gorbi hat erst dann sein idealismus gezeigt. und durchgesetzt.

in mein kabine is en alte oma de bis Wladiwostok färt, de andre fargäste sind immer verschiden. eini steigt aus, de andri steigt ein. de fart dauert 7 tage hin, 6 tage zurück. nich wegen de ostwind. de farzeit is de gleiche, nur in de kalender is es anders. wegen de zeitverschibung. vo west nach ost sind s 11 stunden unterschid. de banhofuren, egal wi weit vo de hauptstadt, zeigen immer Moskwa zeit, so das es 1 ur nachmittags is und schon finster. da draussen is nur de langweilige steppe, zu abwechslung werden de zugbegleitas und ich gute freunde. ich sitz immer öfters in ir kabine, bis es in a nacht passirt. de tür is zugesperrt, um 2 ur morgens kommt de natschalnik, de chef, sperrt s plötzlich auf und sit de nacktis. er schickt mi raus, so höflich wi er bei sein laune noch kann, und scheisst Tania und Olga zusammen. so laut, das ma s in de ganze wagen hört. zurück zu mein abteil, tadelt mi de alte babuschka in späte stunde. skandal in de Taiga.

de russis sprechen einfach los mit mi und ich rat was ich kann. nur Olga versteet mein problem. si sagt: »ich-haus-Moskwa. mit-familie. fata-immer-böse.« so kann ich mit alli in de zug komuniziren. a russi redet, Olga übersetzt auf pidgin-russisch, ich verstee. wir erzälen uns etliche witze über dis systeem. es is mai und weiter in de osten schneit s. Omsk, Irkutsk, allu sit irgendwi gleich aus. schne und wonsilos. ma sit russis und ser wild ausseende männer, mit rauer gesichtzüge als de mongolis. ich sollt in Chabarowsk umsteigen und de zug nach Nachodka an de nächste tag nemen. vo Nachodka get de schiff nach Japan. Wladiwostok und Nachodka sind ganz na und ich will mit de stewardas weiter faren. an de banhof kommt aber a mann mit sonnebrille de so aussit wi vo de KGB und holt mi aus de zug. ich muss hir übernachten und morgen en andre zug nemen. ich geb noch schnell jede stewarda a monatlon. da swidania, ir kleinas. vo Chabarowsk get s steil in de süden. es wird grüner, grüner und grüner, bis es subtropisch is. a schöne fart.

de bot is russisch und trotzdeem gut. ser komfortabel und 4 traumhafte malzeiten pro tag. nur, ich hab mi gewünscht, das kein russi sondern a japani in mein kabine mitreist, de englisch kann. de frau is tatsächlich schlitzäugig, leider a sowjetburga de nur russisch und korisch (koreanisch) kann. de eemann schläft in de kabine nebenan.

an de abend gibt s varietees: de kapitän spilt trompete, de erste ofizir klavir, de zweite ofizir kontrabass. de stewardas verwandeln sich in singas und tanzas. na gut, warum nich?

in de reich vo de aufgeende sonne

natürlich is de tittel »in de reich vo de aufgeende sonne« a lüge. ich hab in Japan oft de sonne untergeen, aber ni aufgeen sen. villeicht sollt ich probiren, früer aufzusteen. nur, de sonne in de frü aufgeen sen, das kann ma doch in jede land.

in Yokohama gibt s a fernseturm. ich red grad mit a japano auf englisch und frag im wi ho de turm is. »how many meters?« er hat mein frage nich verstanden, und als gute japani wird er ni nachfragen. aber er hat verstanden das es bei mein frage um zalen ging. er antwortet unschlüssig: »2.«

de immigration kommt zu de schiff, jedi wird kontrollirt. sowol russis wi japanis ham keine probleme, es dauert bei jedi a halbe minute. dann kommt de held, de euch hir schreibt. si wollen im wegen a rasur in de pass nich reinlassen. de botschaft in Zimbabwe war schuld, um inen das klar zu machen braucht er a halbe stunde, und alli müssen warten.

an de Yokohama-hafen kann ma kein geld wechseln. ich komm raus und a nidliche japana mit rote rose an de weisse kleid sagt, ich soll in de buss einsteigen. de buss is für turis und umsonst. wir faren los, de kleine japana erklärt uns einigu, wir halten an en einkaufzentrum und da kann ma geld wechseln. ich ge noch a bir kaufen und komm zurück zu de buss, de buss is weg mit mein gepäk. bald kommt de kleine japana angerannt, schimpft freundlich mit mi und wir rennen zusammen zu de buss, de einige hausblocks weiter wartet. jedi wird da hin gebracht, wo el hin muss, de rest zu de banhof nach Tokyo. de japana, immer äusserst sympatisch, erklärt uns wi ma a ticket kauft und verabschidet sich. ir telefonnummer will si nich hergeben. de land hat en extreem gute turistische infrastruktur. trotzdeem is es ser schwirig, sich hir zurecht zu finden. vor allu wenn ma a billige hotel sucht.

de feuer vo de vorurteile gegenüber de bonsaileute will ich nich schüren. es gibt solche und solche japanis. dicke und dünne, kleine und noch kleiner, höfliche und noch höflicher, japanis in grosze gruppen und japanis in noch gröszer gruppen. de japani is höflich und gut, er kann kaum engrisch aber er versucht s. wenn ma en auskunft von im will, erklärt er eini nich wo s is, sondern bringt eini hin, ob mit de wagen oder zu fusz. eventuell gibt er eini a geschenk mit, oft auch sein visitekarte, läd eini zu sein haus ein und wenn ma get sagt er dankeschön *(arigato* auf japanisch) und aufwiderseen *(bai-bai).* manchmal zeigt el eini de stadt, egal ob el putzmunter oder hundmüde is. el is normalweise a leise menn und hat maniren. de nase mit hilfe von a taschetuch in de öffentlichkeit zu entleren is für en japani de selbu, wi für di wenn eini auf dein tisch pinkelt. so was is ser unanständig. andreseits is el ser laut bei de essen. in a restaurant is immer a höllische lärm, jedi isst so laut wi möglich, um zu zeigen das es il gut schmeckt.

Tokyo is wi São Paulo, nur sauberer und sicherer. gemessen an de bevölkerung kann höstwarscheinlich kein stadt in de welt mit de sauberkeit und sicherheit in Tokyo mithalten. de stadt is a mer aus lichte, doppelstöckige über- und unterfürungen, werbung (de ligt, sitzt, hängt, fligt, spricht und singt), stimmen und musik (de praktisch immer »für Elise« vo Beethoven is und aus automaten, busse, zeitungverkaufus und sogar klopapirrollehaltus kommt. so hat s de Ludwig bestimmt nich gemeint).

de u-bani spricht ununterbrochen. el zäl de 20 u- und s-banlinien auf, auf de ma in de nächste banhof umsteigen kann, dann verabschidet el sich vo de fargäste, de in dis banhof aussteigen, wünscht inen a gute tag und hofft, inen bald wider zu sen. und es kann vo vorn los gen. de öffentliche verkernetz is ser organisirt, ma wartet selten mer als 3 minuten auf a zug. trotzdeem sind de züge voll, oft extreem voll, so das ich 2 mal de Liverpool-stadion-syndrom gekrigt hab. ein mal in de zug wo ich an de tür fast zerquetscht wurde und ein mal in de banhof. draussen hat s stark geregnet, da sind alle leute vo draussen reingestürzt wärend de leute drinnen nich raus wollten. ich hab das für fast unmöglich gehalten, aber de ganzu entwickelt en eigendynamik, du stest mittendrin, kannst di nich bewegen und hörst de leute schrein. de u-banhöfe sind gigantisch, meist sind si gleichzeitig einkaufzentren und oft mit andre banhöfe verbunden. manchmal sind a halbe dutzend banhöfe mitenandre verbunden. oft stet neben de japanische zeichen für *ausgang* en englischu, aber nich immer, so das en einzige felende englische *exit* dafür verantwortlich is, das ma a virtelstunde de ausgang sucht. best ma lernt sofort, wi de zeichen für ein- und ausgang ausseen.

mit de turistische infrastruktur kann kaum en europi mithalten. unter andru biten si a telefon für auskünfte auf englisch, bei de ma sich über zimlich allu informiren kann. wo ma »billige« hotels oder arbeit findet, wi ma irgendwo hin kommt. das is ser wichtig, da ma mit adressen in Japan nix anfangen kann. ma krigt immer nur telefonnummern, wo ma anrufen kann und wo eini erklärt wird, wi ma da hin kommt. u-ban nummer 10 auf gleis 8 in richtung Akasaka, in de banhof Takabuka aussteigen, in richtung zug zirka 300 meter gen, rechts abbigen und 200 meter gen bis dort, wo 3 bäume nebenenandre sten, dann links de treppen rauf und oben wider rechts 150 meter gen bis vor a müllcontainer wo ma dann links abbigt und nach 40 meter vor a blumeladen stet. das is de haus, da get ma zu de zweite stockwerk, an de zweite tür links klingeln. das is wi a schatzsuche und funktionirt oft gut.

de adressen richten sich nich nach straszen sondern nach hausblocks, wobei nimand weiss wi si heissen. de hausnummern richten sich nich nach de geografische reiefolge sondern nach entsteungdatum. ich hab einmal en adresse gesucht und hab a ganze tag dafür gebraucht, mit de tatkräftige unterstützung vo polizei, post und fuszvolk, de an und für sich auch vo nix wussten.

de essu is de schönstu vo de welt, ma macht draus a kunst. an de schaufenster vo de restaurants ligen bunte plastikkopin vo de, was ma drin krigt, so muss ma de namen nich wissen, sondern ma get mit de kellni raus und zeigt s il. vo de geschmack her is es manchmal ser gut, manchmal a bissi fad. oft a geschmack, de ich noch nich kannte. in a supermarkt komm ich mi vor wi in a supermarkt vo Mars, ich erkenn de meiste produkte nich. geld gibt ma vil aus, wenn ma will. gerichte für a par hundert mark sind kein seltheit, aber ma kann auch billig essen. ser reichhaltige suppen werden für 3 mark angeboten, ausserdeem kann ma gut von automatsuppen leben, de für weniger als 2 mark zu ham sind. ansonsten is allu ser teuer. ma wird sein geld schnell los, dafür amüsirt ma sich prächtig.

in der Türkiye oder in Polska is a mann one schnauzbart kein mann. hir tut s de anzug, da a bart zu ham a schwirige sache für a japano is. hir is a mann one anzug kein mann, sondern a pilipino.

lustig is wi ma auf sich selber zeigt. wenn a westi oder überhaupt a »normali« auf sich selber zeigt, deutet el mit de finger oder hand auf de brust. de japani zeigt auf de eige nase. villeicht is de nase de zentrum vo de japanische wesen. manche auslandis ham sich auf de suche nach dis wesen gemacht und entdeckt, das es wi a zwibel is: ma schält, schält und schält. an de ende is nix mer übrig.

in de jugendherberge treff ich a deutscha. vo mi weiss si nur, das ich a brasilo bin. einmal frag ich ir: »where are you from in Germany?« »from Munich.« »which street in Munich?« »street? have you been there?« »yes.« »it is not a central street. it is called Hansastrasze.« »which number?« »number? well, 107.« »that must be between ADAC and Albert-Rosshaupter-Strasze, right?« tja, da hab ich s ir gegeben. taxidriver. oder wi de einheimis sagen, takuschi-doraiba. direkt vo de englisch. de frau heisst Ania, hat a gute nase, gute figur, a nette charm aber schlechte haut in de gesicht. macht nix, wir machen zusammen a tur. wir faren mit de u-ban bis zu de autoban, zimlich weit weg. trotzdeem is hir allu so städtisch wi in de zentrum. wir kommen raus aus Tokyo, aber nich raus aus de stadt. wir merken nur, das de stadt anders heisst. ma sagt, Tokyo hat 15, 20 oder 25 milionen wonis. ma kann allu sagen. de verwaltis und planis ham a karte genommen und gesagt: ab hir is es nich mer Tokyo. so kann ma s auch machen, aber in de grund genommen is de ganze südliche küste en einzige stadt. manchmal sit ma 100 meter reisplantage dazwischen, das kann ma aber kein trennung nennen. das sit ma in de offizielle stadtgebit öfter als »draussen«.

si sind perfektionbesessen, dagegen sind deutschis absolute pfuschis. deshalb geben si ni informationen, de eventuell nich stimmen könnten. si bitten 1000 mal um verzeiung, geben eini geschenke als ausgleich. wenn si eini in de auto ham, fülen si sich für de mitgenommeni leblang verantwortlich. si bringen il bis zu de haustür, oder si sprechen andre faris in raststätten an, damit si eini mitnemen. si können s einfach nich über de herz bringen, a trampi mitten in a raststätte alein zu lassen. ausserdeem laden si eini immer zu de essen ein. da es meist gleich passir, nachdeem ma einsteigt, nem ich an, das si auch essen wenn si a volle bauch ham, nur damit si eini einladen können.

ein faro, de uns mitnimmt, hat a kleine Renault mit de lenkrad an de linke seite. ich frag im, ob so en auto billiga is als de einheimische autos. ne, sagt er, so a kleine Renault is genauso teuer wi de grosze Nissan-limousine. ich frag im, wiso um himmelwille hat er sich so en auto gekauft statt a Nissan-limousine. weil er de lenkrad an de linke seite mag, obwol de autos in Japan links faren. das is de vorteil: wenn ma importirte autos kauft, is de lenkrad auf de linke seite, es is a frage vo status. nich einmal Jaguars und Rolls-Royce ham in Japan de lenkrad auf de rechte seite.

ma darf nich schneller als 80 kilometer pro stunde faren. da si technikbesessen sind, ham de autos en eingebaute gerät, de sofort zu pipsen anfängt, sobald de tempolimit überschritten wird. also pipst es dauernd in de autos. andreseits ham de meiste autos auch a radar-radar-anlage, das heisst en anlage, de alarm schlägt, sobald ma sich en radaranlage näert. doppelpipsen.

Ania und ich schlafen oft in banhöfe und auf de strasze, da de hotels zu teuer sind, de parks nachts geschlossen und de mauern ser ho. und überhaupt: bänke gibt s praktisch nur in parks, auf straszen äusserst selten. de land is nich so gut zu relaxen, de gesteige sind zu gen gemacht, nich zu sitzen. in Europa verwechselt ma immer japanis mit chinis. wenn ma a japani nachamt, spricht ma *l* für *r*. das is nur bei de chinis richtig. zimlich alle ostasis können de unterschid zwischen dise buchstaben nich hören, aber de chinis sprechen s *l* aus und de japanis eer wi en *r*. das kann ma in *harakiri, Hiroshima, karaoke* leicht feststellen. nur de automarken sind ganz unjapanisch: kein menn hir kann *Starlet* oder *Corolla* aussprechen, ma sagt *Sutareto* und *Korora*. de beide sprachen sind so weit vonenandre entfernt wi vo deutsch. de japanische aussprache is kindleicht, de chinische elefantschwer. chinisch hat geschwungene einsilbige wörter, wärend japanisch nur so runtergerattert wird. chinisch: zha pü tong schang hong peng xü. japanisch: takaruka shikoteko kokakora kamikaze hiroshima harakiri.

de grammatik, in gegensatz zu de chinische, is unmöglich. ma lernt und lernt, und is immer noch nich instande a satz richtig zu baun. vor allu de höflichkeitformen bereiten eini kopfzerbrechen. ma kann kaum um en auskunft bitten, one en japani zu beleidigen, da vile ideen durch merere worte ausgedrückt werden, je nach dem mit wer ma spricht (in de deutsch kann ma statt *fresse* oder *klappe mund* sagen, wenn ma mit en »anständige« menn spricht, aber hir is es fast bei jede wort so). es is a ser vage sprache, exakt is es nur mit de höflichkeiten, so das de einheimis immer als erstu fragen, wi alt ma is und als was ma arbeitet, damit si wissen, mit wer si reden und wi si mit eini reden sollen. de deutschis ham noch dis feudalismus-rest in form vo *du* und *si*, in Japan bleibt *du/si* unflektirt, de *ich* dagegen hat zirka 30 formen, vo de heutzutage 6 gebräuchlich sind. de *ich* beugt sich, nich de *du. du* sagt ma äusserst selten. so sagt de japani: villa-geerte-zu-gen-einladung-is-frage, hütte-erbärmliche-zu-gen- einladung-is-frage. das bedeutet in andre worte: gen wir zu de geerte villa oder zu de erbärmliche hütte? auf gut ultradoitsh: ge ma zu di oder ge ma zu mi?

Hiroshi, de typ mit de ich in de Amazonas gereist bin, war aus Okinawa. okinawis sind ser salopp für hisige verhältnisse und Hiroshi is ser salopp für okinawische verhältnisse. er hat mal gesagt: »take it easy, man. o, entschuldigung, es tut mi leid«. »wiso?« »weil ich *take it easy* gesagt hab«. »was meinst du damit?« »naja, wenn ich sowas zu Peter gesagt hätt, wär s okay, aber doch nich zu di«. »wiso, was is de unterschid?« »Peter is 4 jar jünger als ich, aber du bist 6 jar älter.«

de schrift is en alptraum. si ham 4 schriften: kan-ji, hiragana, katagana und roma-ji. kan-ji is de schrift vo de chinis, das heisst einige tausend schriftzeichen de selten bezug zu de laut ham. dise schriftzeichen muss ma einzeln auswendig lernen. hiragana is a silbeschrift, de ma in ein tag lernen kann. de silbeschrift katagana benützt ma vor allu für fremdwörter. roma-ji is de schrift vo de romis, unser schrift. dise schriften sind nich belibig austauschbar, sondern jedu wird in bestimmte fälle eingesetzt. vo de englisch ham si a menge wörter entleent, de selten zu erkennen sind. da de wörter mit katagana geschriben werden, müssen alle silben 2 buchstaben ham: meist wird a hilfe-*u* verwendet, manchmal en *o*, de kaum ausgesprochen wird. basu – buss / torakku – lkw / serufu-sabisu – self-service / doa – tür / doaman – pforti, türi (förtna, türstea) / gasorin-sutando – tankstelle / garufurendo – freinda / boifurendo – freindo / miruko – milch / gurepu – traube / biro – büro / biru – bir / supun – löffel / foku – gabel / naifu – messu / noto – heft / depato (department store) – kaufhaus / supa – supermarkt, supa (benzin) / rita – liter / kiro – kilogramm, kilometer / gurasu – glas / teburu – tisch. vo de deutsch kenn ich nur ein wort: *arubaito,* auf deutsch *job, aushilfjob.*

en andre wort aus de englisch is *rabu-hoteru* und stet für *love-hotel.* si schaun oft wi Neuschwanstein- oder Disneylandschlösser aus, und de inneneinrichtung is nich weniger spektakulär. manchu sind vollautomatisirt, so gibt es keine zeugis. allu per knopfdruck, rechnung folgt per rorpost. und wenn frau oder mann stönt, kommt diskolicht in de bude. je lauter desto mer licht. wenn si wirklich ganz laut stönt, meldet sich a computerstimme: bravo, jungo! du hast es geschafft! nu noch mal! wenn de frau zu leise oder de mann zu ineffizient is, kann er selber laut werden und de komplimente kassiren.

de japanis können auch kein *w (*englisch *v),* nur *b,* deshalb fragen si uns immer ob wir *robers* sind. dabei wollen si wissen ob wir *lovers* sind. eini sagt uns: »next month we habe erections for prime-minister.« seltsame volk.

in Shimonoseki, wo ma de schiff nach Korea nimmt, fragen wir bei de auskunft nach a hotelzimmer. de 3 damen sind freundlich und werden hektisch. si suchen in de telefonbuch, in alle bücher und kataloge de si finden können. nix. ich verstee nich. de japanis sind doch so extreem organisirt, wiso kann de banhofauskunft plötzlich kein zimmer vermitteln? si telefoniren rum, eina bringt uns zu a reisebüro. in de reisebüro wird beraten und en entscheidung getroffen: en angestellto bringt uns raus und zeigt auf de andre straszeseite, da sollen wir hin. da is de banhofauskunft. was? banhofauskunft? was war denn das vorheer? shopping-center-auskunft. ach so. nu is allu klar. hir weiss ma ni, wo de banhof aufhört und de shopping-center anfängt. dabei ham si sich wirklich angestrengt. nu stell di vor, du gest zu en einkaufzentrum in Deutschland, sprichst kaum deutsch und fragst bei de auskunft nach a zimmer.

de abenteuers vo Zé do Rock in de land vo de 1000 schlitzaugen

Korea, a reich wo de sonne auch aufgeht, nur 10 minuten später, is en art schlampige Japan. Japan is reich, Korea is mäszig. de japanis sind höflich, de koris sind normal. de sprache is männlich, a mischung aus chinisch und arabisch. obwohl de chinische schrift auch verwendet wird, is de wichtigste schrift de korische. disu is phonetisch und sehr leicht zu lernen, selbst wenn s auf de erste blick gar nich so aussieht. normal ham de leute nich zuviele probleme, englisch zu sprechen. de einzigu, woran sie scheitern, is in de aussprache vo *si.* da sagen sie *shi.* das wirkt sich nich so gut aus, wenn sie eini bitten, platz (sit, seat) zu nehmen: »please shit down« oder »please take a shit.«

de flughafen vo Hongkong is mitten in de stadt und de pilot muss gut rumkurven um de kurve zu kriegen. in Hongkong kann ma in YMCA bleiben. de fraun de de nase voll vo männer ham, können zu de YWCA (young women christian association). de adresse lautet 5 Man Fuk Street. und in China, hab ich entschieden, werd ich s wie de chinis machen: mit de fahrrad.

de grenze zu China is mitten in de innenstadt vo Macao und ma is in 3 minuten durch. gleich nach de grenze umzingeln mi hunderte geldwechslis. da ich kein alternative hab, wechsel ich und mach selbstverständlich a schlechte geschäft. vo de grenze bis nach Guangzhou (Kanton) is de hälfte vo de autobahn nur für fahrräder. immerhin. de städte ham überall fahrradspuren, de oft so breit sind wie de autospuren. es is furchtbar heiss und feucht. hier de erste 7 tage zusammengefasst. erste tag: 130 kilometer fahren, anschlieszend fast a kreislaufkollaps / zweite tag: 8 löcher an de vorderrad und 1 loch hinten (an de rad) / dritte tag: kette kaputt / vierte tag: statt 10 liter flüssigkeit trink ich 15 liter sojamilch. an de abend allu gekotzt und de zimmer überschwemmt / fünfte tag: erste kontakte mit polizei mit anschlieszende geldstrafe. / sechste tag: allu kaputt. / an de siebte tag, wie s bei mein sippe sitte is, hab ich ausgeruht.

es gibt sehr viele chinis. wenn du mal auf a chinische landstrasze fährst, weit weg vo jede stadt, di a zigarette anzündest und 2 minuten später 20 chinis um di rum hast, wenn du nie weniger als 50 chinis auf ein blick siehst, wenn du scheissen willst und hinter jede busch 20 chinis liegen oder arbeiten, dann weisst du, was ich mein. ich will nur ruhe, ich will nur frieden, aber wie sagt ma de wort auf chinisch? ich kenn de wort *tien an*, himmlische frieden, wegen de platz wo vor kurz noch so wenig frieden war. so sag ich *tien an*, aber niemand versteht mi. ich sprech de *t* und buchstäblich jede buchstabe falsch aus. nich nur vo de phonetik sondern auch vo de ton her. selbst wenn ich de *tien* weg lass und nur de *an* sag, für *frieden*, versteht ma mi nich. *an*, richtig ausgesprochen, heisst *frieden* und heisst nich *frieden*. ma kann nich einfach *an* sagen, da de wort mehr als 200 bedeutungen hat. ma muss *an zhi* sagen, wo *zhi* so was wie *ruhe* heisst. *frieden + ruhe*, das kann el verstehn. damit du verstehst warum, nehmen wir de wort *mal/mahl*. wenn ma nur *mal* sagt, kann s etliche bedeutungen ham. wart mal, mal bitte a bild, mahl bitte de kaffee, de abendmahl, de muttermal, allu gleich ausgesprochen. *mahl* heisst zwar auch *essen*, aber ma kann nich nur *mahl!* sagen, niemand wird das als *essen* verstehn. deshalb sagt ma *mahlzeit!* de unterschied is, das in de deutsch a wort 2, 3 oder 4 bedeutungen hat, während s dutzende, manchmal 100 in de chinisch sind. da muss ma halt kombinieren. deshalb kannst du nich *cha* bestellen, wenn du a tee willst. selbst wenn du de richtige zischlaut und de richtige ton erwischt hast, kann de chini immer noch nix damit anfangen, da *cha* masseweise bedeutungen hat. so sagst du *yi bei cha,* ein tasse tee, und de menn weiss bescheid. wenn du allu richtig ausgesprochen hast, was unmöglich is. es is so leicht zu lernen wie a vogelsprache oder a marsisprache. es hat in schnitt 120 bedeutungen für jede silbe. dazu 4 töne, so das jede silbe mit ton in schnitt 30 bedeutungen hat. in endeffekt wird nur ein buchstabe wie in deutsch ausgesprochen, de *f.* diese nuancen sind in jede provinz etwas anders. so zeichnen de chinis, wenn sie mit landsmennen aus andre regionen sprechen, immer schriftzeichen in de luft. de schriftzeichen sind für ihnen a grosze hilfe, nich für mi. sie reden mit mi, und wenn sie sehn, das ich nix verstanden hab, schreiben sie s auf papier auf. ich versteh s immer noch nich. es gibt auch a gedicht: vier is nich zehn, zehn is nich vier, vierzehn is nich vierzig, vierzig is nich vierzehn. shi shi shi shi, shi shi shi shi, shi shi shi shi shi shi, shi shi shi shi shi shi. selbstverständlich hat jede *shi* en andre betonung, de ich vergessen hab.

ich find ihnen idiotisch. wieso verstehn sie mi nich? dabei versteh ich auch nich, wenn sie englisch mit mi reden. eino hat einmal gesagt: »toga!« was is *toga?* »ying guo hua«, sagt er. er meint, er spricht englisch. toga? de einzigu, worunter ich mi vorstellen kann, is de kleidung. de kann er wohl nich gemeint ham. dann deutet er auf a hund. nu is mi klar: *hund* auf englisch is *toga.* wenn a chini es ausspricht. de kommunikation wird noch dadurch erschwert, das de landnamen, kontinentnamen, internationale marken und ruhmis (berühmte leute) andre namen kriegen. in fast jede land, kann ma wenn ma rauchen will, Marlboro oder Camel sagen. wenn ma auto meint, Volkswagen oder Toyota. wenn ma sein reiseroute beschreiben will, kann ma America oder Afrika sagen. einige wochen in Japan und schon weiss ma, das *Borukusuwagen* de japanische aussprache für de deutsche autoherstellu is, de de autos Passatu und Gorufu produziert und sein hauptwerk in de norddeutsche stadt Borufusuburugo hat. nich so in de chinisch. da macht de logik urlaub. Donald Duck heisst *lao yang,* de alte yang, Toyota heisst *ching zhou* oder ganz was anders, Afrika heisst *fei zhou,* Deutschland heisst *deguo,* de land vo de tugendis. manchu is dann doch noch ähnlich: *pan-cu* (pan-zu) zu beispiel is de wort für Mercedes-Benz. versteht sich vo selbst.

als wär das nich genug, können de chinis nich gestikulieren. so was würd a chini nie in de leben einfallen, weil sie nie kontakt mit auslandis hatten. wenn ma selber gestikuliert, sind sie sehr erstaunt oder lachen, sonst fällt ihnen nix ein. für ihnen gibt s 2 kommunikationarten: sprechen oder schreiben. wenn ma nich perfekt chinisch kann, nehmen sie gar nich war, das ma versucht, ihr sprache zu reden. so schicken sie eini dort hin, wo ma hin soll, nich dort hin, wo ma hin will. ich frag, wo is de strasze nach Cheng Du? Cheng Du. strasze. wo. frage. ma schickt mi immer in de gleiche richtung. 3, 4, 5, 6 passanten frag ich. alli sind sich einig, ich muss in dies richtung. plötzlich steh ich vor a nationalpark. is ja ganz klar. turis gehn zu de nationalpark und sonst nirgends. de strasze hört da auf. ich versuch s bei a lastufahro. Cheng Du. strasze. wo. frage. sein zeigfinger hat keine zweifel: richtung nationalpark. ich sag, ich will kein nationalpark, verflixt nochmal. nix gut. nein. nationalpark nein. ich nehm mein wortbuch und zeig auf strasze und auf wo. dann de landkarte. zeig auf Cheng Du. er is geduldig. sein finger weist zu de nationalpark. ich geh zu de nächsti. same procedure, allu genau deselbu. ich brauch 3 stunden um vo de stadt raus zu kommen.

richtungweisende verkehrschilder sind selten, und wenn, dann sagen sie nur de nächste stadt. so als würd ma vo München weg richtung Frankfurt oder Berlin, und de einzige schild würd darauf hinweisen, das ma nach Garching fährt.

informationen in dies land zu kriegen is a harte geschäft. ma kann nie richtig de namen vo de städte aussprechen, ma muss immer in de landkarte zeigen. de leute zeigen mit de zeigfinger auf en undefinierbare richtung und dabei bleibt s. so bin ich durch Guangzhou gefahren und war schon nach 50 kilometer wieder draussen. ich hab a stadt mit 6 million wohnis verfehlt weil ma nie weiss, was stadt und was land is und de auskünfte so schlecht sind. in de groszstädte sind milliarden fahrräder unterwegs und verursachen staus und unfälle jede minute. wenn ma a strasze überquert, passt ma nich auf de autos auf sondern auf de fahrräder.

de landstraszeverkehr in China is oft a wahnsinnchaos, mit lastus, busse, traktoren, fahrräder und fuszis und und und. hier is es gesetz zu hupen, de schilder weisen darauf hin, das ma hupen soll wenn ma durch en ortschaft oder a stadt fährt. so hupt ma wenn ma a lastu sieht, a bus, a traktor, a fahrrad und ma hupt wenn ma a fuszi sieht. wenn ma nix sieht, hupt ma erst recht. de chinis sind genauso kamikazehaft wie de koris, und jede itali wär über diese verhältnisse schockiert. de brasili fährt gut aber schnell und undiszipliniert, de afriki fährt gut und langsam aber undiszipliniert, de deutschi fährt gut und diszipliniert aber schnell, de engli fährt gut, langsam und diszipliniert aber auf de falsche seite, de japani diszipliniert und langsam aber schlecht, de itali schnell, undiszipliniert und schlecht. de koris und de chinis fahren wie de italis, nur viel schlimmer. ich hab glück gehabt, nur ein mal hat mi a buss überfahren (de 2 grosze zehen an de linke fusz). nachts is es gefährlicher. traktoren und fahrräder ham kein licht und bergab schalten viele chinis de motor von ihre autos aus. da sie de motor ausschalten, schalten sie de lichte auch aus um de batterie zu sparen. ma sieht s nich und ma hört s nich.

ich will Niur in Win anrufen. dazu brauch ich einige stunden, mit de hilfe vo 20 postis. wie heisst *Östreich* auf chinisch? ich jodel a bissi und tanz a walzer, de chinis ham aber kein ahnung, das ma in Östreich walzer tanzt und jodelt. weder ham sie jemals a walzer gesehn noch ham sie jemals jodeln gehört. übrigens: de Alpenrepublik heisst *o-di-li.* de USA heissen *mei guo,* de schöne land.

de chinagas sind sehr schön. sie ham schöne, mandelförmige schwarze augen, schöne nasen, schwülstige appetitliche lippen, und genug fett an de richtige stellen. sie altern langsamer (wie auch afrikis), was mi zu de schluss führt, das de weissis schneller altern als de andre rassen. in Hongkong sind de chinagas sexy, was ma vo de fraun in de kommunistische China nich immer sagen kann, vor allu wegen de kleidung. erwähnwert sind auch de fremdartige sitten: du siehst manchmal a bildschöne chinaga de auf de parkbank sitzt. a traum vo frau und du fang an zu träumen. du bist mitten in de traum und siehst wie sie plötzlich in de reale leben de beine aufspreizt, ihr mund so richtig ausholt, so das ma s 200 meter weiter hören kann, und de ganze schleim raus lässt. de eine ende is noch in de mund, während de andre ende de boden schon erreicht hat. das machen natürlich nich nur fraun. mit taschetücher kennt ma sich wenig aus. andre länder, andre sitten. überhaupt sind de leute de absolute gegenteil vo de japanis. wo de japanis nur so ausschweifen, sich halbe stunde bedanken und halbe stunde verabschieden, sind de chinis, mild gesagt, knapp. danke, bitte, wiedersehn – kann ma vergessen. sie lachen eini noch aus. du kaufst was in a laden, zahlst und bedankst di. de chini find das sehr lustig. wieso bedankt sich de menn? er hat was gekauft, ich hab was verkauft, wieso soll sich jemand bedanken? und nu geht er weg und sagt wiedersehn! warum sagt er wiedersehn? ich weiss doch, das er geht. was soll er noch hier tun?

vo de chinagas sollt ma sowieso de fingers weg lassen. so gut sie auch aussehn, ma schafft sich nur probleme. wenn ma ihnen an de erste tag küsst, reden sie an de nächste tag nur noch vo heirat. wenn ma ihr dann heiraten will oder nich: ma wird zu a polizeifall.

in de provinz Guangdong isst ma allu was sich bewegt, inklusive schlangen, hunde und katzen. ein gericht heisst drachenschwanz mit tigi (tiger) und is en eintopf vo schlange mit katze. in de markt werden diese tiere alle frisch an ort und stelle geschlachtet, vor de augen vo de kunde. damit sie garantiert frisch sind. in de restaurant kann ma nie was mündlich bestellen, ma kann entweder auf irgendwelche schriftzeichen in de speiskarte deuten oder auf de fertige gerichte, de meist wie a gulasch aussehn. ma bestellt was und kann nich raten, was es is. ma ruft de kellni. »muuuuu?« »meyo (nein).« »beeeee?« »meyo.« »kok, kok, kok?« »meyo.« »na was denn?« »wau, wau, wau.« de essu schmeckt saugut, nur für de magen is es nich immer sehr bekömmlich. nich amal für de einheimische magen. ich hab noch nie soviel leute vo busse, lastus und auf de strasze kotzen gesehn. übrigens hat kein chini en ahnung, was *chop suey* heissen soll.

de toiletten sind nich ganz privat. meist sind 20 löcher in de boden nebenenandre, ohne trennwände. hart is es früh morgens, wenn fast alle löcher besetzt sind und du auch musst. wie gesagt, de meisti ham noch nie en auslandi gesehn, geschweige denn en auslandi bei scheissen. ma werd zu de grosze show. alli schaun di mit grosze augen an, was bei de ostasis doch nich viel is. manchi lachen noch, das ma soviel papier braucht um sein anlage sauber zu kriegen. sie selber unterstützen noch ihr entleeraktion mit hals- und mundlaute vo verschiedene arten, damit ma sieht, das sie wirklich an werkeln sind. klopapier is nich leicht zu finden und mein zlotys sind alle. krise.

jede nacht is hart, sich a zimmer in China zu erkämpfen is kein leichte sache. als auslandi soll ma in de grosze turihotels bleiben, de erwartgemäsz viel teurer sind und oft nur bezahlung in turigeld akzeptieren. ich versuch, kleine private hotels zu finden. in manche stadt is das kein problem, in andrus werd ich nich angenommen, da de bullen manchmal a razzia veranstalten. in de hotel nehm ich mein rad immer mit in de zimmer, sonst is es an de nächste tag garantiert weg. nich, das de kriminalität in China hoh wär, aber ma kann sein Rolls-Royce nich draussen lassen. meist gibt ma mi a zimmer in de letzte stockwerk, damit ich meine muskel trainieren kann. danke. das tu ich: ich muss nich nur de fahrrad schleppen sondern de vorderrad nach unten drücken, damit de hinterteil mi nich runter zieht. ausserdem kriegt ma nie de schlüssel, dafür sorgt de stockwerkmädel (de 80 jahre alt sein kann). so kommt s, das ma vo de zimmer auf de klo geht und anschlieszend a halbe stunde lang de stockwerkmädel sucht, de eini de zimmertür wieder aufmacht.

gott sei dank is nich allu staatlich, obwohl ich nich glaub, das gott viel damit zu tun hat. in gegensatz zu Russia findet ma genug private restaurants, hotels und läden. ma kann fast allu kaufen und schlangen gibt s nur mit sojasosze. de zahl vo de zigarettemarken is unendlich.

dies land is wahnsinnig schön, es hat absolut einzigartige berge, grüne flüsse, blau flüsse, durchsichtige flüsse, wasserfälle an de laufende band und de schönste plantagen auf de erde. eigentlich hab ich gar nich gewusst, das plantagen so schön sein können. de mennen hier sind sehr fleissig. wenn ma bedenk, das de chinis genauso fleissig wie de japanis sind, kann ma kaum verstehn, wieso de japanis 20 000 dollar pro-kopf-einkommen ham, während s de chinis auf knapp 300 bringen. wahrscheinlich weil de japanis mikrochips produzieren, während de chinis noch reischips machen.

in Yangschuo treff ich zufällig de Sepp, en alte freund und nachbo aus München. weder er noch ich wussten, das de andri in China war. tia, wie ma heutzutage sagt, de chance, de nachbi in en andre kontinent zu treffen sind gröszer als in de hausgang. allmälich kommt de bergland, es is nich mehr so verdammt heiss, dafür wird ma heiss vo de strampeln. es geht auf und ab ohne unterbrechung. irgendwie lohnt s sich nich mehr, de ganzu. ma kann nie so schnell runterfahren wie ma langsam rauf gefahren is. bergab bremsen eini de schlaglöcher, kurven, verkehr und baustellen. einmal fahr ich a kurvereiche abfahrt, rechts vo mi de abgrund. ich fahr schneller als jede auto, will irgendwann bremsen und da fliegt mi a bremsklotz weg. sofort danach de zweite und de dritte. de vierte mag nich mehr und ich bin gezwungen, mein schuh zu benützen. mein fusz brennt wie Züri. vo de schuhe bleibt nich viel übrig. ich müsste neu schuhe kaufen, was in China einfach nich machbar is, wenn ma schuhgrösze 46 hat.

mein kette is fast täglich kaputt. ich kann s nich reparieren, werkstätte reparieren s nur manchmal. junge mechanikis eher als altis, sie sind vo de gangschaltung fasziniert.

einmal hab ich a panne und tramp zu de nächste stadt. wir kommen nachts an, finden a hotel und de fahro sucht en englischlehri damit wir uns unterhalten können. de ganze stadt macht sich auf de suche nach dies englischlehro, wir warten in de restaurant. an de tisch sitzen schon 10 leute, 100 leute stehn um de tisch und beobachten mi. ich fühl mi wie a rosa elefant. da kommt de englischlehro. ich frag im, ob diese mennen noch nie en auslandi gesehn ham. »manchi schon«, meint er, »manchi nich. manchmal kommt schon en auslandi vorbei: neulich vor 3 jahr war en östreicho hier. aber nich jedi hat im gesehn.« dann kommt a polizo zu unser tisch. er kontrolliert meine papiere und erklärt mi, das ich in a gesperrte gebiet für turis bin. ich muss 30 kwai, das heisst 30 yuan, umgerechnet 10 mark geldstrafe zahlen. das is soviel wie 10 übernachtungen in a billige hotel. zusätzlich gibt er mi a reiseerlaubnis bis zu de Tibet. für nur 6 yuan. er empfiehlt mi, mi bei jede stadt zu melden, wo ich übernachten will.

in de nächste stadt komm ich abends an, find a hotel und meld mi bei de polizei. nur, wie meldet ma sich auf chinisch? niemand kann mi in de polizei verstehn. ich kann nur sagen: »ich sein hier. ich sein hotel.« sie verstehn nich was ich will, telefonieren rum. nach ein stunde geh ich einfach, ich hab mein pflicht getan. um 2 uhr morgens klopft jemand an de tür. 3 polizos und ein englischlehro. sie checken meine papiere und mein tasche. allu okay. an de nächste tag kommen sie wieder. de englischlehro übersetzt: »wir ham gedacht, es wär allu okay, aber wir ham mit unser chef gesprochen. unser chef hat gemeint, es is allu okay, aber vorsichthalber hat er mit sein grosze chef in de hauptstadt geredet, und dieso hat gesagt, das es nich okay is. dies polizo in de andre stadt hat kein recht, di a reiseerlaubnis zu geben. es is illegal. reiseerlaubnisse kann nur de polizeichef in Nanning geben. du musst mit de bus zurück nach Nanning, de provinzhauptstadt, fahren. wir bringen di morgen früh zu de bus.« das find ich überhaupt nich lustig, 300 kilometer zurück zu fahren, de ich schon mit de rad zurück gelegt hab. dann müsst ich wieder in de andre richtung, zusätzlich 300 kilometer. de leute sind unorganisiert wie in de Congo aber stur wie in Japan. da geht nix mehr, da hilft kein weinen. de chef hat gesagt. so stecken sie mi in a bus (de ich selber zahlen muss) an de nächste tag, fahrrad auf de dach. an de nächste halt, 30 kilometer vo de stadt, steig ich aus und versuch in de richtung zu trampen, vo de ich grad gekommen bin. ich muss durch de stadt, aus de ma mi grad raus geworfen hat. best in a lastu. rad oben versteckt, ich in de kabine versteckt. leider meinen de fahris immer, ich wink ihnen aus sympathie. a lift kann ich doch nich gebrauchen, ich hab ja a rad. dabei kommen ständig polizeiautos vorbei. wenn diese polizis de andre polizis vo mi erzählen, kann ich echt trouble ham. alle fahrus fahren leider nur bis zu dies stadt und so was kann ich nich gebrauchen. irgendwann hält doch ein lkw-fahro an, de sogar englisch spricht und mi durch de verbotene stadt fährt, obwohl er gar nich so weit fahren wollte und so en unternehmen a grosze risiko für im bedeutet.

ich werd sehr vorsichtig. nich mehr in hotels schlafen, ich meid de städte und de polizei wie de pest. anscheinend is 90 prozent vo de land gesperrte gebiet.

de landschaft wird sonderbar, allu wird sonderbar. ich komm durch gegende, wo keine chinis wohnen sondern leute de wie chinis aussehn aber keine chinis sind. sie ham a ganz andre sprache und verstehn sich überhaupt nich als chinis, genauso wie englis sich nich als bulgaris verstehn, obwohl beidi runde augen ham. durch diese städte zu fahren is unheimlich und faszinierend für mi, hier werden de leute fast wahnsinnig wenn sie mi sehn. es is schade, das ich mi das nich genauer anschaun kann. allu verboten. in manche gegenden ham de leute sehr verwitterte gesichtzüge und sehr aussenstehende zähne, wie bei Djingis Chan. hast du nich gewusst, das de Djingis Chan aussenstehende zähne hatte?

Kayueng. 10 uhr abends, es regnet und ich geh spät abends doch in a hotel. ich bin noch nich eingeschlafen, da klopfen schon de polizis an de tür. diesmal ein dutzend polizis in 3 wagen. sie bringen mi zu en andre hotel in de zentrum, a grosze hotel. da werd ich verhört und schimpf verzweifelt. »dies land wird mi noch in de wahnsinn treiben. de chinische turiamt und de polizei in Guangzhou ham mi garantiert, das ich überall in China radeln darf. seitdem hab ich nur probleme! ich kann nich einmal wissen, wo s in dies land für turis gesperrt is und wo nich! es steht nirgends geschrieben! selbst wenn ich chinisch lesen und verstehn könnte, hätt ich kein chance, rauszufinden, wo s gesperrt is und wo nich. kein polizi auf de strasze weiss es, nur dies auslandipolizei. dies polizei kann ich gar nich finden um s zu erfahren, nur sie findet mi immer. wie, sagt mi das, wie kann ich wissen, das de stadt gesperrt is?« »dies stadt is nich gesperrt«, sagt mi de chef. »nich gesperrt? a? wieso werd ich denn wie a kriminelli behandelt?« »wenn du mit a fahrrad her gekommen bist, musst du durch a gesperrte zone gefahren sein.« naja, wie a richtige kriminelli werd ich natürlich nich behandelt. sie werden anders behandelt und bleiben nich in de luxushotel. an de nächste tag werd ich nochmals in de revier verhört, nach einige stunden kommt de urteil: »wir verstehn, das nich allu innerhalb de polizeiorganisation von unser land perfekt is, und wir verstehn, das sie probleme hatten. aber was sie getan ham, war a klare verstosz gegen unser gesetze. und wer gegen unser gesetze verstöszt, muss bestraft werden. vor einige zeit hatten wir hier en australo.

er hat nich nur gegen unser gesetze verstoszen, sondern er war auch äusserst unfreundlich. wir ham sein fahrrad konfisziert. aber in ihr fall, glaub ich nich, das wir ihr fahrrad konfiszieren müssen. sie werden nur a geldstrafe in höhe vo 70 yuan zahlen müssen. so, was is ihr meinung dazu?« ich möcht alle 3 polizos de kehle aufschlitzen, aber das is kein gute antwort. »naja... wie sie schon sagten, is de polizeiorganisation noch nich ganz perfekt. andrerseits muss ich gestehn, das de polizei bisher sehr höflich mi gegenüber gewesen is. deshalb möcht ich nich unhöflich werden, indem ich mein meinung zu dies ganze prozedur sag.« er hat s verstanden. ich jammer noch a bissi, zeig im meine kaputte schuhe und mein leidweg. de hauptanklago sagt, das er mit sein führi sprechen wird. nach ein minute is er zurück, sein führi hat im gesagt, ich darf unbestraft gehn. nich ohne a 10minütige rede mit gleichzeitige übersetzung: »de regeln von unser land sind klar, sie ham gegen de gesetze verstoszen, und müssten eigentlich bestraft werden. wir ham jedoch nich de absicht, de beziehungen zwischen unser beide länder schaden zuzufügen oder zu verschlechtern, so das wir uns entschlossen ham, vo dies geldstrafe abzusehn.«

in Kunming, de hauptstadt vo de provinz Yunnan, erfahr ich, das ich nich nach Tibet radeln darf. das geht momentan nur in tourgruppen mit fremdiführi. ma darf de hotel ohne reiseführi nich verlassen und für de tour zahlt ma 1000 dollar für 10 tage. das heisst, ich muss um de Tibet a bogen machen, über de norden und de westen. dabei is mein ziel Brasil. Brasil liegt weder in de norden, noch in de nordwesten sondern vo hier aus in de südosten.

in Kunming werd ich abermals gezwungen, in de grosze tourihotel zu bleiben. zu de erste mal zahl ich de rechnung nich. polizei und hotel sind vo de regierung, de polizei nimmt mi de geld, ich nehm de geld vo de hotel. es is leicht: ma versucht nich zu lange zu zahlen. in de rezeption is niemand zuständig, und wenn de zuständigi da is redet el mit a kollegi. danach versuch ich gar nich mehr zu zahlen, ich geh einfach. is ihnen auch lieber, so ham sie weniger arbeit.

de berge machen mi fertig. manchmal halt ich mi an a lastu fest, de grad rauf fährt. das is nur für de beine en erleichterung, für de rest is es schwerer. bei de erste mal hab ich mi drangehalten und war sofort weg mit de lastu, nur de fahrrad is hinten geblieben. ma muss de arsch an de sattel halten, das is arbeit für de ganze körper. ma kann auch ein bein gegen de lenkstange stemmen, das is nich so mühsam für de arsch und für de ganze körper, nur ma hat weniger gleichgewicht und de fahrrad is halb unter de lastu. so bin ich vielleicht 200 vo de 3 500 kilometer gefahren. de chinis fragen mi öfters, ob ich a sporti bin. nein, sag ich, a masochist.

de polizei lässt nich mehr locker. ständig klopft sie um 2 uhr morgens an mein tür. manchmal sind s gesperrte städte, manchmal zugelassene, ihnen interessiert das gar nich. manchmal is es a gesperrte stadt aber sie ham kein englischlehri zu übersetzen. ich stell mi blöd. sie reden und schreiben chinisch. ich nix verstehn. irgendwann geben sie auf. ich hab de schnauze hackedickevoll vo diese uniformierte randalis.

in Cheng Du, in de mitte vo de reich vo de mitte, treff ich a scoto, de ich in Guangzhou zu de erste mal gesehn hab. Mure is 18 jahre alt, kennt nur Scotland, China und is eini de gut durchblickt. wir gehn täglich zu de Flower Garden, a neu kleine restaurant für touris. de lokal steht gähnend leer, vor allu nach de massaker. dies restaurant, a kleine familiebetrieb, is seltsam. statt das ma trinkgeld gibt kriegt ma trinkgeld vo de wirt. 5 yuan 80? mach ma 5! 12 yuan 20? mach ma 10! jede tag, de wir hingehn, kriegen wir mehr trinkgeld, bis sie uns nich mehr bestellen lassen, sondern uns einladen bei ihnen zu essen. bei soviel entgegenkommen wollen wir auch was leisten. wir veranstalten diskoabende, mit plakate und viel rantantam. einige touris kriegen wir schon rein, draussen steht de chinische menge und schaut neugierig rein. sowas ham sie noch nich gesehn.

ich will mein rad verkaufen, hab leider nich de papiere dazu. laut stempel in mein pass muss ich de land mit a fahrrad verlassen. de leute sind vo de fahrrad fasziniert, aber ohne papiere und ohne kennzeichen will s keini. ich verkauf s an de schluss an de restaurantleute für weniger als de hälfte vo de einkaufpreis. dafür hab ich gut gegessen. ich fahr mit Mure weiter richtung norden. er trampt zu de erste mal in China und is fasziniert.

später wird er nix anders mehr machen als durch de land zu trampen und in de hände vo de polizei zu geraten. wir sehn zu de erste mal einu vo diese verbrechiparaden, wo de verurteiltis auf a lastu durch de stadt gefahren werden, mit a plakat auf de brust, wo drauf steht, was ihr verbrechen war. de typen, de wir gesehn ham, hatten kein rote X an de plakat. besser so. wer a rote X hat, wird bald ex sein. mit viel himmlische frieden. de chinis fackeln da nich lange rum.

in a stadt in de nähe von a fluss de unzählbare wasserfälle hat, bleiben wir einige tage und ich tiger allein wieder los. nahe Lanzhou kommt langsam de wüste. vo sehwürdu zu sehwürdu erreich ich de Grosze Mauer und bald komm ich nach Xinjiang, wo s sehr viele völker gibt. de gröszte volk sind de uigure und ihr sprache find ich gut. *Europa* heisst *Europa, restaurant* heisst *restoran, bus* heisst *autobus.* und nich etwa *gong gong chi che* wie auf chinisch. ma kann sich mit de leute unterhalten, besonders wenn ma etwas türkisch kann. ma schreibt mit arabische schrift, so das de touri kein problem ham dürfte: wenn el de chinische schrift auf a verkehrschild nich versteht, kann el de arabische schrift lesen. de uiguros schaun meist wie türkos ohne schnurrbart aus, manche wiederum sind blond oder schlitzäugig. blond oder schlitzäugig können aber de türkos auch sein. mit de leute sprech ich a mix aus chinisch, türkisch und russisch. da in Xinjiang so viele sprachen gesprochen werden, wird viel gestikuliert. hier gestikulieren sogar de chinis.

übrigens, de wenige konventionelle gesten auf chinisch sind auch anders als ma sie kennt. de 5 is de 5 finger zusammen in a spitze, für de 6 zeigen sie di de handrücken und strecken de daumen und de kleine finger aus, für de 7 kommt de ringfinger dazu, für 8 nehmen sie de daumen und de zeigfinger, für de 9 ham sie überhaupt kein zeichen und de 10 wird nur mit de zeigfinger angezeigt.

Turfan oder Turpan is a stadt 150 meter unter de meerspiegel. in juli is de durchschnittliche taghöhsttemperatur 47 grad, in januar de durchschnittliche tagniedrigsttemperatur minus 28 grad. in de nähe von ürümqi liegt de weitest entfernte punkt vo jede küste in de ganze planet. in dies stadt meld ich mein fahrrad als geklaut. keine fragen. danke.

ab Ürümqi geht s richtung südwesten, Brasil liegt südöstlich. schon besser. ich tramp manchmal auf fahrräder und eselkarren. einmal sitz ich auf a lastu, plötzlich hält de fahro an, kommt raus und gestikuliert wild zu mi. er legt de zeigfinger und de mittelfinger auf de mund, dann winkt er mit de arm von ein seite zu de andru. dann tut er de beide hände zusammen und plötzlich ganz ausenandre. ich schau auf de kisten, wo ich drauf sitz. es is allu auf chinisch, de zeichen sind trotzdem eindeutig. de ganze ladung besteht aus dinamit. da folg ich lieber de rat vo de fahro und schmeiss de zigarette weg.

de ganze gegend is sand und stein, trotzdem nennt ma s nich wüste. de wüste is daneben. ich fahr entlang de Taklamakanwüste, was »gehn und nich zurück kommen« bedeutet. manchmal hab ich de glück, das jemand mi in de wüste absetzt. das is wunderbar. kein vogel, kein baum, kein geräusch und kein chini. ich lieb de wüste, hier bin ich frei und allein mit mein einsamkeit. ich und ich, ungestört. de wüste is absolut. es is feindlich, andreseits kann de feind vo mein feind, de mennmenge, nur mein freund sein. ich komm mit a lastu abends zu a kleine hotel an de straszerand. de wirta will vo mi 6 mal mehr kassieren als vo de andre chinis in de lastu. ich protestier, keini vo meine »reisekameraden« hilft mi. is ja logisch. reichis zahlen mehr. sie bleibt dabei und ich geh. sie macht lieber kein geschäft als sowenig vo en auslandi verlangen wie von a chini. nur kein gleichheit, nur kein kommunismus?!

weiter nach westen kommen de tadjikis dazu. sie sind a indoeuropische volk, das heisst, wir können als brasilis oder deutschis de tadjikis besser verstehn als wir de finnis verstehn. *nein* auf tadjikisch heiss *ney, ich* auf tadjikisch heiss *mey* (mich, mir, mein) und de zahlen sind leicht erkennbar. ihr nationalsport is de boskosh, en art wilde fussball auf pferde. statt mit a ball spielt ma mit a kopflose schaf.

es geht dann vo de Sahara in de Antarktis, vo 40 grad plus zu 10 grad minus und schnee. de Karakorum Highway *(highway* weil s *high* in de berge is. *way* is es weniger. es is a schinderei mit schieben und ziehn, damit de lastu nich in de abgrund ausrutscht) is de legendäre Seidestrasze und führt mi zu de Kunjerab Pass.

in Pakistan können vieli englisch. de pakistanis sind freundlich und melancholisch. de trampen is irgendwie unangenehm. ma fühlt sich wie a wandelnde pornoheft. de gespräche laufen ausnahmlos nach de gleiche muster. »bist du allein?« »kein frau?« »kein freunda?« »wie is sex in Brasil? is es frei?« »wie sind de mädels dort?« »bist du schon in Bangkok gewesen?« »ein tag geh ich noch nach Bangkok! hehehe!« »wie hat ma geschlechtverkehr in Brasil? liegend oder stehend?« »nein, bei uns macht ma s hängend.« de nächste frageserie: »hast du whisky dabei?« »nich? das gibt s doch gar nich! komm, geb s zu. du hast whisky dabei. du kommst doch vo China! natürlich hast du whisky!« a polizo, de mit mi in a lastu fährt, stell mi wie jedi alle diese fragen. dann fragt er, was passiert, wenn in Brasil en unverheiratete pärchen bei de geschlechtverkehr erwischt wird. »nix. und in Pakistan?« »wir stecken ihnen in de knast. da bleiben sie für de nächste 10 jahre.« so funktioniert de moslemische system: ma verbietet sich allu was spaß macht und träumt de rest vo sein leben davo.

manche männer hocken auf de straße und an de anfang dacht ich, sie beten nach Mekka. falsch. sie pinkeln und manchmal scheißen sie. ma sieht de tat an sich nich, da sie sehr lange weite hemden anham. nur wenn sie aufstehn kann ma de endprodukt betrachten. falls ma dazu lust hat. ich hab soviel touris mit hepatitis gesehn daß ich mi für de einfachste lösung entschieden hab, nix zu essen. das geht leider nich, ma wird oft eingeladen. immerhin gastfreundliche leute. trotzdem erwisch ich kein hepatitis, dafür a prostata- oder blasentzündung. was es is, weiß ich nich, aber es zwingt mi alle 2 minuten zu pinkeln. das kommt auf alle fälle nich vo de essu. a ganz schlimme sache. ich hab gemeint, ich krieg a kind aber da kommt immer nur a paar plippen. a plipp is a tropfen, aber tropfen is a sehr häßliche und unpassende wort. ich sitz in de kabine und bitt dauernd de fahro, anzuhalten. es wird mi zu peinlich, ich fahr auf de ladfläche weiter. es is nachts und ich hab de peter nach außen, so daß ich de lastu nich naß mach. zu de erste mal in sein karriere darf er de landschaft mitgenießen. für 200 kilometer a 30 kilometer pro stunde. er genießt de frische brise, beschwer sich trotzdem, das er nur in de frei sein darf wenn er krank is. schlimmer wird s bei de nächste lifte. dies entzündung bleibt 3 tage. 3 tag in de zustand trampen, das is kein spaß. de fahris verstehn mi nich. manchmal können sie kein englisch und ich will oben statt in de kabine fahren. sie bestehn darauf, das ich in de kabine fahr. ich versuch mein lage mit gebärden klar zu machen. ich zeig auf de peter und mach a plipp nach. dann verzieh ich de gesicht, um zu zeigen, das es weh tut. für solche scherze hat kein pakistani verständnis und sie fahren alli weiter.

in Lahore geh ich auf de straße mit mein tasche als en auto neben mi hält. 3 typen sitzen drin und de fahro sagt, er is vo de polizei und will mein paß sehn. ich will zuerst sein polizeiausweis sehn. er nimmt en ausweis aus de tasche, zeigt s flüchtig und steckt s wieder ein. so geht das nich, ich will s schon richtig sehn, und er zeigt s nochmal. ich kann nirgends de wort *police* entdecken. es steht allu auf urdu, de mit arabische schrift geschriben wird. er deutet auf a stelle, es nützt mi nix, es muß auch auf englisch stehn. diskussion hin, diskussion her, 2 männer steigen aus. sie kommen auf mi zu und ich geh rückwärts. sie sagen, sie wollen mein tasche durchsuchen, bestimmt hab ich drogen dabei. ich kann mi mit ihnen nich schlagen, ich bin mi nich sicher, daß sie nich vo de polizei sind. ich flücht zu de mitte vo de straße und schrei laut: »ich will en uniformierte polizei!« sie steigen ein und haun ab.

an de grenze gibt sich de amto cool. er macht mein tasche auf und fragt: »hast du drogen dabei?« »nee.« er schaut kaum rein und macht s grad wieder zu. »du nimmst keine drogen mit, sondern nur ein. okay, du kannst gehn.« why drink and drive if you can smoke and fly.

India is in gegensatz zu Pakistan sehr bunt, tierfreundlich, fraufreundlich. und überall männer de wie de Jesus aussehn. das trampen is a horror wegen de viele leute, rikschas und weil niemand de weg kennt. de land kann sich selbst ernähren, andreseits hab ich mehr obdachlosis innerhalb ein stunde in Delhi gesehn als in mein ganze leben davor.

de Golden Temple vo de sikhs in Amritsar is sehr inspirierend. und dann is de Taj Mahal dran. ich hab de freiheitstatue in New York, de Big Ben in London, de Eifelturm in Paris, de Rote

Platz in Moskwa und nu de Taj Mahal in Agra gesehn. fehlt nur noch karneval in Rio.

in Varanasi (Benares) treff ich 3 suomische (finnische) mädels. ich bleib mit Virpi, ohne das wir mitenandre zuviel action veranstalten. sie hat angst vor AIDS und ich kein lust auf sex. ich fühl mi immer dreckig und will liebst de ganze tag unter a dusche sein. in Varanasi is das noch schlimmer: ma bringt dauernd leichen zu de Ganges, verbrennt ihnen an de ufer und werf ihnen in de fluß. wer nich leichen trägt, geht zu de fluß um sich zu waschen und sich geistig zu reinigen. bei de wasser, de vo haus aus a kloake is. mit de suomas geh ich banglassi trinken. *lassi* is a joghurttrinku, *banglassi* is wenn s bang! macht, wenn s spezielle zutaten hat. de eine suoma will dann doch kein banglassi aber wir ham schon bestellt. so trink ich 2 tassen. danach blick ich nich mehr so richtig durch. de wirkung bleibt bis zu de übernächste tag. an de erste abend gehn wir zu de Ganges, mit banglassi wirkt de ganze dreck idyllisch. wir sitzen an de ufer und reden über gott und de welt. hinter uns fängt a haufen hunde an zu streiten. es wird sehr laut. de mädels beschweren sich, ich steh auf und geh zu de hunde. »freunde, wir wollen a bissi ruhe, außerdem habt ihr nix davo, daß ihr euch streitet. so geht bitte alli heim.« de hunde schaun mi erstaunt an und jedi geht dann friedlich in en andre richtung. de mädels sind beeindruckt, nur nich so beeindruckt wie ich selber. sie fragen mi, ob ich auch hundsprache kann. logo.

Nepal is in mode, ma trifft sogar brasilis, und brasilis gehn nur da hin wo wirklich mode is. trekking, traveller-bars, billige klamotten kaufen und freaky städte. ma nennt mehrere städte freaky und ich frag mi, wo de freaks geblieben sind. das war bestimmt so in de 60er und 70er jahre, nu sind wir schon fast in de 90er. nu is allu anders: freiheit is kein ideologi und kein traum mehr, sondern werbung. de einzige ideologi is de ideologilosigkeit. und de kaufen. so is abenteuer zu a kaufbare produkt geworden.

ich kletter auf en umliegende berg (kein hoh berg, weil sonst wär ich nich allein) und meditier. de nirvanafrieden erreich ich nich, dafür a bissi ruhe. ich frag mi, was dies reise soll. 11 jahre unterwegs, aber ich versteh nich mehr vo reisen als eini, de ein jahr unterwegs is. allu ändert sich, zu oft sind de erfahrungen für de katz. klüger bin ich auch nich geworden, ich mach mehr fehler als vieli, de nie de eige stadt verlassen ham. ich hatte soviele verschiedene arbeiten und kenn mi in keinu aus. ich bin a pfuschi, da helfen 100 jahre reisen nix. da ging Zé do Rock vo de berg runter und predigte. de volk staunte und fragte: »souvenir, mister?« »eh, sahib, please one rupie.« »rikschah, sir?« »change money?« »hashish? marihuana? magic mushroom?«

woanders sind de rikschas motorisiert, aber in Calcutta dürfen sie nich amal vo fahrräder gezogen werden, sondern nur vo laufis. das is a harte arbeit, nich was du machst. manchmal sind de laufis schon 60 jahre alt und bitten mi um himmelwille, das ich als fahrgast einsteig. a junge bursche wie ich, gezogen von a 60 jahre alto, das sieht sehr komisch aus. tu ich s, hab ich a schlechte gewissen. tu ich s nich, geht s im noch schlechter. biet ich mi an, de rikscha selber zu ziehn während er drin sitzt, is er beleidigt. mit recht. das is sein job. geb ich im de geld und fahr nich, mach ich aus a rikschi a bettli. ok, ich fahr mit rikscha. wenn s nötig is. bei soviele probleme, soviel leid, is es kein wunder, das de Buddha hier geboren is. dies welt is nur leid und de ultimative zustand is de nix, de leere.

auf alle fälle bin ich nach de durststrecke zwischen Nepal und Calcutta froh, das ich wieder blonde haare in de tourigetto seh, alli englisch sprechen und in jede ecke a money changer steht. ich treff en argentinische hippie, de keine gute worte für dies alternative jet-set hat: diese leute nennen sich *travellers!* was soll das? sie essen wie de könige, jetten vo stadt zu stadt, vo land zu land, tragen kreditkarten, diebstahlversicherung, krankiversicherung bei sich. sogar a haarfön ham sie dabei! ich enthalt mi jede kommentar in dies fall. ich hab a kreditkarte, wegen de kreditkarte auch a krankiversicherung. und a haarfön hab ich auch noch.

Bangkok schläft nich und Thailand is a land wo de mennen, de essu, de preise, de landschaft, de trampen stimmen. in Singapore is allu verboten. außer einkaufen.

in Sumatra nimmt mi einmal a lkw mit, wir fahren a paar stunden, da sag de fahro plötzlich: »a!« ich schau zu im, er drückt auf de bremse und es bremst nich. wir fahren bergab, a ziemlich lange und kurvereiche abfahrt, auf de rechte seite de abgrund. ich hoff das de fahro was dagegen tut und denk gleichzeitig an rausspringen, aber de lastu is zu schnell. es schafft ein kurve und wird immer schneller, schafft de zweite kurve aber bei de dritte fährt s grad aus. wir fliegen raus, gott sei dank nich nach rechts sondern nach links, wo s 5 meter tiefer weiter geht. de welt dreht sich a paar mal und bleibt irgendwann stehn. ich glaub, meine augen waren immer offen, aber ich komm nur zu mi als ich stimmen von außen hör, vo leute de versuchen de fahro zu befrein, de zwischen dach und sitz eingeklemmt is. ich hock an de boden, will raus aber de dach is eingedrückt und tür gibt s keinu mehr. ich schaff s, durch de windschutzscheibe, de nich mehr da is, raus zu kommen. mein brust tut weh und en auto fährt mi zu de krankihaus in Bukittingi. de pflego nimmt en alte lappen vo de boden, tränkt s mit desinfektionu und will s an meine wunden reiben. ich laß im nich rankommen. nich mit de lappen. a junge dokto sieht sich mein schulter an und meint, de muß ma röntgen. ich sag im, wichtiger als de schulter is mein brust, da tut s echt weh und ich kann mi deshalb kaum bewegen. gut, sagt er, und schickt mi auf a rollstuhl zu de röntgen. in de röntgenabteilung sagt mi de rollstuhlschiebo, ich muß für de röntgen sofort zahlen. ich such in meine taschen mit viel mühe und geb de geld. er fragt, ob ich kein kleingeld hab. nee, hab ich nich. er geht dann raus aus de krankihaus zu de kiosk zu wechseln. an de röntgenkasse wird nich gewechselt. de typ kommt zurück und zahlt. mein schulter wird geröngt. ich frag de röntgenmann, wieso er nich mein brust röngt. »weil«, sag er, »nix auf de papier steht. wenn du dein brust geröngt ham willst, red mit de dokti.«

zurück zu de dokto, er is nich da. nach ein stunde kommt en andre dokto, en alte chirurg. er sagt, ich bin gesund. ich erklär im, das ich an de schulter gesund bin, aber wahrscheinlich nich an de brust. na gut, meint er, und schickt mi zurück, um de brust zu röntgen. wenigst hab ich nu kleingeld. diesmal meint de dokto, ich hab a rippe gebrochen. in so a fall kann ma nix machen, de zeit heilt alle wunden. ich frag, ob ich so nach Jakarta fahren kann, da hab ich a freund de auf mi aufpassen kann. ja, sagt er, wenn ich s aushalt. ich soll auf alle fälle möglichst viel ausruhn. ich nehm meine 7 sachen und stell fest, das es nur noch 5 sind. meine zigaretten und mein feuerzeug sind verschwunden. während ich bei de röntgen war. macht nix. ich nehm mein tasche mit de linke hand, da mein gebrochene rippe auf de rechte seite is. da taucht de junge arzt: »was machst du denn da? du mußt in de bett bleiben!« »ja, ich bleib in de bett. in de hotel.« »nee, nee. du mußt in de krankihaus bleiben.« »de chef-chirurg hat gesagt, ich kann gehn.« »ach so? …na gut. aber nimm doch nich de tasche mit de linke hand, du sollst dein linke seite, wo de gebrochene rippe is, schonen.« »mein gebrochene rippe is auf de rechte seite, und ich geh nu lieber.«

übrigens bei de fahro sind ziemlich alle knochen gebrochen. ich fahr zu de hotel. ich geh wie de glocko vo Notre Dame, hab überall verband und seh ziemlich erbärmlich aus. nach 2 stunden kommt de polizei zu mi und meint, ich muß zurück zu de krankihaus. das geht leider nich. lange diskussion. ich muß en erklärung schreiben, daß ich auf de dienste vo de krankihaus verzicht. ich unterschreib, zeugis unterschreiben, nu für de erklärung soll ich noch zahlen. 2 stunden später gehn de polizis unverrichteterdinge.

indonesisch is wahrscheinlich de einfachste nationalsprache vo de welt. es hat weder flektionen noch konjugationen noch irgendwelche endungen. de sprache wird mit lateinische schrift geschrieben, ma schreibt wie ma spricht, und sogar de komplizierte ableitsysteme vo de europische sprachen ham sie nich. es is viel einfacher als englisch. zu beispiel a satz wie *gestern ging ich bei dir vorbei*, de de lernen vo mindest 17 informationeinheiten erforder, heißt auf indonesisch *gestern ich geh haus du.* 5 ideen, 5 wörter.

auch kennen de indonesis diese ganze endungen wie *Indones-ien, indones-ier, indones-ierin, indones-ier, indones-ierinnen, indones-isch* oder *franz-ose, portug-iese, ital-iener, argentin-ier* nich. a menn aus Indonesia heißt *orang indonesia*, menn (aus) Indonesia, Indonesia-menn. allu geht nach dies prinzip: *orang jerman, orang italia. wald* auf indonesisch heißt *utan*, also orang utan. de mehrzahl wird mit de verdoppelung vo de wort gebildet. de mehrzahl vo *bus* is natürlich *bus bus.* de mehrzahl vo *menn orang orang.* manchmal hat de verdoppelung auch andre bedeutungen. *hati* heißt *herz, hati hati* steht für *achtung, vorsicht. jalan* is de *straße*, de *weg, jalan jalan* heißt *spazieren.*

mata steht für *auge, hari* für *tag.* so is *mata hari* de *auge (vo de) tag*, de *sonne. mata air* is de *wasserauge*, de *quelle*, während *air mata* für *augenwasser*, de *träne* steht. *mata mata* is a klare fall: *auge auge*, das kann doch nur de *spion* sein.

gut. ich überquer de australische wüste, voller fliegen, schlangen und känguruhs. de känguruhs liegen meistens platt auf de landstraße, nachdem so viele autos drüber gefahren sind. dann arbeit ich in de traubernte, als straßewindschutzscheibewascho und prospektverteilo, mein erste rassistische job: ich darf keine prospekte an dunkelhautis verteilen, weil de prospekte für a solarium sind. dann hab ich kein pfennig mehr, ich muss mi überwinden und geh rosen verkaufen. ma kauft ihnen für drei dollar und verkauft inen für zehn. nur, wer will schon a rose für zehn dollar kaufen? ich wander schon seit zwei stunden rum und steh vor de Sydney Opera. da kommen zwei besoffene mädels vorbei, nehmen sich a paar rosen aus mein korb, bedanken sich und gehn weiter. ich hinterher. »moment mal, ihr müßt für de rosen zahlen, so geht das nich.« – »ach komm, sei so nett, du hast so viele rosen in de korb.! – »ja aber ich muss für ihnen zahlen und ich versuch seit zwei stunden ohne erfolg a rose zu verkaufen.« sie lassen sich vo mein argumentation nich beeindrucken und gehn weiter. ich probier s noch amal auf de sanfte art und als ich seh daß nur noch gewalt in frage kommt, nehm ich ihnen de rosen weg. eina von ihnen haut mi einu in de auge. da vergeß ich allu, was mi mein mutter in jahrelange und mühsame arbeit beigebracht hat. an de ende liegen de zwei mädels und alle rosen auf de boden verstreut. dann arbeit ich in de küche von en italische restaurant wo de eigentümo argentino is, de kocho canado und de bedienis meist newzealandis. von italis kein spur.

ich tramp dann durch de südsee mit de schiff. dabei lern ich viel pidgin-english: yumi mit wea? – du+ich treff wo? – wo treffen wir uns? oder: nambaten – nummerzehn – de schlechtestu. oder: nambawan – nummereins – de bestu. man blong jerman – mann gehört deutschland – deutscher. go insait nating – geh rein nix – frei eintritt. hat smol smol – heiß klein klein – warm. pusim – schieben. puspus – vögeln.

Tuvalu zu beispiel is a klitzekleine land mit 6000 wohnis. de hauptinsel is 30 kilometer lang und 200 meter breit. de land is doppelt so groß wenn ebbe is, weil doppelt so breit. de inseln sind atolle, de meiste wohnis ham noch nie a straße gesehn, de bergauf oder bergab geht. sie ham nie a hügel gesehn. de republik hat ein straße, für taxifahris sehr einfach: de fahrgast steigt ein, de fahri fragt: vorwärts oder zurück?

dann nach Japan, ich muß a job finden. ich fahr sehr oft mit de u-bahn. an de vierte tag, nach 40 u-bahn-fahrten, kann ich mi sogar hinsetzen. nur weil es sonntag is. dabei komm ich grad vo Fiji, a dritte-welt-land, wo ich nie in a buss gestanden bin. en einzige u-bahn-zug befördert in Japan fast so vieli wie de ganze bevölkerung vo de Republik Tuvalu.

de lohn in de brasilische restaurant is schlecht, vor allu für so a teuer pflaster. de japanis verdienen gut, nur ich als schwarzarbeiti verdien schlecht. und de entscheidung is getroffen: ich flieg zurück nach Deutschland. zuerst na Seoul, vo Seoul freitag abend weg, in Alaska freitag vormittag ankommen. freitag mittag wieder starten, 2 stunden später is sonnuntergang und dies sonnuntergang begleitet uns 10 stunden lang bis nach Frankfurt, wo s sich zu de sonnaufgang vo de samstag mogelt. unter uns war de ganze zeit de weiße nordpol.

love stories

nach Japan kommt mir Frankfurt vor wie ein gemütliches, mittelalterliches dörfchen. die häuser sind alt, kinder spielen auf der straße, alles is ruhig. leider funktioniert es auch kaum besser: das erste telefon is kaputt, das zweite nimmt meine münzen nich an. die s-bahn-tarife sind ein undurchdringliches wirrwarr, an denen wahrscheinlich die meisten deutschen (geschweige denn touristen) scheitern, und ob ma es versteht oder nich is egal: der automat mag anscheinend kein deutsches geld.

Deutschland is größer, aber nich besser geworden. in der zeitung les ich, daß ma jagd auf ehemalige DDR-spione macht. verträge, die vor kurzem geschlossen wurden, werden ignoriert.

westdeutsche gesetze, ostdeutsche gesetze oder theoretische, höhre, göttliche gesetze: für den rachefeldzug nimmt ma, was eim grad paßt. reich des bösen, reich des guten: die richter wissen, daß sie im reich des guten gelebt ham. wer in der BRD dem staat treu war, is ein guter mensch. wer in der DDR dem staat treu war, war ein bösewicht. deserteure sind hier bösewichte, deserteure dort helden. naja: das rechts-recht rächt's.

ich bleib bei Pitz und ihrem freund. ich such Bernd und Gamu, sie sind umgezogen. wohin weiß niemand. Ploy, eventuell. ich muß sie anrufen. nein, ich erschein persönlich auf ihrer arbeit und land eine kleine überraschun. sie meint, ich bin in Australien, 20 000 kilometer unter ihr, statt dessen werd ich 1 meter vor ihr stehn. mit sonnenbrille und sombrero klopf ich an ihre tür. sie is sehr überrascht. und sehr erfreut, was mich überrascht und erfreut. ihr mund lächelt, ihr gesicht lacht, und mir wird ganz warm. wir gehn spazieren, die sonne strahlt, die Isar plätschert. sie setzt sich auf ein geländer. ich frag sie, warum sie mir nie geschrieben hat. sie sagt, weil ich ihr nie geschrieben hab. das is ein ziemlich faules argument, da ich ihre adresse nich hatte. aber ich bin bereit, ihr zu verzeihn, wenn ich nur weiter ihre beine streicheln darf.

wochen später machen wir was aus. ich komm zu ihr, Frendly is auch da. ich hab mir das anders vorgestellt. sie lädt ihn ein, mit uns ins kino zu kommen. hat sie das arrangiert, um sicher zu sein, daß nix passiert? irgendwie is meine lage nich sehr stabil. nach dem film lädt sie uns zu eim schnäpschen ein, Frendly trinkt und geht. ja, dann geh ich auch. kaum hab ich den satz gesagt, bereu ich ihn. schade. noch schader find ich's beim abschiedskuß. es is nich nur ein lippen-, es is ein ganzkörperkontakt. unsere körper gehn mit der selbstverständlichkeit zweier magneten aufeinander zu. und passen.

wochen später schreibt sie mir ein brief. sie fand es auch schade, daß ich gegangen bin. ein schöner, kurzer brief, minimalistisch wie sie.

wochen später kommt sie zu mir. ich bereit mich psychologisch vor: wir gehn spazieren, irgendwo im wald werd ich sie festhalten, ihr in die augen schaun, sie außiehn und an ort und stelle lieben. ich sag vielleicht noch: schau mir in die augen, kleines. nein, so nich. sie wird bestimmt lachen. es kommt natürlich anders: kaum seh ich sie, werden meine knie weich. ich weiß sofort, in meim zustand is der plan nich realisierbar. wir setzen uns aufs bett, ich schreib eine antwort auf ihren brief. ich hätte ihr einfach sagen können, daß ich es auch schade fand, aber mein sturm-und-drang-geist drängt nach großen worten: ich war schon zu zeiten Ramses II. in sie verknallt. ja, da sitzen wir, und sie fängt an mich außuziehn. ich erklär ihr, daß ich immer etwas ängstlich war, weil sie ein freund hat. ich hatte gedacht, es wär ein sehr fester freund. sie sagt, daß ihr freund sehr fest is und daß sie mit ihm leben und sterben will. dieser satz schmeckt nich wie honig, aber ich muß cool bleiben. außerdem bin ich nackt und glaub, mein zutun is gefragt. ich zieh sie aus, was für eine freude. ah, la jeunesse!

wochen später sehn wir uns wieder. »ich bin so glücklich, bei dir zu sein«, sagt sie. »same for me, ma'am.« den satz werd ich nie wieder hören. wir gehn in eine leere disko, sie tanzt nur für mich, mit dem rücken, besser: mit dem arsch zu mir, eim arsch, der geschichten von lust und liebe erzählt.

wochen später kommt ihr liebhaber aus eim fernen land, und sie erzählt ihm von mir. der liebhaber wird stinksauer, weil er zwar akzeptieren kann, daß sie ein freund hat, aber nich noch ein liebhaber. ihr fällt nix besseres ein, als ihrem freund von beiden zu erzählen.

nich wochen später, gleich an de nächsten tag is es mit uns vorbei. ich versuch sie noch zu überzeugen, daß 2 oder 3 männer auf alle fälle besser sind als 1. so ham die männer kein stress und die frau bessere aussichten. ich stoß auf taube ohren und seh sie nich mehr. dafür seh ich Älphä fast täglich. Älphä hab ich schon immer öfter gesehn als Ploy, weil sie keine probleme mit ihrem gewissen hat. das blöde is, daß beide zusammen wohnen. es is schwierig, die eine fast täglich zu sehn und die andre partout zu meiden. so komm ich auf die idee, daß Ploy und ich gute freunde sein sollten. so richtig kann sie sich mit der idee nich anfreunden, trotzdem wird unsre beziehung wieder normal. wir gehn ins kino und trinken grappa.

wochen später fährt sie nach Berlin. als sie zurückkommt, hör ich tagelang nix von ihr und muß zugeben, daß ich doch mehr von ihr wollt als nur ihre freundschaft. ich bin beleidigt. es wird mir klar, daß so eine freundschaft mich immer kränken wird. ich werd sie nich mehr sehn, ohne große abschiedsßene. einfach abklingen lassen.

wochen später merkt sie das, wir führen ein ernstes gespräch. ich sag ihr, daß sie mich nich liebt und ich damit nich gut leben kann. mir is kalt, ich bin kalt, meine logik knallhart. wir sitzen 10 minuten im auto, ohne 1 wort zu sagen. sie streichelt mein bein und geht.

wochen später normalisiert sich doch noch alles. wir machen nix, was die bibel verbietet, aber ich kann sie überreden, mit mir nackt ins bett zu gehn, um die haut des andren zu genießen. stunden später wollen wir ausgehn, sie fängt an, sich anzuziehn. ich hinder sie dran, wir toben. irgendwann is es vorbei, und ich fang an, mich anzuziehn. sie hindert mich dran, wir toben wieder. wir ham nix unanständiges gemacht, aber die luft im zimmer is stark erotisiert, ma kann es riechen.

wochen später mach ich ein spacy milkschake für uns, mit zutaten, die ma in keiner eisdiele findet. wir gehn spazieren, es is ein schöner und warmer frühlingstag, und wir veranstalten ein intergalaktisches schmuseballett. alles so rhythmisch, als hörten wir den herzschlag des universums. wir liegen und hocken nur da, die gesichter verdutzt lächelnd wie satte babies, und überlassen die bewegungen unseren selbständig gewordenen körpern. keiner von uns beiden weiß mehr, was für teile wem gehören. 1 mal, kurz, muß ich weinen. ich wein vor schönheit. die sonne geht langsam unter, und wir machen uns auf den weg nach hause. es wär nach diesem tanz unmöglich, sich zu trennen. wir landen da, wo wir so gern zusammen sind. unser ballett geht weiter und weiter und weiter…

aber ma kann die zeit nich anhalten. bald ziehn die beiden mädels in eine gemeinsame wohnung mit Batum. das is sehr ungünstig, ich kann sie kaum noch besuchen, genauso wenig wie sie mich. wir sehn uns seltener. sie hat eine heidenangst, daß Batum sie nach unserem verhältnis fragt. selbst wenn sie lügt, kann sie es nich verstecken. ehrliche leute können nich lügen. wenn sie danach gefragt wird, wird ihre antwort nein sein. das is eine ehrliche lüge, weil der andre sofort bescheid weiß. der gute lügner kann und muß die lüge schmücken. »aha, eiversüchtig!« – lächelnd. »mit dem typen? sag mal, hast du sie nich alle? wenn er noch halbwegs ausschaun würde! aber mit dem gesicht!« oder sogar: »der is gar nich schlecht, aber du bist halt besser.« in diesem fall muss ma ihm noch in die augen schaun und das aushalten. das können nur profis.

ich bin als schüjä (schürzenjäger) bekannt und will nich lang in Deutschland bleiben. deschalb hat sie sich vermutlich mit mir eingelassen. eine affäre, mit der sie ihrer romantischen seite was geben konnt – eine romantische seite, die immer was neues braucht – und in der sie mir die 10 gramm glück pur schenken wollt, von denen ich geträumt hab. und sie hat sie mir geschenkt. aber ich bin in einer phase, in der ich jemand für länger will, wenn's geht. diese ständige fraunjagd hat mich müde gemacht. du könntest meinen, daß sie eine untreue frau is. weit gefehlt. sie bleibt bei ihm, obwohl es mich gibt. dazu is eine gehörige portion willenskraft nöti. und ihn wird sie wohl mehr lieben. aber du hast weder eine seifenoper noch »das wort zum sonntag« bestellt, sondern ein sprachbuch mit reisebericht.

leiden is nich gut. erstens is es gesundheitsschädlich und zweitens macht es überhaupt kein spaß. eines tages fährt Älphä in die Schweiz, um Suley zu besuchen. nu hat Älphä 1 freund und 1 liebhaber, Suley. ich sag's ja, 2 sind besser. beide laden mich ein, auch zu kommen.

Suley hat zu tun, Älphä und ich gehn baden. es is ein angenehmer tag, und obwohl hier keiner nackt is, ziehn wir uns aus. die frau sieht aus wie eine südseenymphe. sie is keine blondine, sondern hat schwarze haare, na und? wenn ma so gut aussieht, darf ma auch schwarze haare ham. sie braucht ihre sonnenschutzcreme, und ich bin der richtige mann an der richtigen stelle. ich verschon sie nich, alles muß richtig eingecremt und massiert werden. einerseits is es sehr an- und aufregend, andrerseits darf ich mich nich zu sehr damit befassen. wenn ich jetz was mit ihr anfang, hab ich gleich 2 feinde.

wir trinken noch ein bier in Liechtenstein und machen uns auf den weg nach osten. Älphä is barfuß und hängt 1 bein aus dem fenster. wenn ma so eine stellung einnimmt, fühlt ma sich gut. ich fühl mich auch gut. sie singt zur musik. wir fahren auf einer kleinen straße, ho auf den berge, die sonne geht allmählich unter. das auto is ganz rot, und die welt hat eine sonderbare stimmung. wir kommen an einer kleinen kirche vorbei, und ich schlag ihr vor, daß wir an ort und stelle heiraten und durchbrennen. sie lächelt vergnügt, ganz einverstanden is sie trotzdem nich. »ich hab ein freund und ein liebhaber, und du hast eine liebhaberin, die zu allem überfluß meine beste freundin is. außerdem bist du ja verheiratet?!« »ach, stimmt ja.« einige minuten vergehn. der himmel wird noch roter. »der himmel wird noch roter.« »röter.« »röter.« der himmel wird noch röter. »wir müßten ja nich heiraten. wir könnten ja einfach so durchbrennen. ohne heiraten.« »und wohin?« »in den süden. Italien… vielleicht später in die Sahara… Brasil…« sie lächelt schon wieder. ihr blick hat sich verändert. in Landeck gibt es eine abzweigung.

eine straße geht nach links, nordosten, München, die andre nach rechts, Bozen, und weiter in den süden. Sahara, wo s nie regnet.

ich bieg nach rechts ab. sie macht kein mucks.

zé end